HOCHLAND-FUCHS

CLAUDIA SCHWARZ

Verlagshaus el Gato

Besuchen Sie uns im Internet:
www.verlagshaus-el-gato.de

Taschenbuchausgabe
1. Auflage Oktober 2012

Alle Rechte vorbehalten. Das Werk darf - auch teilweise- nur mit Genehmigung des Verlages wiedergegeben werden.
Umschlaggestaltung: Grafik & Design Morgenstern
Satz: Verlagshaus el Gato
Lektorat: Chichili Agency
Druck: SOWA Druck PL
ISBN: 978 -3-943596-30-4

E-Book erschienen bei: ISBN 978-3-8450-0879-0
© **Chichili Agency 2012**

FÜR GUIDO, SEINE UNTERSTÜTZUNG UND SCHIER
ENDLOSE GEDULD
UND
PAPA, DER ZU JEDER ZEIT AN MICH UND MEINEN TRAUM
GEGLAUBT HAT

Bibliografische Information der Deutschen Bibliothek

Die Deutsche Bibliothek verzeichnet diese Publikation in der
Deutschen Nationalbibliografie; detaillierte bibliografische
Daten sind
im Internet über http://dnb.ddb.de abrufbar.

1

Die aufziehende Dämmerung tauchte den Horizont in ein sanft schimmerndes Meer aus Farben. Nicht mehr lange, und die Sonne würde die letzten dünnen Nebelschwaden über dem See auflösen, die sich mit einem Schleier aus feinsten Tautropfen über das Tal gelegt hatten.

Sionnach schauderte und trat mit müdem Blick über die Türschwelle der gedrungenen, mit Strohbinsen gedeckten Hütte, die sie mit ihren Eltern und ihren Brüdern bewohnte. Obwohl es August war, erinnerten die morgendlichen Temperaturen nur wenig an den Sommer. Doch Sionnach störte sich nicht daran. Sie mochte die frische, klare Luft, die nach feuchter, von Moos und Heidekraut durchwurzelter Erde, harzigen Pinien und wilden Heidelbeeren duftete. Fröstelnd schlang sie sich ihr dünnes Plaid um den Leib und huschte hinüber zu dem kreisförmigen Steinbau, in dem ihr Vater das Feuerholz zum Trocknen eingelagert hatte. Noch war es dunkel in dem kleinen Verschlag, aber Sionnach brauchte kein Licht, um sich orientieren zu können. Sie kannte jeden Winkel der winzigen Hütte, deren Innerem ein würziger Geruch von geschlagenem Holz und aufgesprungenen Pinienzapfen entströmte. Vorsichtig tastete sie sich vor, bis sie die raue Oberfläche der borkigen Scheite an ihren Handflächen spürte. Eilig warf sie einige davon in ihren Weidenkorb und stellte seufzend fest, dass der Vorrat sich bedenklich dem Ende neige. Zwar lagen neue Stämme zur Verarbeitung bereit, doch mussten sie noch auf das passende Maß zurechtgesägt und in saubere Scheite aufgespalten werden – eine Arbeit, die zumeist die Männer übernahmen. Doch Sionnachs Vater Ewan und ihr Bruder Brendan waren schon vor Wochen dem Ruf ihres Clanchiefs gefolgt. Unter der Führung von Viscount John Graham of

Claverhouse, genannt Bonny Dundee, rebellierten sie gegen die Entscheidung des englischen Parlaments, Wilhelm II. zum König zu erheben. Normalerweise stellte ihre Abwesenheit kein Problem dar. Die Frauen der Hochlandclans waren es durchaus gewohnt, dass ihre Ehemänner und Söhne sich häufig auf tagelangen Raubzügen befanden oder ihrem Herrn bei Stammesfehden zur Seite standen. Doch dieses Mal waren die Männer von Glenfinnan weit länger fort als sonst. Noch im Juli hatte das kleine Dorf an den Ufern des Loch Shiel die Kunde erreicht, dass die Schotten das Heer der Engländer vernichtend geschlagen hatten. Die Frauen hatten jedoch vergeblich darauf gewartet, dass ihre siegreichen Männer heimkehrten, denn ihr Anführer, Dundee, war nur kurz nach der erfolgreichen Schlacht von einer verirrten Kugel getroffen worden und gestorben. Führerlos und voller Wut war die Armee der Hochländer nach Dunkeld weitergezogen, um die Schlacht alleine zu schlagen und ihrem toten Anführer somit die letzte Ehre zu erweisen. Darüber war es inzwischen August geworden, und die Frauen hatten nichts mehr von ihnen gehört. Das Schicksal ihrer Männer lag im Dunkeln.

Sionnach machte sich weit weniger Sorgen um Vater und Bruder als ihre Mutter. Die beiden Männer waren ständig in irgendwelche Fehden oder Raubzüge verwickelt und somit äußerst kampferprobt. Bislang hatten sie Glück gehabt und waren von üblen Verletzungen verschont geblieben. Nie hatten sie mehr als blaue Flecken, Schnittwunden oder hin und wieder eine Prellung davongetragen. Und auch dieses Mal, davon war Sionnach fest überzeugt, würde es nicht anders sein. Sie legte ein letztes Scheit in den Korb, stützte ihn auf ihre Hüfte und eilte zurück ins Haus.

»Das wird aber auch langsam Zeit. Wo warst du denn bloß so lange?« Trotz ihrer mütterlichen Strenge huschte ein nachsichtiges Lächeln über Moiras Gesicht. »Sieh zu, dass du Feuer machst, Mädchen. Und veranstalte keinen unnötigen Lärm, hörst du? Ich würde mich freuen, wenn unsere beiden kleinen Plagegeister noch ein bisschen länger schlafen und mich in

Ruhe meine Arbeit erledigen lassen.«

Schweigend folgte Sionnach der Anweisung ihrer Mutter und kniete sich auf den festgestampften Hüttenboden. Während ihre Gedanken zu ihren Brüder abschweiften, fegte sie die Asche des vorherigen Tages aus dem kleinen Kamin und schichtete neues Holz auf.

Ganz ohne Zweifel waren Raymond und Ryan zwei fürchterliche Lausbuben, die mit ihren gerade einmal zehn Jahren nicht nur ihre Eltern, sondern die gesamte Umgebung zur Weißglut trieben und es faustdick hinter den Ohren hatten. Selbst ihrem Herrn, dem Clanchief höchstpersönlich, hatten die beiden Jungen bereits auf eine Weise ihre Aufwartung gemacht, die ihnen zum ersten Mal in ihrem Leben eine öffentliche und verdiente Tracht Prügel eingebracht hatte. Schmunzelnd erinnerte Sionnach sich daran, mit welch hartnäckigem Stolz ihre Brüder sich am Gerichtstag vor versammelter Mannschaft den Hintern hatten versohlen lassen müssen, bis er feuerrot glühte. Die Mutter mochte die rotgelockten Zwillinge Plagegeister nennen, aber Sionnach war sich sicher, dass sie eines Tages bittere Tränen vergießen würde, wenn die beiden das Haus verließen und eine eigene Familie gründeten.

»Was glaubst du, wann Vater und Brendan zurückkommen?«, fragte sie, während sie das Feuer entzündete und die restlichen Holzscheite neben dem Kamin stapelte.

Moira zuckte die Achseln. »Ich weiß nicht, Kind.«

»Wenn sie nicht bald wieder hier sind, werden wir Holz hacken müssen. Der Schuppen ist fast leer.«

»Wenn sie nicht bald wieder hier sind, werden wir nichts mehr haben, wofür sich das Holzhacken lohnen würde«, entgegnete Moira matt und leerte den letzten Rest Mehl aus ihrem Topf, um ihn zu einem Brot zu verarbeiten.

»Wir könnten nach Invergarry Castle gehen und Lord MacDonell um Unterstützung bitten«, überlegte Sionnach.

Moira warf ihrer Tochter einen zweifelnden Blick zu, während sie ihre von schwerer Arbeit gezeichneten Hände im klebrigen Teig versenkte. »Der Lord gibt sein Geld im Moment für weit wichtigere Dinge aus als für das Brot seiner Leute.«

»Was kann denn wichtiger sein als zu essen?«

»Freiheit und Gerechtigkeit«, erwiderte Moira ohne lange Überlegung.

»Was nützt es, frei zu sein, wenn es den Tod bedeutet?«, murrte Sionnach. »In Notzeiten hat unser Herr die Pflicht, dafür zu sorgen, dass wir nicht verhungern.«

»Im Augenblick gehört es vorrangig zu seinen Pflichten, uns vor feindlichen Übergriffen und der Unterjochung durch die Engländer zu beschützen«, entgegnete Moira. »Und jetzt hör auf zu schwatzen, Mädchen. Wenn du solchen Hunger hast, mach, dass du in den Stall kommst. Die Kuh wartet darauf, gemolken zu werden.«

»Warte, ich komme mit«, tönte eine muntere Jungenstimme begeistert aus dem Hintergrund, und gleich darauf tauchte der zerzauste Lockenkopf von Ryan im Schein des Feuers auf.

»Als ob ich es geahnt hätte«, murmelte Moira hinsichtlich des allzu frühen Erwachens ihres Sohnes, drehte sich zu ihm um und drückte ihm trotz ihrer Klage einen liebevollen Kuss auf die gerötete Wange.

Mit einem leeren Eimer in der Hand und ihrem Bruder im Schlepptau verließ Sionnach das Haus. Gemeinsam schlenderten sie hinüber zu dem Viehverschlag, der Platz für Schafe, Schweine und Rinder bot, in dem jedoch zurzeit nur eine einsame Kuh ihr Dasein fristete.

»Es ist schrecklich langweilig, wenn Brendan nicht hier ist«, beschwerte Ryan sich, während er neben ihr her hopste und einen Kieselstein in Richtung einer dicken Kröte kickte.

»Damit wirst du dich wohl oder übel anfreunden müssen.« Sionnach lächelte milde. »Unser Bruder ist fast zwanzig, und es wird nicht mehr lange dauern, bis er sich eine Frau sucht und mit ihr wegzieht.«

Ryan zog eine Schnute. »Pah! Welches Mädchen wird denn schon Brendan heiraten wollen? Der hat ja nicht mal Geld, um sich ein eigenes Haus zu bauen oder Essen zu kaufen.«

»Oh, ich bin mir sicher, dass es der Frau, die unseren Bruder heiraten darf, ganz egal sein wird, wie viel Geld er besitzt, - selbst wenn es nichts außer wilder Beeren und ausgegrabenen Wurzeln als Mahlzeit gibt und sie arm wie Kirchenmäuse in einer Höhle mitten im Gebirge hausen müssen.« Ein warmes Gefühl von Zuneigung durchströmte Sionnach, als sie an Brendan dachte.

Ihr zwei Jahre älterer Halbbruder war der Sohn ihres Vaters aus erster Ehe. Seine Mutter war bei der Geburt gestorben und hatte ihrem Mann einen Säugling hinterlassen. Der mit der Verantwortung für ein Neugeborenes völlig überforderte Ewan hatte verzweifelt nach einer Amme gesucht und mit Hilfe der Clanmitglieder schließlich Moira gefunden, die kurz zuvor nicht bloß ihr eigenes Kind, sondern auch ihren Mann an eine schlimme Infektion verloren hatte. Ewan hatte nicht lange überlegt. Er hatte der jungen Frau Schutz und Fürsorge angeboten, wenn sie im Gegenzug dazu sein Kind nährte. Heilfroh hatte Moira eingewilligt. Wenn auch noch beide geprägt von tiefer Trauer, hatten sie sich die Erlaubnis des Lords eingeholt und schon kurz darauf geheiratet. Ewan hatte Moira mit in sein Dorf genommen und sein Versprechen gehalten, fortan für sie zu sorgen. Die Ehe lief besser als gedacht. Schnell entwickelte sich mehr als nur eine Zweckgemeinschaft. Schon bald wurde Sionnach geboren und nach weiteren acht Jahren schließlich Ryan und Raymond.

Während Sionnach und ihre jüngeren Brüder die leuchtend rote Haarfarbe und die blauen Augen ihres Vaters geerbt hatten, besaß Brendan das Aussehen seiner Mutter. Einzig die von Ewan weitergegebene Augenfarbe blitzte strahlend hell unter dem schwarzen Schopf hervor und machte ihn auf eine Weise anziehend, die ihm den heimlichen Neid so manches jungen Mannes innerhalb des Clans einbrachte, denn die Mädchen liefen Brendan in Scharen nach. Mit allen ihnen zur Verfügung stehenden Mitteln versuchten sie, seine Aufmerksamkeit zu erregen. Nur zu oft neckte Sionnach ihren Bruder damit, dass selbst die Burg des Lords nicht ausreichen würde, um all seine Verehrerinnen darin unterzubringen, was ihr stets einen kräftigen Zug an ihrem langen Zopf einbrachte, sofern sie es nicht schaffte, schnell genug die Flucht zu ergreifen.

»Wenn du weiter so frech bist, werde ich Vater dazu überreden, dich mit Doug zu verheiraten«, drohte er meist und konnte nur leidlich ein Lachen hinter seiner finsteren Miene verbergen, »oder noch besser: Du wirst meine Frau. Dann werde ich dir schon Benehmen beibringen.«
Sionnach, die dann Schutz auf der alten Eiche unweit des Hauses suchte, streckte ihrem Bruder daraufhin respektlos die Zunge entgegen. Sie tat sich nicht leicht mit der Entscheidung, welches Übel das Größere war – den pickeligen und blassgesichtigen Spross des Nachbarn ehelichen oder ein Leben lang ihrem Bruder gehorchen zu müssen.

»Du darfst mich nicht zur Frau nehmen. Ich bin deine Schwester!«, rief sie von oben auf den unten am Stamm lehnenden Brendan herab.

»Halbschwester«, korrigierte er mit tiefer Stimme und verschränkte lässig die mit einem Netzwerk aus dicken Adern überzogenen Arme vor der Brust, wie er es jedes Mal tat, wenn er eine seiner Behauptungen unterstreichen wollte.

»Sionnach!« Ryans aufgeregte Stimme riss sie jäh aus ihren Gedanken. Eilig folgte sie dem Ruf ihres kleinen Bruders und trat den Stall, blieb jedoch wie vom Donner gerührt stehen, als ihr Blick auf die Kuh fiel. Das Tier lag erstarrt auf der Seite. Die steifen Beine ragten hoch in die Luft. Die lange, raue Zunge hing bläulich verfärbt aus dem halbgeöffneten Maul. Mit klopfendem Herzen ließ sie sich neben der reglosen Kuh nieder und berührte deren kalten Leib.

»Ist sie tot?«, fragte Ryan und betrachtete interessiert die glanzlosen, dunklen Augen des Rindes. Sionnach nickte und zog ihre Hand langsam wieder zurück.

»Geh und hol Mutter, schnell«, wies sie ihn an und spürte, wie ihr Magen sich angstvoll zusammenzog. Erneut streifte ihr Blick über den Kadaver. Solange die Männer ihrem Heim fernblieben, war das Tier die Grundlage ihres Überlebens gewesen. Was sollte nun bloß werden? Wovon sollten sie sich ernähren, wenn der Winter kam? Geld für eine neue Kuh gab es nicht, und auf die Mildtätigkeit der Nachbarn konnten sie nicht zählen, da die selbst nur von der Hand in den Mund lebten.

Sichtlich aufgewühlt betrat Moira in diesem Moment den Stall und wischte sich die mehligen Hände an ihrer Schürze ab. Schweigend betrachtete sie die Kuh. Auf ihr ohnehin schon ernstes Gesicht legte sich ein weiterer Schatten.
»Ich hätte es wissen müssen«, murmelte sie matt und strich sich mit dem Handrücken eine Haarsträhne aus der Stirn. »Sie litt bereits seit einigen Tagen an Durchfall und gab sehr schlecht Milch. Ich hatte gehofft, ihre Beschwerden mit der Gabe von ein paar Kräutern lindern zu können.« Vorsichtig beugte sie sich zu dem Tier herab und untersuchte es. »Wir müssen sie vergraben. Es scheint eine Seuche umzugehen. In unserer Gegend gab es in letzter Zeit immer wieder Rinder und Schafe, die ohne ersichtlichen Grund verendet sind. Wir hätten sie schlachten sollen, als noch Zeit dafür war. Jetzt ist ihr Fleisch für uns verloren.«

Den halben Vormittag über hoben sie ein großes Loch hinter dem Stall aus und verscharrten anschließend den mageren Leib der Kuh darin.
Sionnach stellte die Schaufel beiseite und wischte sich den Schweiß vom Nasenrücken. »Und was tun wir jetzt?«
Moira zuckte die Achseln. »Ich weiß es nicht, Sionnach. Es gibt nichts, mit dem ich euch Kinder über den Winter bringen könnte. Wenn dein Vater und dein Bruder nicht zurückkehren, haben wir niemanden, der für uns sorgt. Somit bleibt mir nur eine Möglichkeit. Du bist die Älteste. Du wirst fortgehen und dir Arbeit suchen müssen. Es fehlt uns an allem, und wir werden das Geld, das du verdienen kannst, bitter nötig haben.«

Sionnach spürte, wie die Worte ihrer Mutter an ihr emporkrochen wie eine giftige Spinne und ihr gesamtes Denken lähmten. Fortgehen. Weg von dem Ort, an dem sie geboren worden war, den sie so sehr liebte und an dem ihr Herz mehr als alles andere hing. Die Furcht davor, ihre Familie verlassen und von nun an abhängig vom Wohlwollen fremder Menschen sein zu müssen, schnürte ihr die Kehle zu und gab ihr das Gefühl, zu ersticken.

»Ich könnte doch mit Ryan und Raymond Pilze und Beeren sammeln gehen«, schlug sie hoffnungsvoll vor, doch Moira schüttelte ablehnend den Kopf.

»Es wird nicht reichen. Nicht mehr lange, und der erste Frost nimmt uns auch diese Grundlage. Glaub mir, ich würde es dir nicht zumuten, wenn ich einen anderen Ausweg sähe. Aber es bleibt mir keine Wahl.«

Mit fest aufeinandergepressten Lippen zog sie ihre Tochter zu sich hinauf. »Du bist achtzehn und kein Kind mehr, Sionnach. Andere Mädchen in deinem Alter sind längst verheiratet.«

»Bitte, Mutter, ich -«

»Nein, Sionnach. Mein Entschluss steht fest«, unterbrach Moira sie. »Nimm dein Winterplaid, ein Hemd, und suche dir ein paar dicke Socken. Da wir nicht wissen, wann du wieder nach Hause kommst, ist es besser, du bist vorbereitet. Ich werde dir in der Zwischenzeit ein wenig Proviant einpacken.«

Wie betäubt folgte Sionnach ihrer Mutter in die kleine Hütte und ging hinüber zu dem schmalen Bett, das in der Nähe des verrußten Herdes stand. Langsam beugte sie sich herab und zog erst die eine und anschließend die andere der darunter befindlichen Bretterkisten hervor. In ihnen bewahrte sie ihre gesamte Habe auf, denn der Luxus der einzigen Kommode im Haus war allein den Eltern vorbehalten. Mit tränenverschleiertem Blick breitete sie den doppelt gewebten, schafwollenen Umhang auf der Matratze aus und platzierte die spärliche Kleidung, die sie besaß, in dessen Mitte. Dann drehte sie das breite Plaid, dessen einst leuchtender Tartan schon leicht verblasst war, mit wenigen Griffen zu einer festen Rolle, die sie sich quer über Rücken und Schulter legte. Die herabhängenden Enden verknotete sie fest vor ihrer Brust und überprüfte schließlich noch einmal den Sitz ihres Gepäcks. Aus dem Augenwinkel sah sie ihre Mutter und spürte deren wehmütigen Blick auf sich ruhen. Als sie sich zu ihr herumdrehte, wandte Moira sich jedoch hastig ab und reichte Sionnach ein winziges Bündel, das sie mit Brot und einer Ecke Hartkäse gefüllt hatte. Das deftige Aroma, das er verströmte, veranlasste Sionnachs leeren Magen unwillkürlich dazu, ein missfälliges Knurren von sich zu geben. Tapfer unterdrückte sie ihr erneut aufsteigendes Hungergefühl und verstaute den dünnen Stoffbeutel sicher an dem schmalen Ledergürtel, den sie sich um die Hüften geschnallt hatte.

»Kann ich nicht wenigstens bis morgen warten?«, unternahm sie einen letzten verzweifelten Versuch, die Last ihrer plötzlichen Verantwortung vielleicht doch noch für eine Weile hinauszögern zu können. Wie befürchtet schüttelte Moira den Kopf.

»Mach dich zuerst nach Drumsallie auf«, riet sie. »Solltest du dort keine Arbeit finden, lauf weiter Richtung Inverness und hör dich weiter um. Fleißige Hände werden überall gebraucht.«

Als könne es ihr einen Ersatz für den Verlust ihrer Tochter bieten, drückte sie Ryan und Raymond fest an sich. Die Zwillinge hatten sich an ihre Schürze geklammert und verfolgten mit großen, traurigen Augen das Geschehen.

»Alle geht ihr weg«, murmelte Ryan niedergedrückt und kämpfte sichtlich mit seinen aufsteigenden Tränen, »erst Vater und Brendan und jetzt auch noch du.«

Sionnach fuhr ihrem Bruder liebevoll durch sein wirres Haar.

»Es ist ja nicht für lange«, tröstete sie ihn und zugleich sich selbst. »Sobald Vater wieder da ist, lasse ich alles stehen und liegen und komme heim.«

Ryan schniefte lautstark und wischte sich mit dem Handrücken den herabtropfenden Rotz ab. »Schwör es.«

Obgleich ihr keineswegs danach zumute war, erhob Sionnach feierlich die rechte Hand. »Ich schwöre – bei allem, was mir heilig ist.«

Kummervoll verharrte Moira im Türrahmen der kleinen Hütte und sah ihrer gertenschlanken Tochter nach, bis der Wechsel aus Hügeln und Tälern sie vollends verschlungen hatte. Auch wenn Sionnach die Achtzehn bereits überschritten hatte, fiel es ihr alles andere als leicht, das Mädel fortzuschicken. Die Zeit des Friedens zwischen England und Schottland war einer Ära der Unruhe und Rebellion gewichen, unter der zumeist das einfache Volk litt. Schottlands Wege waren schon lange nicht mehr sicher, und der Entschluss, den Schutz des Dorfes zu verlassen, konnte sich schnell zu einem bedrohlichen Abenteuer entwickeln. Nicht nur seitens der Männer verfeindeter Clans lauerten unzählige Gefahren, auch überall im Land herumziehende Patrouillen englischer Soldaten konnten plötzlich aus den nichtigsten Gründen zu einer Bedrohung werden, denen eine junge Frau in Sionnachs Alter nichts entgegenzusetzen hatte.

Moira war sich sehr wohl bewusst, in welche Gefahr sie ihre Tochter brachte. Dennoch musste sie in erster Linie an das Überleben der Familie denken und nicht zuletzt auch daran, dass Ewan und Brendan vielleicht nicht mehr heimkehren würden. Trotz ihres Sieges über die Engländer waren in den erbitterten Kämpfen viele Hochländer gefallen, und die Nachrichten, um wen es sich im Einzelnen handelte, drangen nur spärlich bis in die abgelegenen Dörfer der Hochebenen vor. Moira schloss Ewan und Brendan jeden Tag in ihre Gebete ein und flehte Gott um die Gnade an, ihr nicht auch noch den zweiten Mann genommen zu haben. Wie der Allmächtige auch entschieden hatte, sie würde sich ihrem Schicksal fügen und versuchen müssen, mit der Bürde zu leben, die er ihr aufzuerlegen dachte.

Eine dicke Träne kullerte über die Wange ihres hageren Gesichts. Sie wischte sie mit einem Zipfel ihrer Schürze ab und flüsterte: »Pass auf dich auf, mein kleines Mädchen. Und was auch immer kommen mag, verliere niemals den Mut und deinen Stolz.«

2

Der morgendlichen Nebel hielt sich auch nach Sonnenaufgang hartnäckig über den sumpfigen Wiesen des heidebewachsenen Hochlands und gab kaum etwas von dem darin verborgenen Zauber der Landschaft preis. Jeder Fremde hätte sich unter diesen Umständen sicher hoffnungslos auf den verschlungenen, teils recht unzugänglichen Pfaden der eng aufeinanderfolgenden Täler verirrt. Sionnach hingegen störten die dicken, weißen Schwaden, die ihre Sicht massiv einschränkten, nicht im Geringsten. Der Weg nach Drumsallie war ihr bestens bekannt. In unregelmäßigen Abständen besuchte sie mit ihrer

Familie den dortigen Markt, der um einiges größer als der in Glenfinnan war und mit seinen zahlreichen Angeboten die kauflustigen Dörfler der näheren Umgebung anlockte.

Es dauerte eine gute Stunde, bis der Nebel sich langsam lichtete und die ersten Häuser vor ihr auftauchten. Zuversichtlich steuerte Sionnach einen der kleinen Höfe an und klopfte beherzt an die wurmstichige Tür. Sie öffnete sich quietschend, und eine Frau um die dreißig trat auf die Schwelle. An ihrem Rockzipfel hingen zwei zerzauste Kinder mit runden Augen und schmutzigen Gesichtern, beide nicht viel älter als drei oder vier. Auf dem Arm trug sie ein mit halb geöffnetem Mund schlafendes Baby. Sie beäugte Sionnach argwöhnisch.

»Was willst du?«

»Ich ... ich suche Arbeit, Ma´am. Ihr könntet mir nicht eventuell eine Anstellung bieten?«

Auf der Stirn der Frau bildeten sich verächtliche Falten. »Wenn ich das Geld hätte, jemanden einzustellen, glaubst du, dann würde es hier so aussehen?« Sie deutete auf die heruntergekommenen Ställe hinter Sionnachs Rücken. »Ich warte nicht weniger dringend auf die Rückkehr meines Mannes wie vermutlich auch deine Familie und weiß oft genug selber nicht, womit ich meine Kinder noch ernähren soll.« Ihre Stimme nahm wieder einen sanfteren Ton an. »Die Zeiten sind hart, und wir haben es im Augenblick alle nicht leicht. Es tut mir aufrichtig leid, Mädel, aber ich kann dir nicht helfen. Vielleicht versuchst du es auf einem der größeren Anwesen.«

Sionnach bedankte sich trotz der Absage höflich und setzte den Ratschlag der Frau sofort in die Tat um. Doch wo sie auch klopfte, überall wies man sie mit der gleichen oder ähnlichen Begründung ab. Niemand war willens, ein weiteres Maul zu stopfen oder gar Lohn zu zahlen. Es ging schon auf Mittag zu, als sie müde an einer der vielen aus dem Erdreich sprudelnden Quellen haltmachte, um ihren Durst zu stillen. Frustriert über ihren anhaltenden Misserfolg strich sie sich das rote Haar zurück, und ließ ihren Blick über den angrenzenden Acker schweifen.

Ein in die Jahre gekommener Mann mühte sich dort mit einem Pflug ab. Wütend drosch er mit einer Weidenrute auf das davor gespannte Pferd ein, um es anzutreiben. Doch je öfter er es schlug, umso mehr verweigerte das verängstigte Tier ihm den Dienst. Sionnach zuckte bei jedem neuen Hieb innerlich zusammen. Schließlich hielt sie es nicht mehr aus und rief erbost:
»Hört endlich auf damit! Merkt Ihr denn nicht, dass Ihr so nicht weiterkommt und Eurem Pferd nur Schaden zufügt?«
Der Alte hielt inne und sah sich erstaunt nach ihr um. »Wenn du glaubst, es so viel besser zu verstehen, mit einem Ackergaul umzugehen, komm her und beweis es mir«, höhnte er bissig.

Sionnach zögerte keine Sekunde. Kurzerhand legte sie ihre Habseligkeiten am Wegesrand ab und forderte die Zügel.

Der Alte neigte den Kopf zur Seite und übergab sie ihr mit einem zynischen Lächeln. »Gib Acht, dass du dir deine zarten Finger nicht brichst.«

Doch Sionnach achtete nicht auf seinen Spott. Vorsichtig näherte sie sich der furchtsam scheuenden Stute und streckte die Hand mit der Innenfläche nach oben aus, während sie leise auf das Tier einredete. Nach wie vor auf der Hut hielt es Abstand und blähte seine Nüstern.

»Ich hab´s ja gesagt«, gab der Alte ihr mürrisch zu verstehen, »das verdammte Vieh ist störrisch wie ein Esel. Und nun verschwinde, und lass es mich auf meine Weise erledigen, denn die Arbeit macht sich nicht von allein.«

»Bitte, Sir, noch ein paar Minuten«, bat Sionnach, ohne das zarte Band zwischen sich und der Stute zu unterbrechen. »Ich bin mir sicher, dass sie gar nicht so eigensinnig ist, wie Ihr denkt.« Der Mann knurrte etwas Unverständliches, doch er ließ sie gewähren.

Wenig später zahlte Sionnachs Geduld sich tatsächlich aus, und das Tier beschnupperte zaghaft die ihm dargebotene Hand. Sionnachs Mundwinkel verzogen sich zu einem triumphierenden Lächeln, als sich die weichen Lippen der Stute auf der Suche nach einem Leckerbissen sacht an ihrer Kleidung zu schaffen machte. Mit beruhigenden Worten begann sie, auf das Pferd einzureden und strich ihm bedächtig über den schlanken

Hals, was es mit einem leisen Wiehern quittierte. Sionnach stellte sich hinter den Pflug und schnalzte kurz, die Zügel setzte sie behutsam ein. Das Gespann gab ein knarzendes Geräusch von sich, als die Stute anzog und sich, mit schier unerschöpflichem Tatendrang der Anstrengung trotzend, durch die dicken Erdklumpen des schweren Bodens arbeitete. Am Ende angekommen, wendete Sionnach das Gespann und richtete es neu aus.

Doch anstatt die Arbeit fortzuführen, trat sie vor die Stute und flüsterte: »Das hast du wirklich gut gemacht. Dem haben wir's gezeigt, was?« Die Stute schnaubte zur Bestätigung und rieb ihre Nase sanft an Sionnachs Wange. Sie wandte sich um und sah, dass der Alte ihnen gefolgt war. Sein Gesichtsausdruck hatte sich merklich verändert. Sionnach wollte ihm die Zügel übergeben, aber er schüttelte entschieden den Kopf.

»Zweifellos hast du ein weit besseres Gefühl für sie als ich. Zumal meine Knochen müde sind und ich vor lauter Schmerzen den Rücken nur noch selten gerade halten kann.« Er zuckte gleichgültig die Achseln. »Naja, was nützt es, darüber zu klagen. Ist halt das Leben, das uns gegeben wurde.«

Sionnach nickte stumm und sammelte ihre am Wegesrand abgelegte Habe zusammen. Der Alte beobachtete sie dabei.

»Wenn du mir den gesamten Acker umpflügst, werde ich mich nicht lumpen lassen«, schlug er plötzlich vor. In seinen Augen blitzte es erwartungsvoll auf. »Nun, was sagst du?«

Nach dem enttäuschenden Vormittag konnte Sionnach ihr Glück kaum fassen. Jemand bot ihr Arbeit an, ohne dass sie danach hatte fragen müssen. Ein strahlendes Lächeln breitete sich auf ihrem Gesicht aus.

Der Alter erwiderte es verhalten und fuhr fort: »Wenn ich mich nicht irre, bist du einverstanden, aye?« Sionnach nickte eifrig, und er reichte ihr seine schwielige Hand. »Mein Name ist Scott.« Er grinste verschämt. »Ich hoffe, du verzeihst mir meine Grobschlächtigkeit. Ich habe es schon länger nicht mehr mit einem Frauenzimmer zu tun gehabt und glatt vergessen, wie man mit ihnen umgeht. Mein Sohn hat sich den Truppen Bonny Dundees angeschlossen und mir bis zu seiner Rückkehr die

Verantwortung für den Hof überlassen. Aber leider geht es nicht mehr so gut wie früher. Meine Kräfte lassen nach, und die Augen sind trüb geworden. Wenn du magst ...«, er hielt kurz inne, um dann fortzufahren, »... ich hätte da noch einiges mehr zu tun. Der Haushalt ist in einem üblen Zustand. Kleidung müsste geflickt, Wäsche gewaschen und der Gemüsegarten von Unkraut befreit werden.«

Sionnachs Herz machte vor lauter Freude einen Luftsprung. Dennoch versuchte sie, Gelassenheit zu zeigen.

»Was ich verdiene, erhält meine Familie. Ich kann mich darum nicht bloß mit einer Mahlzeit als Lohn zufriedengeben.«

Der Mann grinste erneut. »Solltest du genauso fleißig wie geschäftstüchtig sein, werden wir gut miteinander auskommen. Und wenn du auch noch kochst wie du forsch bist, hast du dir dein Geld auf jeden Fall verdient.«

Der alte Scott hatte nicht übertrieben. Als Sionnach am nächsten Morgen die Küche näher in Augenschein nahm, verschlug es ihr den Atem. Am gestrigen Abend war es zu dunkel und sie zu müde gewesen, um sich genauer umzuschauen. Doch als der Morgen graute und sie die Augen öffnete, gaben die ersten Sonnenstrahlen, die es durch die vor Schmutz und Spinnweben blinden Fenster ins Innere des Hauses schafften, das ganze Ausmaß männlicher Nachlässigkeit preis. Seufzend suchte sie nach Eimer und Lappen, schöpfte Wasser im Brunnen und machte sich an die Arbeit. Nachdem sie mit den Fenstern fertig war, widmete sie sich den schmutzverkrusteten Holzdielen, den verstaubten Möbeln, dem sich türmenden Geschirr und schließlich dem rußgeschwärzten Ofen. Als sie an diesem Abend unter ihre Decke kroch, tat sie es mit dem zufriedenen Gefühl, ein gutes Stück Ordnung geschaffen zu haben.

Auch in den folgenden Tagen wollte die Arbeit im Haus des alten Scott und seines Sohnes kein Ende nehmen. Während Scott nur noch tat, was seine Kräfte zuließen, übernahm Sionnach die überwiegende Last der Aufgaben. Jeden Morgen aufs Neue wusch, nähte, kochte und putzte sie, versorgte die Tiere, mistete die Ställe aus und brachte den Gemüsegarten auf Vordermann. Die Tage vergingen wie im Flug, und die zweckgebundene Eintracht, in der sie miteinander unter einem Dach lebten, ließ Sionnach schon sehr bald die Ängste vergessen, die sie beim Verlassen ihres Dorfes erfüllt hatten. Den Gedanken daran, was geschehen würde, sobald Scotts Sohn zurückkam, verdrängte sie vorsichtshalber.

Gegen Ende August kehrte dieser schließlich heim und übernahm Hof, Kommando und Arbeit. Zwei weitere Tage gewährte er Sionnach noch Aufenthalt. Am Morgen des dritten trat er auf sie zu, zahlte den ausgemachten Lohn und überreichte ihr ihre Habseligkeiten. Tief entschlossen, sich nicht entmutigen zu lassen, verließ sie den Hof und Drumsallie. Wenngleich sie auch ihre Arbeit verloren hatte, so hatte sie doch eines hinzugewonnen, das ihr niemand mehr nehmen würde: Vertrauen in sich selbst und ihre Fähigkeiten zu überleben. Fest entschlossen nahm sie sich vor, es zu schaffen und die, die sie liebte, nicht im Stich zu lassen. Derart gestärkt, trat sie ihre Reise ins Ungewisse erneut an.

3

Die Sonne stand hoch am Himmel und sandte ihre warmen Strahlen kraftvoll durch das dichte Dach der sich sacht im Rhythmus des Windes wiegenden Bäume. Helle Lichtflecken tanzte über den weichen, nadelbedeckten Waldboden, der federnd unter Sionnachs Füßen nachgab. Ein rostbraunes Eichhörnchen, das eilig Schutz in den hohen Wipfeln der knarzenden Pinien suchte, sauste aus dem Dickicht der breitfächrigen Farne, die ihre saftig grünen Blätter gierig nach den letzten Tautropfen der Nacht ausgestreckt hielten.

Sionnach schaute dem Tier sehnsüchtig nach und spürte, wie sich ihr Magen erneut vor Hunger verkrampfte. In Zeiten harter Winter wusste ihre Mutter die kleinen Nager auf wunderbare

Weise zuzubereiten, und schon der bloße Gedanke daran ließ Sionnach das Wasser im Mund zusammenlaufen. Zwar hatte sie erst vor kurzem Rast an ein paar wilden Heidelbeersträuchern gemacht, doch so akribisch sie sie auch abgegrast hatte, mehr als eine Handvoll hatte sie nicht entdecken können.

»Was soll's«, murmelte sie und gab sich alle Mühe, das nagende Gefühl in ihrem Inneren zu unterdrücken, »sobald ich wieder Arbeit gefunden habe, werde ich auch ausreichend essen können. So lange muss das bisschen eben reichen.« Sie hatte sich vorgenommen, ihr Glück zunächst in den anliegenden Dörfern zu versuchen, und, sofern es fehlschlagen sollte, weiter nach Invergarry Castle zu gehen, um Hilfe bei Lord MacDonell zu erbitten. Ihr Herr, das wusste sie, war ein mächtiger Mann und würde ihr sicher für eine Weile Zuflucht gewähren und sich um ihren Verbleib kümmern. So war es zu jeder Zeit gewesen, und so würde es immer sein. Die Clanführer hatten stets ein wachsames Auge auf die ihnen zugehörigen Familien gerichtet und achteten darauf, dass es den Menschen gutging, solange man ihnen und dem Wappen des Clans die Treue hielt.

Sionnach musste sich stark auf den vor ihr liegenden Weg konzentrieren. Längst fiel ihr die Orientierung nicht mehr so leicht wie zu Beginn. Die Dörfer des Hochlandes lagen weit verstreut und waren oft nur äußerst schwer zu erreichen. Manch ein Bewohner hatte den Ort, an dem er einst geboren worden war, zeit seines Lebens nicht verlassen, wobei es sich dabei durchweg um Frauen handelte. Die Männer waren - wenn nicht unterwegs auf Viehtrieb, Stammesfehden oder Raubzügen - des Öfteren anlässlich verschiedenster Anliegen am Hof ihres Herrn zu finden. Sionnach hatte ihren Vater bislang nur ein einziges Mal nach Invergarry Castle begleitet und war derart beeindruckt von der Größe der trutzigen, auf dem Gipfel eines alle anderen Anhöhen überragenden Berges thronenden Burg und der Vielzahl der dort angetroffenen Menschen gewesen, dass sie sich rasch nach der Stille und Einsamkeit ihres eigenen Zuhauses inmitten des Hochlandes gesehnt hatte. Sie war es nicht gewohnt, sich unter den strengen Blicken des Adels und dessen

Gefolge bewegen zu müssen und hatte ständig befürchtet, sich nicht ordnungsgemäß zu verhalten. Doch nun durfte sie sich davon nicht länger abschrecken lassen. Ihre Familie benötigte Hilfe, und um vor den Lord treten und ihm ihr Anliegen vorbringen zu können, musste sie so souverän wie möglich auftreten.

Das plötzliche Stampfen schwerer Rinderhufen unterbrach Sionnachs Gedankenfluss und ließ sie neugierig aufhorchen. Als sie sich umwandte, um das dumpfe Geräusch besser orten zu können, sah sie hinter der nächsten Wegbiegung mehrere zottelige Rinder hervortraben und direkt hinter ihnen ihren Treiber. Der Anblick seines vertrauten Gesichts löste eine zentnerschwere Last von ihrem Herzen.

»Brendan! Du glaubst ja gar nicht, wie sehr ich mich freue, dich zu sehen!« Erleichtert lief sie ihm entgegen und schlang die Arme um den kräftigen Nacken ihres Bruders. Brendan schien es sichtlich zu genießen, zog aber dennoch überrascht seine Brauen hoch.

»Das ehrt mich ungemein, Mädel, aber was, zum Teufel, machst du so weit weg vom Dorf? Du solltest daheim bei Mutter sein«, bemerkte er streng und drückte Sionnach sanft ein Stück von sich weg.

»Du brauchst mich gar nicht so böse ansehen«, schmollte Sionnach. »Ihr ward schrecklich lange fort. Wir mussten davon ausgehen, dass ihr tot oder zumindest gefangengenommen worden seid. Einmal kam ein Bote, aber er konnte nicht mehr sagen, als dass Dundees Armee gesiegt hatte. Irgendwann waren unsere Vorräte aufgebraucht. Wir wussten nicht weiter, und so hat Mutter mich fortgeschickt, um Arbeit zu suchen.«

»Wozu das? Ihr hattet doch immer noch die Milch der Kuh«, wandte Brendan verwundert ein.

»Die ist vor gut zwei Wochen verendet«, erklärte Sionnach. Die enorme Last, die Brendans unvermitteltes Auftauchen von ihren Schultern genommen hatte, ließ ihr die vergangenen Tage nun nicht mal mehr halb so schlimm erscheinen, und ihre Sorge, wie es weitergehen sollte, war mit einem Schlag wie weggeblasen. Interessiert streifte ihr Blick über die kleine Herde, die ihr Bruder mit sich führte. »Wem gehören denn die?«

Brendans Mund verzog sich zu einem breiten Grinsen. »Uns«, erwiderte er knapp.

»Und wessen Eigentum waren sie ursprünglich?«

Er zuckte die Achseln. »Was spielt das für eine Rolle?«

»Och, nun sag schon«, bettelte Sionnach.

Doch Brendan blieb hart. »Manchmal ist es besser, wenn du nicht alles weißt, Schwesterchen.« Er griff nach einem Seil, das er sich quer über Brust und Rücken gehängt hatte, und band es einem der Rinder um den muskulösen Hals. Nachdem er es fest verknotet hatte, reichte er es Sionnach. »Hier, nimm und bring sie nach Hause zu Mutter. Das wird sie beruhigen. Und richte ihr schöne Grüße von Vater aus. Es geht ihm gut, aber er wird noch ein paar Tage länger fort sein.«

Sionnach nahm das Seil und wickelte es fest um ihre Hand. Dabei sah sie ihren Bruder mit zusammengekniffenen Augen an.

»Das Vieh ist geraubt«, mutmaßte sie treffend. »Deshalb hat eure Rückkehr sich derart verzögert.«

»Der Herr speist die Seinen«, erwiderte Brendan grinsend. »Und jetzt nimm die Kuh, und geh heim.«

»Kommst du denn nicht mit?«

Er schüttelte den Kopf. »Ich muss die restlichen Tiere noch auf ein paar ziemlich abgelegene Höfe verteilen, deren Männer für unseren König gefallen sind. Aber es wird nicht lange dauern. Spätestens morgen Abend bin ich zurück.«

»Und Vater?«

»Er treibt das Vieh des Lords mit ein paar anderen Männern Richtung Invergarry Castle und hofft darauf, vielleicht ein paar Pfund Sold zu bekommen.« Er schlug der Kuh mit der flachen Hand aufs Hinterteil, woraufhin das Tier sich gemächlich in Bewegung setzte. »Pass gut auf sie auf, wenn du in diesem Winter nicht verhungern willst«, rief er Sionnach hinterher, »und sag Mutter, dass ich einen kleinen Sack Mehl mitbringe.«

Leichten Herzens trat Sionnach den Rückweg an. Die Tatsache, ihr Dorf nicht länger verlassen zu müssen, verdrängte das zunehmende Knurren ihres Magens. Sie sah Brendan nach, bis er durch den Verlauf des Weges aus ihrem Blickfeld verschwand. Dann setzte auch sie sich in Bewegung. Die Kuh trottete folgsam neben ihr her, und so schloss sie für einen Moment die Augen und atmete den Duft des Waldes tief ein, bis sie das Gefühl hatte, angenehm zu taumeln.

»Na, wen haben wir denn da Hübsches?«

Der raue Klang einer männlichen Stimme riss Sionnach unsanft aus ihren Träumen, und sie öffnete erschrocken die Augen. Sogleich fiel ihr entsetzter Blick auf zwei rot uniformierte Männer zu Pferd.

Englische Soldaten!, durchzuckte es sie beunruhigt. Sie dachte an die verheerende Schlacht ihrer Leute gegen die Engländer, an der auch ihr Vater und Brendan teilgenommen hatten. Eilig senkte sie den Kopf und gab sich alle Mühe, sich so unauffällig wie möglich an den beiden Reitern vorbeizudrücken, aber die Soldaten machten ihr einen Strich durch die Rechnung.

»Nicht so schnell, Rotfuchs.« Einer der Männer sprang pfeilschnell aus dem Sattel und stellte sich Sionnach breitbeinig und mit in die Hüften gestemmten Händen in den Weg.

Sionnach überlegte für den Bruchteil einer Sekunde, ob sie das Seil, an dem sie die Kuh führte, einfach loslassen und ins Dickicht flüchten sollte. Doch sie verwarf den Gedanken wieder, als sie daran dachte, welche Bedeutung das Tier für ihre Familie besaß.

»So allein unterwegs?« Der Soldat schenkte ihr ein anzügliches Lächeln. »Wohin soll's denn gehen, wenn ich fragen darf?«

»Nach Hause, Sir«, antwortete Sionnach mit bebender Stimme und versuchte, sich ihre Nervosität nicht anmerken zu lassen.

»Nach Hause, ja? Und wo genau ist das?«

»Glenfinnan, Sir.«

Der Soldat näherte sich ihr, bis sie den ihm anhaftenden Körpergeruch wahrnehmen konnte, der sie vermuten ließ, dass er es mit der Hygiene nicht so genau nahm. Er fuhr mit dem gekrümmten Zeigefinger unter Sionnachs Kinn und zwang sie, ihn anzusehen. Das Herz schlug ihr bis zum Hals, als sie seinem stummen Befehl nachkam.

Die Kiefermuskeln des Mannes zuckten grausam. »Eine schottische Bauernschlampe«, stellte er verächtlich fest und warf seinen Kameraden einen vielsagenden Blick zu, der Sionnach daraufhin mit derselben Herablassung musterte.

»Wahrscheinlich hat sie die besiegten jakobitischen Bastarde ein bisschen aufgemuntert und ihnen die unter ihrem Kilt freiliegenden Stengel poliert«, versuchte er Sionnach zu provozieren. Sie spürte, wie Hitze in ihr aufstieg und ihre Wangen sich vor Wut und Scham röteten. Ruckartig entzog sie dem Soldaten ihr Gesicht und wandte sich zur Seite. Doch der Mann war schneller und packte sie grob beim Arm.

»So, eine kleine Hure bist du also«, nahm er die dreiste Behauptung seines Kameraden zum Anlass, Sionnach weiter zu schikanieren und schnupperte an ihrem Hals, »obwohl du gar nicht nach billigem Parfum stinkst. Eher nach Kuhmist. Aber ihr Hochländer riecht eh alle gleich.« Er rümpfte angewidert die Nase.

Sionnach nahm allen Mut zusammen und riss sich aus seinem Griff los. »Ich gehöre zum Clan MacDonell of Glengarry«, stieß sie leidenschaftlich hervor und funkelte ihn trotz ihrer Angst zornig an, »und ich bin keine Hure!«

Der Soldat sah sie einen Moment lang verblüfft an. Doch dann schnellte seine Hand ein weiteres Mal hinauf, und seine Finger gruben sich in Sionnachs langes Haar.

»Ach, nein?«, knurrte er und zerrte sie mit roher Gewalt hinunter auf die Knie. »Na, was nicht ist, kann ja noch werden.« Ohne seinen Griff zu lösen, winkte er seinen Kameraden heran. »Komm und halte das rothaarige Miststück fest, damit ich ihr zeigen kann, wie es sich anfühlt, von einem Engländer geritten zu werden.«

Sionnach schrie entsetzt auf, als ihr klar wurde, worauf der Soldat abzielte. Verzweifelt begann sie, sich zur Wehr zu setzen, was ihr jedoch nichts außer ein paar schallenden Ohrfeigen einbrachte. Wie betäubt ließ sie zu, dass die beiden Männer sie bäuchlings auf einen umgestürzten Baumstamm drückte und sich gierig an ihrem Rock zu schaffen machten. Abermals wollte sie schreien, doch außer einem erstickten

Schluchzen brachte sie keinen einzigen Ton heraus. Sie wusste nur zu gut, was sie auch tun würde, der Kraft der Soldaten hatte sie nicht das Geringste entgegenzusetzen. Heiße Tränen rannen ihre Wangen herab, als sie zitternd zu beten anfing: »Vater unser im Himmel, geheiligt werde Dein Name. Dein Reich komme. Dein Wille geschehe, wie im Himmel, also auch auf Erden ...«

»Gut erkannt, Rotfuchs«, unterbrach sie der Soldat, der ihre Hüften gepackt hielt, und öffnete mit fahrigen Fingern die Schnüre seiner Hose, »mein Wille geschehe, und worin der besteht, wirst du gleich merken.«

»Bitte, Sir, lasst mich doch gehen«, flehte Sionnach bebend vor Angst.

»Du gehst erst, wenn ich mit dir fertig bin, Rotfuchs.«

»Und dieser Zeitpunkt ist genau jetzt«, mischte sich plötzlich eine vertraute Stimme und das metallische Schleifen eines aus der Scheide gezogenen Breitschwertes hinzu.

»Brendan!«, rief Sionnach, obwohl sie ihren Bruder nicht sehen konnte. Schlagartig gewann sie ihren Mut zurück.

»Ihr lasst sofort das Mädel in Ruhe«, knurrte der und bohrte dem Soldaten mit der halb geöffneten Hose unnachgiebig die Spitze seines Schwertes an die Stelle des Halses, an der die Hauptschlagader pulsierte. »Wird´s bald?« Er verstärkte den Druck geringfügig.

Der Adamsapfel des Engländers zuckte unruhig, während er seinen Kameraden anstarrte, der Sionnach nach wie vor festhielt.

»Lass das verfluchte Weib schon los, Mann!«, fauchte er wütend und streckte kapitulierend seine Hände über den Kopf.

Das Schwert fest umklammert, befahl Brendan sie zu sich und Sionnach kam seiner Aufforderung nur zu gerne nach.

»Oh, Gott ... ich danke dir, Brendan«, murmelte sie matt und schmiegte ihr bleiches Gesicht an seine breite Schulter. »Aber wie hast du -?«

»Dein Schrei war nur schwer zu überhören«, beantwortete er ihre Frage. »Dein Glück, dass ihr MacDonell-Frauen so kräftige Lungen habt.« Er grinste, wurde jedoch sofort wieder ernst.

»Nimm die Kuh und geh. Ich werde die beiden hier noch ein bisschen in Schach halten, bis ich der Meinung bin, dass du genügend Vorsprung hast.«

Sionnach nickte und war im Begriff sich umzudrehen, als sie plötzlich das leise aber unverkennbare Klicken einer entsicherten Pistole wahrnahm.

»Das solltest du besser bleiben lassen, Junge. Und jetzt wirf deine Waffe weg.«

Brendans Gesicht verlor deutlich an Farbe. Einen Moment lang zögerte er, und seine Finger hielten den Griff des Schwertes kampfbereit umschlossen. Doch angesichts der fraglosen Überzahl seiner Gegner öffnete er schließlich die Hand, und das Schwert fiel mit einem dumpfen Aufprall zu Boden.

»So ist es gut, mein Junge. Und nun dreht euch um. Beide.«

Beim Anblick des englischen Reitertrupps fiel Sionnachs Hoffnung, unversehrt nach Glenfinnan zurückzukehren, gänzlich in sich zusammen. Verstohlen musterte sie den aufrecht sitzenden Mann an der Spitze der Truppe. Er war von drahtiger Gestalt und trug, im Gegensatz zu den beiden Soldaten, denen sie zuvor begegnet waren, eine makellos saubere Uniform. Sein dunkelblondes Haar war zu einem sauberen Zopf geflochten und saß korrekt unter der schwarzen Kappe. Der breite Kiefer, der in einem leicht rundlichen Kinn mündete, machte einen frisch rasierten Eindruck. Er sah nicht unfreundlich aus, wenngleich seine strengen Gesichtszüge doch darauf schließen ließen, dass seine Toleranzgrenze und seine Bereitwilligkeit, Milde zu zeigen, nicht besonders hoch lagen.

Mit einem Fingerzeig bedeutete er zweien seiner Männer, Sionnach und Brendan weiter im Auge zu behalten, während er selbst sich seinen beiden abtrünnigen Gefolgsleuten zuwandte. Mit erhobenen Brauen betrachtete er die beiden Männer, die wie begossene Pudel mit starr zu Boden gerichtetem Blick und hängenden Armen vor ihm standen.

»Ich muss mich doch sehr wundern, Soldaten. Das Bild, das sich mir hier bietet, liegt meilenweit von dem entfernt, was die englische Armee repräsentieren sollte. Wie gedenkt ihr Männer mir diesen unrühmlich Zustand zu erklären?« Sein Augenmerk fiel auf den noch immer weit aufgeknöpften Hosenlatz des einen.

Der Soldat räusperte sich mit spürbarem Unbehagen. »Sir, wir ... also es ist so, Sir ...«
»Ja?«
»Das Mädchen erschien uns verdächtig«, sprang der andere für seinen Kameraden in die Bresche, »was uns dazu bewog, sie näher zu überprüfen.«
Der Hauptmann runzelte die Stirn. »Und welches Vergehens sollte sie sich eurer Ansicht nach schuldig gemacht haben?«
»Des Diebstahls, Sir«, antwortete der Soldat eifrig. »Und als wir dazu übergehen wollten, weitere Untersuchungen anzustellen, versuchte sie, uns mit ihren Reizen abzulenken.«
»Was ihr allem Anschein nach auch gelungen ist«, bemerkte der Hauptmann mit offenkundigem Spott und streifte Sionnachs zerrupfte zerzauste Gestalt, was in Brendan brodelnden Zorn entfachte.. Sein Gesichtsausdruck sprach Bände, und es fiel ihm sichtlich schwer, seine Beherrschung nicht zu verlieren.
»Eure Männer lügen!«, stieß er erbost hervor. »Sie haben versucht, das Mädel zu schänden.«
»Brendan, nein«, flüsterte Sionnach ängstlich, aber er schüttelte sie unwillig ab.
Der Hauptmann lenkte sein Pferd zurück und warf Brendan einen unduldsamen Blick zu. »Deine Anschuldigung wiegt schwer und steht deiner Dreistigkeit in nichts nach, Schotte.« Er wies mit einem Kopfnicken auf Sionnach. »Du, Mädchen – welchem Clan bist du zugehörig?«
»MacDonell of Glengarry, Sir.«
»Campbell«, antwortete Brendan zeitgleich mit ihr.
»Der Junge lügt, Sir«, mischte der Soldat mit der offenen Hose sich in das Verhör ein. »Das Mädchen hat uns vorhin den gleichen Namen genannt. Wahrscheinlich will er sie aus irgendeinem Grund decken.«
»Das werden wir gleich feststellen«, sagte der Hauptmann. Er stieg aus dem Sattel und steuerte auf die Kuh zu, die sich an

einem üppigen Büschel Gras gütlich getan hatte und nun genüsslich wiederkäute. Fachmännisch teilte seine Hand das zottelige Fell. »Zweifellos ein Campbell-Rind«, konstatierte er mit kundigem Blick auf das Brandzeichen, und seine Aufmerksamkeit wechselte wieder zu Brendan, »während aus dem Tartan deines Plaids ganz klar hervorgeht, dass meine Männer recht haben. Du lügst tatsächlich. Stellt sich nur die Frage, warum. Aber auch das wird sich zeigen. Fesselt ihn. Und das Mädchen setzt auf ein Pferd. Wir werden sie mit nach Fort Inverlochy nehmen, um der Sache auf den Grund zu gehen.«

4

Aus dem Augenwinkel konnte Sionnach sehen, wie viel Mühe es Brendan bereitete, mit dem Tempo des Pferdes, an das man ihn gebunden hatte, Schritt zu halten. Bis nach Fort Inverlochy waren es mehr als zwanzig Meilen, und auch die Tatsache, dass er in körperlich guter Verfassung war, konnte nicht über seine Anstrengung hinwegtäuschen. Die Truppe nahm keine Rücksicht auf ihren hinterdrein strauchelnden Gefangenen. Ihr Bestreben galt vorranging dem Erreichen ihres Ziels vor Sonnenuntergang.

Sionnach regte sich unbehaglich in der emotionslosen Umarmung des Soldaten, auf dessen Pferd man sie verfrachtet hatte. Vergeblich versuchte sie, sich von dem abzulenken, was sie in Fort Inverlochy erwartete. Sie bereute zutiefst, Brendan mit ihrem Schrei dazu veranlasst zu haben, nach ihr zu sehen. Nun bezichtigte man sie des Diebstahls, und das Schlimmste daran war, dass es nicht einmal zu Unrecht geschah. Ihr Vater und Brendan hatten ja tatsächlich gestohlen. Dass sie im Auftrag Lord MacDonells gehandelt hatten, wäre für den Richter wahrscheinlich gleichsam unerheblich wie die Tatsache, dass Brendan kaum zwanzig Jahre zählte. Für die Engländer galt er als vollwertiger Mann, und sein Alter würde ihn nicht vor einer Strafe schützen.

Sie erreichten Fort Inverlochy am späten Nachmittag. Das Land, auf dem die Engländer ihren Stützpunkt errichtet hatten, war im Besitz des Clan Cameron, die die Gegenwart der Engländer zwar tolerierten, aber keineswegs guthießen.

Sionnach hatte das Gebiet zu Füßen des Ben Nevis zuvor noch nie betreten, denn die Camerons waren mit den MacDonalds verfeindet. Da diese wiederum eine verwandtschaftliche Bindung zum Clan MacDonell besaßen, war es selbstverständlich, dass man sich gegen die Camerons verbündet hatte und sich gegenseitig mied, wo immer es möglich war.

Sie durchritten den steinernen Torbogen und kamen im weiträumigen Innenhof zum Stehen. Sionnach schaute sich scheu um. Dem angenehmen Geruch nach zu urteilen, schien der hintere Trakt der Versorgung zu dienen, während sich an der dem Land zugewandten Seite die Stallungen befanden. Das Fort war nicht besonders groß. Es wurde überwiegend als Amtssitz genutzt, war aber immerhin gut befestigt, um etwaigen Angriffen standhalten zu können.

»Sperrt den Jungen in eine Zelle«, ordnete der Hauptmann an und übergab sein Pferd einem herbeieilenden Stallburschen. »Das Mädchen übernehme ich.«

»Wagt ja nicht, sie anzurühren, sonst bringe ich Euch um!«, giftete Brendan ihn mit grimmiger Miene an. Der Zorn, der in seinen Augen funkelte, veranlasste Sionnach zu glauben, ihr Bruder würde dem Hauptmann jeden Moment auch mit gefesselten Händen an die Kehle springen, und sie bewunderte seinen ungebrochenen Mut.

Der Hauptmann bedachte Brendan mit einem geringschätzigen Blick. »Hältst du es deiner Situation für zuträglich, wenn du mir drohst, Schotte?« Noch während er sprach, bot er Sionnach seine Hand, um ihr beim Absteigen behilflich zu sein, doch sie zögerte und sah Brendan nach, der sich unwillig im festen Griff zweier Soldaten wand und in der Dunkelheit des Gebäudes verschwand.

»Was ist mit dir, Mädchen? Willst du die Nacht auf dem Hof verbringen?«

Schweigend ließ Sionnach sich aus dem Sattel helfen. Doch sowie ihre Füße den Boden berührten, duckte sie sich unter dem Arm des verblüfften Mannes hinweg und rannte hinter Brendan her. Der Hauptmann folgte ihr mit einem Fluch auf den Lippen und hatte sie bereits nach wenigen Sätzen eingeholt. Verärgert packte er sie beim Oberarm. Sionnach schrie wütend auf und trat dem Hauptmann mit aller Kraft gegen das Schienbein.

»Verfluchtes Gör! Was soll denn dieser Unsinn?«, donnerte er mit schmerzverzerrtem Gesicht.

»Verschwinde! Schnell, Sionnach!«, rief Brendan, der unmittelbar vor ihnen lief und dem das Gerangel nicht entgangen war. Aber Sionnach dachte nicht daran, ihren Bruder im Stich zu lassen. Sie hielt geradewegs auf ihn zu und klammerte sich an ihm fest.

»Mädel, um Gotteswillen, nein!«, ächzte er und versuchte, sie abzuschütteln. Aber es war bereits zu spät. Man hatte ihr den Fluchtweg abgeschnitten.

»Du hast es so gewollt«, knurrte der Hauptmann mit gesenktem Kopf. Seine Nasenflügel blähten sich unheilvoll, während er Sionnach fixierte. »Da es offenbar ihrem Wunsch entspricht, nehmt sie und sperrt sie gemeinsam mit dem Jungen ein.«

Die Zelle, in die man sie brachte, erwies sich bei weitem nicht so schlimm wie Sionnach befürchtet hatte. Der quaderförmige Raum war klein, aber entgegen ihrer Annahme sauber und trocken. Es gab eine vergitterte Fensteröffnung, die dem Gefangenen einen Blick hinaus auf den See und die umgrenzenden Hügelketten gewährte. An einer der nackten Wände ragte ein dicker Ring aus dem Mauerwerk, von dem ein Paar Handschellen herabbaumelten. Zu Sionnachs großer Erleichterung blieben diese ungenutzt. Brendan jedoch beließ man in Fesseln.

»Du hättest deine Chance nutzen und flüchten sollen«, brummte er und ließ sich auf dem kalten Steinboden nieder. »Warum, zum Teufel, könnt ihr Frauen euch zur Abwechslung nicht mal gehorsam zeigen, wenn ein Mann etwas sagt?«

Zerknirscht senkte Sionnach ihren Kopf. »Bist du mir sehr

böse?«

»Das sollte ich wohl sein, du machst es mir nicht besonders leicht.«

Sie setzte sich neben ihn und schmiegte sich schutzsuchend an seine Schulter.

»Was glaubst du, werden sie mit uns machen?«, fragte sie beklommen, denn trotz des Umstandes, Brendan in ihrer Nähe zu wissen, hatte sie schreckliche Angst vor dem, was man ihnen antun könnte.

Brendan wiegte nachdenklich den Kopf. »Sofern es gut läuft und die Männer, die über mich urteilen werden, milde gestimmt sind, habe ich vielleicht Glück und komme mit einer sicherlich nicht sehr angenehmen, aber in Anbetracht des Vergehens, dessen man mich beschuldigt, durchaus vertretbaren Auspeitschung davon.«

»Wenn es gut läuft?«, wiederholte Sionnach erschüttert. »Was erwartest du denn bei schlechter Laune?«

»Dass sie mich hängen«, erwiderte Brendan nüchtern, hielt seinen Blick jedoch starr von ihr abgewandt, während er sprach.

Sionnach erbleichte. »Aber das ... das können sie nicht tun«, flüsterte sie bestürzt.

»Sie können und sie werden. Dem Gesetz nach bin ich zweifelsfrei ein Viehdieb und auch noch dumm genug gewesen, mich als ein solcher erwischen zu lassen«, seufzte Brendan.

»Der Lord wird sicher nicht zulassen, dass die Engländer ein Mitglied unseres Clans hinrichten«, eiferte Sionnach sich.

»Und selbst wenn - bis er von unserer Festnahme erfährt und seine Männer schickt, bin ich längst tot«, machte Brendan ihren zarten Hoffnungsschimmer gleich darauf wieder zunichte. »Aber immerhin reiten sie nicht mit leeren Händen heim, denn zumindest dich werden sie auslösen können.«

»Aber wie – ich ... ich dachte, ich bekomme die gleiche Strafe wie du«, stammelte Sionnach verwirrt.

Brendan schüttelte den Kopf. »Eher unwahrscheinlich. Mit mir als Sündenbock können sie sich dieser unbequemen Sache problemlos entledigen und es als ausreichend geregelt betrachten, um Campbell Genugtuung zu verschaffen. Dein Name wird vermutlich nicht mal in ihren Akten auftauchen. Nichtsdestotrotz solltest du dich vorsehen.«

»Was meinst du?«

»Du bist eine Frau, mein Herz, und eine verflucht hübsche noch dazu.« Der Blick seiner blauen Augen streifte warm über ihre sich schamvoll rötenden Wangen. »Sie werden nicht zögern, sich an dir zu vergreifen, wenn ihnen der Sinn danach steht. Dieser Hauptmann ist auch nicht besser als seine Untergebenen. Was glaubst du wohl, warum er sich persönlich um deinen Verbleib kümmern wollte?«

»Du meinst ...?« Sionnach schauderte unwillkürlich, als sie den Gedanken ihres Bruders zu Ende dachte. »Aber sie ... sie unterstehen dem Befehl des Königs und würden ihre Ehre riskieren.«

Brendan schnaubte abfällig. »Welche Ehre? Sie haben Schottland um seinen rechtmäßigen Herrscher betrogen und unterstehen dem Befehl einer protestantischen, vom englischen Parlament gewählten Marionette, die niemals unser König sein wird. Unser König ist und bleibt James.« Die stolze Inbrunst, mit der er seine Meinung und damit die vieler Hochländer äußerte, räumte jeden Zweifel an seiner Überzeugung aus.

Was das betraf, waren Sionnachs Wünsche weit schlichterer Natur. Sie zerbrach sie sich lediglich den Kopf darüber, wie der Mann, der eines Tages Gefallen an ihr finden und um sie werben würde, das Wohlwollen ihres Vaters erlangen konnte. Für Politik interessierte sie sich nicht. Solange der amtierende König nur für Gerechtigkeit und Frieden sorgen und sie und ihre Leute in Ruhe ließ, gab es für sie keinen Grund zur Beanstandung.

Ganz anders hingegen Vater und Bruder. Obwohl sie nur einfache Bauern waren, hatten sie ihre Entscheidung, unter Bonnie Dundees Führung gegen das englische Parlament aufzubegehren, aus tiefstem Herzen getroffen und standen König James auch nach seiner Absetzung loyal zur Seite. Sie hatten ihr Leben dafür riskiert, ihn wieder als rechtmäßigen Herrscher auf dem Thron zu sehen und hielten an dem fest, woran sie glaubten, selbst wenn es bedeutete, dass sie für ihre Grundsätze leiden mussten.

»Ich habe Angst, Brendan«, flüsterte Sionnach mit bebender Stimme und rückte noch ein Stück näher an ihren Bruder heran.

Brendan legte seine gefesselten Arme um ihre schmale Gestalt und drückte sie sanft an seine Brust, so dass sie das beruhigende Schlagen seines Herzens hören konnte.

»Sorge dich nicht, Füchschen. Sei einfach wachsam, und pass gut auf dich auf.« Er hauchte ihr einen Kuss auf das glatte rote Haar und sog den Duft, den es verströmte, so tief ein, als würde er nie wieder Gelegenheit dazu bekommen. »Und nun versuche ein bisschen zu schlafen. Morgen sieht die Welt schon wieder ganz anders aus.«

»Versprochen?«

»Versprochen!« Um seiner Lüge nicht entlarvt zu werden, schloss Brendan rasch die Augen. Gern hätte auch er sich dem beruhigenden Gefühl hingegeben, dass alles wieder gut werden würde, doch er wusste, dass ihre Chancen, heil aus der Sache herauszukommen, bei null lagen.

5

James Hamilton lehnte sich bequem in seinem Stuhl zurück und konnte ein gewisses Maß an Herablassung nicht unterdrücken. Mit locker auf dem Bauch gefalteten Händen musterte er den Mann, der ihm auf der anderen Seite des schweren Schreibtisches gegenübersaß. Für einen Vertreter seines Geschlechts konnte er sich nicht gerade mit außerordentlicher Körpergröße rühmen. Das eindeutig vom Bluthochdruck rotgeäderte Gesicht, die dicke Knollnase und die kleinen, dicht beieinander stehenden Augen, über die sich ein Paar buschige graue Augenbrauen zog, verliehen ihm das Aussehen eines mürrischen Waldschrats, dessen Bild durch den leicht vorgewölbten Bauch noch verstärkt wurde. Hamilton schätzte ihn auf Anfang vierzig, obschon seine Erscheinung eher den Eindruck erweckte, ihn vielmehr bei Ende Fünfzig anzusiedeln. Er hatte darauf verzichtet, sich seines bereits teilweise schon recht abgetragen wirkenden Gehrocks zu entledigen, unter dem der breite Kragen eines weißen Hemdes hervorquoll.

»Ich gehe wohl recht in der Annahme, dass Euer Anliegen nicht von dem Eures letzten Besuchs abweicht?«, erkundigte Hamilton sich, obwohl er im Grunde keine Antwort auf seine Frage erwartete. Er wusste nur zu gut, aus welchem Grund dieser Mann, dessen Namen er nicht einmal kannte und der ihm auch herzlich egal war, sich bei ihm eingefunden hatte. Das heutige Treffen war nicht das erste seiner Art, und es würde sicher nicht das letzte bleiben – so hoffte er zumindest.

Der Name des Mannes und damit verbunden die Identität seines Herrn, dessen Nennung Hamilton in kaum abzusehende Schwierigkeiten bringen konnte, war Kenneth Walden. Er stand in den Diensten des Dukes of Northumberland und war in ebendessen Auftrag nach Inverlochy gekommen.

»Euer Scharfsinn ist schwerlich zu überbieten, Sir«, erwiderte er und verzog seine dünnen Lippen zu einem spöttischen Lächeln. »Da der Anlass meines Erscheinens somit keiner weiteren Klärung mehr bedarf und ich wenig Lust verspüre, mich länger als nötig Eurer Gastfreundschaft auszusetzen, zeigt mir endlich, was Ihr mir anzubieten habt.«

Hamilton stand auf, drehte Walden jedoch den Rücken zu und sah scheinbar konzentriert aus dem Fenster in die aufziehende Dunkelheit. »Es handelt sich um irgendeinen bedeutungslosen Bauernlümmel, schätzungsweise neunzehn oder zwanzig.« Er zuckte gleichgültig die Achseln. »Eingewickelt in ihre schäbigen Decken wirken diese zotteligen Kerle doch alle gleich.«

Walden ignorierte Hamiltons Kommentar. »Und aus welchem Grund haltet Ihr ihn fest?«

»Viehdiebstahl. Wir haben ihn mit einem Campbell-Rind in der Gegend um Glenfinnan erwischt.«

»Was ihn aber doch nicht zwangsläufig zum Dieb macht«, wandte Walden stirnrunzelnd ein.

»Im Tartan eines Mitglieds des MacDonell-Clans schon«, entgegnete Hamilton spitz, »zumal er sich in der Hoffnung, ich würde es ihm abnehmen, als Campbell ausgegeben hat.«

Doch Walden schien noch immer nicht zufrieden. »Ein Bauernjunge also. Und ihr seid Euch wirklich sicher, dass man nicht nach ihm suchen wird?«

Hamilton lachte spöttisch und drehte sich zu Walden um. »Wer sollte Wert darauf legen, einen Niemand ausfindig zu machen? Wenn er noch eine Familie hat, wird es sich um ebensolch arme Schlucker handeln, wie er einer ist. Und nachdem sie eine Weile um ihn getrauert haben, werden sie ein neues Balg in die Welt setzen. Diese vermaledeiten Schotten sind wie Ungeziefer – schwer ausrottbar.«

»Was ist mit dem Clan, zu dem er gehört? Wird sein Verschwinden die Aufmerksamkeit des Oberhauptes erregen?«

Hamilton schüttelte den Kopf. Zwar hatte er keine Beweise für seine Behauptung, aber der Junge hatte auf ihn nicht den Eindruck gemacht, ein Mitglied des schottischen Adels zu sein.

»Jungs wie ihn gibt es tausende im Hochland. Und selbst die Tatsache, dass sie alle den Namen ihres Chiefs tragen, sichert ihnen keineswegs auch seine Aufmerksamkeit.«

»Folglich wird es keine Probleme geben?«

»Erfahrungsgemäß nicht.«

»Nun«, Walden griff nach seinem Dreispitz und erhob sich schwerfällig von dem Stuhl, »dann würde ich ihn jetzt gern begutachten.«

Der Klang von Hamiltons Stiefelabsätzen hallte lautstark durch den Gang. Es ging bereits auf Mitternacht zu, und außer der diensthabenden Wache fand sich keine Menschenseele mehr im Zellentrakt. Hamilton nahm eine der am Mauerwerk befestigten Fackeln aus ihrer Halterung und steuerte zielstrebig die derzeit einzige belegte Zelle an. Walden folgte ihm mit etwas Abstand und schien jeden seiner Schritte genauestens zu beobachten. Hamilton war froh, dass der Lakai des ihm unbekannten Adeligen nicht auf eine Beherbergung bestand. Sein verschlagener Blick und der kühle Spott, dem Walden sich ihm gegenüber bediente, erinnerten Hamilton stets aufs Neue daran, dass der Handel, den er in mehr oder weniger regelmäßigen Abständen mit diesem Mann einging, ihn jederzeit in Konflikt mit dem Gesetz bringen konnte. Dennoch trieben seine Gier nach Geld und sein ausschweifender Lebenswandel ihn fortlaufend dazu, Walden im Auftrag seines Herrn namenlose Gefangene, die sich kleinerer Vergehen schuldig gemacht hatten, für ein paar Pfund zu überlassen. Er hatte nicht die geringste Ahnung, aus welchem Grund dieser ominöse Unbekannte einen solchen Bedarf an Männern hatte und was mit ihnen geschah. Und wenn er ehrlich war, hatte er auch nicht die geringste Lust, sich mit dem Schicksal seiner Gefangenen zu belasten, denn keiner von ihnen war jemals wieder zurückgekehrt. Fast lautlos schob er den kleinen Riegel der winzigen Luke beiseite, die Einblick ins Innere der Zelle gewährte, und hob die Fackel.

»He, Bursche, steh auf!«, befahl er barsch. Der junge Gefangene schien geschlafen zu haben, denn sein Kopf schnellte jäh in die Höhe. Auf Hamiltons Befehl hin richtete er sich - wenn auch ein wenig ungelenk - auf und blinzelte schlaftrunken ins Licht der brennenden Fackel.

Waldens Augen formten sich zu schmalen Schlitzen, während er ihn abschätzig musterte.

»Er macht einen kräftigen Eindruck. Ist er der englischen Sprache mächtig?«

Hamilton warf dem Lakaien einen befremdlichen Blick zu. »Natürlich ist er das. Er ist Schotte.«

»Ebendarum. Habt Ihr diese Hochlanddeppen schon einmal in ihrer Muttersprache reden hören? Man versteht kein einziges Wort, mal ganz abgesehen davon, dass es klingt, als hätten sie alle eine chronische Halsentzündung und würden permanent gurgeln. Grässlich, einfach grässlich.« Er schüttelte sich angeekelt. »Wie dem auch sei. Ich nehme ihn. Also holt ihn aus seinem Loch und bringt ihn zu meinem Karren.«

Hamilton förderte einen schweren Schlüsselbund zutage und öffnete die Zellentür.

»Komm her. Na, komm schon, Junge«, forderte er Brendan auf, aus seinem Gefängnis zu treten. Doch in dem jungen Schotten begann, sich offenbar Misstrauen zu regen. Er rührte sich nicht von der Stelle. »Was ist mit dir, Mann? Beweg deinen Hintern da raus«, wiederholte Hamilton seine Aufforderung, »du wirst verlegt.«

»Warum so plötzlich, und warum mitten in der Nacht?«, wagte Brendan Argwohn zu äußern.

»Weil das Fort nicht zur Unterbringung Strafgefangener gedacht ist«, erklärte Hamilton gereizt.

»Na, das wird ja immer besser«, brummte Walden verärgert, »ein Krimineller, der Fragen stellt.« Sein Blick wanderte beiläufig hinüber zu Sionnachs sich langsam im Schutz der Dunkelheit aufrichtenden Gestalt. Ohne von ihr abzulassen, wandte er sich an Hamilton. »Hattet Ihr nicht von nur einem Mann gesprochen? Und wer, bitteschön, ist dann das?«

Hamiltons Hand umklammerte den Schlüsselbund, bis das Weiße an seinen Knöcheln hervortrat. Er hatte keinesfalls vorgehabt, Walden die Kleine zu überlassen. Doch der untersetzte Lakai erwies sich als überaus hartnäckig, und Hamilton war sich sehr wohl bewusst, dass der hässliche Gnom ihm mehr schaden konnte, als ihm lieb war. Ein paar Worte bei den richtigen Leuten fallengelassen und...

Widerstrebend und mit einem lautlosen Fluch auf den Lippen antwortete er: »Irgendein Mädchen, das sich in Begleitung des Gefangenen befunden hat. Ihretwegen gab es gestern einen kleinen Disput. Der Junge wollte die Kleine vermutlich schützen und hatte seine Waffe gegen zwei meiner Männer gezogen.«

Waldens Neugier schien geweckt. Er trat einen Schritt näher. »Komm ans Licht und zeig dich, Mädchen.«

Verdrossen sah Hamilton, dass Sionnach gehorchte, dann aber zögernd hinter dem jungen Schotten stehenblieb. Ihre klaren blauen Augen musterten Walden mit einer Mischung aus Angst und Abneigung. Hamiltons Anspannung wuchs, als er Brendans angriffslustige Haltung wahrnahm. Er traute dem Jungen nicht für einen Penny über den Weg – Fesseln hin oder her. Trotz der Tatsache, dass er die meisten Hochländer für ausgesprochen primitiv hielt und ihre rudimentäre Lebensweise verachtete, war er doch schon lange genug hier stationiert, um den ihnen angeborenen Stolz und Mut bestens zu kennen.

Walden betrachtete Sionnach eingehend. »Ich muss mich doch sehr wundern, Captain. Ihr hattet allen Ernstes vor, mir diesen ungeschliffenen Edelstein vorzuenthalten?«

»Nun, da ich davon ausgegangen bin, dass das Interesse Eures Herrn sich ausschließlich auf Männer beschränkt, stand es für mich schlichtweg nicht zur Debatte«, verteidigte Hamilton sich.

Walden wischte seine Entschuldigung mit einer unwirschen Handbewegung fort und nahm Hamilton etwas beiseite.

»Was wollt Ihr für sie haben?«, fragte er gedämpft.

Hamilton horchte auf. Normalerweise ließ Walden sich, das Geschäft zwischen ihnen betreffend, nicht auf Verhandlungen ein. Wenn er es jetzt geschickt anstellte, würde das Mädchen ihm vielleicht weit mehr bescheren als ein paar nette Stunden.

»Ihr bekommt sie gratis dazu, wenn bei Abschluss eines Geschäfts der Preis von heute an um - sagen wir - fünf Pfund pro Mann steigt.« Er wusste, dass er hoch pokerte. Aber er war sich auch im Klaren darüber, dass er eine Chance wie diese vermutlich so schnell kein weiteres Mal erhalten würde.

Eine ungesunde Röte kroch an Waldens Hals empor. »Ihr besitzt tatsächlich die unglaubliche Dreistigkeit, einen Aufschlag von über dreißig Prozent von mir zu fordern?«, keuchte er erbost.

Hamilton verschränkte die Arme vor der Brust und lehnte sich betont lässig gegen die Mauer.

»Wenn Euer Herr nicht bereit ist, mich angemessen zu entlohnen, sollte er sich vielleicht des Atlantischen Sklavenhandels bedienen. Doch wie ich hörte, liegen die Preise für schwarze Sklaven weit über dem, was er mir bislang für die erstklassige Ware zahlte, die ich ihm in einem fort mit großer Zuverlässigkeit lieferte.«

Waldens Gesichtsröte reichte mittlerweile bis zum Ansatz seiner spärlichen Haarwurzeln.

»Was glaubt Ihr eigentlich, Euch herausnehmen zu können? Ihr seid wohl kaum in der Position, um -«

»Um – was, Sir? Euer Herr steckt gleichermaßen tief in der Sache wie ich«, konterte Hamilton, »ich liefere, er kassiert die Ware. Ich denke, unsere Positionen unterscheiden sich in keinem Punkt voneinander. Die Zeiten ändern sich, und das Risiko steigt. Eine kleine Gefahrenzulage sollte in diesem Fall ja wohl drin sein, oder?« Er fixierte den Lakai mit wachsender Zufriedenheit. Walden starrte wütend zu ihm herüber und schien mit sich zu kämpfen.

»Zwei Pfund«, brummte er schließlich mit verdrießlicher Miene.

»Drei Pfund und keinen Penny weniger«, beharrte Hamilton stur.

Walden ließ einen tiefen Seufzer hören. »Ihr seid zweifelsohne ein harter Geschäftsmann, Sir.«

»Dieses Kompliment kann ich definitiv an Euch zurückgeben«, erwiderte Hamilton und spürte, wie seine Anspannung langsam zu weichen begann. »Also?«

»Achtzehn Pfund pro gesundem arbeitsfähigen Mann.«

»Das ist doch mal ein Wort.« Ein siegreiches Lächeln spielte um Hamiltons Lippen, als er Walden die Hand entgegenstreckte. »Dann lasst uns diesen gelungenen Handel mit einem kräftigen Handschlag besiegeln.«

6

Trotz Dunkelheit versuchte Sionnach das Innere der Kutsche, in die man sie gesperrt hatte, zu erfassen. Bis auf eine winzige vergitterte Öffnung auf der Rückseite war alles komplett abgedichtet, so dass man vor den Blicken Außenstehender geschützt war. Doch die massiven Holzwände und das schwere Vorhängeschloss, das an der Außenseite der Tür angebracht worden war, machten für die Gefangenen darin zugleich jeden Gedanken an Flucht zunichte.

»Was denkst du, wohin sie uns bringen?«

»Jedenfalls nicht dorthin, wohin sie uns glauben machen wollen«, brummte Brendan und stützte die Unterarme auf seinen Knien ab. Bevor man sie hier hinein verfrachtet hatte, hatte man ihm zu Sionnachs großer Erleichterung die Fesseln abgenommen. Doch die roten Striemen, die das raue Seil an seinen Handgelenken hinterlassen hatte, waren nach wie vor deutlich sichtbar. »Wenn man uns tatsächlich in ein anderes Gefängnis brächte, warum dann mitten in der Nacht und wieso auf so merkwürdige Art und Weise? An der ganzen Sache ist irgendetwas mächtig faul.«

»Und was sollen wir nun tun?«, fragte sie beklommen.

»Abwarten«, erwiderte Brendan knapp.

Sionnach verfiel wieder in Schweigen und lehnte sich mit geschlossenen Augen rücklings gegen die harte Wand, bemüht, die Stöße der holprigen Kutschfahrt einigermaßen auszugleichen. In ihrem Kopf herrschte heilloses Chaos. Bis vor zwei Tagen war ihr Leben ohne besondere Aufregung verlaufen. Nun hatte sich alles, was bisher für sie Bestand gehabt hatte, plötzlich in Luft aufgelöst und war einer Situation gewichen, die sich als beängstigend und kaum einschätzbar darstellte. Wieder einmal war sie sich im Unklaren, was sie am Ziel dieser Reise erwartete. Sie wusste nur, dass der Blick, mit dem dieser seltsame Engländer sie gemustert hatte, ihr ganz und gar nicht gefallen hatte. Erst die beiden Soldaten, dann der Hauptmann und jetzt noch der dicke Kerl. Auch wenn sie es nicht zugeben mochte, vielleicht hatte Brendan recht, und sie übte auf Männer einen Reiz aus, dessen sie sich bislang überhaupt nicht bewusst gewesen war. In der Hoffnung, sich zu irren, zog sie die Knie nah an ihren Oberkörper und fiel nach einer Weile schließlich in einen unruhigen Schlaf.

Ihre Fahrt schien kein Ende nehmen zu wollen. Bereits den dritten Tag in Folge rumpelte die düstere Kutsche nun schon über schier endlose Pfade einem unbekannten Ziel entgegen. Sie legten nur selten Pausen ein. Lediglich am Morgen und gegen Abend öffnete sich die Tür ihres Gefängniskarrens, und der Engländer reichte ihnen mit regloser Miene ein Stück trockenes Brot sowie einen Becher Wasser. Anschließend gestattete man ihnen, sich im Schutz des Inneren auf einem Eimer zu erleichtern. Wenn sie auch nicht gerade rücksichtsvoll behandelt wurden, so ließ man sie dennoch unbehelligt und rührte sie nicht an.

Heute aber hielt die Kutsche bereits gegen Nachmittag an, und die beschlagenen Hufe der Pferde klapperten statt auf weichem Untergrund über harte Pflastersteine. Das Echo ihrer Schritte hallte laut und klar von den Wänden wider. Nicht lange und die Kutschentür öffnete sich. Grelles Tageslicht fiel ins Innere, und Sionnach hielt sich geblendet die Hand vor Augen. Ein Fremder erschien und forderte sie in barschem Ton auf, die Kutsche zu verlassen. Zögernd taten Sionnach und Brendan, was er verlangte und kletterten hinaus. Vor ihren erstaunten Augen eröffnete sich der geräumige Innenhof einer Burg, in dem rege Betriebsamkeit herrschte. Eine Handvoll Jungen kehrte mit dicken Reisigbesen den staubigen Boden. Dienstbeflissene Stallburschen eilten herbei und kümmerten sich um die erschöpften Pferde. Das Klirren aufeinandertreffenden Metalls zeugte davon, dass ganz in der Nähe mit schweren Waffen gekämpft wurde, was die Erscheinung eines in einen schweren Brustharnisch gekleideten Soldaten gleich darauf bestätigte. Ein paar Frauen trugen laut schwatzend Körbe mit Gemüse und frisch gewaschener Wäsche auf ihre Hüften gestützt, unterbrachen ihr Geplapper kurz und beäugten Brendan neugierig im Vorbeigehen, um kurz darauf in albernes Gekicher zu verfallen.

Die nicht enden wollende Geräuschkulisse und Lebhaftigkeit um sie herum verwirrte Sionnach zusehends, und obwohl es sie nur unerheblich weniger ängstigte, wäre sie am liebsten in die Dunkelheit des Karrens zurückgekrochen. Verunsichert umklammerte sie Brendans tröstliche Hand, als zwei weitere Männer auf sie zutraten. Der, der ihnen befohlen hatte auszusteigen, wies mit seinem Kinn auf Brendan.

»Du, Schotte, kannst du mich verstehen?«

Brendans Nasenflügel blähten sich unheilvoll, doch er hielt seine auflodernde Wut eisern unter Kontrolle und antwortete mit ruhiger Stimme: »Aye.«

»Name?«

»Brendan Ian Mac -«

»Der Vorname reicht mir. Alter?«

»Zwanzig.«

Der Mann nickte sichtbar zufrieden und wandte sich an seine Begleiter. »In Ketten legen und einsperren. Er geht morgen in den Steinbruch. Wenn er Zicken macht, rück ihm den Kopf zurecht, bis er begriffen hat, wie es ab heute für ihn läuft.« Brendan trat einen Schritt vor, als wolle er gegen die soeben gefallene Entscheidung Einspruch erheben, stockte aber in seiner Bewegung, da der Mann ihn mit unmissverständlichem Blick in die Schranken wies. Seine Aufmerksamkeit wechselte zu Sionnach.

»Und nun zu dir.« Seine Hand, die von beträchtlicher Größe war, packte grob nach ihrem Unterkiefer und bog ihr Gesicht in seine Richtung. Nur schwer gelang es Sionnach, seinem glasharten Blick auszuweichen. »Name?«

»Sionnach, Sir.«

»Alter?«

»Achtzehn.«

Der Mann löste den Griff und ließ seine Finger nun um ein Vielfaches sanfter durch ihr rotes Haar und schließlich über ihren schlanken Hals bis hin zu dem Spalt zwischen ihren Brüsten gleiten.

»Ein hübsches Vögelchen bist du. Statt in die Küche sollten wir dich vielleicht –« Sein Satz wurde jäh von Brendan unterbrochen, der blitzartig vorpreschte und sich, ohne auch nur einen Moment über die Folgen nachzudenken, mit einem zornigen Aufschrei auf ihn stürzte. Doch der Mann war ein Sekundenbruchteil schneller, drehte sich abrupt auf dem Absatz herum und schlug dem jungen Schotten brutal die geballte Faust ins Gesicht. Brendan taumelte nach hinten, wurde jedoch gleich darauf von den beiden anderen Männern gepackt, die ihm die Arme hart auf den Rücken drehten, bis seine Miene sich schmerzvoll verzog. Aus seiner Nase begann Blut zu sickern, das in einem dünnen Rinnsal über seine Oberlippe lief und dann auf den Boden herabtropfte. Brendan schien es jedoch nicht zu bemerken. Wutentbrannt versuchte er, sich aus dem eisernen Griff der beiden Wachen zu lösen.

»Du hast noch viel zu lernen, Junge. Aber sei unbesorgt, ich werde mich deiner mit Freuden annehmen. Widerspenstige, kleine Gossenratten wie du sind mein ausgesprochenes Spezialgebiet.« Um den Mundwinkel des Mannes zuckte ein grausames Lächeln. »Und jetzt schafft ihn mir gefälligst aus den Augen!«

Unfähig, dem, was sich vor ihren Augen abspielte, Glauben zu schenken, sah Sionnach den beiden Wachen nach, die den sich unaufhörlich wehrenden Brendan erbarmungslos mit sich schleiften.

»Thoir an aire, Sionnach!«, hörte sie seine eindringlichen Rufe, bevor sie ihn um die Ecke zerrten. »Thoir an aire!«
Pass auf!

Vor Angst wie gelähmt ließ sie zu, dass der Mann, der Brendan geschlagen hatte, sie ebenfalls packte und unsanft vor sich hertrieb. Gemeinsam überquerten sie den Hof, bis sie am Ende vor einer Treppe stehenblieben, deren steinerne Stufen hinab zu einer weit geöffneten Tür führten. Dem dahinterliegenden Raum entströmte der würzige Duft von gebratenem, mit Thymian bestreuten Fleisch, frisch gebackenem Brot und süß-sauren Pflaumenmus.

»Na los, runter mit dir!«, bellte der Mann unfreundlich und versetzte Sionnach einen leichten Stoß zwischen die Schulterblätter. Mit schleppenden Schritten ging sie hinab und trat auf einen erneuten Stoß hin in die geräumige Burgküche, in der ein dürrer Spitzbart, bei dem es sich augenscheinlich um den Koch handelte, eine Vielzahl Gehilfen herumkommandierte und – scheuchte.

»Hey, Will, ich bringe dir eine neue Küchenmagd.«
Der Küchenmeister wischte sich die fettglänzenden Hände an der Schürze ab und streifte mit seinen eng beieinanderstehenden Augen über Sionnachs reglose Gestalt.

»Himmel, Marcus! Was soll ich denn mit noch einer?«, stöhnte er. »Hast du dich mal umgesehen? Meine ganze Küche ist voll von schnatternden Gänsen, deren Mundwerk zu keiner Zeit stillzustehen scheinen. An manchen Tagen verfolgt ihr sintflutartiges Geplapper mich sogar bis in meine Träume. Wie soll man sich so angemessen erholen können, frage ich dich?«

»Du solltest dir eine Frau nehmen und heiraten«, grinste Marcus spöttisch, »das trainiert die Geduld.«

»Bist du des Wahnsinns?«, entgegnete der Küchenmeister entgeistert. Sein Blick fiel abermals auf Sionnach. »Bring sie doch hoch zu der alten Stone. Vielleicht hat sie Verwendung für die Kleine.«

»Ich habe andere Dinge zu erledigen, als mit einer nichtsnutzigen Magd durch die Burg zu schlendern«, erwiderte Marcus gereizt, »darum mach mit ihr, was du willst.« Ohne ein weiteres Wort an Sionnach oder den Küchenmeister zu verlieren, verließ er die Küche.

»Na, großartig«, brummte Will, »und ich kann jetzt wieder sehen, wie ich eine Lösung aus dem Ärmel zaubere!«

Sionnach zuckte angesichts seiner Verärgerung merklich zusammen und knetete nervös an ihrem Kleid herum. Ihre wachsende Furcht entging dem Küchenmeister keineswegs.

»Nun mach dir mal nicht gleich ins Hemd, Mädchen. Ich fresse dich schon nicht. Schließlich kannst du ja nichts dafür, dass man dich hergebracht hat.« Er schaute sich um und befahl eine der Mägde zu sich. »Megan, du bringst das neue Mädchen zu Mrs. Stone. Und wage ja nicht, dich unterwegs irgendwo festzuquatschen, sonst setzt es was, verstanden?«

Die Magd nahm Sionnach bei der Hand und zog sie hinaus in den Burghof, doch nur, um mit ihr sogleich wieder in einem der vielen anderen Eingänge zu verschwinden. Sie erklommen die steilen Stufen eines Turms, dessen Treppe sich spiralförmig und derart eng hinaufwand, dass es nicht möglich war, nebeneinander zu gehen.

»Du siehst ziemlich ... merkwürdig aus«, bemerkte Megan wenig zartfühlend, »woher kommst du?«

»Glenfinnan«, antwortete Sionnach kaum hörbar.

»Glennfinnan? Noch nie gehört. Wo, in Gottes Namen, liegt denn das?«

»Im Hochland, nahe Fort Inverlochy. Es ist nur ein kleines Dorf, das -«

»Schottland?«, unterbrach Megan sie und rümpfte die Nase. »Da gibt es doch nichts als modrige Sümpfe und Lehmhütten. Kein Wunder, dass du es dort nicht mehr ausgehalten hast.«

»Im Hochland ist es sehr schön«, begehrte Sionnach mutig

auf. »Und ich bin ganz bestimmt nicht freiwillig hier.«

Megan zuckte gleichgültig die Achseln. »Wenn du meinst. Mich würden keine zehn Pferde in eine Gegend kriegen, von der man nur das Schlimmste hört. So, hier müssen wir rein.«

Sie betraten einen langen Korridor, dessen viele erneut von ihm abzweigende Gänge und Türen Sionnach maßlos verwirrten. So folgte sie Megan blindlings, bis diese endlich vor einer Tür stehenblieb und mit vernehmlichem Klopfen ihr Eintreffen kundtat. Eine rundliche Frau älteren Semesters, bekleidet mit blütenweißem Häubchen und einem schlichten Leinenkleid, um das sie eine fleckenlos saubere Schürze gebunden trug, öffnete die Tür.

»Ja?«, erkundigte sie sich gedehnt nach dem Begehr der Mädchen.

»Ich soll Euch Grüße von Master Marcus bestellen. Er lässt fragen, ob Ihr Verwendung für diese neue Magd habt«, sagte Megan und knickste artig vor ihr.

Mrs. Stone zog verwundert die Brauen in die Höhe. »Master Marcus, ja? Sieht mir eher nach Walden aus. Bringt dieser unangenehme Mensch nicht sonst nur Männer an den Hof?« Sie musterte Sionnach, die sich hinter Megans Rücken zu verstecken suchte. »Nun, wie dem auch sei. Natürlich kann ich sie brauchen. Sag diesem Wichtigtuer Master Marcus, dass ich mich des Mädchens annehmen werde.« Megan knickste ein weiteres Mal und huschte eilig von dannen.

Sionnach, die sich nun unversehens der Aufmerksamkeit der schon leicht ergrauten Kammerfrau ausgesetzt sah, senkte rasch den Kopf.

»Bevor wir darüber entscheiden, was wir nun mit dir anfangen, komm erst einmal rein«, forderte Mrs. Stone sie freundlich auf. Sionnach gehorchte und blickte sich scheu in der kleinen Stube der Kammerfrau um.

Der Raum war schlicht, aber dennoch behaglich eingerichtet und bot außer verglasten Fenstern keinerlei überflüssigen Luxus. An der Wand stand ein schmales Bett, vor dem das abgetretene Fell eines Schafs als Teppich diente. Eine schwere Kleiderkommode aus Eiche, auf der ein kleiner Spiegel nebst einem zweiarmigen Kerzenleuchter ihren Platz eingenommen hatten, ergänzte das spärliche Mobiliar. In der Nähe des Kamins befand sich eine Art Sekretär, auf dem ein aufgeschlagenes Buch neben einem Tintenfässchen mit eingetauchter Feder lag. Der feuchte Glanz der Tinte auf dem Papier ließ darauf schließen, dass bis gerade darin geschrieben worden war. Mrs. Stone schloss die Tür mit einem leisen Klicken, und Sionnach fuhr erschrocken herum.

»Was ist denn los mit dir, Mädchen?«, wunderte die Kammerfrau sich. »Warum so furchtsam?«

»Ich bitte um Verzeihung, Madam«, murmelte Sionnach und schlug die Augen nieder, »ich bin ... ich wollte nicht ...«, sie biss sich gehemmt auf die Lippe.

»Was wolltest du nicht?«, forschte Mrs. Stone und näherte sich ihr bedachtsam.

Sionnachs mühsam aufrecht erhaltene Standhaftigkeit brach schlagartig in sich zusammen, und sie begann, hemmungslos zu weinen.

»Mein liebes Kind, du bist ja völlig verstört!«, ließ Mrs. Stone bestürzt verlauten und geleitete Sionnach zu ihrem sauber bezogenen Bett. »Jetzt setzt dich her und erzähl mir, was dich bedrückt. Wie heißt du denn überhaupt?«

»Sionnach, Madam.«

»Aus ...?«

»Glenfinnan am Loch Shiel«, schniefte Sionnach und wischte sich mit dem Handrücken die herabrollenden Tränen von der Wange.

»Soso, eine kleine Schottin.« Mrs. Stone lächelte gutmütig. »Dein rollendes »R« hat dich bereits von der ersten Silbe an verraten.« Sie kramte in ihrer Schürzentasche und reichte Sionnach ein sauber gefaltetes Taschentuch. »Und worin liegt nun der Grund deiner großen Verzweiflung?«

»Bitte, Madam, ich will nicht, dass Ihr schlecht von mir denkt. Ihr seid wirklich sehr freundlich zu mir, aber ich ...«, sie schluchzte nochmals, »... ich möchte ... bitte lasst mich und meinen Bruder wieder heim!« Ihre Worte gingen in einer neuerlichen Flut von Tränen unter.

»Dein Bruder? Dann bist du nicht alleine hierher gebracht worden?«

Sionnach schüttelte den Kopf und schnaubte kräftig in das bestickte Taschentuch, das die Kammerfrau ihr gegeben hatte.

»Wir trafen uns zufällig im Wald, als sie ihn erwischten.« Sie errötete beschämt, als sie sich Brendans Tat bewusst wurde. »Mein Bruder ist kein Dieb, das müsst Ihr mir glauben!«, versuchte sie sein Vergehen hastig zu rechtfertigen. »Er hätte diese Kuh sicher nicht gestohlen, wenn wir nicht solchen Hunger gehabt hätten. Bald kommt der Winter, und er wollte doch nur für uns sorgen.«

»Sie haben deinen Bruder wegen Viehdiebstahls verhaftet und dich gleich mit, hm?«, folgerte Mrs. Stone ahnungsvoll. Sionnach nickte schwach. »Es tut mir aufrichtig leid, Mädchen, aber es liegt nicht in meiner Befugnis, euch gehenzulassen.«

Sionnach glitt vom Rand des Bettes auf den Boden und sank vor der Kammerfrau auf die Knie.

»Ich flehe Euch an, Madam, Ihr müsst uns helfen! Sie haben ihn geschlagen und fortgeschleppt. Er hat fürchterlich geblutet. Dabei wollte er mir doch nur beistehen. Er hat nichts Böses getan.«

Mrs. Stone streichelte ihr sanft über das rote Haar.

»Ich bin nicht die Herrin dieser Burg, Kind. Ich bin nur eine Kammerfrau. Aber selbst wenn ich es wäre, würde ich euch beiden nicht helfen können. Unser Herr, der Duke, hat deinen Bruder und dich offensichtlich aus der Kerkerhaft freigekauft und somit die Leibeigenschaft über euch erworben. Ihr werdet euch wohl oder übel an den Gedanken gewöhnen müssen, künftig auf Fitheach Creag zu leben.«

Aus Sionnachs Gesicht wich der letzte Rest verbliebener Farbe. »Bitte, das kann nicht Euer Ernst sein …«

»Ich fürchte doch.«

»Aber wie kann Euer Herr uns einfach jemandem abkaufen? Wir sind freie Menschen und gehören niemandem.«

»Von nun an schon, Mädchen. Von nun an schon.« Mrs. Stone erhob sich und strich den Stoff ihres Kleides glatt. »Nichtsdestotrotz können wir heute eh nichts mehr ausrichten. Steh auf und wisch dir deine Tränen ab. Du hast eine lange Reise hinter dir und bist sicher erschöpft. Ich werde dir dein Zimmer zeigen. Dort kannst du dich waschen und ein Weilchen ausruhen. Und morgen früh werden wir dann weitersehen.«

Die aufgehende Sonne sandte ihre hellen Strahlen in die kleine Kammer unter dem Dach, zu der Mrs. Stone sie geführt hatte Aufgeschreckt durch ein sachtes Rütteln an ihrer Schulter, blinzelte Sionnach unter der dünnen Decke hervor. Sie brauchte einen Moment, um zu realisieren, wo sie sich befand und einen weiteren, um sich daran zu erinnern, dass sie sich laut Mrs. Stone das winzige Kämmerchen mit einer weiteren Magd teilte. Eilig schlug sie das Bettzeug beiseite.

»Es tut mir leid. Normalerweise schlafe ich nicht so lange.« Sie sah verstohlen zu ihrer Zimmergenossin hinüber, die gähnend in ihr flachsfarbenes Gesindekleid schlüpfte. .

»Nur die Ruhe. Es ist kurz nach halb sechs und die Sonne gerade erst aufgegangen. Du bist Sionnach, richtig?«

Sionnach nickte schweigend.

Die Magd lächelte freundlich. Sie war ein unauffälliges Mädchen mit freundlichen grünen Augen und dunkelblondem Haar, das sie straff zu einem Knoten in den Nacken geschlungen hatte. Ihr rundliches Gesicht mit der frechen Stupsnase war von gesundem Braun und ließ ihre leicht schiefen Zähne weiß hervorblitzen

»Als ich gestern nach oben kam, hast du bereits tief und fest geschlafen. Da wollte ich dich nicht mehr stören. Ich heiße Anne. Bin hier eine der Zimmermägde, meistens jedenfalls.«

Sionnach erwiderte nichts und schlang sich frösteind die Arme um den Körper.

»Ist kalt hier oben, was?«, grinste Anne. »Warte ab, bis du es im Winter erlebst. Da pfeift es durch die Mauerritzen, dass du Eiszapfen ansetzt.«

»Ich habe nicht vor, den Winter abzuwarten«, entgegnete Sionnach entschieden.

»Sobald wir deinem Herrn gegenüber unsere Schuld abgearbeitet haben, werden wir wieder zurück nach Hause gehen.«

»Bist du denn nicht die Schottin, die Mr. Walden gestern mitbrachte?«, fragte Anne erstaunt.

»Wenn du diesen dicken Kerl mit dem Rüschenhemd meinst ...«

»Genau den«, sagte Anne und räusperte sich unbehaglich. »Hat ... hat Mrs. Stone dir nicht erklärt, wie es um dich bestellt ist?«

»Sie hat gesagt, er hätte uns freigekauft.«

»Und jetzt streiche das »frei« weg, dann weißt du, als was du vor den Augen unseres Herrn giltst.«

»Er kann uns nur so lange hier festhalten, bis unsere Strafe abgegolten ist«, sagte Sionnach tief überzeugt.

»Da wäre ich mir nicht so sicher«, zweifelte Anne, fügte jedoch eilig hinzu: »Aber du darfst nicht allzu undankbar sein. Um wie viel schlimmer hätte es dich getroffen, wenn er dich nicht auf diese Weise aus dem Verlies geholt hätte?«

»Mein Bruder sagte, die Richter hätten ihn auspeitschen und im schlimmsten Fall hängen lassen«, antwortete Sionnach um einiges kleinlauter.

»Dein Bruder? Der schwarzhaarige Schotte, der mit dir ankam, ist dein Bruder?«

»Du hast von ihm gehört?«, fragte Sionnach aufgeregt und schöpfte neuen Mut, vielleicht etwas über Brendans Verbleib zu erfahren.

»Welche Frau auf Fitheach Creag hätte das nicht. Seit eurer Ankunft geht es herum wie ein Lauffeuer«, erwiderte Anne, doch es klang nicht sonderlich beruhigend.

»Kannst du mir sagen, wohin sie ihn gebracht haben?«

»In die Steinbrüche. Alle Männer, die Mr. Walden mitbringt, gehen dorthin.«

»Ach ... und ist es weit bis zu diesen Steinbrüchen?«
Anne, die Sionnachs Gedanken zu erraten schien, schüttelte den Kopf. »Du kannst nicht zu ihm«, sagte sie gepresst, »sie werden dich niemals hineinlassen.«

»Warum nicht?«

»Weil ... nun, weil ...«, druckste Anne, während ihr Blick unstet durch das kleine Zimmer schweifte, »weil sie dort keinen Besuch empfangen dürfen.«

»Aber es ist doch sein gutes Recht. Ich bin schließlich seine Schwester«, beharrte Sionnach.

»Ich weiß, es wird dir nicht gefallen, aber dein Bruder besitzt jetzt keinerlei Rechte mehr. Von nun an gilt er nichts weiter als ein gewöhnlicher Sklave.«

»Nein! Du musst dich irren. Bitte, du musst dich irren!« Annes Schweigen füllte Sionnachs Augen mit heißen Tränen. »Nein«, flüsterte sie ein weiteres Mal, »nicht Brendan, barmherziger Gott, nicht Brendan!«

»Komm jetzt und wasch dir dein Gesicht«, sagte Anne sanft.

»Der Viscount trifft heute ein, und du musst mir helfen, sein Gemach vorzubereiten.«

»Ich kann nicht«, schluchzte Sionnach. »Ich kann gar nichts mehr.«

»Du kannst und du wirst«, trieb Anne sie mit sanfter Gewalt an. »Der Duke ist ein sehr strenger Mann und duldet keine Nachlässigkeit, also verscherz es dir nicht mit ihm. Wenn du deinem Bruder helfen willst, solltest du Stärke zeigen.« Sie reichte Sionnach ein Gesindekleid. »Wir müssen uns beeilen. Zieh dich an, rasch! Mir knurrt nämlich der Magen, und ich möchte für unsere Säumigkeit nicht mit Essensentzug bestraft werden.«

7

Raven Alexander Fitzroy, I.Viscount of Northumberland, reckte erleichtert seine steifen Glieder. Rund um ihn erstreckte sich das Land seines Bruders, und Burg Fitheach Creag lag zum Greifen nah.

»Das erste, was ich tun werde, wenn wir wieder daheim sind, ist, ein ausgiebiges Bad zu nehmen. Ich habe das Gefühl, von Flöhen übersät zu sein.« Er kratzte sich einem Reflex folgend über sein unrasiertes, mit schwarzen Stoppeln bedecktes Kinn.

»Da kann ich Euch nur beipflichten. Was die Sauberkeit betrifft, war die Nachlässigkeit ihrer Bewohner auf den meisten Anwesen als äußerst bedenklich einzustufen«, grinste Sebastian, der neben seinem Herrn und Freund Raven ritt und sich ebenfalls an einer Vielzahl Bisse blutsaugender Parasiten erfreuen durfte. »Ich hoffe nur, Seine Hoheit, den Duke, drängt es nicht allzu sehr, die Ergebnisse unserer Reise überprüfen zu wollen.«

»Dein Wort in Gottes Ohr«, seufzte Raven. »Aber wie ich meinen ehrgeizigen Bruder kenne, wird er uns, sobald wir in den Burghof einreiten, die Sättel unter den Hintern wegreißen und uns erbarmungslos in sein Studierzimmer schleifen. Manchmal wünschte ich wirklich, ich wäre als Sohn eines Stallknechts geboren worden.«

»Wie recht Ihr habt, Mylord. Euer Dasein ist wahrhaftig kein Zuckerschlecken. Für nichts auf der Welt möchte ich mit Euch tauschen und bezüglich meiner Herkunft mit einem Adelstitel leben müssen«, entgegnete Sebastian trocken. »Da lob ich mir doch den niederen Stand eines Dieners, wie ich einer bin. Täglich kann ich mich an solch wunderbaren Dingen erfreuen, wie Euch die Stiefel auf Hochglanz zu polieren oder Botengänge für Euch zu erledigen.«

»Deine grammatikalischen Fähigkeiten lassen arg zu wünschen übrig, lieber Sebastian«, konterte Raven gelassen. »In deinem Fall heißt es polieren zu lassen, denn ich kann mich nicht erinnern, wann ich dich zum letzten Mal die Arbeiten habe erledigen sehen, für die du von Rechts wegen zuständig bist, wenngleich man dein Geschick, die dir zukommende Aufgaben vorteilhaft zu delegieren, sicher auch nicht unterschätzen sollte.«

Sebastian senkte schuldbewusst den Kopf. »Ich bitte untertänigst um Vergebung, Mylord. Mein schändliches Verhalten sollte ohne Frage sofort von Euch bestraft werden.«

»Wahr gesprochen«, erwiderte Raven lakonisch, »und aus diesem Grund wirst auch zuerst du nach unserer Ankunft dem Duke Rede und Antwort stehen, während ich mich dem hemmungslosen Genuss eines heißen Bades inklusive der einfühlsamen Massage durch eine Magd hingeben werde.« Bereits ahnend, dass sich Widerstand regen würde, warf er seinem weizenblonden Diener einen aussagekräftigen Blick zu.

Sebastian schlug erneut die Augen nieder, schloss seinen zuvor halbgeöffneten Mund und murmelte scheinbar unterwürfig: »Ja, Mylord«, setzte aber sogleich hinzu, »wobei ich mich an Eurer Stelle nicht allzu siegessicher zeigen würde.« In seinen Augen blitzte es gewohnt angriffslustig auf. »Wisst Ihr, ich habe gute Kontakte zu Mrs. Stone und werde in meiner Funktion als Euer treu ergebener Diener selbstverständlich dafür Sorge tragen, dass Eure verspannten Muskeln von den Händen eines kräftigen Weibs versorgt werden. Wie wäre es denn zum Beispiel mit Alma, der Schwedin? Gerüchten zu folgen bewirkten ihre Hände beim Melken der Kühe wahre Wunder.«

Ravens spöttische Miene veränderte sich schlagartig. »Du willst mir eine Milchmagd ins Bad schicken?«

»Ziert Euch nicht so, Mylord. Sie gefällt Euch bestimmt. Und der alte Paul wird es Euch danken.«

»Was hat denn der Schreiner damit zu tun?«

»Naja, er wird froh sein, sich endlich einmal wieder anderen Dingen zuwenden zu können, als ausschließlich kaputte Melkschemel instand zu setzen, die unter dem Gewicht mancher Mägde förmlich zerbersten«, spöttelte Sebastian grinsend und beeilte sich, seinem Pferd die Sporen zu geben, um vor den Sanktionen seines rachsüchtigen Herrn zu flüchten.

Sionnach kniete mit stumpfem Blick auf dem Boden und bewegte den schmutzigen Lappen mechanisch auf den Holzdielen hin und her. Anne hatte ihr einen Eimer und einige Tücher in die Hand gedrückt und sie angewiesen, das Schlafgemach des Viscounts zu wischen, während sie selbst sich daran machte, das riesige Bett mit den vier verschnörkelten hoch in die Luft ragenden Eichenpfosten frisch zu beziehen.

»Vermutlich ist es gar nicht notwendig, da es seit Wochen nicht benutzt wurde. Aber so kann uns aber wenigstens niemand vorwerfen, wir hätten es nicht gründlich gereinigt«, bemerkte sie mürrisch.

Sie hatten den gesamten Vormittag durchgearbeitet und sich nur eine kurze Pause gegönnt, um in der Gesindeküche eine

Kleinigkeit zu essen und einen Becher Milch zu trinken. Sionnach hatte sich alle Mühe gegeben, das mit Butter und frischer Pflaumenmarmelade bestrichene Brot hinunterzubringen, aber jeder noch so kleine Bissen war ihr bei dem Gedanken an Brendan unweigerlich im Hals steckengeblieben. Nach wie vor kämpfte sie gegen die grausige Vorstellung an, dass er nun den Rest seines Lebens sein Dasein als Sklave in einem Steinbruch fristen sollte. Vielleicht, so dachte sie, hatte er auf dem Weg dorthin fliehen können. Doch die Erinnerung daran, wie routiniert und hart die Männer bei ihrer Ankunft mit ihrem Bruder umgesprungen waren, ließ ihre Hoffnung merklich schrumpfen.

Die Tür öffnete sich, und zwei Knechte trugen ächzend einen großen Holzzuber hinein, den sie mitten im Raum abstellten und dann ohne Worte wieder verschwanden.

»Bist du fertig?«, fragte Anne an Sionnach gewandt und schaute nervös aus dem Fenster. In nicht mehr allzu großer Entfernung zeichnete sich eine Gruppe Reiter am Horizont ab. Zwei von ihnen hatten sich aus der Formation gelöst und hielten in halsbrecherischem Tempo geradewegs auf die Burg zu.

Sionnach nickte.

»Gut. Wenn du das Wischwasser ausgeleert hast, nimm Eimer und Lappen und bring beides zurück in die Besenkammer.« Anne beugte sich herab und raffte die gebrauchten Laken zusammen. »Danach gehst du hinunter in den Hof und fragst nach dem Holzschober. Sobald du ihn gefunden hast, trägst du genügend Scheite hinauf, um den Kamin des Viscounts ordentlich anzufeuern. Und denk daran, ausreichend Holz für den Abend bereitzulegen. Die edlen Herren mögen es gern warm.«

Mit ihrer freien Hand drückte Sionnach die schmiedeeiserne Klinke zum Schlafgemach des Viscounts hinunter. Bereits zum fünften Mal hatte sie den schweren, bis über den Rand mit Holzscheiten gefüllten Weidekorb nun schon hinaufgeschleppt und war trotz der Kühle, die innerhalb des alten Burggemäuers herrschte, gründlich ins Schwitzen geraten. Doch Annes Warnung, dass sie Brendan vermutlich in noch größere Schwierigkeiten bringen würde, wenn sie ihrer Arbeit nicht genügend

Aufmerksamkeit schenkte, ließ Sionnach jede Beschwerlichkeit ignorieren. Um ihn, so gut es eben ging, zu schützen, wollte sie weder dem Duke noch seinem in absehbarer Zeit eintreffenden Sohn Anlass zur Verärgerung geben. Keuchend strich sie sich mit dem Handrücken eine gelöste Haarsträhne aus der Stirn, stieß die Tür vorsichtig mit dem Fuß auf und erstarrte.

Während die Räume des Viscounts in der letzten Stunde allein von ihr betreten worden waren, sah sie sich nun unerwartet einem jungen Mann in Brendans Alter gegenüberstehen, dessen pechschwarzes Haar ihm als geflochtener Zopf über den breiten Kragen seines wohl ehemals weißen Hemdes in den Nacken fiel. Die langen Beine, an die sich der teuer wirkende Stoff einer schlammbespritzten Hose schmiegte, steckten in kniehohen Lederstiefeln. Als er sich zu ihr umdrehte, fiel ihr Blick unweigerlich auf sein unrasiertes leicht vorspringendes Kinn, das seinem Gesicht ein angenehm maskulines Aussehen verlieh. Er hatte seinen braunen Überrock achtlos auf einen der eleganten Samtstühle geworfen, von denen gleich drei ihrer Art um den dazu passenden Tisch aus heller Eiche arrangiert standen. Seine dunklen Augen musterten Sionnach mit unverhohlener Neugier.

»Ein neues Gesicht auf Fitheach Creag?«

Verunsichert, mit wem sie es zu tun hatte, nickte Sionnach und erwiderte scheu seinen Blick.

Anscheinend völlig unbeeindruckt von ihrer Anwesenheit löste er sein Halstuch, warf es zu dem Überrock und begann, auch die restlichen Knöpfe seines bereits halb offen stehenden Hemdes zu öffnen. Sionnach umklammerte den nach wie vor auf ihren Hüften ruhenden Weidekorb und starrte mit wachsendem Unbehagen auf seine unbehaarte Brust.

»Wenn du vorhattest, den Kamin einzuheizen, tu dir keinen Zwang an«, sagte er, »obwohl es vermutlich von Vorteil wäre, du würdest zuvor in der Küche Bescheid geben, dass sie sich ein bisschen mit dem Wasser sputen sollen.«

Immer noch unsicher, um wen es sich handelte, runzelte Sionnach fragend die Stirn. »Ich verstehe nicht …«

»Weißt du, wenn man wochenlang mit dem Hintern im Sattel

gesessen hat, wünscht man sich nichts sehnlicher, als den Rest des Abends mit geschlossenen Augen in einem dampfenden Bad zu verbringen und das tunlichst, bevor der Duke mich in die Finger bekommt.« Er zwinkerte ihr schelmisch zu.

In diesem Moment durchzuckte die fatale Gewissheit, wer sich gerade derart ungeniert vor ihr entkleidete, Sionnach wie ein Blitz. Sie spürte, wie die schamvolle Hitze, die unaufhaltsam an ihrem Hals emporkroch, ihre Wangen mit einer tiefen Röte überzog. Dieser Mann musste der Viscount sein, von dem Anne gesprochen hatte! Wie angewurzelt stand sie auf der Türschwelle, nicht in der Lage, sich auch nur einen Zentimeter von der Stelle zu bewegen.

Raven trat einen Schritt auf sie zu.

»Geht es dir gut?«, erkundigte er sich freundlich. Ein schwaches, aber keineswegs unangenehmes Duftgemisch aus Lavendel, Männerschweiß und Pferd stieg Sionnach in die Nase, als er sich ihr näherte. Sich ihrer Position bewusst, senkte sie unterwürfig den Kopf und deutete ein Nicken an.

»Danke, ja, Mylord. Es ist alles in Ordnung. Ich ... ich gehe dann wohl besser in die Küche. Wegen des Wassers.«

»Tu das«, entgegnete Raven. Um seine Mundwinkel zuckte ein Lächeln. »Aber vergiss nicht wiederzukommen. Wegen des Feuers.«

Aufgrund ihrer überstürzten Hast, mit der sie aus den Räumen des Viscounts auf den Korridor flüchtete, wäre Sionnach um ein Haar mit Anne zusammengestoßen. Sie murmelte eine knappe Entschuldigung und wollte weitereilen, doch Anne hielt sie fest.

»Was ist denn mit dir los? Bist du da drin einem Gespenst begegnet oder was?« Noch bevor Sionnach antworten konnte, trat Raven aus der Tür, streifte beiläufig die verblüffte Anne, die sogleich zu einem tiefen Knicks hinabsank, und wandte sich dann an Sionnach.

»Ah, gut, du bist noch da. Ich hatte vergessen dir zu sagen, dass du mir auch eine Kleinigkeit zu essen und einen Krug Bier mitbringen sollst.«

»Ja, Mylord.«

Der junge Viscount nickte zufrieden und verschwand wieder. Sowie die Tür sich hinter ihm geschlossen hatte, fiel Anne aus allen Wolken.

»Ach, du liebe Zeit! Er ist schon da! Ich kann nur hoffen, dass er zu müde ist, um uns nachzuhalten, dass wir noch nicht fertig waren.« Sie beäugte Sionnach kritisch. »Er hat bereits mit dir gesprochen? Was wollte er?«

»Dass ich mich um sein Badewasser kümmere.«

Anne biss sich unangenehm berührt auf die Lippe. »Du weißt, was das bedeutet, oder?«

Sionnach zuckte die Achseln. »Welche Bedeutung außer der, dass ich jetzt vermutlich auch noch eimerweise heißes Wasser hochschleppen muss, könnte es schon haben?«

»Himmel, Mädchen«, stöhnte Anne, »du hast bislang wohl noch nicht besonders viel mit Blaublütern zu tun gehabt, was?«

Sionnach verneinte mit einem Kopfschütteln. »Unser Stammesfürst lebt zu weit entfernt, als dass ich ihm begegnen könnte.« Ihr Inneres geriet in Aufruhr. »Wieso fragst du?«

»Weil ich mich an deiner Stelle vorsehen würde, dass sich nicht zufällig die Hand des Viscounts oder Schlimmeres unter deinen Rock verirrt, sobald du dich über den Badezuber beugst. Als Diener ist man vor solchen Zugriffen der Herrschaft nie sicher, besonders wenn man so hübsch ist wie du.«

Auf Sionnachs Gesicht breitete sich Ungläubigkeit aus. »Aber wenn sie euch belästigen, warum wehrt ihr euch nicht einfach oder verlasst die Burg?«

»Wehren?« Anne lachte humorlos. »Wie stellst du dir das vor? Unsere Rechte diesbezüglich sind ziemlich beschränkt. Die meisten nehmen es lieber schweigend in Kauf, als dagegen aufzubegehren. Was bleibt uns auch für eine Wahl? Wovon sollten wir denn leben, wenn der Duke uns entließe? Unsere Familien haben das Geld bitter nötig. Und wenn du einmal erlebt hast, was es bedeutet, tagein tagaus mit leerem Magen einschlafen zu müssen, bist du bereit, viel dafür zu geben, dass es nicht wieder geschieht.«

»Lieber würde ich hungern, als mich der Willkür eines anderen Menschen derart auszuliefern«, erklärte Sionnach entschieden.

»Möglicherweise«, sagte Anne. Ihre ansonsten so fröhliche Miene wurde ernst. »Aber vielleicht wird es auch für dich irgendwann einmal Gründe geben, es zuzulassen. Wenn sie dich gefügig machen wollen, haben die Mächtigen dieser Welt eine Menge Argumente auf Lager, die für Leute wie uns sehr überzeugend sein können.«

8

Ein zaghaftes Klopfen kündigte das Eintreten von Dienerschaft an. Raven drehte sich um und richtete den Blick auf die sich öffnende Tür. Normalerweise hätte die Arbeit des Gesindes ihn nicht weiter gekümmert. Er nahm sie nur noch selten wahr, da er es gewohnt war, von Menschen umgeben zu sein, die stumm für sein Wohlbefinden sorgten. Heute jedoch verhielt es sich grundlegend anders. Die Person, die sein Gemach in diesem Moment betrat, hatte seine ungeteilte Aufmerksamkeit.

»Dem Herrn sei Dank, ich hatte schon befürchtet, du hättest mich vergessen«, ließ er augenzwinkernd verlauten, als Sionnach das mit duftendem Brot, reichlich Schinken, einer Schale Obst und einem großen Krug Bier beladene Tablett hineintrug. Unschlüssig, wo sie es platzieren sollte, verharrte sie auf der Stelle, so dass Raven sie etwas eingehender betrachten konnte. Sie war recht schlank, was durch ihre wohlgeformten Hüften noch hervorgehoben wurde. Wie jede Magd auf Fitheach Creag trug sie eines der hier üblichen sackförmigen Gesindekleider, das nur schwer erahnen ließ, was sich sonst noch darunter verbarg. Das flammend rote Haar unter der gestärkten Haube hatte sie zu einem bis weit auf den Rücken reichenden Zopf geflochten. Ihre strahlend blauen Augen, die sie nun, da sie offenbar wusste, wer er war, unterwürfig zu Boden gerichtet hielt, wurden umrahmt von langen dichten Wimpern. Kastanienfarbene Brauen schwangen sich in zwei feinen Linien darüber. Von einem angenehmen Kribbeln durchflutet, glitt Ravens Blick weiter über ihr schmales Gesicht und blieb schließlich an ihren rosigen Lippen haften, die den seltsamen Eindruck erweckten, als habe man sie ihres Lächelns beraubt.

»Wohin darf ich es stellen, Mylord?«, hörte er sie fragen. Sie brachte kaum mehr als ein Flüstern heraus.

Er wies auf das breite Bett, das Anne erst am Morgen frisch bezogen hatte, und grinste: »Bei dem, was du mir da gebracht hast, bricht der Tisch wahrscheinlich umgehend zusammen.«

»Ich dachte mir, Ihr hättet bestimmt mächtigen Hunger«, entgegnete sie verlegen und trug das schwere Tablett an ihm vorbei, um seinem Befehl Folge zu leisten. »Wenn mein Bruder mit den anderen Männern von einem Raubzug heimkommt, dann …« Sich plötzlich der Bedeutung ihrer Worte bewusst, hielt sie erschrocken inne.

Ravens Kiefermuskeln zuckten belustigt. »Sprich ruhig weiter«, ermunterte er sie. »Was ist dann?«

Sionnach krallte ihre Hände in den rauen Stoff ihres Kleides und konnte allem Anschein nach nur mühsam den Drang unterdrücken, auf dem Absatz kehrtzumachen, um seinem forschenden Blick zu entkommen.

»Nichts, Mylord. Bitte verzeiht, ich war in Gedanken.« Mit leuchtend roten Wangen huschte sie hinüber zum Kamin und machte sich schweigend daran zu schaffen. Raven staunte, mit welchem Geschick sie das Feuer anhand einer Handvoll Späne entzündete und nachfolgend die Holzscheite darüber stapelte, so dass die Flammen innerhalb kürzester Zeit Besitz davon ergriffen und knisternd auflodern. Als sie sich aufrichtete und zum Gehen wandte, schüttelte er den Kopf.

»Bleib und unterhalte mich ein bisschen, während ich esse.«

Sionnachs Augen weiteten sich, als habe er sie zu etwas Beängstigendem gezwungen.

»Ich wüsste nicht, womit ausgerechnet ich Euch unterhalten könnte, Mylord«, unternahm sie einen schwachen Versuch, sich dem zu entziehen.

Obwohl sie gehorchte, spürte Raven dennoch die Unruhe, die er mit seinem Wunsch in ihr geweckt zu haben schien.

»Für den Anfang könntest du mir zum Beispiel deinen Namen verraten«, schlug er vor und bemühte sich, seiner Stimme einen möglichst sanften Ton zu verleihen, um sie nicht noch mehr zu ängstigen. »Du kennst meinen. Da ist es doch wohl nur gerecht, wenn ich auch deinen erfahre, oder?«

»Sionnach Elisha MacDonell, Mylord.«

Raven angelte sich ein Stück des mitgebrachten Schinkens, schob es sich in den Mund und leckte sich genüsslich die Fingerspitzen ab.

»Sionnach ...«, wiederholte er nachdenklich, »... bedeutet das nicht »Fuchs«? Wie überaus passend.«

Sionnach sah überrascht auf. »Ihr sprecht Gälisch, Mylord?«

»Sprechen wäre wohl zu viel gesagt, aber wenn ich mich anstrenge, verstehe ich ein paar Brocken«, erwiderte Raven achselzuckend und spülte seinen Bissen mit einem kräftigen Schluck Bier hinunter. »Wenn man auf der Suche nach säumigen Pächtern wochenlang das Land des Dukes durchkämmt, trifft man zwangsläufig auch auf euch Schotten. Da schnappt man schon mal das ein oder andere Wort auf, und was soll ich sagen - mir gefällt der Klang dieser Sprache einfach.« Er stellte den Krug wieder ab und wischte sich mit dem Handrücken den Schaum von der Oberlippe. »Ich kenne mich mit der Gebietsverteilung eurer Clans nicht besonders gut aus. Kommst du aus einer Region in der Nähe?«

»Chan eil, mo Tighearna«, antwortete Sionnach leise.

Ravens Augen formten sich zu schmalen Schlitzen, während er sich grübelnd mit dem Zeigefinger auf die Nasenspitze tippte. Doch schon kurz darauf erhellte seine Miene sich.

»Der Anfang bedeutet »Nein«, habe ich recht?« Erwartungsfroh richtete er seinen Blick auf Sionnach.

»Wenn Ihr allein durch bloßes Zuhören lernt, besitzt Ihr zweifellos ein großes Talent für Sprachen, Mylord«, sagte sie und schenkte ihm den Anflug eines zaghaften Lächelns.

»In dem Wissen, von nun an dir zuhören zu können, wird mir das Lernen noch viel leichter fallen«, entgegnete Raven leutselig und gab den Dienern, die in der Zwischenzeit damit begonnen hatten, den Badezuber mit dampfend heißem Wasser zu füllen, mit einem Wink zu verstehen, dass er es als ausreichend empfand. Er ging hinüber zum Zuber und zog seine Hand mit einer fließenden Bewegung durch das Wasser. »Wunderbar«, murmelte er abwesend, »genau, was ich jetzt brauche.« Sein Blick klärte sich wieder und heftete sich erneut auf Sionnach. »Komm und hilf mir, meine Stiefel auszuziehen. Allmählich beschleicht mich das ungute Gefühl, sie könnten sich an meinen Schenkeln festgesaugt haben.« Er setzte sich auf die Bettkante und streckte ihr auffordernd sein rechtes Bein entgegen.

Sionnach kam langsam näher und kniete zögernd vor ihm nieder. Mit schweißnassen Händen umfasste sie Schaft und Absatz und befreite Raven mit einem kräftigen Ruck aus dem engen Leder des ersten und schließlich des zweiten Stiefels.

»Ich würde dich ja bitten, mir beim Baden behilflich zu sein«, sagte er und entledigte sich beiläufig seiner Strümpfe, »aber ich glaube, sie haben es ebenso nötig wie ich, gesäubert zu werden.« Mit einem Kopfnicken deutete er auf das Schuhwerk in Sionnachs Hand und wusste, dass er die richtige Entscheidung getroffen hatte, als er die Erleichterung sah, die sich in diesem Moment in ihrem Gesicht ausbreitete. Zweifellos hätte er die Macht besessen, sie zu weiteren Diensten zu zwingen. Aber aus ihm unerklärlichen Gründen fühlte er sich ausgesprochen gut dabei, Sionnach ungleich rücksichtvoller zu behandeln als die übrigen Mägde auf Fitheach Creag. Mit den Stiefeln unter dem Arm und einem dankbaren Knicks huschte sie hinaus. Raven sah ihr für einen Augenblick nach und überlegte, ob er nach einem anderen Mädchen schicken lassen sollte, streifte dann aber selbst Hemd und Hose ab und stieg in den Zuber. Mit einem wohligen Seufzer ließ er sich ins warme Wasser gleiten und schloss entspannt die Augen. Doch der Genuss von Ruhe währte nur kurz. Ohne die Höflichkeit zu besitzen, die Aufforderung seines Herrn abzuwarten, stürzte Sebastian ins Zimmer und machte atemlos vor dem Badezuber Halt.

»Bist du von allen guten Geistern verlassen?«, fuhr Raven seinen Diener in aller Schärfe an. »Wie wäre es zur Abwechslung mal mit einer kleinen Prise Zurückhaltung?«

»Ein andermal gerne, Mylord. Stellt mich für mein Benehmen an den Pranger, wenn Ihr wollt, wobei nicht auszuschließen ist, dass Ihr mir dort Gesellschaft leisten werdet. Mit anderen Worten, Euer Bruder ist im Anmarsch, und er wirkt nicht sonderlich erfreut über die Tatsache, dass Ihr ihn versetzt und mich vorgeschickt habt.«

Alarmiert richtete Raven sich auf. »Verdammt, ich hätte es eigentlich besser wissen müssen. Rasch, reich mir ein Handtuch!« Aber es war bereits zu spät. Die Tür wurde derart heftig aufgerissen, dass sie mit einem lauten Knall gegen die dahinterliegende Mauer prallte. Ravens Blick fiel auf einen breitbeinig im Türrahmen stehenden Mann. Seine Hände in die Hüften gestemmt, schien er nur darauf zu warten, seinem schier überschäumenden Groll endlich freien Lauf lassen zu können.

»Mylord, wie überaus erfreulich, Euch bei so guter Gesundheit zu sehen«, versuchte er hastig den flammenden Zorn des Dukes zu mildern.

Doch Georg Randall Fitzroy, I.Duke of Northumberland, überging die nichtssagende Höflichkeitsfloskel seines Halbbruders und schnaubte erbost: »Verfluchter Nichtsnutz, wie kannst du es wagen, meine Anweisungen derart dreist zu ignorieren und dich träge in einem Waschbottich zu suhlen, statt mir vorrangig die Ergebnisse deiner Inspektionsreise vorzulegen! Wenn du glaubst, es würde ausreichen, mir deinen Lakaien zu schicken und du es nicht für nötig befindest, mir den gebotenen Respekt zu erweisen, nur weil du zufällig zur Hälfte dem gleichen Blut entstammst wie ich, wird es Zeit, dich eines Besseren zu belehren!«

»Sir, es tut mir leid, dass mein Verhalten Anlass zu der Vermutung gibt, die Verzögerung unseres Gesprächs sei Euch gegenüber als Respektlosigkeit zu werten. Ich hatte nicht beabsichtigt -«

»Schweig!«, unterbrach der Duke ihn harsch. »Du solltest dich vielleicht öfter mal darauf besinnen, dass du der Sohn eines Königs bist, selbst wenn dein Benehmen nicht darauf schließen lässt. Im Gegenteil, es ist um Längen schlechter als das der rüpelhaften Bauern auf meinem Grund. Aber wen wundert´s, wenn man bedenkt, wer deine Mutter war.« Sein Blick streifte verächtlich über Ravens nackten Leib. »Selbst die Farbe deiner Haut gleicht bereits der eines stinkenden Knechts. Wenn du die Hoffnung hegst, eines Tages einen echten, statt nur eines Höflichkeitstitels tragen zu dürfen, solltest du dir endlich deiner Herkunft bewusst werden.«

Raven senkte reumütig den Kopf hinab auf die Brust. »Ich bitte vielmals um Vergebung, Mylord. Ich verspreche, ich werde mich bessern.«

»Wir werden sehen«, grollte der Duke nur geringfügig besänftig, »Und jetzt steig endlich aus diesem verflixten Kübel und finde dich zur Berichterstattung in meinem Arbeitszimmer ein!« Er machte auf dem Absatz kehrt und überließ seinen tropfenden Halbbruder der Obhut seines Dieners.

Einem Reflex folgend, reichte Sebastian Raven das Handtuch, das er die gesamte Zeit über in der Hand gehalten hatte, und schaute dem Fürsten verdrossen nach.

»Verzeiht mir meine Ehrlichkeit, Mylord, aber um einen solchen Verwandten seid Ihr wirklich nicht zu beneiden.«

»Pass auf, was du sagst«, warnte Raven ihn, doch schon einen Wimpernschlag später verzogen sich seine Mundwinkel zu einem Schmunzeln, »obwohl selbst du jetzt begriffen haben müsstest, warum ich oftmals lieber den Stall ausmisten würde, statt ständig unter der Kontrolle dieses bärbeißigen Despoten zu stehen. Manchmal kommt es mir vor, als wäre er bereits weit über vierzig und nicht erst fünfundzwanzig.«

»Ihr besitzt mein gesamtes Mitgefühl, Mylord«, grinste Sebastian.

»Dann zeig es, indem du mir ausnahmsweise wieder mal die seltene Ehre zuteilwerden lässt, deiner Aufgabe als meinem Diener nachzukommen und dich beim Rasieren nützlich zu machen.«

Sebastian hob erstaunt die Brauen. »Hattet Ihr nicht davon gesprochen, Euch beim Baden von einer Magd umsorgen zu lassen? Wohin ist sie verschwunden?«

In Ravens Kopf tauchte schlagartig das Bild der schottischen Magd auf, und er stellte verblüfft fest, dass er sich problemlos an jedes noch so kleine Detail ihres zarten Gesichts erinnern konnte.

»Ich habe sie weggeschickt.«

Sebastian schnappte verdutzt nach Luft. »Ihr habt sie ... rausgeworfen?« Er gab sich alle Mühe, nicht vor Lachen laut loszubrüllen. »Alle Achtung, Mylord. In Anbetracht Eurer, nun ja, bereits bedenklichen körperlichen Missstände muss das Mädel hässlich wie die Nacht gewesen sein. Vielleicht solltet Ihr beim nächsten Mal einfach die Kerzen ausblasen, bevor sie Euer Gemach betritt. Das könnte sich als sehr hilfreich erweisen.«

9

Brendan lehnte seinen Hinterkopf an die ohne große Sorgfalt gemauerte Wand und starrte frustriert auf das fahle Mondlicht, das kalt durch die eisernen Gitterstäbe der Falltür drang und ein Muster ihrer starren Silhouette auf den festgestampften Boden des Erdlochs warf, in das man ihn gezwungen hatte hinabzusteigen.

»He, du ...«

Ein junger Mann, nicht viel älter als er selbst, bewegte sich geduckt auf ihn zu und hockte sich neben ihn. Die Kette, die seine Fußfesseln miteinander verband, klirrte leise.

»Kenzie MacDuff«, stellte er sich knapp vor.

Nur schwerfällig drehte Brendan seinen Kopf zur Seite und musterte Kenzies hagere Gestalt.

»Brendan MacDonell of Glengarry.« Er ergriff die ihm angebotene Hand und erwiderte die Begrüßung mit festem Druck. »Ein MacDuff? Liegt euer Land nicht irgendwo in der Nähe von Edinburgh?«

»Haarscharf, wenn auch tatsächlich eher bei Dundee. Unser Clan haust genau dazwischen.«

»Schnauze da unten, sonst setzt es was!«, donnerte es über ihren Köpfen.

Kenzie ignorierte die Drohung und wechselte grinsend ins Gälische: »Lass ihn ruhig quatschen. Ist eh nur heiße Luft. In der Nacht würde sich keiner von ihnen allein zu uns runtertrauen.«

»Schade«, knurrte Brendan grimmig, sich ebenfalls seiner Muttersprache bedienend, »das hätte mir die wunderbare Möglichkeit eröffnet, ihm für das, was er mir angetan hat, das Genick zu brechen.«

Das Grinsen auf Kenzies Gesicht erlosch, und er rückte vorsichtig näher.

»Du bist erst seit heute hier, oder? Die Neuen nehmen sie immer besonders hart ran.« In seiner Stimme schwang ehrliches Mitleid. »Aber wenn du gut arbeitest und tust, was sie von dir verlangen, wird es mit der Zeit besser, und die Schläge nehmen ab. Manchmal erlauben sie einem sogar, im Fluss zu baden - wenn auch nur ganz selten.« Der Blick seiner grünen Augen glitt bewundernd über Brendans muskulösen Körper. »Warum haben sie dich hergebracht?«

»Viehdiebstahl.«

»Und - hat es sich wenigstens gelohnt?«

»Ich würde mal behaupten, dass Robert Campbell of Glenlyon sich besser nach einer Arbeit umsehen sollte, wenn er seine Gläubiger bezahlen und diesen Winter nicht am Hungertuch nagen will.« Sie tauschten ein Grinsen aus, und für einen Moment herrschte verhaltene Stille zwischen ihnen. Doch schon kurz darauf setzte Kenzie erneut zu sprechen an.

»Wissen deine Leute, wo du bist?«

Brendan schüttelte den Kopf. »Ist mir auch egal. Ich brauche sie nicht. Ich komme hier schon selbst irgendwie wieder raus. Was mir weit mehr Sorgen bereitet, ist die Ungewissheit, was sie mit meiner Schwester gemacht haben.«

Kenzie erstarrte. »Du hast eine Schwester hier?«

»Nicht im Steinbruch«, dämpfte Brendan dessen böse Vorahnung. »Ich musste sie auf der Burg zurücklassen, während sie mich hierher schleppten. Sie blieb bei einem Kerl namens Marcus.«

»Master Marcus ...«, murmelte Kenzie betroffen und wagte nicht, Brendan anzusehen, als ob er fürchte, auf diese Weise seine Gedanken preiszugeben.

Brendan löste sich von der Wand und umfasste aufgeregt die Schultern des jungen Mannes. »Du kennst den Mann? Wer ist er?«

»Einer von der ganz üblen Sorte«, antwortete Kenzie mit bleichen Lippen. »Er hat das Oberkommando über sämtliche Steinbrüche des Dukes und behandelt uns Gefangene, als wären wir seine persönlichen Sklaven. Wenn deine Schwester sich tatsächlich in seiner Gewalt befindet, solltest du anfangen zu beten.«

»Wenn ihr nicht endlich eure verdammte Klappe haltet, werde ich bei Tagesanbruch jedem einzelnen von euch schottischen Schaffickern das Fell über die Ohren ziehen!«, hallte die Stimme des Wächters ein weiteres Mal gereizt zu ihnen hinab, aber Brendan kümmerte sich nicht darum. Wütend hieb er mit der geballten Faust auf den Boden.

»Ich muss hier raus«, flüsterte er und tastete das Verlies mit wildem Blick nach Schwachstellen ab.

»Das schaffst du niemals«, entgegnete Kenzie wenig zuversichtlich.

»Oh, doch, darauf kannst du Gift nehmen«, widersprach Brendan voller Leidenschaft, »und wenn es das Letzte ist, was ich tue. Ich werde Sionnach ganz bestimmt nicht kampflos der Willkür eines Monsters überlassen.«

10

In der winzigen Kammer der Mägde war es stockduster. Wer durfte, schlief bereits tief und fest und kümmerte sich nicht um das, was um ihn herum geschah.

Auch Anne lag, friedlich schlummernd und eingehüllt in ihre abgewetzte Decke, in ihrem schmalen Bett und regte sich nicht. Sionnach lauschte angespannt ihren regelmäßigen Atemzügen. Nachdem sie sich sicher war, dass die Magd vor morgen früh nicht mehr aufwachen würde, tastete sie vorsichtig nach dem Kerzenstummel neben ihrem Kissen und schlug leise ihre Bettdecke beiseite. Auf Zehenspitzen schlich sie hinaus auf den dunklen Korridor und zog die Tür so geräuschlos wie möglich hinter sich zu. Ihr Plaid fest um die Schultern gewickelt, huschte sie durch die spärlich beleuchteten Korridore, bis sie schließlich fand, was sie suchte. Sich nach allen Seiten absichernd, dass niemand sie bei ihrem Vorhaben beobachtete, zündete sie die Kerze in ihrer Hand an und drückte die schwere Klinke der Tür hinunter, vor der sie stand. Zitternd schlüpfte sie durch den geöffneten Spalt in die angrenzende Kapelle.

Der Innenraum war auffallend schlicht und mit nichts als einem nahezu lebensgroßen Kruzifix geschmückt, das über dem prächtigen Altar aus sorgfältig behauenem Stein hing und den Gekreuzigten mit gequältem Gesichtsausdruck auf die Betenden niederblicken ließ. Zu beiden Seiten reihten sich ein Dutzend schmale Holzbänke, von denen eine jede kaum Platz für mehr als zwei Menschen bot. Entlang der Bänke zeigten in Blei gefasste illuminierte Fenster verschiedenste bildliche Darstellungen aus der Bibel, deren Einzelheiten im flackernden Dämmerlicht der dicken an den Wänden angebrachten Wachskerzen jedoch nur schwer erkennbar waren.

Sionnach verharrte für einen Moment in der Mitte des Ganges, beugte dann die Knie Richtung Boden und schlug ein Kreuzzeichen auf ihrer Brust. Mit ehrfurchtsvoll gesenktem Kopf und vor den Schoss gefalteten Händen murmelte sie das ihr von Kindesbeinen an vertraute Vaterunser. Nachdem sie ihr Gebet beendet hatte, schaute sie auf das Kruzifix und flüsterte mit vor Verzweiflung bebender Stimme: »Herr, ich gelte nichts vor dir und bin deiner Aufmerksamkeit ganz sicher nicht würdig, aber außer meinem Glauben habe ich nichts mehr, an dem ich noch festhalten könnte.« Für den Bruchteil einer Sekunde hielt sie inne, als müsse sie sich für das, was sie vorzubringen hatte, neu sammeln, und fuhr dann fort: »Ich weiß, dass Brendan sich durch diesen Diebstahl vor dir versündigt hat, aber er tat es doch nur, um für uns zu sorgen. Gott, ich flehe dich an, beschütze meinen Bruder und hilf ihm da wieder hinaus! Hilf uns beiden wieder heim!«

Bei dem Gedanken an die Qualen, die Brendan vermutlich im Steinbruch zu erleiden hatte, füllten ihre Augen sich mit Tränen.

Kenneth Walden, der, wie so häufig, auch in dieser Nacht unter massiven Schlafstörungen litt, hatte sich beim - angesichts der späten Stunde - äußerst ungehaltenen Hofarzt ein Schlafmittel besorgt. Als er mit verdrießlicher Miene auf dem Rückweg am Eingang der kleinen Burgkapelle vorbeischlurfte, drang ein leises Schluchzen hinaus auf den Gang. Neugierig blieb er stehen und spähte durch den winzigen Spalt der angelehnten Tür. Was er sah, überraschte ihn aufs Angenehmste.

Eine junge Frau kniete auf dem Boden zwischen den Bankreihen und hielt ihr Haupt zum Gebet gesenkt. Das Plaid, in das sie sich zuvor gehüllt haben musste, war ihr von den schmalen Schultern gerutscht und bedeckte nun ihre nackten Füße. Sie trug ein langes weißes Nachtgewand, durch dessen vom häufigen Waschen dünn gewordenen Stoff deutlich die Umrisse ihrer schlanken Gestalt schimmerten. Ihr offenes Haar ergoss sich in einer weichen Flut flammenden Rots über ihren Rücken bis hinunter zu ihren festen, runden Pobacken. Ein Gefühl lange Zeit nicht mehr empfundener Erregung durchzuckte Waldens Körper und ließ sein Gemächt zur Härte eines Steins anschwellen. Entschlossen stellte er sein Fläschchen neben der Tür ab und betrat die Kapelle. Das in der Stille der Nacht durchdringende Klappern seiner Absätze riss die junge Frau aus ihrem Zwiegespräch mit Gott, und sie drehte sich erschrocken zu dem unerwarteten, nächtlichen Besucher um. Genussvoll beobachtete Walden, wie sich ihre Brust bei seinem Anblick beunruhigt hob und senkte, während ihre leuchtend blauen Augen ihn reglos fixierten.

»Du brauchst keine Angst vor mir zu haben. Ich habe nicht vor, dir ein Leid anzutun«, versicherte er mit bebender Stimme und beförderte wie zum Beweis seine Hände in die Höhe.

»Sicher nicht«, erwiderte sie gepresst, »das habt Ihr ja bereits hinter Euch.«

Sich sehr wohl im Klaren, worauf sie anspielte, bemühte er sich um ein möglichst unbefangenes Lächeln. »Bist du nicht das Mädchen, das zu dem wegen Viehdiebstahls verurteilten Schotten gehörte?«

»Ich gehöre nach wie vor zu ihm«, sagte Sionnach. »Und darüber hinaus wisst Ihr ganz genau, dass er zu keiner Zeit verurteilt wurde und dank Euch auch nie die Chance bekommen wird, vor einen Richter zu treten.«

Waldens Brauen hoben sich missbilligend. »Du wirfst mir vor, dass ich den Hals eines Verbrechers vor dem Galgen gerettet habe? Eine, wie ich finde, doch ziemlich seltsame Art, mir gegenüber deine Dankbarkeit zu zeigen.«

»Mein Bruder ist kein Verbrecher!«, entgegnete Sionnach und runzelte zornig die Stirn.

»Dein Bruder, sagst du?« Walden horchte interessiert auf, und in seinem Kopf begann, sich ein teuflischer Plan zu formen. »Heilige Mutter Gottes, wie furchtbar! Warum hast du das denn niemandem gesagt?« Da Sionnach nicht reagierte, trat er einen Schritt auf sie zu und fuhr fort: »Du weißt aber schon, wo er jetzt ist?«

»In den Steinbrüchen des Dukes. So sagte man mir zumindest.«

Walden nickte bestätigend. »Ja ... die Steinbrüche. Der arme Junge. Wie überaus bedauernswert.« Er reichte Sionnach die Hand, um ihr beim Aufstehen behilflich zu sein, doch sie schlug sein Angebot unwillig aus.

»Wie meint Ihr das?«, fragte sie stattdessen und wickelte sich eilig in ihr Plaid, als sie bemerkte, dass er seinen Blick begehrlich auf ihren sich unter dem Nachthemd vorwölbenden Busen gerichtet hatte.

»Mein liebes Kind, es liegt mir fern, dich derart zu beunruhigen, aber diejenigen, die dort arbeiten, haben es wahrlich alles andere als leicht – mal abgesehen davon, dass es sich um Strafgefangene handelt, die unter den gegebenen Umständen sicher auch keine Milde verdienen. Die Tatsache, dass Master Marcus, der Mann, unter dessen Befehl sie stehen, ein überaus hartes Regiment führt, ist jedenfalls unumstritten. Erst kürzlich hörte ich vom Schicksal eines der Gefangenen, der ihm in einem Anfall von Trotz den Gehorsam verweigerte. Nicht einmal in geweihter Erde durfte er ruhen, nachdem Marcus mit ihm fertig war.«

»Was ... ist mit ihm passiert?«

Walden zuckte gleichgültig die Achseln und stellte zufrieden fest, dass sie zunehmend unsicherer wurde.

»Nachdem Marcus ihn zu Tode hat prügeln lassen, haben sie ihn irgendwo draußen im Wald verscharrt.« Er stand nun direkt hinter ihr, so dass er die Wärme ihres Leibes spüren konnte. »In deinem Sinne kann ich nur hoffen, dass dein Bruder sich diesem Mann gegenüber fügsam zeigt.« Fasziniert sah er zu, wie die Halsschlagader unter Sionnachs Haut pochte. Nur schwer konnte er den unaufhörlich stärker werdenden Drang unterdrücken, sie zu berühren und seine Hände auf ihre sanft gerundeten Hüften zu legen. »Wenn es dein Wunsch ist, könnte ich Master Marcus vielleicht davon überzeugen, deinen Bruder mit etwas mehr Nachsicht zu behandeln und dir die Möglichkeit verschaffen, ihn zu sehen.«

Sionnach blickte auf und drehte ihren Kopf gerade so weit, dass er die Hoffnung sehen konnte, die in ihren Augen aufglomm.

»Das würdet Ihr tatsächlich für mich tun?«

»Das und noch viel mehr, meine hübsche Stute. Noch viel mehr.« Er neigte ihr das Gesicht entgegen und senkte seinen trockenen Mund zu einem Kuss auf die zarte Haut ihres warmen Nackens herab, während seine feisten Hände mit leichtem Druck ihre Schultern umfassten. Er versuchte, den Schauder zu ignorieren, der ihren gesamten Leib mit einer Gänsehaut tiefster Abneigung überzog, als seine Finger die Konturen ihres Körpers nachzuzeichnen begannen. Dennoch rührte sie sich keinen Deut und tat nichts, um seine Zudringlichkeit auf irgendeine Weise abzuwehren.

»Ist das die Gegenleistung, die Ihr von mir dafür erwartet?« Ihre Miene schien zu Eis erstarrt.

Waldens Nasenflügel zuckten hektisch. »Du bist ein wirklich kluges Mädchen«, flüsterte er berauscht und grub sein Gesicht mit einem leisen Grunzen erneut in ihre Halsbeuge.

Sionnach entwand sich seiner Umarmung und sagte: »Dann bitte ich darum, wenigstens eine Nacht darüber schlafen zu dürfen und zu überlegen, ob mir ein Besuch bei meinem Bruder wert genug scheint, um mich von Euch benutzen zu lassen.«

Nur widerstrebend entließ Walden sie aus seinen Armen und murmelte erhitzt: »Tu das. Aber überleg nicht zu lange, denn Master Marcus ist von ungeduldiger Natur und geneigt, sich schon bei kleinen Zwischenfällen überaus barbarisch zu zeigen.«

»Wo kann ich Euch finden, um Euch meine Antwort zukommen zu lassen?«

Walden lächelte versonnen. »Ich werde morgen Nacht zur gleichen Zeit wieder hier in der Kapelle sein und auf dich warten.«

11

Georg lehnte sich schweigend in seinem breiten Lehnstuhl zurück und verfolgte missbilligend, wie sein Bruder sich den Teller bereits zum dritten Mal bis kurz unter den Rand füllen ließ, und sich mit nicht enden wollendem Appetit darüber hermachte. Er betrachtete Raven etwas eingehender, und in seinem Herz regte sich weit mehr Verdruss, als der Beziehung zwischen ihnen guttat.

»Herrgott, Raven, hör endlich auf so zu schlingen, als gäbe es ab morgen nichts mehr zu essen!«

Sich seiner neuerlichen Provokation durchaus bewusst, griff Raven nach seinem Becher, leerte den Inhalt mit einem Zug und wischte sich anschließend mit dem Handrücken über den Mund.

»Es schmeckt mir halt. Und überdies müsstet Ihr Euch doch allmählich an meine Art zu essen gewöhnt haben.« Er biss demonstrativ in eine reife Tomate, so dass der Saft an den Seiten herausspritzte und haltlos über sein Kinn rann.

Georg verzog missmutig die Mundwinkel. »Du benimmst dich wie ein ganzes Rudel schottischer Bastarde.« Er warf seinem Bruder eine Serviette zu, die dieser jedoch geflissentlich ignorierte.

»Ihr solltet dieses Volk nicht derart verhöhnen«, ließ Raven stirnrunzelnd vernehmen. »Wie ich hörte, haben sie unsere

Leute erst kürzlich vernichtend geschlagen. Und das, zur Schande der königlichen Armee, in erheblicher Unterzahl. Wenn die Engländer nicht so verdammt überheblich und verbohrt wären, könnten sie bestimmt eine Menge von der ausgefeilten Kampftechnik der Schotten lernen und deren erfolgreiche Krieger zu ihrem Vorteil nutzen, statt sie zu verhöhnen.«

»Wenn man dich so reden hört, könnte man fast meinen, du stündest auf ihrer Seite«, brummte Georg gereizt.

»Sie kämpfen für eine Sache, an die sie aus vollstem Herzen glauben, und fürchten nicht, ihr Leben dafür zu riskieren. Wer so loyal zu seinem König steht, verdient es, bewundert zu werden«, erwiderte Raven pragmatisch und faltete die Hände über den Bauch.

»Du vergisst, dass das britische Parlament James mehrheitlich zum Teufel gejagt hat. William ist nun unser rechtmäßiger König.«

»Aber nicht in den Augen der meisten Hochländer«, widersprach Raven. »Und auf eine gewisse Weise kann ich sie sogar verstehen.«

Georg erhob sich ruckartig von seinem Lehnstuhl und schlug die geballte Faust auf den Tisch. In seinen Augen glühte Zorn.

»Bist du dir im Klaren, was du da sagst? Du bist Engländer und solltest zu deinesgleichen stehen, verflucht! Aber was tust du stattdessen? Du sympathisierst mit dem Feind!«

»Immer noch besser, als sich blind den Idealen meiner völlig unverdient hochmütigen Landsleute anzuschließen.«

»Das ist doch ... was glaubst du dir herausnehmen zu können, du Bauerntrampel! Hat unsere Familie dir nicht alles gegeben, was man einem im Stall gezeugten Bastard bieten kann, nur um jetzt feststellen zu müssen, dass wir zweiundzwanzig Jahre eine Schlange an unserer Brust genährt haben?«

»Es tut mir wirklich leid, Eure Familie anscheinend ununterbrochen mit Enttäuschung statt mit Stolz erfüllen zu müssen, aber meine Mutter hat mich gelehrt, ehrlich zu sein und zu dem zu stehen, was man für das Richtige hält.« Raven hielt dem entzürnten Blick seines Bruders furchtlos stand und stand ebenfalls auf. »Wenn Ihr mich nun bitte entschuldigen würdet. Ich habe noch ein paar Dinge zu erledigen, die keinen Aufschub dulden.« Erleichtert schloss Raven die Tür seines Gemachs und lehnte sich mit einem tiefen Seufzer dagegen.

»Wieder und wieder das gleiche Elend«, murmelte er kopfschüttelnd vor sich hin.

»Oh, ich ... ich bitte vielmals um Vergebung, dass ich noch nicht fertig bin, Mylord«, stammelte Sionnach schuldbewusst, da sie sich angesprochen fühlte, und fegte eilig die erkaltete Asche aus dem Kamin in den dafür vorgesehenen Eimer. »Ich habe mich noch nicht so richtig an den täglichen Ablauf auf der Burg gewöhnt.«

Ravens Miene erhellte sich schlagartig. »Sieh mal einer an - meine reizende Lehrerin«, stellte er schmunzelnd fest. »Fühlst du dich in meiner Gegenwart nun endlich ein bisschen sicherer?«

Sionnach errötete vor Verlegenheit, als sie sich daran erinnerte, welche Befürchtungen sie gestern mit dem nur zur Hälfte bekleideten Viscount verbunden hatte.

»Eure Stiefel stehen dort drüben für Euch bereit, Mylord«, versuchte sie ihn von den Vorkommnissen des gestrigen Tages abzulenken und wies auf Ravens Bett, doch er achtete nicht darauf.

»Ich hatte geplant, heute Morgen einen kleinen Ausritt hinunter ins Dorf zu machen. Vielleicht möchtest du mich ja begleiten?« Noch bevor sie einen Einwand erheben konnte, fuhr er fort: »Ich werde dich natürlich umgehend bei Mrs. Stone von deinen Pflichten entbinden lassen.«

Da sich für Sionnach kein Grund fand, ihm zu widersprechen, nickte sie ergeben.

Raven strahlte. »Phantastisch. Dann treffen wir uns in, sagen wir, dreißig Minuten an den Stallungen. Du findest allein dorthin?«

»Ich habe eine gute Nase und werde einfach dem Geruch folgen«, lächelte sie und verließ mit dem staubigen Ascheimer in der Hand den Raum. Raven sah ihr schweigend nach und stellte zu seiner großen Überraschung fest, dass die Aussicht auf einen gemeinsamen Ausritt mit ihr sein Herz unbeabsichtigt höher schlagen ließ.

Eine halbe Stunde später traf Sionnach pünktlich bei den Stallungen ein und hielt Ausschau nach Raven. Da sie ihn nirgends entdecken konnte, beschloss sie kurzerhand hineinzugehen. Vorsichtig durchschritt sie das Tor und hoffte, dass sie ihn mit dem, was er zu sehen bekommen würde, zufriedenstellen konnte. Sie hatte sich alle Mühe gegeben, ihr Äußeres auf Vordermann zu bringen, was in Ermangelung von frischer Wäsche gar nicht so einfach gewesen war. Somit war sie der Einfachheit halber wieder in ihr eigenes Kleid geschlüpft, hatte die Haube, die sie als Dienstmagd auswies, aus ihrem Haar gelöst und sich am Brunnen den gröbsten Schmutz von den Wangen gewaschen.

Im Stall duftete es nach frischem Heu, eingefettetem Leder und dem würzigem Dung der Pferde, von denen sich jedoch im Augenblick die meisten auf einer der umliegenden Weiden befanden. Pfeifende Stallknechte waren damit beschäftigt, deren Boxen zu reinigen, kleine Schäden auszubessern und sich um die verbliebenen Tiere zu kümmern.

Sionnach durchquerte den breiten Mittelgang der Länge nach, sah abwechselnd nach links und rechts, aber Raven war weit und breit nicht zu entdecken. Seufzend wandte sie sich schließlich an einen älteren Knecht.

»Entschuldigt bitte, ich bin auf der Suche nach dem Viscount. Er wollte mich hier in den Stallungen treffen, aber ich kann ihn nirgends finden. Gibt es eventuell noch eine andere, die er gemeint haben könnte?«

»Du bist also die Kleine, der die unlösbare Aufgabe zuteilwird, sich seinem gnadenlosen Charme zu entziehen.« Der weizenblonde Schopf eines jungen Mannes tauchte hinter einer hölzernen Abtrennung auf. Sionnach drehte sich zu dem Unbekannten um. Er musterte sie kurz und pfiff anerkennend durch die Zähne. »Geschmack hat er ja, unser Viscount. Das muss man ihm lassen.«

Der alte Stallknecht riskierte ebenfalls einen weiteren Blick auf Sionnach und ging grinsend zurück an seine Arbeit.

Der blonde Mann, offenbar ebenfalls ein Knecht, verließ die

Box und führte einen schlanken Rappen mit glänzendem Fell am Zügel hinter sich her.

Sionnach blieb nicht viel Zeit, ihn zu betrachten, doch was sie sah, reichte aus, um ihre Sympathie zu wecken. Unter seinem strubbeligen Schopf blitzten ein Paar kecke, tintenblaue Augen hervor, deren Ausdruck zu entnehmen war, dass er dem Ernst des Lebens nicht besonders viel Bedeutung beimaß. Eine Vielzahl wild über seine Nase verstreuter Sommersprossen verstärkte diese Annahme noch.

»Mein Name ist Sebastian, meines Zeichens Leibdiener des Raven Alexander Fitzroy, I. Viscount of Northumberland.« Ohne den Zügel loszulassen, vollführte er eine ausladende Verbeugung. »Und mit wem habe ich das Vergnügen, bitte?«

Sionnach zog abschätzend die Brauen hoch. »Leibdiener? Dafür scheinst du mir aber ziemlich ungehobelt.«

»Und das ist noch milde ausgedrückt«, gesellte sich der Klang einer weiteren, männlichen Stimme hinzu. »Bei einem anderen Herrn würde er für seine andauernd unverfrorene Dreistigkeit vermutlich tagtäglich gründlich Prügel beziehen.«

Sebastian verneigte sich abermals, nun jedoch um einiges tiefer, und intonierte schwülstig: »Eure Worte sind Ausdruck Eurer beispiellosen Gnade, Mylord. Welcher Diener würde einen solchen Herrn je verlassen wollen? Und so seid Euch denn meiner ewigen Treue versichert.«

Raven stöhnte leidvoll. »Ich hatte es befürchtet.« Er wandte sich Sionnach zu und flüsterte hinter vorgehaltener Hand: »Ich werde ihn nie wieder los. Was soll ich bloß tun? Du hast nicht zufällig Verwendung für einen sich pausenlos einschmeichelnden englischen Lump?« Sionnach schüttelte mit einem stummen Lächeln den Kopf, und Raven fuhr augenzwinkernd fort: »Weißt du, unter den Frauen von Fitheach Creag, fällt sein Name ausgesprochen häufig. Vielleicht solltest du dir doch überlegen, dich seiner anzunehmen.«

Sebastians Kopf schnellte neugierig in die Höhe. »Tatsächlich? Das wusste ich ja gar nicht. Was genau erzählen sie denn über mich?«

»Finde es selbst heraus«, erwiderte Raven gelassen. »Zeit

genug hast du, denn ich werde dich heute Morgen wohl nicht mehr brauchen.« Er nahm Sebastian die Zügel ab und reichte Sionnach die Hand. »Gehen wir?«

Das Dorf, in das sie ritten, trug den Namen Cornhill on Tweed. Es war ein verschlafenes kleines Nest direkt an der schottischen Grenze, dessen Bewohner sich durch nichts aus der Ruhe bringen zu lassen schienen. Selbst der hohe Besuch des Viscounts bewog sie nicht dazu, den gewohnten Gang der Dinge zu unterbrechen, auch wenn sie ihm dort, wo er ihren Weg kreuzte, mit respektvoller Ehrerbietung begegneten.

Sionnach, die sich den Sattel mit Raven teilte, knabberte nervös auf ihrer Unterlippe herum und hatte das Gefühl, auf glühenden Kohlen zu sitzen. Sie spürte die forschenden Blicke der Dörfler auf sich ruhen und konnte die Frage, die in ihren Gesichtern geschrieben stand, förmlich sehen: Wer ist dieses Mädchen, mit dem der Viscount derart vertraut durch die Ländereien des Dukes reitet?

»Wäre es nicht klüger, wenn ich absteige und neben Euch herlaufe?«, schlug sie schließlich vor.

Raven, der, seit sie Cornhill erreicht hatte, einhändig ritt, legte im Hinblick auf ihre Bemerkung demonstrativ seinen freien Arm um ihre Hüften und rückte noch ein bisschen näher an sie heran.

»Warum solltest du? Fühlst du dich so unwohl in meiner Nähe, dass du es vorziehen würdest, mir wie ein Hund zu folgen?«

Sionnachs Herz begann unwillkürlich schneller zu schlagen, als sie plötzlich die überraschende Entdeckung machte, dass genau das Gegenteil der Fall war.

»Eigentlich nicht. Ich möchte Euch nur nicht schaden, Mylord.«

»Wie könnte eine so hinreißende Person wie du mir jemals Schaden zufügen?« Es klang mehr wie eine Feststellung denn nach einer Frage.

»Weil ich davon ausgehe, dass der Duke es nicht gutheißen würde, dass sein Sohn sich derart vertraut mit einer Sklavin in der Öffentlichkeit zeigt.«

Raven runzelte irritiert die Stirn. »Mit einer ... Sklavin? Ich fürchte, ich verstehe nicht ganz.« Er lächelte verunsichert. »Das Leben der Mägde auf Fitheach Creag ist sicher nicht unbedingt leicht, aber deshalb gleich einen Vergleich zur Sklaverei zu ziehen, halte ich, ehrlich gesagt, doch für maßlos übertrieben.«

»Wie würdet Ihr es denn nennen, wenn man Euch gekauft hätte wie ein Stück Vieh?«, entgegnete Sionnach mit unverhüllter Bitterkeit.

»Das ist doch absurd«, wies Raven ihren Vorwurf ab. »Ich wüsste wirklich nicht, wer das getan haben sollte.«

»Ein Mann namens Walden.«

»Kenneth Walden? Der Kämmerer? Das glaube ich kaum», bezweifelte Raven. »Es geht weit über seine Befugnis hinaus, solche Geschäfte ohne das Einverständnis des Dukes zu tätigen.«

»Wie es scheint, fehlt es ihm daran nicht«, hielt Sionnach beherzt dagegen.

Langsam wurde es Raven zu bunt. »Deine Behauptung ist völlig aus der Luft gegriffen. Auf Fitheach Creag gibt es keine Sklavenhaltung. Und sollte es doch so sein, wüsste ich davon.«

»Gibt es nicht? Dann erklärt das mal meinem Bruder. Der muss sich nämlich seit zwei Tagen unter genau diesen Bedingungen in den Steinbrüchen des Dukes schinden lassen – und zwar auf dessen Befehl hin!«, brauste Sionnach auf. Sie war dermaßen in Rage geraten, dass sie jede Scheu vor dem jungen Viscount verloren hatte. Auf dessen Gesicht bildeten sich hektische Flecken.

»So ein Blödsinn.«

»Warum wohl sollte ich das Risiko aufnehmen, Euch zu belügen, wenn es nicht wahr wäre? Gestern habt Ihr mich gefragt, woher ich komme. Nun, ich stamme aus einer Gegend um Fort Inverlochy – Glenfinnan, falls Euch das etwas sagt.«

»Fort Inverlochy?«, grübelte Raven und war krampfhaft darum bemüht, sich trotz ihrer Anschuldigungen in Gelassenheit zu üben. »Das liegt ziemlich weit entfernt.«

»Fast drei Tage«, sagte Sionnach und spürte, wie ihr Mut sie wieder verließ und ihr Tränen in die Augen schossen. »So lange hat unsere Fahrt hierher gedauert, nachdem man uns gegen einen Beutel Geld getauscht und wie Tiere in einen Käfig gesperrt hat.« Sie verstummte und starrte mit verschleiertem Blick auf die sich vor ihnen erstreckende, sanft ansteigende Landschaft. Ohne sich dessen bewusst zu sein, hatten sie während ihrer Auseinandersetzung das komplette Dorf durchquert. Raven lenkte den Rappen ans Ufer eines kleinen Flüsschens, stieg ab und half Sionnach aus dem Sattel. Im Anschluss band er das Pferd an einen jungen Baum und folgte ihr ans Ufer. Leise schluchzend hielt sie die Arme fest um ihren Oberkörper geschlungen, als würde sie frieren. Sie konnte hören, wie die kleinen Kiesel unter seinen Stiefeln knirschten, während er sich ihr von hinten näherte.

»Irgendwo dort liegt meine Heimat«, sagte sie mit tränenerstickter Stimme. »Es wäre so einfach, zu flüchten und zu meiner Familie zurückzukehren. Und doch kann ich es nicht, solange mein Bruder sich in der Hand Eures Vaters befindet.«

Allein die Tatsache, der Sohn des Mannes zu sein, der ihr solchen Schmerz zufügte, schien in Raven ein unverdient schlechtes Gewissen hervorzurufen.

»Vermutlich würde sich wirklich niemand drei Tagesmärsche von dem Ort entfernen, den er von ganzem Herzen liebt, nur um die Stellung einer Magd am Hof vermeintlicher Gegner seines Volkes anzunehmen«, grübelte er. »Das, was du mir erzählt hast, ist tatsächlich wahr, oder?«

»Aye, das ist es.«

Für eine Weile standen sie schweigend nebeneinander und schauten auf das im Schein der Sonne glitzernde Wasser des Flusses, der unbeirrt und glucksend seinem Lauf folgte. Es war schließlich Sionnach, die die Stille brach. Sie drehte sich zu Raven herum, und obwohl sie wusste, dass es ihr nicht erlaubt war, richtete sie den Blick ihrer klaren blauen Augen flehend auf seine braunen.

»Ich weiß nicht einmal genau, warum ich so empfinde, aber ich glaube, Euch vertrauen zu können. Dürfte ich Euch wohl um einen Gefallen bitten?«

»Ja, natürlich. Um was auch immer es sich handeln mag.«

»Ihr seid der Sohn des Dukes. Bitte, Ihr müsst veranlassen,

dass man meinen Bruder freilässt, Mylord! Ich weiß nicht, was genau sie in den Steinbrüchen mit ihm machen, aber ich kenne Brendan, und wenn Ihr ihm nicht helft, wird es ihn über kurz oder lang umbringen.«

Raven senkte betroffen den Kopf. »Ich bin nicht – ich ... ich habe nicht das Recht, dir und deinem Bruder die Freiheit zu schenken«, murmelte er niedergeschlagen, »denn, wenn es stimmt, was du sagst, seid ihr der unumstrittene Besitz des Dukes. Und allein er entscheidet darüber, was mit euch geschieht.«

Sionnach schloss gequält die Augen. »Dann«, sagte sie, »sind wir verloren.«

12

Da Raven sie für heute bei Mrs. Stone von ihren Pflichten entbunden hatte, verkroch Sionnach sich den Rest des Tages unter der dünnen Bettdecke in ihrer winzigen Kammer. Selbst ihr laut protestierender Magen konnte sie nicht dazu veranlassen, auch nur für ein paar Minuten die Burgküche aufzusuchen, um eine Kleinigkeit zu essen. Die unabänderliche Gewissheit, dass ihnen niemand helfen konnte, ihrem Schicksal zu entgehen, ließ sie zutiefst verzweifeln. Erst als die Nacht hereinbrach, wusch sie sich die Tränen vom Gesicht und wickelte sich erneut in ihre Decke, um Anne nicht erklären zu müssen, warum sie nach wie vor vollständig bekleidet war. Still harrte sie neben ihr in der Dunkelheit aus, bis die Turmuhr elfmal geschlagen hatte. Dann schlich sie lautlos in die kleine Kapelle.

Kenneth Walden schien schon auf sie gewartet zu haben, denn er trommelte ungeduldig mit seinen dicken Fingern auf das Holz der vor ihm befindlichen Bank und sah sich nach ihr um. Sionnach trat auf den Kämmerer zu und setzte sich mit deutlichem Abstand neben ihn auf die harte Kirchenbank.

»Nun?«, fragte er unumwunden. »Hast du über unser gestriges Gespräch nachgedacht und eine Entscheidung gefällt?«

Sionnach deutete ein Nicken an. »Und - wie lautet sie?«

»Ich möchte meinen Bruder sehen.«

Waldens Mundwinkel verzogen sich zu einem zufriedenen Lächeln. »Dann soll es so sein. Ich gebe dir mein Ehrenwort, dass ich dir, sobald ich es einrichten kann, Bescheid geben lassen, und wir zu den Steinbrüchen fahren.« Er neigte sich ihr mit lüsternem Blick entgegen. »Und nun zu deinem Teil unseres Handels - der Preis, den du mir für die Güte meiner Hilfsbereitschaft zu zahlen versprachst. Du erinnerst dich?« Seine fleischige Hand legte sich schwer auf die Innenseite ihres im Schein der Kerzen weiß schimmernden Schenkels und drängte sich verlangend unter ihren Rock, während die andere sich um eine ihrer Brüste schloss und begierig anfing, daran herumzukneten.

Sionnach spürte Übelkeit in sich aufsteigen, doch sie wehrte seine Zudringlichkeit nicht ab.

»Du hast mir vom ersten Moment an gefallen, da ich dich in dieser Zelle in Fort Inverlochy sah«, keuchte Walden erregt und benetzte ihren Hals mit feuchten Küssen.

Sie erwiderte nichts und versuchte vergeblich auszublenden, was der Kämmerer ihr unter den Augen Jesu antat. Wie gelähmt ertrug sie die Gier, mit der er sich an ihr bediente. Doch als seine Finger sich nur wenig später in den Widerstand ihres Schosses bohren wollten, schüttelte sie ihre Benommenheit ab und sprang, wie von der Tarantel gestochen, auf.

Walden, der darauf scheinbar nicht gefasst gewesen war, kippte wie ein angestoßener Dominostein zur Seite und schlug mit dem Kopf gegen das harte Holz der Kirchenbank. Fluchend und mit an die Stirn gepresster Hand richtete er sich wieder auf und sah der flüchtenden Sionnach hinterher.

»Bleib hier, verfluchtes Miststück!«, rief er ihr wutentbrannt nach und zog eilig ein Taschentuch hervor, um das Blut aufzufangen, das aus der klaffenden Wunde oberhalb seiner Braue tropfte. »Deine Schuld ist noch längst nicht beglichen!«

Sionnach hatte die Tür bereits erreicht, verharrte nun aber für einen Augenblick.

»Bringt mich zu meinem Bruder. Dann erst werdet Ihr den Rest bekommen.«

13

Kenneth Walden stellte Sionnachs Geduld wahrlich auf eine harte Probe. Selbst die Gier, sie zu besitzen, schien ihm offenbar nicht Anlass genug, ihren Wunsch, Brendan zu sehen, rasch voranzutreiben. So blieb ihr nichts anderes übrig, als Woche um Woche zu warten. Auch Mrs. Stones Einteilung, Sionnach zusätzlich zu ihren sonstigen Pflichten Ravens Räume in Ordnung halten zu lassen, konnte sie nur wenig aufmuntern.

Seit ihrem gemeinsamen Ausritt hatten sie sich nicht besonders häufig gesehen, denn seine Aufgaben als Viscount nahmen einen Großteil seiner Zeit in Anspruch. Und sofern er nicht im Auftrag des Dukes unterwegs war, hielt er sich zu schier endlosen Unterredungen in dessen Studierzimmer auf. Doch die unverkennbar zärtlichen Blicke, die er ihr zuwarf, sobald sie aufeinandertrafen, verfolgten sie bis in ihre Träume und gaben ihr auch ohne Worte zu verstehen, dass er sich ebenso nach ihrer Nähe sehnte. Nur zu gern hätte sie sie erwidert und sich der Hoffnung hingegeben, dass der Grund für sein Interesse nicht dem gleichen Ansinnen galt wie Waldens Absicht. Doch ihre bisherigen Erfahrungen hatten sie gelehrt, vorsichtig zu sein.

Es ging bereits auf späten Nachmittag zu, als Sionnach an diesem Tag Ravens Gemächer mit einem Korb voller Holzscheite betrat. Ihre Arbeit hatte ihr heute nur selten eine ruhige Minute beschert. Der Koch hatte spontan beschlossen, mit der Bevorratung für den kommenden Winter zu beginnen. So herrschte schon seit dem Morgengrauen Hochbetrieb in der Burgküche. Zusammen mit einer Vielzahl anderer Mägde hatte Sionnach ohne Unterlass Unmengen geputzter Früchte hereingetragen, die sogleich in Salz und Essig eingelegt oder zu Dörrobst verarbeitet wurden. Nun brodelten zu Brei gestampfte

Himbeeren und Brombeeren appetitlich duftend in riesigen Töpfen über dem Feuer und würden den Gaumen des Dukes im Winter mit dem ungewöhnlich teuren Luxus süßer Konfitüre verwöhnen. Der Koch wies Sionnach fortwährend neue Aufgaben zu, so dass sie gezwungen gewesen war, ihre übrigen Pflichten zu vernachlässigen. Es endete erst, als Mrs. Stone um die Mittagszeit energisch in das Gewühl der Küche eindrang und ihre Zimmermägde vom Koch zurückforderte.

Obwohl sie nicht mit seiner Anwesenheit rechnete, klopfte Sionnach mechanisch an die schwere Eichentür. Umso überraschter vernahm sie sogleich das wohltuend tiefe »Herein« seiner Stimme und folgte der Aufforderung mit einem sonderbaren angenehmen Kribbeln im Bauch.

»Feasgar math, mo Tighearna«, grüßte sie beschwingt und bereute plötzlich, dass sie nicht daran gedacht hatte, sich zu kämmen oder eine neue Schürze umzubinden, da auf ihrer jetzigen breite Obstflecken in den unterschiedlichsten Rottönen leuchteten und mit denen auf ihren erhitzten Wangen in Konkurrenz traten.

»Feasgar math, Sionnach«, erwiderte Raven lächelnd. »Schön, dich wieder mal zu sehen.«

Ein humorloses Lachen ertönte, und Sionnach drehte den Kopf einem Impuls folgend nach rechts. An einem der Fenster stand eine junge Frau, nur unwesentlich älter als sie selbst. Ihr verächtlicher Blick wechselte zwischen Raven und Sionnach. Sie trug ein mit aufwendigen Spitzen und Stickereien verziertes Kleid aus cremefarbener Seide. Ihr mageres Gesicht mit den schmalen Lippen war weiß gepudert und ließ ihre gelangweilt wirkenden, wasserblauen Augen noch wässriger erscheinen. Die falschen Locken einer ebenso hellen Perücke fielen ihr schwer auf die Schultern und wirkten im Vergleich zu ihrem zierlichen Schwanenhals geradezu übermächtig.

»Deine Art, mit Dienern umzugehen, erscheint mir doch ziemlich ungewöhnlich, liebster Raven«, bemerkte sie bissig.

»Warum? Weil ich mich ihr gegenüber freundlich verhalte?«, erwiderte Raven unbeeindruckt. »Obwohl ich dir absolut rechtgeben muss, verehrte Ashley. Der überwiegende Teil unseres

Standes behandeln seine Untergebenen bemerkenswert schlecht.«

Ashley wirkte gegenüber seiner unbeschönigten Meinungsäußerung für einen Moment irritiert, ließ sich jedoch nichts weiter anmerken und sagte mit honigsüßer Stimme: »Ich dachte dabei eher an deinen seltsamen Sprachgebrauch. Wenn zwischen Herr und Diener schon Worte von Nöten sind, sollte das Gesinde dann nicht eher der Sprache seiner Herrschaft mächtig sein statt umgekehrt?«

»Wo steht das geschrieben?«, entgegnete Raven trocken.

»Du magst mir verzeihen, aber die Einstellung, die du vertrittst, zeugt unverkennbar von der konservativen Erziehung, die du genossen hast.«

»Demzufolge missfällt dir das Werk eines Vaters an seiner Tochter?«

Raven zuckte die Achsel. »Ich würde mir niemals anmaßen, die Vorgehensweise deines Vaters seine Erziehung betreffend infrage zu stellen. Ich will damit nur sagen, dass meine Ansichten oftmals von denen der meisten Männer aus unseren Kreisen abweichen und ich vieles aus einem anderen Blickwinkel betrachte.«

Nach wie vor verstimmt, verzog sie das Gesicht und war sich allem Anschein nach nicht ganz schlüssig darüber, ob sie sich von Raven beleidigt fühlen sollte. Rasch wechselte ihre Aufmerksamkeit zu Sionnach hinüber.

»Was stehst du da noch so untätig herum und glotzt deinen Herrn an wie eine dumme Kuh? Sieh zu, dass du den Kamin anfeuerst und dann endlich verschwindest«, fuhr sie sie unfreundlich an und setzte gleich darauf hinzu: »Aber vermutlich verstehst du gar nicht, was ich sage, nicht wahr?« Wieder lachte sie voller Verachtung und wandte sich an Raven. »Seit wann lässt dein Bruder eigentlich diese schottischen Wilden an seinen Hof? War er nicht immer ein ausgesprochener Verfechter der englischen Kultur?«

»Kultur? Ach, du meinst die, in der unsere Leute sich von dem Glauben tragen lassen, es wäre in Ordnung, ihrem Volk«, er deutete auf Sionnach, »den Stolz zu nehmen und sich ihres

Landes zu bemächtigen?«

Das Zundermaterial fing Feuer und loderte hell auf, während es in Sionnachs Herz angesichts von Ravens Worten gleichsam heftig Funken schlug. Während Ashley empört nach Luft schnappte, musste Sionnach heimlich grinsen. Mit beiden Händen klopfte sie den Staub von der Schürze und neigte dankbar lächelnd den Kopf in seine Richtung. Raven erwiderte ihre Geste, und ihre Blicke trafen aufeinander. Für eine kleine Ewigkeit entzogen sie sich der unerbittlichen Härte einer Realität, die sie sowohl miteinander verband, als auch zugleich voneinander trennte. Erst ein Räuspern veranlasste Sionnach dazu, ihren Blick wieder von Raven zu lösen und ihn, ihrem Stand entsprechend, zu senken.

Das geäußerte Missfallen stammte von Ashley, in deren Augen man es wütend aufblitzen sehen konnte.

»Ich störe eure traute Zweisamkeit ja nur ungern, aber vielleicht solltest du dich langsam wieder daran erinnern, wer du bist, Raven Fitzroy.«

Sionnach, die einer drohenden Auseinandersetzung ausweichen wollte, kehrte Raven eilig den Rücken zu und wandte sich zum Gehen.

Doch Ashley stellte sich ihr in den Weg und zischte so leise, dass nur sie beide es hören konnten: »Und du, bedeutungsloses kleines Aas, hast demnächst gefälligst die Höflichkeit, meine Abwesenheit abzuwarten, bevor du ihm die Bereitschaft signalisierst, seine männliche Geilheit an dir zu befriedigen, hast du das kapiert?«

Sionnach spürte durch Ashleys Anspielung unbändigen Zorn in sich aufsteigen, schluckte ihn aber tapfer hinunter und antwortete stattdessen mit einem schlichten »Ja, Mylady«. Dann kam sie Ashleys unwirschem Handwedeln nach, griff sich ihren Korb und schlug die Tür geräuschvoll hinter sich zu. Mit finsterem Blick stapfte sie über den Korridor hinaus auf den Hof und steuerte, leise Verwünschungen vor sich hermurmelnd, den Holzschober an. Kurz nachdem sie ihn wieder verlassen hatte, kreuzte Mrs. Stone ihren Weg.

»Ah, du kommst mir gerade recht, Mädchen. Hier nimm und

bring es Seiner Hoheit, dem Duke.« Sie drückte Sionnach ein gefülltes Tablett in die Hand. »Er liebt frisch gekochte Himbeerkonfitüre über alles. Vielleicht besänftigt das seine schlechte Laune etwas. Seit geraumer Zeit brüllt er uns selbst wegen Kleinigkeiten an wie ein wildgewordener Stier.«

Sionnach stöhnte innerlich auf. »Sollte das nicht besser jemand anders erledigen?« Sie wies auf ihre fleckige Schürze und hoffte, dass es Grund genug war, Mrs. Stone von ihrer Order abrücken zu lassen. Doch die schüttelte nur den Kopf.

»Im Vergleich zu den übrigen Mägden schaust du geradezu adrett aus. Ich habe nicht die leiseste Ahnung, nach welchem Konzept Will sonst seine Küche führt, aber heute scheint sie in purem Chaos zu versinken. Und jetzt Schluss mit dem Geschwätz.« Kurzerhand entfernte sie die Schürze und strich Sionnach das wirre Haar zurück. »Wo ist denn deine Haube abgeblieben?« Doch noch bevor Sionnach antworten konnte, verwies Mrs. Stone sie mit einem Achselzucken in Richtung des Studierzimmers. »Ach, was soll´s. Haube hin oder her - er wird eh nicht länger auf dich achten, sobald du ihm seine Leibspeise serviert hast. Und jetzt eile dich, Mädchen!«

Befallen von einer Mischung aus glühendem Zorn und nicht minder großer Angst, klopfte Sionnach an die Tür des Zimmers, in dem der Duke den überwiegenden Teil des Tages verbrachte. Sie hatte den Mann, der sie und Brendan ohne jedes Gefühl von Anteilnahme in die Sklaverei gezwungen hatte, bislang noch nie zu Gesicht bekommen und war sich nicht sicher, ob sie es überhaupt wollte. Mit zitternden Händen umklammerte sie das Tablett und betrat den Raum. Ihr erster Blick fiel nicht, wie befürchtet, auf den Fürsten, sondern auf einen beachtlichen Schreibtisch aus dunklem Nussbaumholz, der wie ein Statussymbol aus der Mitte des Zimmers hervorstach. Neben mehreren ordentlich aufeinandergestapelten Büchern mit teilweise schon recht abgegriffenem Einband aus Rindsleder fand sich darauf ein Stoß noch unbeschriebenen Briefpapiers sowie drei frisch gespitzte und zwei bereits abgenutzte Schreibfedern nebst einem halbvollen Tintenfass, eine Schale mit feinem Sand und ein Töpfchen roter Siegelwachs. Ihr Blick huschte staunend weiter. Ein fast wagenradgroßer, schmiedeeiserner Lüster, der mit armdicken Kerzen bestückt worden war, gewährleistete, dass es am Abend in diesem Raum nicht dunkel werden würde und man sich bis tief in die Nacht zum Arbeiten darin aufhalten konnte. In der Nähe des zu dieser Stunde noch kalten Kamins standen zwei breite, mit dunkelrotem Samt bezogene Lehnstühle mit den dazugehörigen Fußhockern und luden zum Verweilen ein. Die langen Armlehnen mündeten in je einem Löwenkopf, der seine massige Mähne mit zu einem wilden Schrei aufgerissenem Maul nach hinten geworfen hatte. Mit Ausnahme der Fensterfront war das gesamte Mauerwerk des Zimmers von gewaltigen Schrankwänden zugestellt, die bis zur einst weiß verputzten Decke emporragten und deren eingelegte Regalböden sich ächzend unter der Last ihrer zu tragenden Bücher bogen. Sionnachs Blick streifte sehnsüchtig über die einzelnen, zumeist in Gold gedruckten Titel. Zu gerne hätte sie eines von ihnen in die Hand genommen und sich in die Geschichte vertieft, die es erzählte. Doch es war ihr nie vergönnt gewesen, Lesen zu lernen. Und auch ihr zukünftiger Ehemann, dessen war sie sich sicher, würde kaum Wert darauf legen, dass sie als Tochter eines einfachen Hochlandbauern mit übermäßiger Bildung beeindruckte. Mit klopfendem Herzen trat sie weiter in den Raum, der ihr das Gefühl gab, die Geister der Vergangenheit von ihren Erlebnissen flüstern zu hören.

»Was willst du?«, ertönte eine unwirsche Stimme aus der Ecke, die aufgrund der geöffneten Tür nicht einsehbar war, und entriss Sionnach ihrer Faszination. Sie drehte sich halb zur Seite und sah sich vom strengen Blick eines jungen Mannes mit dunkelbraunem Haar gemustert, welches er zu einem sauber zurückgekämmten Zopf trug. Die lange, gerade Nase inmitten des ovalen Gesichts betonte seine auf eine seltsam unangenehme Weise hervorstechenden Augen, die exakt die gleiche Farbe besaßen wie Ravens. Doch im Gegensatz zu der des sonnengebräunten Viscounts war die Haut dieses Mannes von vornehmer Blässe und seine modische Kleidung sauber und mit großer Sorgfalt angelegt.

»Gib Antwort! Oder bist du etwa stumm?«

Sionnach schüttelte den Kopf. »Nein, Sir. Ich bin auf der Suche nach Seiner Hoheit, dem Duke.« Die Augen des Mannes formten sich auffallend erbost zu schmalen Schlitzen, und Sionnach grübelte vergeblich nach dem Grund seiner Verärgerung. Er umrundete sie, bis er schließlich unmittelbar vor ihr stehenblieb.

»Nun, dann kannst du dich ja glücklich schätzen, denn du hast ihn gefunden. Und wer bist du, dass du den Herrn dieser Burg nicht kennst, wo du doch allem Anschein nach auf Fitheach Creag in Brot und Arbeit stehst?«

Sionnach erbleichte. »Ihr seid ... der Duke?«, fragte sie stockend. »Aber ... aber Ihr seid so ... so – jung!«

»Ach, wirklich? Und was gibt es dagegen einzuwenden?«, bemerkte Georg spitz.

»Nichts, bei meiner Seele, nichts, Mylord!« Verwirrt rang sie um Fassung. Dieser Mann konnte unmöglich Ravens Vater sein. Doch wer dann? Und sollte er tatsächlich, wie er soeben behauptet hatte, der Duke sein, in welcher Verbindung, zum Donnerwetter, stand er demzufolge zu Raven?

»Hast du außer einem Stottern sonst noch etwas vorzubringen?«

»Oh ... ich, äh ... ja. Ich bitte um Vergebung, Mylord. Genau genommen wurde ich geschickt, um Euch von der Konfitüre zu bringen, die der Koch heute zubereitet hat.« Sionnach stellte das Tablett behutsam auf dem Schreibtisch ab und bemühte sich, mit keinem der darauf befindlichen Dinge in Berührung zu kommen. Statt sich jedoch gleich darauf respektvoll zurückzuziehen, verharrte sie weiterhin auf der Stelle.

Georg runzelte missfallend die Stirn. »Du hast deinen Auftrag erfüllt. Was lungerst du also hier noch rum? Geh und richte dem Koch meinen Dank aus.« Doch Sionnach ignorierte seinen Befehl, nahm allen Mut zusammen und ergriff die sich ihr bietende Chance.

»Mylord, ich möchte um einen Moment Eurer Zeit bitten, denn es gäbe da tatsächlich noch etwas, das ich Euch zu sagen hätte.«

Georg starrte sie angesichts ihrer Dreistigkeit ungläubig an, aber Sionnach fuhr trotz ihrer Furcht unbeirrt fort: »Mein Name ist Sionnach Elisha MacDonell vom Clan MacDonell of Glengarry. Wahrscheinlich ist es für Euch nicht besonders von Interesse, aber vor einigen Wochen wurden mein Bruder Brendan und ich wegen eines Viehdiebstahls in Fort Inverlochy inhaftiert, und ein gewisser Mr. Walden kaufte uns in Eurem Namen frei und brachte uns hierher.«

»Und?« Georg betrachtete gelangweilt seine Fingernägel, als ginge ihn das, was seine Dienerin gegen ihn vorbrachte, nicht das Geringste an.

Sionnach schlug reumütig die Augen nieder. »Ich weiß, dass wir uns schuldig gemacht haben, aber rechtfertigt die Strafe, die man uns für diese Tat auferlegt, tatsächlich unser Vergehen? Es ist ja nicht so, als wollten wir nicht dafür büßen«, fügte sie hastig hinzu, »aber eines Tages wird unsere Schuld abgegolten sein und dann ...« Ihr Lippe zitterte, während sie sprach.

»Und dann – was?«, erkundigte Georg sich mit zusammengekniffenen Augen.

»Ihr müsst uns wieder gehenlassen, Mylord, bitte!«, stieß Sionnach gequält hervor.

»Warum sollte ich?«, entgegnete Georg kühl. »Euer Leben war eh keinen Pfifferling mehr wert, als mein Kämmerer euch aus dem Gefängnis holen ließ. Wenn ihr des Viehdiebstahls für schuldig befunden wurdet, hätte man euch in jedem Fall gehängt, und kein Hahn hätte mehr nach dir und deinem Bruder gekräht. Anstatt zu jammern, solltet ihr mir dankbar sein, dass ich euch vor dem Galgen gerettet habe und ihr nun ein Dasein unter zivilisierten Menschen führen dürft.« Er verschränkte herrisch die Arme vor der Brust und bedachte Sionnach mit kalter Herablassung.

Es schien aussichtslos. Sionnach spürte mit jedem seiner Worte, dass er ihrem Wunsch nach Freiheit unter keinen Umständen nachgeben würde und sie ihn besser nicht verärgern sollte, solange Brendan sich in den Steinbrüchen befand und der Gefahr ausgesetzt war, von Master Marcus zugrunde gerichtet zu werden. Eine letzte Möglichkeit jedoch blieb ihr, und obwohl es sie mit Schrecken erfüllte, sprach sie sie aus.

»Und wenn ich Euch nun das Angebot unterbreite, Euch für den Rest meines Lebens widerspruchslos zu gehorchen und ohne ein Wort der Klage alles zu tun, was Ihr verlangt, sofern Ihr meinem Bruder die Freiheit schenkt?« Der Blick ihrer blauen Augen heftete sich hoffnungsvoll auf den jungen Duke.

»Wie kommst du auf die kuriose Idee, die Position, in der du dich befindest, würde dir erlauben zu verhandeln?« Sionnach wirbelte herum und sah sich Kenneth Walden gegenüberstehen, der seine Worte mit einem verächtlichen Schnauben unterstrich. »Dein Volk existiert doch eigentlich nur aus einem einzigen Grund: Um denen, die euch beherrschen, zu dienen. Das solltest du dir unbedingt einprägen, Hochländerin. Und nun hör auf, deinen englischen Herrn mit solchen Nichtigkeiten zu belästigen und tu endlich das, wofür er dich gekauft hat - arbeiten.« Süffisant lächelnd legte er besonderen Wert auf die Betonung »englisch«.

Trotz des Wissens, den beiden Männern sowohl standes- als auch kräftemäßig weit unterlegen zu sein, regte sich plötzlich Widerstand in Sionnach, und sie richtete sich kerzengerade auf. Wenngleich ihre Mutter sie auch Demut gelehrt hatte, so hatte ihr Vater sie gleichermaßen darin bestärkt, den Stolz ihres Volkes stets im Herzen zu tragen und ihn um keinen Preis aufzugeben – und sei er noch so hoch.

»Zu was auch immer eure übermäßige Arroganz euch veranlassen wird, und wie sehr Ihr uns auch versuchen werdet zu knechten, Ihr werdet nie die Herren über uns Schotten sein!«, spieh sie den verblüfften Männern ihren Zorn und ihre Verachtung entgegen. »Jeder Hochländer ist bereit, bis zum letzten Blutstropfen für seine Freiheit und sein Land zu kämpfen. Und sobald König James seinen Platz wieder eingenommen hat, wird niemand von euch es mehr wagen, uns Befehle zu erteilen!« Einzig ihrem raschen Reaktionsvermögen hatte sie es zu verdanken, dass sie einer kräftigen Ohrfeige durch Waldens heranrauschende Hand entkam. Ohne darauf zu reagieren, was der Duke ihr nachrief, rannte sie hinaus und flüchtete hinauf in ihre Kammer, wo sie sich weinend in ihrem Bett verkroch.

14

Die Wochen vergingen, und der fortschreitende Herbst färbte die Blätter von Bäumen und Sträuchern rund um die Burg nach und nach goldgelb. Sämtliche Felder der Umgebung waren abgeerntet und lagen nun öde und leer. Die kräftigen Windböen, die unbarmherzig über die weiten Ebenen Northumberlands fegten, trugen nicht selten eisige Regenschauer mit sich und durchweichten die nachgiebigen Böden.

Fast zwei Monate lebte Sionnach nun schon auf Fitheach Creag und hasste jeden neu anbrechenden Tag. Ihre Sehnsucht nach den sanft ansteigenden Bergen des schottischen Hochlands, in deren luftigen Höhen sich dunkle Seen mit glasklarem Wasser verbargen, wuchs mehr und mehr. Die Erinnerung an die saftig grünen Täler mit ihren gurgelnden Bächen und heidebewachsenen Sümpfen ließ ihr Herz bluten, sobald ihr Blick über die flache Landschaft Northumberlands schweifte.

Wie an jedem Morgen machte sie sich auch heute auf den Weg zu Ravens Gemächern, um sie in Ordnung zu bringen und nach dem Rechten zu sehen. Verwundert über die darin vorherrschende Dunkelheit, bewegte sie sich mit sicheren Schritten auf die Fenster zu und zog leise ächzend die schweren Samtvorhänge beiseite. Geistesabwesend schaute sie hinaus in den düsteren, wolkenverhangenen Himmel. Während der gesamten Nacht hatte draußen ein heftiger Sturm getobt und auch am Morgen nicht wesentlich nachgelassen. Ohne Unterlass schleuderte der um die Mauern heulende Wind dicke Regentropfen gegen die in Blei gefassten Fensterscheiben, die sich sogleich in dünnen Rinnsalen sammelten und daran herunterrannen. Sionnach fröstelte. Bei diesem Wetter schickte man nicht einmal einen Hund vor die Tür. Der Burgherr jedoch vertrat in dieser Beziehung offensichtlich eine grundlegend andere Meinung. Kurz nach ihrer wenig erfreulichen Begegnung mit Lady Ashley hatte der junge Viscount die Burg erneut verlassen müssen, um im Namen des Dukes auf dessen Land für Recht und Ordnung zu sorgen. Überrascht hatte Sionnach festgestellt, dass ihr seine Anwesenheit und die Freundlichkeit, die er ihr stets entgegenbrachte, mehr fehlten, als sie zugeben durfte. Für eine niedere Magd wie sie, spukte der Blick seiner braunen Augen viel zu oft in ihrem Kopf herum und ließ ihr Herz auf unerlaubte Weise höher schlagen. Doch der Gedanke an Brendans bestehende Gefangenschaft im Steinbruch überlagerte dieses Glücksgefühl zumeist rasch wieder und half ihr, es zu verdrängen.

»Wer hält es für nötig, diese blöden Mistdinger zu schließen, wenn eh keiner hier drin ist?«, murrte sie, kehrte den Vorhängen den Rücken zu und machte sich energisch am Bett des Viscounts zu schaffen, dessen Decken und Felle zerwühlt und teilweise herabgerutscht waren. »Und dann auch noch alles durcheinanderbringen! Wenn ich denjenigen erwische, der für dieses Chaos verantwortlich ist, dann Gnade ihm Gott!«

»Es tut mir leid«, murmelte es müde in der Tiefe der wilden Bettlandschaft, »und auch auf die Gefahr hin, dass du mir nicht glaubst – als ich gestern eintraf, war es schon ziemlich spät. Ich war durchnässt bis auf die Knochen und todmüde. Aber ich gelobe Besserung. Ehrenwort.« Ravens verstrubelter, schwarzer Schopf, dem ein schlaftrunkenes Gesicht und ein sich reckender, nackter Oberkörper folgten, tauchte unter dem Gewirr aus Decken hervor. »Vielleicht könntest du dich wenigstens dieses eine Mal erweichen und Gnade walten lassen, Füchschen. Da du ja nun endlich wieder leibhaftig vor mir stehst, werde ich wohl nicht mehr vor lauter unerfüllter Sehnsucht im Schlaf mein Bett verwüsten – naja, zumindest für eine Weile.« Er schenkte ihr ein treuherziges Grinsen, aber Sionnach nahm es nur beiläufig wahr. Ihr Herz setzte vor Schreck einen Schlag aus.

»Mylord ... ich wusste nicht ... bitte verzeiht mir die Störung, aber niemand hat mich über Eure Ankunft in Kenntnis gesetzt«, stammelte sie hilflos. Das Kinn in einer Geste der Unterwürfigkeit bis auf die Brust gesenkt, fiel sie wie betäubt vor ihm auf die Knie und betete, dass er trotz ihres rüden Benehmens Nachsicht zeigen würde. Doch schon einen Sekundenbruchteil später ließ der spürbare Luftzug seiner sich hebenden Hand sie jede Aussicht auf Milde begraben. In Erwartung von mit wüsten Beschimpfungen verbundener Schläge schloss sie die Augen und hätte sich für ihre Sorglosigkeit, ihn abwesend zu glauben, selbst ohrfeigen können.

Doch Raven tat nichts dergleichen. Statt ihr gegenüber Groll zu zeigen oder sie zu bestrafen, richtete er sich auf und schwang seine langen Beine aus dem Bett. Ohne auch nur einen Moment seinen Blick von Sionnach zu nehmen, griff er nach ihren Händen und zog sie zu sich hinauf.

»Sieh mich an.« Er legte behutsam seinen Zeigefinger unter ihr Kinn und hob es langsam an, bis ihre Augen in Höhe der seinen waren.

Nach wie vor von Schuldbewusstsein erfüllt, wagte Sionnach nicht, ihm zu gehorchen und zuckte furchtsam vor ihm zurück.

»Nicht doch, Füchschen«, flüsterte er sanft, »du brauchst keine Angst zu haben. Nicht vor mir. Bitte, ich will dir nicht wehtun - ganz im Gegenteil.«

Sein warmer Atem streifte ihre Haut und ließ sie unwillkürlich erschaudern.

»Während ich unterwegs war, habe ich jede Nacht wachgelegen und an dich gedacht«, fuhr er leise fort, »und wenn ich dann irgendwann doch einschlief, hat dein Gesicht meine Träume beherrscht. Wie noch nie zuvor in meinem Leben habe ich mich mit Anbruch jedes neuen Tages danach gesehnt, endlich nach Fitheach Creag zurückkehren zu können, nur um wieder in deiner Nähe zu sein. Was hast du bloß mit mir gemacht?«

»Ich weiß es nicht, Mylord.« Sionnachs Gedanken wirbelten wüst durcheinander. Seine Worte versetzten ihr Innerstes gewaltig in Aufruhr. Konnte es tatsächlich sein, dass ein englischer Edelmann wie er mehr als nur körperliche Lust für ein einfaches schottisches Bauernmädchen wie sie empfand?

Wie zur Bestätigung schloss seine Hand sich in diesem Moment um ihren Nacken und zogen sie so nah an sich heran, dass sie nur noch einen Fingerbreit voneinander entfernt waren.

»Bitte, Mylord, tut das nicht«, hauchte sie matt.

»Es ist zu spät, um es aufzuhalten, Sionnach«, entgegnete Raven rau, während er sich endgültig im durchdringenden Blau ihrer Augen verlor, »das ist es schon lange. Selbst wenn ich mein Möglichstes gäbe - ich kann nicht mehr zurück, und ich will es auch nicht.« Seine Lippen legten sich weich auf ihre und küssten sie so sacht, als erwarte er jeden Moment, von ihr fortgestoßen zu werden. Als er sich schließlich wieder von ihr löste, pochte Sionnachs Herz wie wild gegen ihre Brust.

»Das hättet Ihr nicht tun dürfen«, murmelte sie atemlos.

»Ich wäre elendig daran zugrunde gegangen, hätte ich es noch länger unterdrückt«, entgegnete er und suchte nach ihrer Hand, um jede einzelne ihrer Fingerspitzen mit der gleichen Zärtlichkeit zu liebkosen wie zuvor ihren Mund. Doch Sionnach versteifte sich und entzog sich ihm. Das Lächeln in Ravens Gesicht erstarb.

»Wenn ich dir das Gefühl gegeben habe, dich zu bedrängen, dann ...«

»Nein!«, fiel Sionnach ihm hastig ins Wort. »Nein, das ist es nicht.«

»Was ist es dann? Gefalle ich dir etwa nicht?«

Sionnach errötete über diese direkte Frage und schaute zu ihm auf. Als sie seinem flehenden Blick begegnete, spielte wider Willen der Anflug eines Lächelns um ihre Lippen.

»Für ein einfaches Mädchen wie mich leider viel zu gut, Mylord.« Um weiteren Fragen dieser Art zu entkommen, machte sie eilig Anstalten zu gehen, doch Raven hielt sie fest.

»Warum stößt du mich dann zurück, Füchschen? Bin ich denn ein solches Scheusal? Sag es mir.«

»Nein, Mylord, ein Scheusal seid Ihr ganz sicher nicht. Aber Ihr müsst verstehen, dass ein unerfahrenes Herz wie meines daran zerbrechen würde, für eine Weile von Euch nur zum Vergnügen benutzt und schließlich weggeworfen zu werden, sobald Ihr bekommen habt, wonach es Euch verlangt.« Der brennende Wunsch, seinem Werben dennoch nachzugeben war schier übermächtig, aber das Risiko, dass der Preis dafür zu hoch lag, hielt sie davon ab, es tatsächlich zu versuchen. Erneut schaute sie zu ihm hinüber und bereute es augenblicklich.

»Es ist wohl besser, wenn ich jetzt gehe«, entschied sie gepresst und stand auf.

Raven hinderte sie nicht daran. Erst als sie die Tür fast erreicht hatte, erwachte er plötzlich aus seiner Starre. »Warte!«
Sionnach blieb stehen und drehte sich zu ihm um. »Mylord?«
Von Ehrgeiz gepackt, schlug Raven seine Decke beiseite und sprang aus dem Bett. Im Laufen schnappte er nach einem zerknüllten Hemd und schlüpfte umständlich hinein, um Sionnach nicht länger zu der Annahme zu verleiten, er suche nichts weiter als eine willige Bettgefährtin.
»Welchen Beweis erwartest du für die Aufrichtigkeit meiner Absichten? Sag mir, was du von mir forderst, und ich werde es tun. Ganz gleich, um was es sich handelt«, versprach er entschlossen.
Obschon er sie nicht vollends überzeugt hatte, regte sich in Sionnach das schlechte Gewissen. »Ihr wollt, dass ich Euch Glauben schenke, statt Euch für einen hemmungslosen Schürzenjäger zu halten?« Raven, der auf ihren Vorwurf nichts zu erwidern wusste, nickte schweigend. Von aufkeimendem Selbstbewusstsein gestärkt, sagte Sionnach: »Dann bringt mich zu meinem Bruder in die Steinbrüche. Noch heute.«

15

Während Brendan verzweifelt gegen den seit Stunden heulenden Sturm anlief, peitschten unaufhörlich eisige Regentropfen auf ihn ein und traktierten die Haut seines vor Kälte bereits tauben Gesichts wie feine Nadelstiche. Gehetzt warf er einen Blick über seine Schulter. Erst als er hinter sich niemanden entdecken konnte, lehnte er sich mit geschlossenen Augen gegen die Mauer einer verlassenen Hütte und hielt sich keuchend die stechenden Hüften. Sein Puls raste, und die Beine schmerzten ihn unerträglich. Sein Mund war wie ausgetrocknet, und der Stoff seines Hemdes klebte nass auf seiner Haut. Er wusste, dass ihm nicht viel mehr als ein paar Sekunden blieben, um wieder zu Atem zu kommen. Nichtsdestotrotz war ihm klar, dass er schon sehr bald erschöpft zusammenbrechen würde, wenn er nicht zumindest für einen kurzen Moment ausruhte. In der Ferne hörte er das wütende Gebell der Hundemeute, die seine Spur aufgenommen hatte und ihn jagen würde, bis sie ihn gestellt hätte. Doch der Gedanke an Sionnach trieb ihn an, und er widerstand der Verlockung, sich einfach fallenzulassen und zu ergeben. Er mochte sich nicht ausmalen, was sie in all der Zeit, in der sie nun schon hier gefangen waren, hatte erleiden müssen. Wenn es auch nur ein Bruchteil dessen war, das er tagtäglich durchmachte, das schwor er bei seiner Seele, würde er die Verantwortlichen töten ohne mit der Wimper zu zucken! Aber bevor er nach der Burg suchen konnte, auf der er Sionnach zu finden hoffte, musste er erst einmal sich selbst in Sicherheit bringen und nach einem guten Versteck Ausschau halten.

Das Gekläff der Meute kam näher. Nach wie vor entkräftet, öffnete er die Augen und starrte in die in Anbetracht seiner brenzligen Lage geradezu einladende Finsternis des vor ihm liegenden Waldes. Knapp hundert Meter trennten ihn noch vom Schutz der dicht beieinanderstehenden Bäume. Wenn er es schaffte, sie zu erreichen, würde die Aussicht, seinen Häschern zu entkommen, um ein Vielfaches steigen. Nur widerstrebend seinem Verstand folgend, löste er sich von der Mauer und stolperte weiter. Doch er kam nicht weit. Zwei Reiter, die offenbar zu seinen Verfolgern gehörten, preschten von hinten heran und hatten ihn schon kurz darauf eingeholt. Den Geruch ihrer Pferde bereits in der Nase, schoss ein neuerlicher Stoß Adrenalin durch Brendans Körper, und er begann, sich Haken schlagend vor ihnen her zu bewegen.

»Du hast doch eh keine Chance. Gib endlich auf, Schotte!«, rief einer der Männer.

Brendans Lunge brannte bei jedem Atemzug wie Feuer, aber er dachte nicht daran, seine Freiheit kampflos aufzugeben. Den Blick fest auf den Wald gerichtet, rannte er wie besessen weiter.

»Bleib stehen, verdammt, sonst sorge ich dafür, dass der Teufel sich noch heute deine schwarze Heidenseele holt!«, brüllte der andere und bedeutete seinem Kameraden, Brendan den Weg abzuschneiden. Keuchend kam der nur wenige Zentimeter vor dem erhitzten Pferdeleib zum Stehen, wich aber geschickt aus, um erneut seitlich ausbrechen zu können.

»Vergiss es, Junge«, grinste der Mann hämisch, der ihm sogleich auch diese letzte Fluchtmöglichkeit zunichtemachte, und richtete den Lauf seiner schussbereiten Pistole auf Brendan. »Dieses Spiel hast du verloren.«

Der harte Schlag, der ihn nur einen Moment später am Hinterkopf traf, ließ Brendan taumelnd auf die Knie sinken und schließlich bewusstlos nach vorn kippen. Die beiden Männer stiegen ab, fesselten ihm die Arme auf den Rücken und warfen seinen reglosen Leib emotionslos auf eines der Pferde.

»Herrgott, warum müssen diese schottischen Mistböcke bloß immerfort so verteufelt störrisch sein«, ächzte der eine.

»Weil es ihnen ihr lächerlicher Stolz nicht gestattet aufzugeben«, erwiderte der andere mit einem spöttischen Blick auf die blutende Platzwunde, die er Brendan zugefügt hatte. »Und jetzt schwing deinen Hintern in den Sattel. Mir knurrt nämlich der Magen.«

Als man ihn durch ein paar gezielte Ohrfeigen zwang, seine Augen wieder zu öffnen, nahm Brendan seine Umgebung zunächst wie durch einen wabernden Nebelschleier wahr. In seinen Ohren rauschte das Blut. Die gestreckten Arme über den Kopf gefesselt und überwältigt von brennenden Schmerz, der durch seinen Körper pulsierte, versuchte er zitternd, einen klaren Gedanken zu fassen und erkannte Master Marcus. Der Aufseher stand unmittelbar vor ihm und musterte ihn eingehend. Brendans Erinnerung an seine missglückte Flucht und die Art, auf die man ihn im Anschluss dafür bestraft hatte, kehrten schlagartig zurück.

»Und – hat meine Abreibung ausgereicht, um dir begreiflich zu machen, dass deine Flucht sowohl völlig sinnlos als auch ohne Aussicht auf Erfolg war?« Master Marcus trat schrittweise näher und neigte seinen Kopf Brendans Gesicht entgegen. »Hier bin ich der Herr, Schotte, und keiner von euch gottverdammten Sklaven setzt auch nur einen Fuß ungestraft aus diesem Steinbruch, wenn ich es nicht will.«

Brendans Brust bewegte sich ruhelos auf und nieder, als er seine verbliebenen Kräfte sammelte und Master Marcus aller Qual zum Trotz mit vor Hass glühenden Augen seine Verachtung ins Gesicht spuckte.

Die Nasenflügel des Aufsehers blähten sich unheildrohend, während er langsam die Hand hob und sich wortlos den herabrinnenden Speichel von der Wange wischte.

»Du verfluchter, kleiner Sack ...«, knurrte er mit finsterem Blick. »Ich schwöre dir, ich werde dich so lange weichkochen, bis du winselnd wie eine geprügelter Hund vor mir im Dreck liegst und mich um die Gnade anbettelst, von mir erschossen zu werden!«

»Da könnt Ihr lange warten«, zischte Brendan und unterdrückte mit zusammengebissenen Zähnen ein Stöhnen. Die blutigen Striemen auf seinem Rücken verursachten schon bei der geringsten Regung einen derart quälenden Schmerz, dass es ihm das Gefühl gab, davon zerrissen zu werden.

Master Marcus zuckte gleichgültig die Achseln. »Was das anbelangt, bin ich äußerst geduldig.«

»Und ich ausdauernd«, entgegnete Brendan kämpferisch.

Der Aufseher wandte sich mit einem geringschätzigen Lächeln zum Gehen.

»Wir werden sehen, was du dazu zu sagen hast, nachdem du eine Weile in der Kälte gegangen hast. Ich weiß jedenfalls schon jetzt - du wirst winseln«, prophezeite er mit kühler Gelassenheit und seine Augen glitzerten grausam, »das ist so sicher wie das Amen in der Kirche.«

16

Raven warf einen skeptischen Blick auf Sionnach. Die junge Schottin hatte die Kleidung einer Dienerin gegen ein grobes Bauernkleid getauscht. Um ihre schmalen Schultern hatte sie eine Art Decke in leuchtenden Blau- und Grüntönen drapiert, die von eingewebten, roten Linien in regelmäßige Karos unterteilt wurden. Sie hatte auf eine Haube verzichtet und trug ihr leuchtend rotes Haar zu einem lockeren Zopf geflochten. Als sie auf ihn zutrat, sah Raven, dass die Melancholie ihrer Augen freudiger Ungeduld gewichen und ihre sonst so blassen Wangen vor Aufregung gerötet waren.

»Hast du keinen Umhang, der dich gegen die Kälte und den Regen schützt?«, fragte er besorgt. »Du wirst dich erkälten.«

»Mein Plaid ist dick und bietet genügend Schutz vor der Witterung«, erwiderte Sionnach lächelnd. »Außerdem sind wir Hochländer dafür bekannt, einiges gewohnt und hart im Nehmen zu sein.«

Einer der Stallknechte führte ein zweites Pferd aus der Stallung, und Raven wies ihn mit einem Kopfnicken an, es Sionnach zu überlassen.

»Ihr gebt mir die Erlaubnis, ein eigenes Pferd zu reiten?«, wunderte sie sich und nahm die Zügel in Empfang. »Habt Ihr denn gar keine Angst, dass ich Fersengeld geben und Euch entwischen könnte?«

»Doch«, gab Raven unumwunden zu, »aber die Hoffnung, dass du mein Vertrauen nicht ausnutzt, überwiegt. Und des Weiteren halte ich dich für klug genug zu wissen, dass du ohne mich niemals in die Steinbrüche kommen wirst.«

Allmählich ließ der Sturm nach. Wenn die Wolken auch nicht aufrissen, so verwandelte die undurchdringliche Regenwand sich nach und nach doch immerhin in ein sanftes Nieseln, das sich wie ein Netz aus feinsten Perlen auf ihre Kleider legte.

Der Weg war um einiges weiter, als Sionnach vermutet hatte. Sie brauchten über zwei Stunden, bis schließlich die Front eines halbrunden Felsenmassivs am Horizont sichtbar wurde. Sie spürte, wie ihre Anspannung mit jedem Meter wuchs. Ihr Blick glitt fasziniert über das helle, gelblich schimmernde Gestein, das nicht annähernd die Bedrohlichkeit ausstrahlte, die sie bislang damit verbunden hatte.

»Sei vorsichtig«, warnte Raven sie, »die Wege rund um die Steinbrüche sind von jeder Menge Geröll bedeckt. Wenn man die Pferde zu sehr antreibt, besteht die Gefahr, dass sie ausrutschen und sich die Beine brechen oder man mit ihnen den Abhang herabstürzt.«

Sionnach schaute mit einem mulmigen Gefühl über den steilen Grat in die Tiefe hinab. Trotz des schlechten Wetters hatte man die Arbeiten nicht unterbrochen. Unzählige Männer, an deren durchnässter Kleidung eine Schicht feinen Staubes haftete, waren damit beschäftigt, den Fels mit Hacken, Hämmern und Meißeln zu bearbeiten, um das Gestein herauszulösen, das von weiteren Männern sogleich behauen und zu sauberen Blöcken verarbeitet wurde. Andere wiederum schichteten diese auf, während der nächste Trupp die Steine auf Karren lud und zu einer Art Flaschenzug transportierte, mit dem man sie schließlich aus dem Steinbruch hinausbeförderte.

»Unser Sandstein ist weit über Englands Grenzen hinaus ein begehrter Baustoff«, erklärte Raven nicht ohne Stolz. »Er findet sich sogar in der Kathedrale von Durham.«

Doch Sionnach hörte ihm nur mit halbem Ohr zu. Sie hatten den Grund des Steinbruchs fast erreicht, und ihre Augen überflogen suchend die Masse der Arbeiter. Raven schien ihnen kein Unbekannter zu sein, denn seine Anwesenheit veranlasste die Männer dazu, für einen Moment innezuhalten und unterwürfig ihre Köpfe zu senken, sobald er an ihnen vorbeiritt. Keiner wagte zu sprechen oder sich zu regen. Die Furcht, von der sie durch seinen Anblick befallen schienen, war deutlich zu spüren. Erst jetzt bemerkte Sionnach, dass die meisten von ihnen schwere, schmiedeeiserne Ketten um die Fußgelenke, und manche unter ihnen auch um den Hals, trugen. Das Leid und die Verzweiflung, die auf ihren Gesichtern zu lesen waren, weckte augenblicklich tiefes Mitleid in ihr. Nur zu gerne hätte sie sich von dem Bild des Elends abgewandt, das sich ihr hier bot. Einzig der sehnliche Wunsch, Brendan unter diesen Männern zu finden, trieb sie voran.

»Und – konntest du deinen Bruder schon irgendwo entdecken?«, fragte Raven und räusperte sich mit zunehmender Verlegenheit über die vorherrschenden Zustände. Sionnach verneinte. »Zugegebenermaßen, der Steinbruch ist ziemlich groß. Vielleicht arbeitet er weiter hinten.« Er schnalzte mit der Zunge und lenkte seinen Hengst nach links.

Sionnach schloss sich ihm an und erwiderte beiläufig den Blick eines jungen Burschen, der sich geringfügig aufrichtete und wagemutig zu ihr aufsah. Sie hatte ihn gerade passiert, als sie hörte, wie er ihr auf Gälisch nachrief: »Ich bitte um Verzeihung, Miss, aber Ihr sucht nicht zufällig nach einem Mann aus dem Clan MacDonell of Glengarry? Einen mit schwarzem Haar und blauen Augen?«

Es war Kenzie. Er warf einen ängstlichen Blick über seine Schulter hinüber zu einem der Wächter, der in diesem Augenblick mit grimmiger Miene herangestapft kam, um nach dem Rechten zu sehen.

Sionnach zügelte abrupt ihre Stute und drehte sich aufgewühlt zu dem jungen Schotten um.

»Du kennst ihn? Wo ist er?«

»Seid Ihr Sionnach?« Der Wächter hatte sie fast erreicht und holte mit der kurzriemigen Peitsche, die er in der Hand hielt, bereits zum Schlag aus.

Sionnach deutete ein Nicken an. »Schnell, sag mir, wo ich meinen Bruder finden kann!«, drängte sie.

»Er ist geflohen. Aber sie haben ihn wieder eingefangen und vor einer Weile zu den Hütten der Aufseher gebracht. Ich weiß nicht, ob er noch lebt«, sagte Kenzie hastig und riss abwehrend die Arme vor sein Gesicht, um sich vor den wütenden Hieben schützen zu können, die nur Sekunden später auf ihn einprasselten.

»Verdammter Taugenichts! Du sollst arbeiten und nicht quatschen!«, brüllte der Wächter und versetzte Kenzie einen derben Stoß, so dass dieser haltlos nach hinten taumelte und mit der Schulter gegen den dicken Felsbrocken prallte, an dem er gearbeitet hatte. Der junge Schotte stöhnte schmerzvoll auf.

Sionnach entfuhr ein entsetzter Schrei. »Nein! Um Gottes Willen, hört auf damit!« Sie sprang vom Pferd und umklammerte den Arm des Wächters, der sie jedoch mühelos wieder abschüttelte und erneut auf den wehrlosen Kenzie eindrosch.

»Schluss jetzt!«, donnerte Raven gebieterisch, der in diesem Moment zu der kleinen Gruppe stieß und den Wächter mit vor Zorn zusammengezogenen Brauen maß. »Ihr werdet es sofort unterlassen, den Jungen zu schlagen, Mann!«

Nur zögernd ließ der Wächter die Peitsche wieder sinken. »Vergebung, Mylord, aber ich habe die Anweisung -«

»Nun bekommt Ihr die meine«, schnitt Raven ihm barsch das Wort ab. »Solltet Ihr nochmals wagen, die Hand gegen ihn zu erheben, werde ich in gleicher Weise mit Euch verfahren!« Kenzie, der sich wieder einigermaßen gefangen zu haben schien, signalisierte Raven stumm seine Dankbarkeit, als der deutlich eingeschüchterte Wächter mit einer angedeuteten Verbeugung sein Heil in der Flucht suchte. Ein beifälliges Raunen ging durch die Reihen der Männer.

»Wie heißt du?«, fragte Raven an Kenzie gewandt, während er Sionnach zurück in den Sattel half.

»Kenzie MacDuff, Mylord.«

»Und du behauptest, den Schotten zu kennen, den wir suchen?«

Kenzie nickte eifrig. »Wir teilen uns das beschissene Dreckloch, in das sie uns jeden Abend einsperren.« Röte stieg ihm ins Gesicht, und er biss sich beschämt auf die Unterlippe, als er sich der Wahl seiner Worte bewusst wurde.

»Er sagt, Brendan sei bei den Hütten der Aufseher«, berichtete Sionnach.

»Warum arbeitet er nicht mit euch?«, fragte Raven.

»Weil er es geschafft hat abzuhauen«, antwortete Kenzie achtungsvoll, als habe Brendan eine wahre Heldentat vollbracht. »Leider hat es nicht besonders lange gedauert.« Seine Miene veränderte sich schlagartig. »Sie haben ihn wieder eingefangen und zurückgebracht. Seither ist er da oben bei Master Marcus. Noch bis vor ner Weile haben wir seine Schreie gehört. Aber irgendwann war es dann plötzlich still.«

Raven kehrte dem jungen Schotten mit knappem Dank den Rücken zu, saß auf und drückte sacht die Fersen in die Lenden seines Hengstes. Doch Sionnach versperrte ihm den Weg und wies auf Kenzie.

»Ihr könnt doch nicht einfach fortreiten und ihn hier zurücklassen!«, empörte sie sich.

»Wir können ihn ebenso wenig mit uns nehmen«, erwiderte Raven entschieden. »Würde ich ihm Mitleid zugestehen, müsste ich es gegenüber den anderen auch tun. Außerdem solltest du bedenken, dass er sicher nicht ohne Grund hier ist.«

»Aber sie werden ihn sicher wieder schlagen«, sagte Sionnach.

Doch Raven blieb hart und brummte: »Allein die Scherereien, die ich wegen dir bekomme, werden größer sein, als mir lieb ist. Mehr kann ich nun wirklich nicht brauchen.«

»Er hat recht, Mädel«, mischte sich plötzlich ein älterer Mann mit grauem, verfilzten Bart und einer einzig von einem dünnen Hanfseil gehaltenen Hose in das Gespräch ein, »er kann uns nicht helfen - zumal wir alle es durchaus verdient haben, bestraft zu werden. Geh und hol deinen Bruder hier raus. Im Gegensatz zu manch anderem von uns ist er ein guter Junge.« Er lächelte und sah befangen zu Raven hinauf. »Und wenn Ihr, Mylord, unter Umständen die Güte hättet, den Duke darum zu bitten, uns nicht wie Vieh behandeln zu lassen, wären wir Euch zu tiefstem Dank verpflichtet. Viele von uns werden den Winter vermutlich nicht überleben, denn unsere Erdverliese sind nicht vor der Witterung geschützt, und unsere Kleidung besteht aus nicht viel mehr als allein vom Dreck zusammengehaltener Fetzen. Vielleicht bestünde die Möglichkeit, uns wenigstens in einer der umliegenden Höhlen unterzubringen, damit wir ab und zu ein Feuer machen und uns während der Nacht daran aufwärmen können.«

Ravens Betroffenheit über die geäußerte Bitte des Mannes entging Sionnach nicht, und sie atmete erleichtert auf, als er ihr schließlich mit einem knappen Nicken nachgab.

Sie ließen die Gefangenen hinter sich und ritten, Kenzies Hinweis folgend, zu den Hütten der Aufseher. Es gab fünf. Jedes der Gebäude war unmittelbar an die Felswand auf einer Anhöhe errichtet worden, um einen Angriff von vorn herein ausschließen zu können und einen ungehinderten Blick über den gesamten Steinbruch zu gewährleisten.

Sionnachs Angst vor dem, was sie dort vorfinden würde, wuchs, je näher sie den Gebäuden kamen. Als sie schließlich sah, was sie befürchtet hatte, wollte sie, ohne auch nur einen Gedanken an ihre eigene Sicherheit zu verschwenden, aus dem Sattel springen, aber Raven hielt sie zurück.

Vor einer der Hütten, an einem ausgedienten Flaschenzug, hing ein an den Handgelenken gefesselter, bewusstloser Mann mit auf die Brust herabgesenktem Kinn. Der Stoff seines Hemdes war im Rücken nahezu vollständig zerfetzt und von frischem Blut durchtränkt. An seinem Hinterkopf klaffte eine offene Wunde, die teilweise durch sein verklebtes, schwarzes Haar bedeckt war.

Ravens Blick glitt sichtlich betreten über den von grausamer Folter gezeichneten Gefangenen.

»Ist das dein Bruder?«

Sionnach nickte und presste sich, von Entsetzen erfüllt, die Hand vor den Mund, um ein Schluchzen zu unterdrücken.

»Warte hier«, gebot er ihr und stieg ab. Er ging zu einer der Hütten und stieß grußlos die Tür auf.

»Was, zum Henker, soll denn das?«, tönte es von drinnen. Master Marcus erschien zornesrot auf der Schwelle. »Wer, glaubt Ihr zu sein, dass –« Mit vor Staunen geweiteten Augen erkannte er plötzlich, wen er vor sich hatte. »Mylord ... ich bitte vielmals um Vergebung. Ich ... ich konnte ja nicht ahnen, dass Ihr ...« Doch noch ehe er sich weiter rechtfertigen konnte, hatte Raven ihn am Kragen gepackt und schleifte ihn zu den am Flaschenzug hängenden Brendan.

»Hättet Ihr wohl die Freundlichkeit, mir das zu erklären?« Er löste unvermittelt seinen Griff und stieß den Oberaufseher angewidert von sich fort. »Was, in Gottes Namen, hat Euch bloß dazu bewogen, diesen Mann derart zuzurichten?«

Marcus, der sich bereits wieder gefasst hatte, antwortete mit emotionslosem Achselzucken: »Er hat versucht, sich aus dem Staub zu machen und wurde entsprechend dafür bestraft.«

»Und Ihr haltet es tatsächlich für angemessen, ihn aufgrund dessen gleich zu zerfetzen? Grundgütiger!« Raven hatte alle Mühe, angesichts derlei Gleichgültigkeit nicht die Beherrschung zu verlieren.

»Er kann von Glück sagen, lediglich ausgepeitscht worden zu sein. Bei entflohenen Sklaven sind uns noch ganz andere Maßnahmen zur Bestrafung erlaubt«, verteidigte Marcus sein Vorgehen.

»Was Ihr ja offenbar auch weidlich ausnutzt«, knurrte Raven verdrossen. »Nachdem Ihr ihn halbtot geprügelt habt, überlasst Ihr ihn nun, ohne mit der Wimper zu zucken, der Eiseskälte, während Ihr selbst vor einem prasselnden Feuer sitzt. Was seid Ihr bloß für ein Barbar, Marcus. Wenn ich nicht zufällig hier aufgetaucht wäre, würde er vermutlich noch morgen hier hängen. Holt ihn runter!«, befahl er schroff. »Worauf wartet Ihr noch, verflucht? Ich sagte, holt ihn da runter!«

Der Aufseher zog einen Dolch aus dem Gürtel und zerschnitt mit mürrischem Gesichtsausdruck die durch Regen und Kälte steinhart gewordenen Fesseln. Wie ein Stein fiel Brendan zu Boden und blieb dort leblos liegen.

Entgegen Ravens Anordnung hielt es Sionnach nun nicht mehr länger im Sattel. Sie kniete sich neben Brendan in den Schlamm und bettete seinen geschundenen Kopf behutsam in ihrem Schoß. Zitternd streichelte sie das bleiche Gesicht und küsste vorsichtig seine aufgeplatzten, vor Kälte bläulich verfärbten Lippen.

»Lasst ihn nicht hier, Mylord«, beschwor sie Raven unter Tränen. »Ich flehe Euch an, gebt mir die Erlaubnis, zumindest ihn mit nach Fitheach Creag zu nehmen!«

Raven rieb sich, begleitet von einem tiefen Seufzer, die Stirn und schaute auf den schwerverletzten Schotten hinab, richtete seine Aufmerksamkeit aber sogleich wieder auf Marcus.

»Gibt es hier irgendwo einen kleineren Karren, den wir vor eines der Pferde spannen könnten?«

»Ich werde einen Teufel tun, Euch dabei zu helfen, heimlich den Besitz Eures Bruders fortzuschaffen«, murrte der Aufseher unwillig.

In Ravens Augen flackerte es bedrohlich auf. »Ihr wagt es, Euch mir zu widersetzen?«

»Ich habe den Befehlen des Dukes zu gehorchen, nicht

Euren«, entgegnete Marcus aufsässig, wenngleich er auch schon einen Moment später auffallend unter seiner Entscheidung schwankte, als Ravens geballte Faust ihn mit überschäumender Wut am Jochbein traf.

»Gebt mir einen Karren – auf der Stelle!«

»Wozu das alles? Er ist doch bloß ein gottverdammter Sklave, genau wie sie!«, heulte Marcus schmerzerfüllt auf und wies bebend auf Sionnach. »Und sie machen beide nichts als Ärger. Das werdet Ihr auch noch zu spüren bekommen, glaubt mir.«

»Lasst das mal meine Sorge sein«, grollte Raven gereizt und bedeutete Marcus mit einem Ruck seines Kopfes, sich in Bewegung zu setzen. Diesmal zögerte der Aufseher keine Sekunde und kehrte knapp fünf Minuten später mit einem klapprigen, kleinen Einspänner zurück.

»Die Deichsel ist etwas locker, aber wenn Ihr langsam fahrt, wird es vermutlich gehen.« Gemeinsam legten sie den reglosen Brendan bäuchlings auf den rauen Holzboden, um seine Wunden zu schonen. Sionnach kauerte sich neben ihn und redete leise in ihrer Muttersprache auf Brendan ein, während Raven die Stute bestieg, die sie zuvor geritten hatte. Seinen Hengst hatte er mehr schlecht als recht vor den Karren gespannt und führte ihn nun langsam hinter sich her. Als er an Marcus vorbeiritt, stieß er dem Aufseher wie zufällig die Stiefelspitze zwischen die Schulterblätter. Innerlich vor Wut kochend, wirbelte Marcus herum, und für den Bruchteil einer Sekunde tauschten die beiden Männer einen feindseligen Blick aus.

»Auch wenn es sich um Straftäter handelt, ich würde Euch dringend raten, die Leute hier nicht länger derart miserabel zu behandeln, sonst könnt Ihr Euch noch vor Einbruch des Winters nach neuer Arbeit umsehen. Habe ich mich klar ausgedrückt, Master Marcus?« Der Zynismus und die spöttische Herablassung in Ravens Stimme waren nur schwer zu überhören.

Marcus, der sein Missfallen darüber, sich von Raven maßregeln lassen zu müssen, nur schwer unterdrücken konnte, deutete zähneknirschend ein Nicken an. Doch kaum, dass Raven außer Hörweite war, zischte er zornig: »Königliches Blut hin oder her - dafür wirst du bezahlen, das schwöre ich dir.«

17

Da sie nur langsam vorankamen, schien Sionnach der Rückweg bald doppelt so lang. Sowie sie durch ein Schlagloch oder über holprige Strecken fuhren, stöhnte Brendan jedes Mal gequält auf, obgleich Raven sein Bestes gab, es zu vermeiden.

Es hatte wieder begonnen zu regnen. Sionnach löste ihr Plaid, faltete es auseinander und hüllte sowohl sich als auch Brendan darin ein. Ihre kalten Finger strichen liebevoll über sein blutverklebtes Haar. Sie beugte sich zu ihm hinab, bis ihr Gesicht seinen dunklen Schopf berührte, und flüsterte: »Es wird alles gut. Mach dir keine Sorgen. Der Viscount bringt dich von hier weg. Bald bist du in Sicherheit.« Aber Brendan antwortete nicht, und seine Augen blieben geschlossen.

Raven drehte sich zu ihr um. »Ist alles in Ordnung bei euch?«

»Er hat er viel Blut verloren und ist sehr schwach. Die Striemen auf seinem Rücken sehen auch nicht besonders gut aus.«

»Was erwartest du«, erwiderte Raven spröde, »sie haben ihn bis auf die Knochen ausgepeitscht und dann gnadenlos der Witterung ausgesetzt. Wir können von Glück sagen, wenn er sich nicht auch noch eine Lungenentzündung geholt hat.«

»Könnt Ihr nicht etwas schneller fahren?«, bat Sionnach. »Er muss dringend versorgt werden, sonst bekommt er womöglich Wundbrand.«

»Ich werde mir alle Mühe geben, Mistress«, brummte Raven mit leicht ironischem Unterton, »obwohl ich, ehrlich gesagt, nicht weiß, wie ich das bewerkstelligen soll.«

»Wieso? Gibt es denn keinen Arzt oder heilkundige Frauen auf Fitheach Creag?«

»Natürlich gibt es einen Arzt. Das ist nicht das Problem. Es geht vielmehr darum, dass ich nicht den blassesten Schimmer habe, wo wir deinen Bruder unterbringen sollen. In den Ställen ist es zu schmutzig und zu kalt für jemanden in seinem Zustand. Und dann ist da noch die überaus heikle Frage, wie ich dem Duke den Bedarf an einem Mann erklären soll, den ich zur Bewachung deines Bruders benötige.«

»Wozu wollt Ihr ihn bewachen?«

»Er ist ein Sklave - du erinnerst dich? Und diese Rolle hat er wohl nicht freiwillig übernommen, oder? Folglich wird er erneut versuchen zu fliehen, sobald sich ihm die Gelegenheit dazu bietet.«

»Das wird er nicht, wenn ich ihn bitte zu bleiben«, hielt Sionnach dagegen.

Raven schnaubte abfällig. »Dein Bruder ist ein Mann, Füchschen. Ganz gleichgültig, welches Versprechen du versuchst ihm abzuringen, du wirst ihn nicht dazu bewegen können, sich freiwillig der Willkür eines anderen Mannes zu unterwerfen. In dieser Beziehung sind wir Kerle grundlegend anders gestrickt als ihr Frauen. Auch wenn es zumeist einen Haufen Schwierigkeiten bedeutet – das letzte, was wir bereit sind abzulegen, ist unser Stolz.«

Sie erreichten Fitheach Creag bei Anbruch der Dämmerung. Raven hatte Sionnach angewiesen, Brendan so gut wie möglich unter ihrem breiten Plaid zu verbergen, um von vorn herein unerwünschte Fragen zu umgehen. Als sie das Burgtor durchritten, beäugten die Wachen zwar argwöhnisch den alten Karren nebst seiner vermummten Ladung, ließen sie jedoch trotz ihres Misstrauens ungehindert passieren, da sie nicht wagten, das Wort gegen den Bruder des Dukes zu erheben. Raven atmete erleichtert auf, lenkte den Karren hinüber zum Holzschober und stoppte schließlich vor der Tür.

»Du musst mir helfen, rasch!«, trieb er Sionnach an und stieg eilig vom Pferd. »Ich werde ihn nicht alleine tragen können.« Er wies auf Brendans verdeckten Leib. »Nimm du seine Füße.« Gemeinsam schleppten sie Brendan in den Schuppen, und Raven betete, dass ihr Tun bei niemandem Aufmerksamkeit erregte.

Im Inneren des Schobers war es stockdunkel, und er stieß einen wütenden Fluch aus, als er über ein herumliegendes Holzscheit stolperte. Sie betteten den nach wie vor besinnungslosen Brendan seitlich auf einem Haufen weicher Holzspäne, über die sie zuvor Sionnachs Plaid ausgebreitet hatten. Anschließend bedeckten sie ihn mit Ravens wollenem Umhang.

»Wir lassen ihn bis zum Einbruch der Nacht hier«, entschied er. »Im Moment ist es zu gefährlich, mit ihm quer durch die Burg zu marschieren. Zu viele neugierige Augen, die das, was sie sehen, meinem Bruder berichten könnten.«

»Euer Bruder - der Duke ist also Euer Bruder!« Sionnachs Miene erhellte sich ein wenig.

»Und leider Gottes einer, der mich auf den Tod nicht ausstehen kann und mich zweifellos sofort zum Teufel schicken würde, wenn es in seiner Macht stünde«, sagte Raven und ließ sich seufzend auf einem dicken Hackklotz nieder.

Sionnach wirkte sichtlich erschrocken über die nüchterne Einschätzung seiner verwandtschaftlichen Verhältnisse und kauerte sich erschöpft neben ihn.

»Wie kann man seinen Bruder nicht mögen?«, fragte sie vorsichtig. »In Euren Adern fließt das gleiche Blut wie in seinen.«

Raven schüttelte den Kopf. »Nicht ganz. Zwar wurden wir beide von demselben Mann gezeugt, aber unsere Mütter haben nicht das Geringste miteinander gemein. Georg wurde wie ich als Bastard geboren, das ist richtig. Aber während er von Adel und von unserem Vater anerkannt ist, bin ich lediglich das ungewollte Ergebnis einer leidenschaftslosen Nacht, in der der König schlicht und ergreifend Erleichterung bei einer Magd suchte.«

»Aber nun seid Ihr Viscount und geltet etwas vor den Augen des einfachen Volkes und vor denen Eures Bruders«, wandte Sionnach ein.

Wieder verneinte Raven mit einem Kopfschütteln. »Nur ein Höflichkeitstitel, den man mir lediglich aus einem Grund verliehen hat: Um sicherzustellen, dass man mir genügend Respekt erweist, wenn ich im Namen des Dukes dessen Drecksarbeit erledige. Sollte mir jemals das Glück beschert sein, Nachkommen zu haben, werden sie von ihrem Vater nichts als Bedeutungslosigkeit erben.« Auf seinem Gesicht spiegelte sich Bitterkeit, als er an Sionnach vorbei in die Dunkelheit starrte. »Im Grunde weicht mein Schicksal von dem deines Bruders gar nicht so sehr ab. Man hat mich ebenfalls an die Kette gelegt, und nur solange ich mich meinem Bruder gegenüber kniefällig und loyal zeige, gewährt man mir ein gewisses Maß an Auslauf.«

»Demnach geltet Ihr trotz Eures Titels nicht mehr als ein Knecht.« In Sionnachs Stimme schwang ehrliches Mitgefühl. Doch Raven blieb ihr die Antwort schuldig und stand auf.

»Sebastian wird sich in den nächsten Stunden um deinen Bruder kümmern«, wich er weiteren Enthüllungen über sein Leben aus. »Ich werde mir in der Zwischenzeit überlegen, wie wir weiter vorgehen. Du solltest allmählich auch zurück an deine Arbeit gehen. Gesetzt dem Fall, dass Mrs. Stone dir Vorwürfe macht, schieb es einfach auf mich. Vermutlich wird sie das von einer Bestrafung abhalten.« Er grinste. »Zumindest hoffe ich das.« Einen letzten Blick auf Brendan werfend, öffnete er die Tür und schlüpfte hinaus in die herbstliche Kälte.

Der Regen war noch stärker geworden, und eisige Windböen hatten sich dazugesellt. Raven hastete mit eingezogenem Kopf über den Innenhof. Als er endlich erleichtert Schutz im Inneren der Burg fand, hatte er trotz aller Eile nicht verhindern können, dass sein Hemd klatschnass geworden war. Er schüttelte sich wie ein nasser Hund und huschte, mehrere Stufen gleichzeitig nehmend, hinauf in sein Gemach, das ihm genau genommen gar nicht gehörte. Zitternd betrat er den Raum, in dem es dunkel und kalt war. Niemand hatte es für nötig befunden, Feuer zu machen oder eine Kerze anzuzünden, und auch wenn Raven dem keine besondere Bedeutung beimaß, war es der untrügliche Beweis dafür, dass er auf Fitheach Creag bloß geduldet wurde. Zwar war er Viscount über ein breites Gebiet von Northumberland, doch dessen ungeachtet erbrachte man ihm nicht mehr Respekt als unbedingt nötig. Die Dienerschaft wusste nur zu gut, wer auf der Burg das Sagen hatte und welchen Herrn es zu fürchten lohnte. So kniete er sich seufzend vor den Kamin und sorgte selbst dafür, dass nur einen Moment später ein wärmendes Feuer darin knisterte. Dann streifte er sein feuchtes Hemd ab und zog ein frisches aus der obersten Schublade der klobigen Eichenholzkommode. Draußen war es inzwischen dunkel geworden, doch Raven verzichtete darauf, eine Kerze anzuzünden. Er ließ sich rücklings auf sein Bett fallen und faltete nachdenklich die Hände hinter den Kopf. Aber so sehr er sich auch das Hirn zermarterte, es wollte ihm keine passende Lösung einfallen. Jeder mögliche Ort, um Sionnachs Bruder einigermaßen sicher unterzubringen, zerschlug sich mit einem gewichtigen Gegenargument. Im Nachhinein verfluchte er sich für sein spontanes Handeln, einen flüchtigen Sklaven befreit und mit auf die Burg genommen zu haben. Wenn es herauskam – und das würde es mit an Sicherheit angrenzender Wahrscheinlichkeit - erwartete ihn zweifelsohne eine Menge Ärger. Doch Sionnachs herzzerreißender Blick vor seinem inneren Auge ließ ihn seine Tat keine Sekunde bereuen. Schon vor einigen Wochen hatte Raven erstaunt feststellen müssen, dass sie sein gesamtes Gefühlsleben gründlich durcheinandergebracht hatte. Gab es so etwas wie Liebe auf den ersten Blick? Er wusste es nicht. Aber wenn es so war, hatte es ihn mit voller Breitseite getroffen. Vergeblich hatte er versucht, sich darauf zu besinnen, dass er mit Ashley verlobt war und sie im Frühjahr heiraten sollte. Die fuchsige Schottin, die ihm seit geraumer Zeit mit der stillen Hoffnung, auf diese Weise ihren Bruder retten zu können, in verzweifelter Ergebenheit diente, wollte ihm einfach nicht mehr aus dem Kopf gehen und ließ ihn alle bislang dagewesenen Frauen vergessen.

Sionnach war eine Schönheit, ganz ohne Frage, aber das war nicht der Grund, aus dem er sich in sie verliebt hatte. Vielleicht lag es an ihrer Art, sich zu bewegen, oder ihren betörend runden Hüften, die sich im Takt ihrer Schritte zu wiegen schienen. Vielleicht aber auch an dem bezaubernden Sanftmut, den sie ausstrahlte und der dennoch gepaart war mit einer nicht zu unterschätzenden Portion Eigensinn. Möglicherweise aber lag es nicht zuletzt am unbeugsamen Stolz des Volkes, dem sie angehörte und der auch ihr angeboren schien. Nie zuvor hatte er sich seinen Emotionen derart ausgeliefert gefühlt und es gleichermaßen auf eine Weise genossen, die ihn selbst erstaunte. In der Nacht schlich Sionnachs Gesicht sich in seine Träume, raubte ihm den Schlaf und bescherte ihm nicht selten ein vor Verlangen fast schmerzhaft angeschwollenes Gemächt; bei Tag beeinflussten seine abschweifenden Gedanken die Qualität seiner Arbeit.

Raven stöhnte. Er fühlte sich entsetzlich. Und dennoch wollte er auf die Qualen, die seine Empfindungen in ihm auslösten, nie mehr verzichten. Sie hatten ihn süchtig werden lassen, süchtig nach dem Wunsch, sie zu seinem Besitz zu machen, sie zu umsorgen und zu beschützen. Sionnach war die Frau, die er ein Leben lang lieben wollte und für die er bereit war, alles zu geben – ohne Wenn und Aber. Doch er hatte auch Angst, Angst davor, dass sie seine Gefühle nicht erwiderte, dass sie ihn zurückwies, weil sie sich seiner nicht würdig glaubte. Noch immer schien sie in ihm jemanden zu sehen, der er nicht war. Auch wenn sie es vielleicht nicht wortwörtlich gemeint hatte, Sionnach hatte den Nagel auf den Kopf getroffen. Letzten Endes war er tatsächlich nichts anderes als ein einfacher Knecht, ein ungewollter Bastard ohne jeden Anspruch auf Land oder Titel. Seine bevorstehende Eheschließung mit Ashley würde seinen Stand vor den Augen der englischen Adelsgesellschaft sicher festigen, aber es würde nichts an dem Zwang ändern, weiterhin vor Georg kuschen und sich still verhalten zu müssen.

In diesem Moment lenkte ein ungeduldiges Klopfen an der Tür Raven von seinen trübsinnigen Gedanken ab. Gähnend befahl er den Wartenden herein, blieb aber träge auf seinem Bett liegen.

»Teufel noch eins, Mylord, wo seid bloß Ihr den ganzen Tag über gewesen?«, tönte Sebastian respektlos. »Der Duke hat mich eine geschlagene Stunde in die Zange genommen, um in Erfahrung zu bringen, warum Ihr Euch trotz Eurer Anwesenheit auf Fitheach Creag wieder mal seiner Aufmerksamkeit entzieht.«

»Und? Hat es ihm etwas genützt?«, fragte Raven ungerührt und musterte seinen Diener mit deutlichem Desinteresse.

»Nicht im geringsten.« Sebastian ließ sich ungeniert auf die Bettkante seines Herrn plumpsen und lehnte sich lässig gegen einen der gedrechselten Pfosten. Er grinste schadenfroh. »Seinem Gesichtsausdruck nach zu urteilen, war er kurz davor, mich auf eine seiner mittelalterlichen Streckbänke legen zu lassen. Naja, schließlich musste er mir wohl oder übel glauben, dass ich tatsächlich nichts über Euren Verbleib wusste.« Er schielte neugierig zu Raven hinüber. »Und wo ward Ihr nun?«

»In den Steinbrüchen.«

»Bei diesem Wetter? Warum denn das?«, wunderte Sebastian sich.

»Es gab dringende Dinge zu erledigen«, antwortete Raven ausweichend und richtete sich umständlich auf.

»Nun, ich möchte ja nicht ungebührlich erscheinen, aber diese geheimnisumwitterte Erledigung steht nicht zufällig mit einer rothaarigen Magd in Verbindung, die seit einigen Wochen dafür sorgt, dass Euer Gemach eine nicht zu übersehenden Behaglichkeit ausstrahlt, sobald Ihr die Burg betretet?«, forschte Sebastian mit anhaltender Beharrlichkeit.

»Vielleicht ...«

»Ihr werdet Euch zweifellos dem Duke erklären müssen, das ist Euch klar, oder?«

Raven runzelte verärgert die Stirn. »Es gibt im Leben weit wichtigeres als die Belange des Dukes.«

»Das kommt ganz darauf an, welche Ziele Ihr Euch für die Zukunft gesteckt habt«, entgegnete Sebastian, und seine ansonsten kaum zu bremsende Heiterkeit erlosch plötzlich.

»Vielen Dank für den freundlichen Hinweis auf meine Abhängigkeit«, brummte Raven verdrießlich, doch er wusste nur zu gut, dass sein Diener lediglich ausgesprochen hatte, was er am liebsten ignoriert hätte: Die Wahrheit.

Strebte er nach einem Leben in Sicherheit und Wohlstand, war es nahezu ausgeschlossen, dass er jemals sein eigener Herr sein würde. Wählte er stattdessen die Freiheit, niemandem Rechenschaft ablegen zu müssen, verlor er alles. Bislang hatte er nie Grund gehabt, darüber nachzudenken, Georg den Rücken zu kehren und zu gehen. Er hatte den größten Teil seines Lebens unter der Kontrolle seines Halbbruders zugebracht und kannte nichts anderes, als sich dessen Befehlen unterzuordnen und ihnen Folge zu leisten. Doch nun war ein Ereignis eingetreten, das er nicht berechnet hatte: Ein einfaches Bauernmädchen aus Schottlands wildem Hochland hatte sein Herz erobert und mit einem Schlag alles verändert. Wenn jemand wie sie den Mut besaß, alles auf eine Karte zu setzen, um für ihre Freiheit und die ihres Bruders zu kämpfen, wie könnte er von nun an weiter in hündischer Ergebenheit unter Georg leben? In seinem Innersten begann sich überraschend heftiger Widerstand gegen die Willkür zu regen, die sein Bruder Tag für Tag auf ihn ausübte. Erfüllt von einem nie gekannten Tatendrang, sprang er aus dem Bett.

»Ich brauche deine Hilfe, Sebastian. Aber ich warne dich, sollte der Duke es rauskriegen, wird er vor Wut Gift und Galle spucken.«

Der Diener, der verblüfft die unvermittelte Betriebsamkeit seines Herrn verfolgte, horchte neugierig auf.

»Das Risiko gehe ich ein. Dann lasst mal hören. Um welche Schandtat handelt es sich?«

»Du hattest recht. Ich war tatsächlich auf Sionnachs Wunsch hin in den Steinbrüchen.«

Sebastians Lippen kräuselten sich zu einem Lächeln.

»Sionnach heißt sie also, Eure rassige, kleine Schottin. Und was wollte sie dort? Um diese Jahreszeit gibt es doch wohl weit lauschigere Plätzchen für ein Schäferstündchen.«

»Das Ganze hatte nichts mit einem Rendezvous zu tun«, gestand Raven kleinlaut, »ich habe ihr zuliebe einem Sklaven zur Flucht verholfen.«

18

Sionnach schmiegte sich bedachtsam an Brendan, um nicht aus Versehen Gefahr zu laufen, ihm durch ihre Fürsorge unnötige Schmerzen zuzufügen. Sie war nicht einmal undankbar für seine andauernde Bewusstlosigkeit. Ungeachtet des Umhangs, den Raven ihr überlassen hatte, kroch die herbstliche Kälte mehr und mehr ihr in die Glieder. Doch obwohl sie bereits wie

Espenlaub zitterte, wagte sie nicht, nach dem Viscount Ausschau zu halten. Sie konnte nur schwer einschätzen, wie lange sie schon in der Dunkelheit des Holzschobers verharrte, hoffte aber, dass er sich nicht mehr allzu viel Zeit lassen würde, um Brendan heimlich in die Burg zu schleusen.

Nach und nach ebbten die Geräusche ab, die von draußen zu ihr hereindrangen. In das geschäftige Burgleben kehrte langsam Ruhe ein. Sionnach rieb fröstelnd ihre Handflächen aneinander und horchte angestrengt auf jeden noch so kleinen Laut. Jede Minute, die ereignislos verstrich, kam ihr wie eine halbe Ewigkeit vor. Angespannt strich sie Brendan über die schweißnasse Stirn und fuhr einen Moment später erschrocken zusammen. Der schmale Lichtstreifen, der unter der Türschwelle hindurchschimmerte, wich dem hellen Feuerschein des fackelbeleuchteten Innenhofs und gab den Blick auf die dunklen Silhouetten zweier Männer frei. Sie betraten den Schuppen und schlossen eilig die Tür hinter sich. Sionnach blinzelte in die Helligkeit einer brennenden Laterne und erkannte schließlich Raven in Begleitung seines Dieners Sebastian.

»Dem Himmel sei Dank! Ich hatte schon befürchtet, Ihr hättet uns vergessen!«, stieß sie erleichtert hervor und setzte sich erwartungsvoll auf.

Raven, dem sein Unbehagen offen ins Gesicht geschrieben stand, gab ein undeutliches Brummen von sich und drehte sich rasch seinem Diener zu. Der wies mit dem Daumen auf den reglosen Brendan.

»Ist er das?«

Sionnach sah, dass Raven nickte.

»Ein ganz schöner Brocken«, stellte Sebastian nicht ohne Bewunderung fest. »Wie, zum Henker, wollt Ihr ihn bloß raufschaffen und das auch noch unauffällig?«

Der junge Viscount deutete ein Achselzucken an. »Keine Ahnung. Ich hatte gehofft, du hättest vielleicht eine gute Idee.«

»Ich danke vielmals für Euer Vertrauen in meine Fähigkeiten, Mylord, aber dieser Kerl stellt selbst für einen so gewieften Fuchs wie mich ein schier unlösbares Problem dar. Jeder, dem wir begegnen, wird sofort Lunte riechen und umgehend zu

Eurem Bruder laufen, um Bericht zu erstatten.«

»Das Risiko müssen wir eingehen. Wenn wir ihn außerhalb der Burg unterbringen, würde er uns unter den Händen wegsterben. Er braucht eine zugluftfreie Umgebung, die wärmende Nähe eines Feuers sowie ein sauberes Lager – und das möglichst schnell.«

Sebastian hielt die Laterne einen Deut höher und musterte Brendan mit einer Mischung aus Mitleid und Widerwillen.

»Ihr werdet Euch mächtigen Ärger einhandeln, wenn Ihr Euch dazu entschließt, ihm zu helfen«, warnte er. Sein Blick wechselte hinüber zu Sionnach, die neben Brendan kniete und stumm um Hilfe flehend zu Raven hinaufsah. »Denkt an die Folgen, die Euer Tun nach sich ziehen würde. Es wäre ein gefundenes Fressen für den Duke und gäbe ihm nach all den Jahren endlich einen triftigen Grund, Euch wie einen räudigen Köter vor die Tore der Burg zu befördern. Ist das Leben eines bedeutungslosen Sklaven es wirklich wert, dass Ihr dafür Euren Titel und Euren Einfluss als Viscount aufs Spiel setzen wollt?«

Sionnachs Herzschlag geriet unweigerlich ins Stocken. Was, wenn Raven es sich plötzlich anders überlegte? Wenn er der Meinung seines Dieners beipflichtete und Brendan aufgab? Grässliche Angst vor einer Entscheidung, die sowohl Brendans als auch ihr Schicksal besiegeln würde, begann wie lähmendes Gift durch ihre Venen zu strömen. Dennoch blieb ein hartnäckiger, wenn auch verschwindend geringer Rest Zuversicht, dass Raven sie nicht zu Gunsten seiner eigenen Sicherheit fallenlassen würde. Hatte er sie nicht erst vor ein paar Stunden geküsst und von Gefühlen wie Liebe gesprochen? Wenn er sie nicht belogen hatte und sie tatsächlich wagen konnte daran zu glauben, einen Teil seines Herzens zu besitzen, würde er sicher nicht zögern, ihr zu helfen. Unwillkürlich musste sie an die Vorurteile und die Abneigung denken, die ihre Landsleute gegen die Engländer und besonders gegen deren als borniert und arrogant geltende Adelsgesellschaft hegten. Sionnachs zurückliegende Begegnung mit dem Duke schien ihnen zweifellos Recht zu geben. Raven hingegen wollte so gar nicht in das tief in ihr verwurzelte Bild eines englischen Adeligen passen. Sein offensichtliches Interesse an der schottischen Lebensweise, ihren Menschen und deren Land stand in starkem Kontrast zu dem, was sein Titel und seine Abstammung vermuten ließen. Bebend, aber dennoch mit dem festen Vorsatz, sich keinesfalls unterkriegen zu lassen, richtete sie sich auf, bis sie Raven von Angesicht zu Angesicht gegenüberstand.

»Euer Diener hat recht, Mylord«, sagte sie, während der Blick ihrer im Schein der Laterne sanft schimmernden Augen sich voller Wärme auf seine heftete. »Ihr riskiert viel, um mir und meinem Bruder zu helfen, und Ihr werdet für Euer Tun beim Duke ganz sicher keine Dankbarkeit ernten. Aber solltet Ihr auch nur annähernd der sein, für den ich Euch halte, werdet Ihr wissen, was zu tun ist.« Ihr Herz klopfte aufgeregt in banger Erwartung auf seine Reaktion. Sollte er ihr jede weitere Hilfe verweigern, das gelobte sie in Gedanken, so würde sie ihre Enttäuschung vor ihm verborgen halten und sich fortan nur noch auf sich selbst verlassen. Doch noch klammerte sie sich mit aller Kraft an den einzigen verbliebenen Strohhalm, der ihr Hoffnung versprach. Ein leises Stöhnen drang zu ihr empor, und Brendan, der bis jetzt völlig reglos zu ihren Füßen gelegen hatte, regte sich unmerklich im Dämmerlicht der Laterne. Sionnach biss sich um Beherrschung ringend auf die Unterlippe und verharrte geduldig auf der Stelle.

»Geh und besorg ein paar Decken und eine große Flasche Whiskey«, sagte Raven zu Sebastian. »Mir ist da gerade eine Idee gekommen, wie wir ihn vor den Augen aller und trotzdem unbemerkt in die Burg schaffen können.«

Sebastians Mund öffnete sich einen Spaltbreit, als wolle er etwas entgegnen. Doch der Ausdruck in Ravens Gesicht ließ keinen Widerspruch zu. Also klappte er ihn wieder zu und trollte sich, um dem seltsamen Befehl seines Herrn nachzukommen.

Erst nachdem er den Holzschober verlassen hatte, begann Sionnachs Anspannung ein Stückweit zu weichen. Unendlich froh, sich tatsächlich nicht in Raven getäuscht zu haben, erinnerte sie sich ihrer derzeitigen Stellung und senkte ohne Bedauern den Kopf.

»Wie kann ich Euch jemals für Eure Hilfe danken, Mylord?«

»Indem du endlich aufhörst, in mir nur den Mann zu sehen, dem du gezwungen wurdest zu dienen.« Er fuhr ihr mit der Hand über ihr von Wind und Wetter zerzaustes Haar und ließ die roten Strähnen durch seine Finger gleiten. »Mein Name ist Raven, schlicht und ergreifend Raven, unehelicher Sohn einer einfachen Magd namens Mary Cunnings. Wie du siehst, besteht nicht der geringste Anlass, sich vor jemandem wie mir unterwürfig zu zeigen.«

»Dennoch seid Ihr zu gleichen Teilen der Sohn eines Königs.«

Raven schnaubte verächtlich. »Ich bin lediglich sein Bastard und ein ungeliebter noch dazu.« Doch seine Züge erweichten sich ebenso rasch wieder wie sie sich verhärtet hatten. »Vergiss den im Namen des Dukes Respekt fordernden Viscount of Northumberland, und gib dem bedeutungslosen Raven Cunnings eine Chance.«

Erneut dachte Sionnach an seinen Kuss, der nach wie vor glühendheiß auf ihren Lippen brannte. Ihre Fingerspitzen berührten ihren Mund, als könne sie auf diese Weise das Gefühl erhalten, das Raven darauf zurückgelassen hatte. Mit klopfendem Herzen ließ zu, dass er sie in seine Arme zog.

»Empfindest du denn wirklich gar nichts für mich, Füchschen?«

Bei der Unsterblichkeit meiner Seele, Raven Cunnings, ich würde wahrscheinlich bis in alle Ewigkeit in der Hölle brennen, wenn ich es verleugne!, durchfuhr es Sionnach derart ungestüm, dass ihr allein von dem Gedanken ganz schwindelig wurde. Mit jeder Sekunde, die sie in seiner Gegenwart verbrachte, kam sie sich vor wie eine Motte, die – angezogen vom hellen Schein - mitten in ein loderndes Feuer flog, obgleich sie sich sehr wohl bewusst darüber war, dass die Flammen sie zu Asche verbrennen würden. Der flehende Blick aus Ravens dunklen Augen verwirrte sie zusehends, bis sie nicht mehr wusste, ob sie ihrem Verstand treu bleiben oder ihrem Herzen vertrauen sollte.

»Bitte, Sionnach«, vernahm sie sein eindringliches Flüstern an ihrem Ohr, während sein unrasiertes Gesicht rau über ihre erhitzte Wange streifte, »wenn du auch nicht viel mehr zulassen kannst, als mir zu erlauben, dich zu lieben, schenke mir zumindest die Illusion, dass ich ein klein wenig Bedeutung für dich habe, und sag meinen Namen - nur ein einziges Mal!«

Von ihm bestätigt zu hören, dass er trotz seines brennenden Wunsches, ihre Zuneigung zu gewinnen, keinerlei Gegenleistung erwartete, erfüllte Sionnach mit einer Woge unerwartet heftiger Zärtlichkeit. Doch gerade in dem Moment, als ihr Mund seinen Namen formte, öffnete sich die Tür, und Sebastian tauchte in das Halbdunkel des Schobers ein. Über seinem Arm trug er mehrere gefaltete Decken sowie eine unverkennbar nach Whiskey riechende Flasche in der Hand.

»Und – was sagt Ihr zu meiner famosen Lernfähigkeit, Euren Wünsche mit außerordentlicher Schnelligkeit nachzukommen, Mylord?«, keuchte er atemlos. Sein Blick heftete sich Anerkennung heischend auf Raven.

»Dass du dringend an deinem Gefühl für den richtigen Zeitpunkt arbeiten solltest, verdammter Idiot«, fuhr der ihn wütend an, wirbelte auf dem Absatz herum und entriss seinem Diener mit finsterer Miene die Decken.

Sebastian wich einen Schritt zurück und sah, verwirrt über den plötzlichen Zorns seines Herrn, verblüfft zu Sionnach hinüber. Deren zuvor noch blasse Wangen leuchteten flammend rot auf.

»Steh nicht rum und halt Maulaffenfeil, sondern hilf mir gefälligst«, knurrte Raven gereizt und kniete sich auf den staubigen Boden, wo er eine der Decken der Länge nach neben Brendan ausbreitete.

Sebastian beeilte sich, der ungehaltenen Aufforderung seines Herrn nachzukommen und sank ebenfalls auf die Knie.

»Haltet mich für was Ihr wollt, Mylord, aber ich weiß beim besten Willen nicht, was Ihr vorhabt.«

»Was wiederum ganz und gar meinen Erwartungen von dir entspricht«, entgegnete Raven verdrießlich und verdrängte seine Verärgerung mit einem tiefen Seufzer. Er wies auf Brendan.

»Wir werden ihn darin einwickeln und in meine Gemächer tragen – naja, besser gesagt, ihr beiden werdet es tun.« Mit dem Zeigefinger deutete er erst auf Sebastian und nachfolgend auf Sionnach.

Sebastian musterte Sionnachs schlanke Gestalt und runzelte grüblerisch die Stirn.

»Ich sollte vermutlich besser meine vorlaute Klappe halten, wenn ich morgen nicht das gleich Muster wie er auf meinen Rücken vorfinden will, aber kommt Ihr Euch nicht ungleich chauvinistisch vor, eine Frau wie sie einen Kerl wie ihn schleppen zu lassen, statt selber Hand anzulegen?«

»Wenn wir das hier erledigt haben, steht es dir frei, eine Skizze für die zielgenaue Setzung meiner Hiebe zu entwerfen, bevor ich es selber tue«, bot Raven ihm mit unheilverkündendem Blick an. »Im Gegensatz zu dir habe ich mir nämlich Gedanken gemacht.«

»Womit wieder einmal bewiesen ist, um wie vieles klüger als ich Ihr seid, Eure durchlauchtigste Gnaden«, erwiderte Sebastian in devotem Tonfall, wobei er Sionnach schelmisch zuzwinkerte, die dem Disput der beiden Männer mit wachsender Verunsicherung beiwohnte.

»Eure Dreistigkeit fängt sich gleich eine von Ihrer Durchlaucht«, konterte Raven, »und jetzt hör mir zu, du zweitklassiger Lakai.« Während er den Verschluss der Whiskeyflasche entfernte, begann er, seinen Plan zu erläutern. »Dass ich euch nicht begleite und ihr euch alleine abmüht, hat natürlich einen Sinn. Die Leute sollen denken, der Viscount hätte seinen seelischen Frust den Duke betreffend im Whiskey ertränkt, sich besinnungslos gesoffen und hinterher den Weg ins Bett nicht mehr gefunden. Stattdessen hat er, also ich, sich im Holzschober niedergelassen, um dort unbemerkt seinen Rausch ausschlafen zu können. Seine Dienerschaft, die - in großer Sorge um dessen Wohlergehen - selbstverständlich unermüdlich nach ihm sucht und ihn schließlich leise vor sich hin schnarchend hier auffindet, wickelt ihren Herrn in eine Decke und trägt ihn dienstbeflissen hinauf in seine Gemächer, wo ihn in den nächsten Stunden gewiss niemand stören wird.«

»Gar nicht mal so schlecht«, befand Sebastian, und auch Sionnach nickte anerkennend, während Raven selbstgefällig die Arme vor der Brust verschränkte »Doch all Eurer aristokratischen Raffinesse zum Trotz hätte ich da noch eine nicht ganz unwesentliche Frage ...«

Ravens Hände ballten sich für den Bruchteil einer Sekunde zu Fäusten, und seine Fingergelenke knackten hörbar.

»Ja ...?«, ließ er drohend vernehmen, so dass selbst Sionnach nicht entging, dass seine Geduld sich bedenklich dem Ende näherte.

Sebastian räusperte sich unbehaglich. »Wie kriegen wir den verfluchten Whiskey in Euren Schotten rein? Er ist doch schon bewusstlos.«

»Brendan muss ihn gar nicht trinken«, mischte Sionnach, die bislang still in der Ecke gestanden hatte, sich unvermittelt ein. »Um den Eindruck zu erwecken, er hätte sich volllaufen lassen, reicht es völlig, einen Teil der Decke damit zu durchtränken – mal davon ausgehend, dass man so nah an der schottischen Grenze den von unseren Leuten gebrannten Whiskey trinkt und nicht den verwässerten, englischen Fusel.«

Raven drehte sich zu Sebastian um und fixierte ihn mit unverhohlener Herablassung.

»Da schau mal einer her, die von einer gewissen Person als unbedeutend abgewertete, kleine Schottin scheint weit mehr Verstand zu besitzen als mein großspuriger Leibdiener.«

Sebastian zuckte die Achseln und grinste verstohlen. »Tja, was soll ich jetzt dazu sagen – wie es scheint hat sie den wohl. Wobei ich an dieser Stelle anmerken möchte, dass ich niemals das Gegenteil behauptet habe. Die Wahl einer Frau von atemberaubender Schönheit und erwiesener Klugheit ist erwartungsgemäß vortrefflich und zeugt von Eurem guten Geschmack.«

»Du solltest aufpassen«, warnte Raven seinen Diener, »wenn du weiter so geschwollen daher schwafelst, rutschst du eines Tages noch auf deiner eigenen Schleimspur aus.«

Sie betteten Brendan auf den Decken und deckten ihn soweit zu, bis nicht mehr zu erkennen war, wer darin transportiert wurde. Im Anschluss übergoss Raven die letzte Decke mit Whiskey und stopfte sie zu dem sauber eingewickelten Schotten. Der durchdringende Geruch, den sie verströmte, ließ keinen Zweifel an dem darin enthaltenen Alkoholgehalt aufkommen, und Raven nickte zufrieden.

»Das müsste reichen. Riecht nach einer ganzen Truppe besoffener Kerle. Dann los jetzt.«

Ravens Plan funktionierte reibungslos. Zwar kreuzte ein ältlicher Diener mit einem übervollen Nachttopf und mürrischem Gesichtsausdruck schlurfend ihren Weg, doch er nahm nicht den geringsten Anteil daran, dass zwei weitere Diener sich ächzend mit der eindeutig zu identifizierenden Schnapsleiche ihres volltrunken stöhnenden Herrn abmühten. Er schien es eher als Genugtuung zu empfinden, dass er nicht der Einzige war, der zu dieser Stunde seinen Pflichten nachkommen musste, statt sich der verdienten Ruhe hinzugeben.

»Halleluja«, entfuhr es Sebastian erleichtert, als sie ein paar Minuten später Ravens Gemächer erreicht und die Tür hinter sich geschlossen hatten, »ich hätte nicht gedacht, dass einer, der nichts außer Kilt und Hemd trägt, so verflucht schwer sein kann! Woraus besteht dein Bruder? Aus in Form gegossenem Eisen?«

Sionnach erwiderte nichts, doch ihre Brust schwoll vor Stolz über ihren von jedermann bewunderten Bruder merklich an. Lächelnd half sie Sebastian, Brendan auf das breite Bett zu hieven und ihn anschließend auf den Bauch zu rollen. Der geschundene Rücken des jungen Schotten hinterließ eine blutige Spur auf dem weißen Laken. Nachdenklich betrachtete sie seine Verletzungen.

»Wir müssen ihm das Hemd ausziehen, damit ich die Wunden reinigen kann. Gibt es hier vielleicht eine Schere?«

Sebastian zuckte die Achseln. »Ich weiß nicht. Aber bevor wir anfangen, unerlaubt in den Sachen unseres Herrn herumzukramen, könntest du auch damit Vorlieb nehmen?« Er zog einen schmalen Dolch aus seinem Gürtel und reichte ihn Sionnach, die sich sogleich daran machte, Brendans zerfetztes Hemd aufzutrennen. Behutsam löste sie die mit Blut und Haut verklebten Stoffreste, wobei die Wunden erneut aufbrachen.

»Sollten wir die Blutung nicht besser stillen oder ihn verbinden?«, schlug Sebastian vor.

Sionnach schüttelte den Kopf. »Wenn es blutet, fließen auch

Schmutz und Gifte hinaus. Meinst du, du könntest mir irgendwo ein paar Kräuter besorgen? Raven sagte, es gäbe einen Arzt auf Fitheach Creag.« Ohne es zu merken, hatte sie seinen Vornamen benutzt.

»Wir haben einen Arzt, ja. Aber sollten wir nicht besser bis morgen warten, bevor ich des Diebstahls bezichtigt werde und dafür eine Hand verliere?«

»Morgen kann es schon zu spät für Brendan sein«, entgegnete Sionnach eindringlich. »Darüber hinaus stellt heute Nacht keiner Fragen, die uns in Gefahr bringen und ihn verraten könnten.«

Sebastian, der von der unbemerkten Durchführung dieses Unterfangens keineswegs überzeugt schien, zögerte.

»Bitte!«, drängte Sionnach. »Ich werde irgendwann wieder gutmachen, was du heute für mich und meinen Bruder tust.«

»Das kannst du getrost unserem überaus großzügigen Herrn überlassen«, brummte Sebastian. »Wenn es dein Wunsch wäre, würde er allem Anschein nach für dich auch die Hölle durchqueren, um dort einen Blumengarten anzulegen.« Er seufzte ergeben. »Also – was genau von all dem medizinischen Krautzeugs brauchst du?«

19

Leise zog Raven die Tür hinter sich zu, um Sionnachs Bruder nicht zu wecken. Seit zwei Tagen teilten sie sich sowohl Pflege als auch Wache. Sooft er in der Vergangenheit auch bedauert hatte, dass die übrige Dienerschaft ihn nicht genauso wichtig nahm wie Georg, umso erleichterter war er nun darüber. Da außer Sebastian und Sionnach niemand seine Räume betrat, war das Risiko, dass jemand anderer einen unrechtmäßig befreiten Sklaven darin entdecken würde, relativ gering. Auch Georg kam so gut wie nie hierher. Als amtierender Duke erwartete er selbstredend, dass man zu ihm kam, sofern es erforderlich war oder er es befahl. Und genau das hatte Raven an diesem Morgen vor.

Zum x-ten Mal zupfte er an seinem Hemd herum, um dessen korrekten Sitz zu überprüfen. Er wollte Georg heute den bestmöglichen Eindruck von sich vermitteln, denn er hatte wichtige Dinge mit ihm zu besprechen. Nach wie vor erfüllte es ihn mit quälendem Verdruss, seinem nur zwei Jahre älteren Bruder mit kniefälligem Respekt entgegentreten zu müssen. Nur allzu oft beschlich ihn das hartnäckige Gefühl, dass sein vor vier Jahren verstorbener Vater, König Charles II., allein aus einem Grund darauf bestanden hatte, dass er auf Fitheach Creag unter Georg als Viscount fungieren sollte: Um ihn zu keiner Zeit seine niedere Herkunft vergessen zu lassen und seinem älteren Sohn Georg, der den Vorteil besaß, zu seinem königlichen Vater auch eine Mutter zu haben, in deren Adern das Blut des Hochadels floss, einen vertrauenswürdigen und durch sein Verwandtschaftsverhältnis zu Loyalität verpflichteten Handlanger zur Seite zu stellen. Obwohl sie miteinander aufgewachsen waren, hatten sie doch, voneinander unabhängig, eine Erziehung genossen, die unterschiedlicher nicht hätte sein können. Während Georg das Leben eines Prinzen genoss, war Raven schon von Kindesbeinen an eingebläut worden, dass er seinem Bruder in allen Dingen unterstand und ihm bedingungslos zu gehorchen hatte. Georg hatte das weidlich ausgenutzt, wann immer es möglich gewesen war, und ihn seine Abneigung spüren lassen, indem er ihn stets wie einen seiner Diener behandelte. Und daran hielt er bis heute fest.

Mit nur mäßigem Erfolg verdrängte Raven seine düsteren Gedanken, atmete tief durch und betrat nach kurzem Klopfen das herrschaftliche Studierzimmer.

Georg saß mit aufgestützten Ellbogen hinter seinem mächtigen Schreibtisch, den Kopf konzentriert über eine Reihe von Papieren gebeugt, und sah nur kurz zu Raven auf.

»Was willst du?«, fragte er unfreundlich.

»Ich würde gern einiges mit Euch besprechen, Mylord.«

Georg hob erneut den Kopf und musterte Raven etwas eingehender, wobei ihm dessen Erscheinungsbild nicht zu entgehen schien. Mit einem Anflug von Verachtung zog er seine linke Braue hoch.

»Meine Zeit ist äußerst begrenzt, fass dich kurz«, gewährte er ihm mit gnädiger Herablassung die Gunst, sein Anliegen vorzubringen.

Überrascht, so schnell Gehör zu finden, suchte Raven hastig nach den passenden Worten.

»Nun, ich bin kürzlich an einem Eurer Steinbrüche vorbeigekommen und habe mir die Freiheit genommen, nach dem Rechten zu sehen ...« Unsicher, wie die Reaktion seines Bruders ausfallen würde, hielt er für einen Moment inne.

»Sehr löblich«, murmelte Georg abwesend, »und weiter?«

»Die ... die Qualität unserer Steine genießt einen guten Ruf«, tastete Raven sich behutsam weiter vor, bemüht, jedes seiner Worte mit Bedacht zu wählen, um sich nicht zu verraten, »und da dachte ich ...«

Georgs Miene verfinsterte sich zusehends.

»Komm endlich zum Grund deines Erscheinens, Raven. Ich habe weißgott Wichtigeres zu tun, als mir dein unqualifiziertes Gestammel anzuhören.«

»Mir ist aufgefallen, dass die dort herrschenden Zustände ziemlich schlecht und der Gesundheit der Arbeiter nicht besonders zuträglich sind, was wiederum die Quantität der berechneten Ergebnisse negativ beeinflusst«, fuhr Raven eilig fort.

»Was verlangst du? Dass ich diese Leute auf der Burg einquartiere? Sicher wirst du dir gern dein Gemach mit ihnen teilen.«

»Natürlich nicht. Aber ist es denn wirklich von Nöten, dass man sie in Ketten legt und mit Schlägen zur Arbeit antreibt?«

»Marcus hat die Männer bestens im Griff. Wer keine ausreichende Leistung erbringt, bekommt selbstverständlich die Konsequenzen seiner Trägheit zu spüren«, entgegnete Georg kühl und fing an, das Interesse an ihrem Gespräch zu verlieren.

Doch Raven ließ nicht locker. »Ich wage mal zu behaupten, dass die meisten von ihnen sich weit mehr anstrengen würden, gute Arbeit abzuliefern, wenn die Umstände, unter denen sie leben müssen, nicht derart erbärmlich wären.«

Georg kniff indigniert die Augen zusammen. »Was bitte soll dieser Unfug? Hast du plötzlich deine christliche Nächstenliebe entdeckt? Oder gedenkst du mir vielleicht vorzuwerfen, meine Sorgfaltspflicht zu vernachlässigen?« Seine Stimmung begann bedenklich zu schwanken.

Raven schüttelte den Kopf. »Ich bin lediglich der Meinung, dass Ihr weit bessere Erfolge erzielen könntet, wenn nicht die Hälfte der Männer infolge eines Sachverhaltes draufgehen würde, der sich verhindern ließe.«

»Und mein zweifellos aufgrund seiner Herkunft im Sinne der gebeutelten Untertanen denkender Bruder kann natürlich auch schon mit einer passenden Idee aufwarten«, spottete Georg.

Ravens Kiefermuskeln zuckten angespannt, doch er zog es vor zu schweigen. Noch vor wenigen Wochen hätte er sich durch eine solche Aussage zutiefst gedemütigt und in seiner Ehre gekränkt gefühlt. Seit er Sionnach begegnet war, hatte seine Einstellung sich jedoch grundlegend verändert, und er verspürte nur noch selten das Bedürfnis, sich das Ansehen des englischen Adels verdienen zu wollen. Das einfache und entbehrungsreiche Leben der jungen Schottin rief tiefe Verachtung bei den Menschen hervor, unter denen er aufgewachsen war, und dennoch schien Sionnach um ein Vielfaches zufriedener als diejenigen, die auf sie herabsahen und sie voller Häme mit Füßen traten.

»Es gibt ganz in der Nähe der Steinbrüche einige Höhlen, in denen man die Männer ebenso sicher unterbringen könnte wie in ihren gegenwärtigen Verliesen. Dort wären sie bei weitem besser gegen die Witterung geschützt, würden seltener erkranken und Euch folglich länger als Arbeitskräfte zur Verfügung stehen. Vielleicht solltet Ihr auch in Erwägung ziehen, sie in regelmäßigen Abständen von einem Arzt untersuchen und gegebenenfalls auf Verletzungen oder andere Leiden behandeln zu lassen.«

Einen Moment lang starrte Georg Raven verblüfft an, doch nur um gleich darauf laut loszulachen.

»Ich glaube einfach nicht, was ich da höre. Wir haben einen gottverdammten Philanthropen in unserer Mitte! Heiliger Strohsack, Raven, allmählich beginnst du, mir richtig Spaß zu machen. Was wirst du als nächstes in Angriff nehmen? Deinen neuen Freunden in meinem Namen eine goldbestickte Garderobe schneidern lassen?«

»Ist es denn wirklich zu viel verlangt, wenn Ihr ihnen ein bisschen mehr von Eurer Aufmerksamkeit schenkt und gewährleistet, dass sie von Männern wie Marcus nicht wie Tiere behandelt werden? Welcher Tat auch immer sie sich schuldig gemacht haben, sie sind und bleiben trotz allem Menschen«, stieß Raven ungeduldig hervor und konnte seinen anschwellenden Zorn über die borniere Kaltschnäuzigkeit seines Bruders nur noch schwer unterdrücken.

»Es handelt sich um einen Haufen Verbrecher, die das Brot nicht wert sind, das sie von mir bekommen«, erwiderte Georg hart.

»Ausgerechnet du sprichst von Verbrechen?«, schleuderte Raven ihm hitzig entgegen. »Du hältst sie wie Sklaven und lässt unbesehen zu, dass man diese Männer aufs Übelste misshandelt, bis sie dort unten verrecken!«

Georg schnellte mit einer ruckartigen Bewegung empor, blieb aber hinter seinem schweren Schreibtisch stehen. Er war ein paar Zentimeter kleiner als Raven und vermied es daher meistens, ihm direkt gegenüberzutreten. In seinen Augen blitzte es hasserfüllt auf.

»Du vergreifst dich gewaltig im Ton, du undankbares Stück Scheiße«, zischte er feindselig und ganz entgegen seinem sonstigen Bestreben, seine Eloquenz zu beweisen. »Was glaubst du eigentlich, wie weit du dich noch aus dem Fenster lehnen kannst? Aber nur weiter so, dann brauche ich mir wenigstens nicht die Finger schmutzig machen, um dich, schneller als ich gehofft hatte, wieder dahin zu befördern, wo du herkommst – in die Gosse.«

Raven war kurz davor, zu einem kränkenden Gegenschlag

auszuholen, hielt sich aber im letzten Moment zurück und biss sich auf die Lippe, bis es schmerzte. An und für sich hatte er Georg aufgesucht, um die Situation der Männer im Steinbruch zu verbessern. Nun hatte er sie vielleicht sogar noch verschlimmert – ganz zu schweigen von der erschütternden Gewissheit, dass sein Bruder augenscheinlich auch ihn lieber heute als morgen dort gesehen hätte. Es war ihm nicht neu, dass Georg ihn nie wirklich akzeptiert hatte, aber dass es sich dermaßen gravierend verhielt, war ihm nicht bewusst gewesen. Sein Ansehen, sein Titel, sein gesamtes Leben waren eine Farce. Er war als Knecht geboren und würde nie etwas anderes sein als ein Knecht. Erstaunt stellte er fest, dass sich eine geradezu erleichternde Gleichgültigkeit zu seiner bislang darüber empfundenen Bitterkeit gesellte. All seine bisherigen Wertigkeiten verloren plötzlich an Bedeutung, und es überkam ihn das dringende Bedürfnis, seine Prioritäten zu überdenken und seine Ziele neu auszurichten. Doch im Augenblick, das war ihm sehr wohl klar, war es zu früh, Georg den Rücken zu kehren. Es gab noch zu viele Dinge, die in Ordnung gebracht werden mussten. Nur widerstrebend senkte Raven den Kopf und murmelte Reue heuchelnd: »Ich bitte vielmals um Vergebung, Mylord. Ich hatte vergessen, wo mein Platz ist. Natürlich steht es mir in keinster Weise zu, irgend eine Eurer Vorgehensweisen in Frage zu stellen.« Er wandte sich zum Gehen und hoffte inständig, dass Georg ihn noch einmal zurückrufen würde, aber das eisige Schweigen hinter seinem Rücken blieb ungebrochen.

Sionnach beugte sich besorgt über Brendans Oberkörper. Erst nachdem sie ihn mit Sebastians Hilfe aus den Resten seines zerfetzten Hemdes geschält hatte, war das ganze Ausmaß seiner Verletzungen zum Vorschein gekommen. Seine Peiniger hatten ihre Hiebe nicht bloß wahllos sonders äußerst gezielt gesetzt. Statt der Grausamkeit Genüge zu tun und ihn durch schlichtes Auspeitschen zu strafen, hatte man ihn wieder und wieder an denselben Stellen seiner aufgerissenen Haut geschlagen und auf diese Weise die Wunden mit geradezu sadistisch anmutender Bedächtigkeit vertieft. Nicht nur sein Rücken, auch seine Brust war bis knapp unter den Rippenbogen betroffen. Sionnach gab sich alle Mühe, das von ihrer Mutter weitergegebene heilkundige Wissen anzuwenden, wusch die Wunden aus, versorgte sie mit den Kräutern, die Sebastian gestohlen hatte, und wechselte so oft wie möglich die Verbände. Dennoch hatte sie nicht verhindern können, dass sich ein Teil davon entzündete.

Zwei Tage lang war Brendan mehr oder weniger bewusstlos gewesen. In der vergangenen Nacht war er zum ersten Mal erwacht, und Sionnach hatte ihm etwas Wasser einflößen können. Liebevoll strich sie ihm das lange Haar aus der bleichen Stirn, als sie plötzlich das Geräusch der sich öffnenden Tür vernahm. Mit klopfendem Herzen sprang sie auf und spähte in den unmittelbar vor dem Schlafgemach liegenden Raum. Sobald sich jemand Ravens Gemächern näherte, ließ die Angst, dass man Brendan entdecken und zurück in den Steinbruch schleppen könnte, sie jedes Mal innerlich zusammenzucken.

Ein schwarzer Haarschopf, dem ein strohblonder auf dem Fuße folgte, tauchte vor ihr auf, und sie stellte erleichtert fest, dass es sich um Raven und Sebastian handelte. Raven stapfte hinüber zum Tisch, griff nach dem darauf stehenden Krug Wasser und goss sich spürbar aufgewühlt einen Becher voll ein. Mit wutverzerrter Miene stürzte er dessen Inhalt hinunter, als wolle er damit seinen Zorn löschen, was ihm aber allem Anschein nach nicht gelang. Nur einen Moment später schleuderte er den Becher mit einem wilden Aufschrei gegen die Wand, wo er laut scheppernd in tausend Stücke zerbarst.

»Eurem rauen Benehmen nach zu urteilen, gehe ich davon aus, dass der Besuch beim Duke nicht von Erfolg gekrönt war«, bemerkte Sebastian. Sionnach, die ebenfalls in den Raum getreten war, warf dem Leibdiener einen vorwurfvollen Blick zu, woraufhin dieser eilig verstummte.

»Mit meiner verdammten Unbeherrschtheit habe ich alles nur noch schlimmer gemacht«, fluchte Raven gereizt und starrte mit glasigem Blick zu Sionnach hinüber, die sich auf den Boden gekniet hatte, um die Scherben aufzusammeln.

»Was ist denn passiert?«, fragte sie zaghaft und schauderte

angesichts der Kälte, die er ausstrahlte.

»Was passiert ist?« Raven schnaubte grimmig. »Ich habe auf einen kleinen Beweis brüderlichen Wohlwollens gehofft und stattdessen erfahren müssen, dass für Seine Fürstliche Hoheit der einzige Weg, mir seine Gefühle zu zeigen, darin besteht, mich mit einem sorgfältig geknüpften Strick um den Hals zum Galgen zu geleiten und geduldig darauf zu warten, dass ich den Boden unter den Füßen verliere.«

Die Rufe nach Sionnach und ein darauf folgendes Wirrwarr gälischer Satzbrocken, das stöhnend aus dem Nebenzimmer ertönte, verbesserte Ravens Laune nicht gerade.

»Ist noch immer keine Besserung in Sicht?«

Sionnach, der sein Missfallen über Brendans Zustand nicht entging, stand rasch auf und warf die Scherben des zerbrochenen Bechers in den leeren Ascheimer neben dem Kamin.

»Leider nein, Mylord. Die Wunden sind sehr tief und schließen sich nur schlecht. Zwei haben trotz des Kräuterumschlags zu eitern begonnen, und jetzt fiebert er.«

Raven massierte sich nervös die Stirn. »Was nicht zu überhören ist. Geh und versuche ihn zu beruhigen. Wenn jemand seine Schreie hört und nachsieht, kommen wir in Teufels Küche.« Unruhig wie ein Tiger im Käfig begann er, im Zimmer auf und ab zu laufen. »Es war ein Fehler, ihn hierher zu bringen«, murmelte er. »Ich muss komplett verrückt gewesen sein. Im schlimmsten Fall tauschen wir ein Leben gegen drei, wobei es mir äußerst ungewiss scheint, ob er die ganze Sache überhaupt überlebt.«

Ravens Ehrlichkeit ließ Sionnach erbleichen. Ein lähmendes Kältegefühl durchfuhr ihre Brust. Sie konnte nicht leugnen, sich bereits ähnliche Gedanken gemacht zu haben, doch es nun aus seinem Mund bestätigt zu hören, trieb ihr unaufhaltsam die Tränen in die Augen. Schweigend und mit fest aufeinandergepressten Lippen durchquerte sie den Raum und schlüpfte zurück in das abgedunkelte Schlafgemach. Raven machte keinerlei Anstalten, ihr zu folgen, und so schloss sie die Tür und lehnte sich rücklings dagegen.

Brendan musste sie gehört haben, denn seine fiebrig glänzenden Augen öffneten sich ein wenig. Zitternd streckte er die Hand nach ihr aus. Sionnach sank kraftlos neben ihn auf die Bettkante und war nicht imstande ihn anzusehen. Wenn Raven es nicht länger verantworten konnte, ihnen Unterschlupf zu gewähren, würde Brendan sterben. Ihre Finger verkreuzten sich niedergeschmettert mit seinen, doch der sonst so tröstliche Druck seiner mit unzähligen Narben übersäten Hand blieb aus. Sie begann lautlos zu weinen.

»Sionnach ... du bist da«, presste er mühsam hervor. Sein Atem ging schwer. Dennoch glitt ein Lächeln über sein wächsernes Gesicht. »Wo sind wir?«

»In Sicherheit«, antwortete sie leise und wischte sich eilig die Tränen von der Wange, um ihren Kummer vor ihm zu verbergen.

»Master Marcus ...«, murmelte Brendan, »... ist er hier?«

»Nein«, erwiderte Sionnach und hauchte ihm einen Kuss auf die heiße Stirn, »sei ganz beruhigt. Er kann dir nichts mehr antun.«

»Wäre er hier gewesen, hätte wohl eher er Grund gehabt, sich zu fürchten«, entgegnete Brendan matt und schloss erschöpft die Augen.

Sionnach musste wider Willen lachen. »Du bist ein rachsüchtiger Dummkopf, Brendan Ian MacDonell. Bevor du in der Lage bist, irgendjemandes Blut zu vergießen, musst du erst einmal wieder sicher auf deinen Beinen stehen können.« Behutsam bettete sie seinen Kopf in ihrer Ellenbeuge und ließ ihn ein paar Schluck Wasser trinken. »Wenn du im Übrigen solche Sehnsucht nach deinem Schwert hast, solltest du jetzt besser schlafen, damit du so schnell wie möglich wieder zu Kräften kommst.«

»Aye, Ma´am«, stöhnte er und sank zurück in seine Kissen. Bereits einen Atemzug später schlief er wieder tief und fest.

Sionnach unterdrückte ein Gähnen und spürte, wie auch sie von bleierner Müdigkeit übermannt wurde. Die fortwährende Wachsamkeit der letzten Tage hatte sie mehr Energie gekostet, als sie bereit war zuzugeben. Da sie nicht damit rechnete, dass Raven in nächster Zeit ihre Dienste in Anspruch nehmen würde, schlüpfte auch sie aus ihren Schuhen und ließ sich neben Brendan auf das breite Bett fallen. Vorsichtig darauf bedacht, ihn nicht versehentlich zu berühren, zog sie die Knie an.

»Nur ein paar Minuten«, murmelte sie matt und gab den Widerstand gegen die Schwere ihrer Lider auf.

20

Georg konnte nicht unbedingt behaupten, dass das spannungsgeladene Gespräch mit Raven tatsächlich sein schlechtes Gewissen geweckt hatte. Nichtsdestotrotz war er ins Grübeln gekommen. Seit er seinem Bruder den überwiegenden Teil der Inspektionsreisen überlassen hatte, fehlte es ihm eindeutig an Kontrolle. Bislang hatte er sich mehr oder weniger blind auf Raven verlassen können und ihm so manches Mal seine mangelnde Gewissenhaftigkeit nachgesehen, denn sein ungeschliffenes und oftmals etwas raues Verhalten hatte ihm bei den Pächtern der Umgebung ein nicht zu unterschätzendes Maß an Sympathie eingebracht. Wenn auch nur widerstrebend, so ließen sie ihn doch die Gelder eintreiben, die sie ihrem Lehnsherrn in regelmäßigen Abständen schuldeten und gewährten ihm hin und wieder sogar einen Einblick in die wohlgehüteten Abrechnungsbücher.

Den Steinbrüchen einen Besuch abzustatten, gehörte hingegen nicht zu Ravens Aufgabenbereich. Dass er es dennoch getan hatte, versetzte Georg wahrhaftig in Erstaunen, denn ein derartiger Pflichteifer zählte beileibe nicht zu den primären Eigenschaften seines Halbbruders. Einem Gefühl folgend beschloss er, Ravens Beschuldigungen dem Aufseher gegenüber zu überprüfen.

Er hatte Marcus in seine Dienste genommen, weil er ihn für einen fähigen und durchsetzungsvermögenden Mann hielt. Natürlich erforderte die Aufrechterhaltung von Ordnung und Disziplin innerhalb der Steinbrüche einen gewissen Grad an Härte, was auch die gelegentliche Bestrafung von mehr oder minder schweren Vergehen einschloss. Bei aller Nachsicht durfte man nicht vergessen, dass es sich bei den dort arbeitenden Männern ausschließlich um skrupellose Gesetzesbrecher handelte, die dem Strang nur entgangen waren, weil er, Georg, sich ihrer angenommen hatte. Wenn sie sich gefügig und lenkbar zeigten, erhielten sie die einmalige Chance, weiterleben zu dürfen. Dass es keineswegs seiner Hochherzigkeit sondern schlichtem Eigennutz zuzuschreiben war, fiel für Georg nicht ins Gewicht. In diesem Fall heiligte der Zweck für ihn absolut ausreichend die Mittel.

Erneut ließ er sich Ravens Worte durch den Kopf gehen. Wenngleich die Beweggründe seines jüngeren Bruders, ihn auf die Missstände hinzuweisen, auch einen anderen Anlass gehabt haben mochten, waren sie aus rein wirtschaftlicher Sicht durchaus angebracht. Der Prokopfpreis für die Männer, die Georg mehrmals im Jahr als Arbeitskräfte durch Kenneth Walden aus diversen kleineren Gefängnissen Schottlands freikaufen ließ, lag längst nicht so hoch wie der des transatlantischen Sklavenhandels. Doch auch die von ihm gewählte Alternative war alles andere als billig. Demnach war Ravens Einwand unbestritten, ihnen eine vernünftige Versorgung angedeihen zu lassen, um ihre Gesundheit und folglich ihre Funktion so lange wie möglich zu erhalten. Ungeduldig läutete er nach einem Diener und trug ihm auf, dass er unverzüglich seinen Kämmerer zu sehen wünschte.

Eine gute Viertelstunde später betrat Kenneth Walden katzbuckelnd das Studierzimmer seines jungen Herrn.

»Ihr habt nach mir verlangt, Mylord?«

Georg musterte den beleibten Kämmerer, dessen aufgedunsenes Gesicht vor Anstrengung stark gerötet war, mit unverhohlener Verachtung. Schweigend schaute er dabei zu, wie Walden in seiner Hose nach einem Taschentuch suchte und sich dann schnaufend den Schweiß von der Stirn tupfte. Hinsichtlich Waldens unübersehbarer körperlicher Schwäche verzog er angewidert das Gesicht. Wenn Georg eins nicht leiden konnte, waren es Menschen, die sich auf diese oder eine andere Weise gehen ließen.

»Sagt, fehlt es Euch zufällig an Arbeit, Walden?«, fragte er und lehnte sich in seinem Stuhl zurück, während seine Fingerkuppen unablässig auf die glatt polierte Holzfläche seines Schreibtisches pochten.

Der Kämmerer wirkte verunsichert. »Ich bitte um Vergebung, Mylord, aber ich fürchte, ich versteh nicht ganz, worauf Ihr hinauswollt ...«

Georgs Oberlippe zuckte verächtlich. »Habt Ihr Euch in letzter Zeit mal betrachtet? Wenn nicht, solltet Ihr es dringend in Erwägung ziehen. Ihr seid ein feister Sack geworden, dessen einzige Beschäftigung zweifellos darin besteht, sich den Wanst vollzustopfen. Diszipliniert Euch gefälligst, wenn Ihr Eure Anstellung behalten wollt!«

Georgs Worte schienen ihre Wirkung nicht zu verfehlen, denn Walden schrumpfte merklich in sich zusammen, was seinen dicklichen Hals noch um ein Vielfaches kürzer erscheinen ließ, als er ohnehin schon war.

»Es lag nicht in meiner Absicht, mit meinem Erscheinungsbild Missfallen bei Euch zu erregen, Mylord«, würgte er zutiefst gedemütigt hervor und wollte mit hängendem Kopf den Rückzug antreten, doch Georg hielt ihn zurück.

»Habe ich Euch in irgendeiner Weise zu verstehen gegeben, dass Ihr Euch entfernen dürft?«, erkundigte er sich mit einem süffisanten Lächeln, was Walden dazu veranlasste, abrupt innezuhalten.

»Nein, Mylord. Ich dachte nur – «

»Unterlasst für eine Weile das Denken, und hört mir zu«, unterbrach er seinen Kämmerer unwirsch und genoss dessen unterwürfige Haltung in vollen Zügen. »Ich benötige umgehend eine detaillierte Aufstellung der laufenden Kosten, die innerhalb der Steinbrüche entstehen, sowie eine möglichst genaue Berechnung der Ausgaben, die man aufbieten müsste, um die Unterkünfte der Arbeiter auf Vordermann zu bringen und etwaige Neuerungen überdenken zu können. Ach, und ...«, er hielt kurz inne, als müsse er seine Entscheidung nochmals überdenken, »... lasst nach dem Viscount schicken.«

Die Abenddämmerung färbte den Himmel entlang des Hadrianswalls purpurrot und verwandelte die umbrische Landschaft in ein atemberaubendes Schauspiel aus Magie. Bäume und Felsen, umgeben von flutendem Licht, warfen ihre dunklen Schatten auf die dicht mit saftigen Grasbüscheln bedeckte Erde und schienen wundersame, der Phantasie entsprungene Gestalten hervorzubringen.

Raven lehnte regungslos im Türrahmen seines im warmen Schein des Zwielichts liegenden Schlafgemachs und betrachtete die beiden Gestalten, die auf seinem sauber bezogenen Bett lagen und in friedlicher Vertrautheit nebeneinander schliefen.

Wenn man sie so anschaut, dachte er, kann man nur schwer glauben, dass es sich tatsächlich um Geschwister handelt. Sie könnten unterschiedlicher nicht sein. Die eine rot- der andere schwarzhaarig; eine schlank und zierlich, der andere groß und breitschultrig wie ein Schrank. Einzig ihre Augen gleichen sich wie ein Ei dem anderen ...

Ungewollt fühlte Raven Eifersucht in sich aufsteigen. Am liebsten hätte er den verwundeten Schotten aus dem Bett gestoßen, um dessen Platz neben Sionnach einzunehmen. Im Laufe der vergangenen Tage hatte er jedoch begriffen, dass er bei ihr genau das Gegenteil erreichte, sobald er sich Brendan gegenüber ablehnend verhielt. Schon längst bereute er die Aussage, die ihm vor ein paar Stunden über die Lippen gegangen war, denn sie hatte bewirkt, dass Sionnach sich erneut vor ihm zurückgezogen hatte. Lautlos trat er ans Bett und beugte sich zu ihr herab. Er wagte kaum zu atmen, da er befürchtete, sie zu wecken. Und doch wünschte er sich nichts mehr, als dass sie die Augen aufschlug und ihn ansah. Sein Herz klopfte zum Zerbersten. Der Drang, sie zu berühren und ihre Wärme auf seiner Haut zu spüren, wuchs mit jedem Zentimeter, den er sich ihr näherte. Eine Welle nie gekannter Empfindungen rauschte durch jeden Winkel seines Körpers und ließ einen Entschluss in ihm reifen, der sein Leben vermutlich für allezeit verändern würde. Trotzdem ging er ihm nicht aus dem Kopf, nahm mehr und mehr Gestalt an. Ein einziges Mal noch war er gewillt, Georg zu gehorchen und seinem Befehl nachzukommen. Danach aber, das schwor er sich bis zum Grund seiner unsterblichen Seele, würde er der Vergangenheit und Fitheach Creag ohne eine Spur von Bedauern für alle Zeiten den Rücken kehren.

21

Ein sachtes Rütteln an der Schulter und die unerwartete Helligkeit einer brennenden Kerze entriss Sionnach ihren Träumen. Schlaftrunken blinzelte sie in den sanften Schein einer durch den Windzug der Bewegung flackernden Flamme und richtete sich alarmiert auf.

»Kein Grund zur Beunruhigung«, hörte sie die beschwichtigende Stimme eines Mannes sagen und benötigte einen Moment, um zu realisieren, um wen es sich handelte. »Ich bin´s – Sebastian.«

»Sebastian? Oh, Gott, hast du mich erschreckt!« Noch leicht zitternd legte sie sich die Hand auf ihre Brust, als müsse sie ihre Atmung kontrollieren. »Ich bin wohl eingenickt.«

»Eingenickt ist gut«, grinste Sebastian und bedeutete Sionnach mit einem Kopfnicken, aus dem Fenster zu sehen. Sie folgte seinem Blick und stellte bestürzt fest, dass es bereits stockdunkel war.

»Warum, um Himmelswillen, hat mich denn niemand geweckt?«, fragte sie vorwurfsvoll und strich hastig ihr zerknittertes Dienstbotenkleid glatt.

»Bevor Raven fortgeritten ist, habe ich ihm schwören müssen, dass ich dich schlafen lasse. Hätte ich es nicht getan, würde mir wohl zum ersten Mal, seit ich ihm diene, von seiner Hand Prügel drohen«, verteidigte Sebastian sich.

»Fortgeritten, sagst du? Wohin?«, stutzte Sionnach und spürte, wie ein ungutes Gefühl sie beschlich.

Sebastian zuckte die Achseln. »Ich weiß es nicht. Nachdem er sein Vorhaben heute Morgen gründlich verpatzt hat, musste er am Nachmittag zu einer weiteren Audienz beim Duke antreten. Als er zurückkam, war er ziemlich wortkarg. Er hat ein paar Sachen zusammengepackt und verschwand dann binnen einer halben Stunde ohne jede Erklärung.«

In Sionnach erwachte Misstrauen. »Und warum hat er dich nicht mitgenommen? Du begleitest ihn doch sonst, wohin auch immer er geht.«

»Wenn schon nicht der Herr, dann sollte zumindest sein Schatten auf dich achtgeben, oder?«, entgegnete Sebastian selbstironisch.

»Dann wirst du dich auf einiges einstellen müssen.« Sionnach sah auf den unter Schüttelfrost leidenden Brendan herab, dessen Finger sich verkrampft um die Zipfel der Bettdecke geschlossen hatten. »Wie es aussieht, steigt das Fieber wieder. Ich werde neue Kräuter brauchen.«

Sebastian stöhnte hörbar auf und machte keinen Hehl daraus, dass ihm dieser Gedanke ganz und gar nicht gefiel.

»Beruhige dich. Dieses Mal werde ich gehen«, entschied Sionnach.

»Das wirst du schön bleiben lassen«, sagte Sebastian. »Raven würde mich nicht nur schlagen, sondern umbringen, wenn ich es zuließe.«

»Du wirst es in Kauf nehmen müssen. Das Kraut, das ich benötige, kenne ich nicht mit Namen. Ich weiß lediglich, wie es riecht, und das kann ich dir schwerlich beschreiben.«

»Dann begleite ich dich.«

Sionnach schüttelte den Kopf. »Zu auffällig. Wenn sie uns beide erwischen, ist niemand mehr da, der für Brendan sorgen könnte.« Sie schlüpfte in ihre Schuhe. »Versuch ihm Wasser einzuflößen, sobald er aufwacht. Ich verspreche, mich zu beeilen.« Noch ehe Sebastian etwas erwidern konnte, war sie aus dem Zimmer hinaus auf den Korridor gehuscht und verschwand im Gewirr der spärlich beleuchteten Gänge.

Sich trotz Sebastians Beschreibung nicht ganz sicher, wo genau der Hofarzt seine Praxis unterhielt, drückte Sionnach schließlich die Klinke einer Tür hinunter, hinter der es fast schon penetrant nach Baldrian roch, und hatte Glück.

Ähnlich wie im Studierzimmer des Dukes standen auch hier eine Vielzahl Regale, die bis unter die Decke mit Büchern, Holzkästen, Fläschchen und Gläsern jeder Größe und jedes Umfangs sowie diversen Instrumenten zur Behandlung von Patienten gefüllt worden waren. Ein intensives Duftgemisch mannigfaltigster Kräuter und Essenzen wirkte auf Sionnachs Sinne ein und ließ sie ihre Hoffnung begraben, dass es ein Leichtes wäre, rasch fündig zu werden. Seufzend machte sie sich daran, die einzelnen Kästen hervorzuziehen, in denen der Arzt, fein säuberlich sortiert und beschriftet, seine getrockneten Heilpflanzen verwahrte. Den überwiegenden Teil erkannte sie auf Anhieb und wusste, wozu man sie benötigte und wie man sie verwendete. Nur allzu oft hatte sie ihrer Mutter dabei helfen müssen, die Verletzungen der auf ihren Raubzügen verwundeten Männer des Dorfes zu behandeln, so dass ihr die Handhabung und der Einsatz verschiedenster Arzneien von Kindesbeinen an in Fleisch und Blut übergegangen war. Ihre Augen flogen suchend über die Lagerbestände, und abermals verfluchte sie ihre Unfähigkeit zu lesen.

»Ruhig Blut, Sionnach«, sprach sie sich selber Mut zu, »vertraue einfach deinen Sinnen.« Sie beugte sich ein wenig herab, schloss die Augen und ging Regal für Regal ab. Manche der Pflanzen zerrieb sie vorsichtig zwischen Daumen und Zeigefinger, bis ihr schließlich der Geruch in die Nase stieg, den sie suchte. In Ermangelung eines Gefäßes verstaute sie einen kleinen Vorrat der Kräuter sowie einige sauber aufgerollte Binden in ihrer Schürze. Ein leises Gebet der Reue murmelnd, raffte sie den Stoff wie einen Beutel zusammen und eilte zur Tür hinaus, wo sich ihr jedoch im selben Moment ein hagerer Mann in den Weg stellte. Hastig wollte sie sich unter ihm hindurchducken und flüchten, aber er bekam sie am Zopf zu packen.

»Was, zum Teufel, hast du in meiner Praxis zu suchen?«, herrschte er sie unfreundlich an und zerrte sie ungehalten auf den beleuchteten Korridor.

Sionnach spürte Panik in sich aufsteigen, doch sie zwang sich zur Ruhe.

»Ich habe nach Euch gesucht, Sir. Da ich Euch nicht fand, entschloss ich mich, wieder zu gehen.«

Der Arzt beäugte sie kritisch. »Wer schickte dich? Sprich, Mädchen!«

»Mein Herr, der Viscount«, spekulierte Sionnach auf die Unwissenheit des Mannes, dass Raven Fitheach Creag bereits am Nachmittag verlassen hatte.

»Der Viscount?«, argwöhnte der Arzt. »Und was wünscht dein Herr von mir?«

»Er fühlt sich nicht besonders wohl und bat mich, Euch um Rat zu fragen«, log sie.

»Tatsächlich? Nun, als ich ihm heute Morgen vor den Gemächern des Dukes begegnete, strotzte er vor Kraft, und es schien ihm blendend zu gehen. Was, frage ich mich, könnte seiner Gesundheit derart rasch abträglich gewesen sein?«

»Er leidet unter üblen Magenschmerzen, Sir«, spann Sionnach ihr Lügennetz weiter. »Wahrscheinlich hat er etwas Verdorbenes gegessen. Er ist schrecklich grün um die Nase und kommt gar nicht mehr vom Topf runter. Wenn das so weitergeht, habe ich mir bis heute Abend die Füße wundgelaufen.« Sie rang sich ein Lächeln ab.

»Wenn es so dringend ist, wie du behauptest, warum hast du nicht auf meine Rückkehr gewartet?«

»Ich hatte Angst, dass er mich bestraft, wenn ich zu lange fort bin.« Die Beharrlichkeit des Arztes trieb Sionnach den Schweiß auf die Stirn. Doch ihre letzte Erklärung schien ihm offenbar plausibel genug. Er löste seinen Griff und schritt nachdenklich die Regale ab.

»Magenschmerzen, sagst du?« Sein Blick glitt über die Vielzahl der Gefäße. »Dann gebe ich dir am besten ein Pulver gegen Durchfall. Misch dreimal täglich einen halben Teelöffel davon mit Wasser und lass deinen Herrn davon trinken. Und achte darauf, dass er möglichst leicht verdauliche Kost zu sich nimmt und vor allem – seinen Alkoholgenuss in Maßen hält!«

Er überreichte Sionnach ein Beutelchen, und sie ließ es in ihrer gerafften Schürze verschwinden.

»Danke, Sir. Ich danke Euch vielmals.« Aufatmend wirbelte sie herum und prallte unversehens gegen den fetten Leib Kenneth

Waldens. Durch die Wucht des Zusammenstoßes entglitt der Stoff der Schürze, ihren Händen. Das Arzneisäckchen kullerte zwischen den Beinen des Kämmerers hindurch, und die bislang verborgen gebliebenen Binden und Kräuter trudelten nacheinander vor seine Füße. Hastig beugte sie sich herab und wollte ihr wertvolle Beute auflesen.

Der Arzt sah irritiert auf die am Boden verstreuten Pflanzen und schließlich auf Sionnach.

»Deshalb also hattest du es dermaßen eilig. Du hast mich bestohlen, du vermaledeites Frauenzimmer!«, brauste er verärgert auf. »Der Viscount hat es am Magen, wie? Na, warte, dir werde ich helfen!« Er langte nach Sionnach, aber Walden war schneller und trat schützend vor sie.

»Nun regt Euch mal wieder ab, Beckett. Wegen ein paar vertrockneter Grasbüschel ein solches Aufheben zu machen, steht nun wirklich in keinem Verhältnis.«

Der Arzt glotzte den Kämmerer verständnislos an. »Euer Verständnis von Moral ist geradezu erschreckend, Mr. Walden. Die kleine Schlange hat mich belogen und bestohlen! Da ist es ja wohl unerheblich, in welcher Größenordnung sich das Diebesgut bewegt. Und nun geht mir aus dem Weg, damit ich diesen unverfrorenen Langfinger zum Duke bringen kann.«

Erneut versuchte er, Sionnachs habhaft zu werden, doch auch jetzt wusste der Kämmerer es zu verhindern.

»Wenn Ihr gestattet, Mr. Beckett, würde ich diesen wahrhaft unangenehmen Gang gern für Euch übernehmen, da auch ich noch ein Hühnchen mit der jungen Dame zu rupfen habe.« Er packte Sionnach beim Kragen und zog sie grob auf die Beine. »Ihr wisst ja, wie unleidlich Seine Hoheit werden kann, wenn man ihn mit solch nichtigen Belangen stört.«

»Wohl war«, knurrte der Arzt, und sein Zorn flaute allmählich ab. »Manchmal wünschte ich, ich hätte mich in der kleinen Praxis eines beschaulichen Dorfes irgendwo auf dem Land niedergelassen statt mich tagtäglich den Zipperlein und der wechselhaften Laune des englischen Adels aussetzen zu müssen. Aber die Zeiten sind schlecht, und den Leuten fehlt es an Geld, um unsereins zu bezahlen. Wenn man nicht wie sie am

Hungertuch nagen will, muss man halt in den sauren Apfel beißen und fortwährend gegen die ermüdend langweiligen Folgeerscheinungen dekadenter Lebensweise ankämpfen.«

»Tja, so hat jeder von uns eben sein Päckchen zu tragen«, sagte Walden gleichmütig. »Nun denn - ich wünsche eine gute Nacht, Mr. Beckett.«

Der Arzt erwiderte den Gruß und verschwand in seiner Praxis. Sowie die Tür sich hinter ihm geschlossen hatte, versetzte Walden Sionnach einen Stoß und schob sie den Gang entlang. Doch bereits hinter der nächsten Ecke wich sein eiliges Bemühen, den Duke aufzusuchen, einer Bedrohlichkeit, die sie als nicht weniger Furcht einflößend empfand. Mit enormer Kraft wirbelte er sie herum und drückte sie mit seinem voluminösen Körper hart gegen die Wand.

»Endlich findet sich die Gelegenheit, uns wieder mal ein bisschen miteinander zu beschäftigen«, sagte er gedämpft und musterte zufrieden Sionnachs von Bangigkeit gezeichnetes Gesicht. Seine linke Hand strich verlangend über ihre Taille. »Und dieses Mal wirst du mir nicht entwischen, kleine Wildkatze.« Sein Mund senkte sich auf ihren Hals herab und bedeckte ihn mit derben Küssen. Sionnach wehrte sich nicht. »Du bist also im Auftrag des Viscount unterwegs«, bemerkte Walden und wanderte weiter zu der Mulde unterhalb ihrer Kehle. »Wie überaus bedauerlich, deinen armen Herrn krank zu wissen, vor allem, wo er in Verbindung mit der Revolte in den Steinbrüchen die Burg schon vor Stunden verlassen hat. Folglich stellt sich mir die Frage, für wen sonst du das Risiko auf dich genommen hast, heimlich unseren ehrenwerten Mr. Beckett zu bestehlen. Sicher nicht bloß für ein leidendes Kätzchen.«

Sionnach horchte überrascht auf. »Es gab einen Aufstand?«

»In der Tat, ja«, grunzte Walden. Seine fetten Finger umfassten mit anschwellender Lüsternheit ihre Gesäßbacken. »Es gab einen unerfreulichen Zwischenfall, aufgrund dessen die Mehrzahl der Gefangenen glaubte, sich auflehnen zu müssen. In den darauffolgenden Wirren konnten einige von ihnen entkommen. Aber wenn man den Gerüchten Glauben schenken darf, lässt der Duke bereits Jagd auf sie machen. Demnach gibt es keinen

Grund, sich zu ängstigen, meine rassige Stute. Es wird keinem von ihnen gelingen, ein Versteck zu finden, dass die Bluthunde des Dukes nicht aufspüren. Es sei denn ...« Er unterbrach seine Zudringlichkeiten mit beunruhigender Plötzlichkeit und visierte Sionnach mit scharfem Blick.

»Für wen brauchst du die Kräuter?«

»Für ... für Sebastian, den Leibdiener Seiner Lordschaft«, stammelte sie nervös.

»Dieser vorlaute Stiefelknecht? Der Viscount geht nie ohne ihn. Da musst du dir schon eine bessere Ausrede einfallen lassen.« Waldens Augen formten sich zu schmalen Schlitzen, als wäre ihm soeben ein Gedanke gekommen. »Bei einem der Flüchtigen soll es sich um einen Schotten handeln. Wäre es wohl des Zufalls zu viel, wenn ich die Vermutung anstelle, dass dein krimineller Bruder es bis hierher geschafft hat und du die unglaubliche Dreistigkeit besitzt, ihm direkt unter den Augen deines Herrn Unterschlupf zu gewähren?«

Sionnach schüttelte energisch den Kopf, doch der Kämmerer blieb misstrauisch.

»Hatte ich dir nicht versprochen, dass du deinen Bruder besuchen darfst? Da er sich, wie du behauptest, nicht in deiner Obhut befindet, wie wäre es, wenn ich mein Versprechen heute einlöse? Allerdings müsstest du mir dann noch erheblich mehr guten Willen zeigen.« Er grinste dümmlich, nestelte an seinem Hosenlatz herum und fing an, die Schnüre zu öffnen. Bereits in einsatzbereitem Zustand sprang sein Phallus heraus. Walden wollte nach Sionnachs Hand greifen, um sie dazu zu animieren, ihn zu berühren. Verschreckt und gleichsam angewidert riss sie sich los und rammte dabei unabsichtlich mit ihrem Ellbogen gegen sein Kinn. Waldens Kiefer gab ein ungesundes Knirschen von sich, und er jaulte schrill auf.

»Verfluchte Hexe! Das wirst du mir büßen!«, schrie er. Er packte sie und schlug ihr so oft mit dem Handrücken ins Gesicht, bis sie wimmernd zu Boden sank.

Unfähig, sich seinem Zugriff zu entziehen, musste sie zulassen, dass er ihr das Kleid bis zu den Hüften hinaufschob und sich mit weiteren, wüsten Beschimpfungen über sie rollte. Sie stöhnte unter seinem Gewicht auf und fühlte, wie er sich suchend zwischen ihren gewaltsam auseinandergedrückten Schenkel bewegte.

»Du hättest es auch anders haben können als auf den kalten Steinen«, keuchte er brünstig, »aber augenscheinlich entspricht es deiner Vorliebe, dich in möglichst unbequeme Situationen zu manövrieren.«

»Bitte, bitte, lasst mich gehen, Sir!«, bettelte sie, als er mit einem frivolen Lächeln zum Stoß ansetzte. Doch bevor er dazu kam, wich seine selbstgefällige Miene einem überraschten Ausdruck, und er sackte mit verdrehten Augen über ihr zusammen.

Für einen Moment glaubte Sionnach, unter dem schweren Leib des reglosen Kämmerers ersticken zu müssen und versuchte verzweifelt, unter ihm hervorzukriechen, aber es fehlte ihr an Kraft.

»Warte kurz, ich hol dich da raus«, hörte sie plötzlich Sebastians Stimme und sah sein sommersprossiges Gesicht über sich auftauchen.

Tatsächlich dauerte es nicht lange, und Walden lag mit schlaffen Gliedern und weit geöffnetem Hosenschlitz wie ein Käfer auf dem Rücken. Sebastian half Sionnach auf die Beine.

»Geht es dir gut?«

Sionnach zog rasch ihr Kleid herunter, nickte stumm und blickte beschämt zu Boden.

»Die Frage, was er von dir wollte, erübrigt sich ja wohl«, äußerte Sebastian verdrießlich und spuckte mit zornig gerunzelter Stirn neben dem ohnmächtigen Kämmerer aus. Besorgt legte er seinen Arm um ihre Schultern und führte sie rasch vom Ort des Geschehens fort.

»Hat er dich schon öfter bedrängt?« Wieder nickte Sionnach nur. »Weiß Raven davon?«

»Nein!«, entfuhr es ihr eine Spur zu hastig. »Und er braucht es auch nicht zu erfahren.«

Sebastian hob beschwichtigend die Hände. »An mir soll's nicht liegen. Wenn es nötig ist, kann ich schweigen wie ein Grab.«

Ohne ein weiteres Wort miteinander zu wechseln, schlugen sie den Weg zu Ravens Gemächern ein, wo Sionnach sich erschöpft neben Brendan setzte. Das durch die Entbehrungen und Misshandlungen schmal gewordene Gesicht des jungen Schotten war noch immer fiebrig gerötet, seine fahlen Lippen rissig.

»Er wird sterben, und ich kann nichts dagegen tun«, murmelte sie und konnte ihre aufsteigenden Tränen nicht zurückhalten. »Ich bringe euch alle nur in Gefahr.«

»Was redest du denn da? Das ist doch Unsinn«, sagte Sebastian und setzte sich zu ihr.

»Ist es nicht«, widersprach sie schluchzend. »Sie haben mich erwischt, Sebastian.«

»Wer? Walden?«

»Und der Arzt«, nickte Sionnach. »Ich habe sie angelogen und erzählt, dass es Raven nicht gutgeht, aber Mr. Walden wusste schon darüber Bescheid, dass er nicht da ist. Er erzählte mir von einem Aufstand im Steinbruch, um den Raven sich zu kümmern hätte und dass eine Handvoll Männer geflohen wäre – unter ihnen auch ein Schotte.« Sie wischte sich verzagt über ihre tränennassen Wangen. »Bevor Raven mir half, Brendan zu befreien, hat Mr. Walden mir einen Handel vorgeschlagen und mir angeboten, ihn besuchen zu dürfen. Gott möge mir vergeben, aber ich war bereit, ihm weit mehr zu geben als meine Unschuld. Ich hätte ihm meine Seele verkauft, um Brendan da rauszuholen.«

»Und als du dieses Mal nicht auf seine Annäherungsversuche eingegangen bist, hat er eins und eins zusammengezählt und ist zu dem Schluss gekommen, dass es sich bei dem entflohenen Schotten um deinen Bruder handelt«, folgerte Sebastian mit einem zunehmend unguten Gefühl.

»Er ahnt, dass ich Brendan auf der Burg versteckt halte. Sie werden nach ihm suchen, Sebastian. Und sie werden ihn finden.« Mutlos hielt sie die Hand ihres Bruders umklammert. »Was soll ich denn jetzt bloß tun?«

»Abwarten und die Hoffnung nicht verlieren, Liebes, auch wenn es dir in Anbetracht des vorherrschenden Sachverhalts schwerfällt. In ein paar Tagen wird Raven wieder zurück sein. Bis dahin müssen wir einfach durchhalten und möglichst unauffällig auftreten. Das dürfte uns ja von Haus aus ein Leichtes sein. Als ergebene Diener im Schatten unserer Herren ist das schließlich unser täglich Brot so wie Unauffälligkeit unser zweiter Vorname.«

Er zwinkerte ihr aufmunternd zu. »Und jetzt hör auf zu weinen und lass uns sehen, was wir ohne Medizin für deinen Bruder tun können.«

22

Wie ein trutziges Wahrzeichen seiner ungebrochenen Stärke ragte der sechs Stockwerke hohe Turm von Invergarry Castle in den grau verhangenen Himmel des herbstlichen Great Glen. Es hatte fast den Anschein, als wollte er beweisen, dass niemand es jemals wieder schaffen würde, ihn zu zerstören, und seine Bewohner schienen ihn darin unterstützen zu wollen. Trotz des andauernden Regens ließ man sich nicht von dringenden erforderlichen Bauarbeiten abhalten, die die Wehrfähigkeit der Burg aufrechterhielten.

In Begleitung eines jungen Mannes betrat Ewan MacDonell den schlammigen Innenhof und schüttelte die Feuchtigkeit von seinem Plaid. Einer Gewohnheit folgend schweifte sein Blick über das graue Gemäuer, das nicht nur Vertrautheit weckte. Im Jahre des Herrn 1645 war er innerhalb dieser Mauern geboren worden und hatte einen Teil seiner Kindheit auf Invergarry Castle verbracht. Doch von Unbeschwertheit hatte Ewan nur träumen können, denn die ständigen Unruhen durch den von Cromwell geführten Bürgerkrieg verschonten auch das Hochland nicht. Da er einem einflussreichen Zweig des mächtigen MacDonald-Clans angehörte, wuchs Ewan unter treuen, zumeist streng katholischen Anhängern König Charles I. auf. Die Konsequenzen ihres Gelöbnisses bekam er einige Jahre später in aller Deutlichkeit zu spüren, als Clanführer Lord Alexander Anea MacDonald seine Männer um sich scharte und sich den

Truppen des James Graham, I.Marquess of Montrose anschloss. Als Ewan neun Jahre alt war, führte die ungebrochene Treue des Clans zum Königshaus schließlich dazu, dass Cromwells Truppen Invergarry Castle infolge eines Rachefeldzugs in Brand steckten.
Selbst nachdem die dem verheerenden Feuer zum Opfer gefallene Burg wieder aufgebaut worden war, blieb die Erinnerung an sein lichterloh brennendes Zuhause, die Schreie der panisch auseinandergetriebenen Menschen und die grausam mordenden Soldaten tief in ihm verwurzelt und hatte in seinem Herzen eine Art von Hass gesät, die mit den Jahren unaufhörlich weiter gewachsen war und die er bis heute in sich trug.

Ewan atmete tief durch und versuchte, die dunklen Schatten seiner Vergangenheit hinter sich zu lassen. Doch es wollte ihm nicht gelingen, denn sie begann ihn erneut einzuholen. Aber dieses Mal war er nicht willens, das Schicksal hinzunehmen.

Trotz seiner Bindung an die Burg hatte er es vorgezogen, die Nacht in einem Gasthof des Dorfes zu verbringen, das nur wenige Meilen entfernt lag. Sein Verhältnis zum derzeitigen Clanführer war, wenn auch loyal, seit Jahren angespannt, und er wollte es auf keinen Fall überreizen. Die Sonne war erst vor einer guten Stunde aufgegangen, und Ewan hoffte inständig, dass er den Lord alleine antreffen würde. Nur allzu oft hielt James VII. sich seit seiner schmählichen Absetzung durch die Engländer an den Höfen schottischer Adeliger auf. Obschon es zweifellos eine große Ehre bedeutet hätte, verspürte Ewan nicht das geringste Bedürfnis, seinem Herrn im Beisein des Monarchen seine Bitte vorzutragen. Sein junger Begleiter schien sich gleichermaßen Gedanken zu machen. Beklommen und mit gesenktem Kopf schlich er neben ihm her, als schäme er sich für seine abgerissene Gestalt. Obwohl ihm nicht danach zumute war, lächelte Ewan und klopfte dem Burschen beruhigend auf die Schulter.

»Alles in Ordnung mit dir?«

Der Junge hob den Kopf. »Ja, Sir«, antwortete er zaghaft. »Es ist nur, weil ... weil ich noch nie zuvor eine so große Burg von innen gesehen habe und dann auch noch einem leibhaftigen

Lord gegenübertreten werde.«

»Er wird dich schon nicht fressen«, erwiderte Ewan. »In Bezug auf mich habe ich da schon eher Bedenken.«

»Weswegen solltet Ihr Euch Sorgen machen müssen? Ihr gehört zum Clan, und man hat Euch ungehindert passieren lassen.«

»Was mich aber nicht davor schützt, die Abneigung meines Herrn zu spüren zu bekommen«, erwiderte Ewan, und seine Miene verhärtete sich. Der junge Mann sah ihn fragend an, doch Ewan zog es vor, keine weiteren Erklärungen abzugeben.

Sie hatten den Burgsaal erreicht. Eine bis an die Zähne bewaffnete, vor der Tür postierte Wache erkundigte sich trotz martialischen Aussehens höflich nach ihrem Begehr. Nachdem Ewan ihm in zwei knappen Sätzen den Sachverhalt geschildert hatte, verschwand der Wächter im Inneren des Saals, erschien jedoch schon einen Moment später wieder und bedeutete ihnen mit einem Nicken einzutreten.

Ewan war froh, dass er sein Plaid nicht abgelegt hatte. Zu dieser Jahreszeit wurde der riesige Kamin nur zu festlichen Anlässen oder an langen Gerichtstagen beheizt. Die vorherrschende Temperatur innerhalb des länglichen Saals ließ daher arg zu wünschen übrig. Sein Blick schweifte beiläufig an den über dem Sims hängendenWappenschilder kleinerer Clans entlang, die unter dem Schutz der MacDonells standen. In ihrer Mitte prangte das ihnen an Größe weit überlegene Wappen der MacDonells – ein Rabe auf einem Fels. Auf den in vielen Schlössern und Burgen zu findenden Prunk hatte man hier fast gänzlich verzichtet, und auch die Möblierung fiel äußerst sparsam aus. Zweifellos gab der Clanführer der kostspieligen Unterstützung des gestürzten Monarchen weit mehr Vorrang als der Einrichtung seines Wohnsitzes.

Erwartungsvoll richtete Ewan sein Augenmerk auf den Mann, der am Kopfende eines gigantischen Tisches auf einer Art Thronsessel aus schwerem Ulmenholz saß und in aller Seelenruhe von einem mit Brot und Käsestücken gefüllten Teller aß. Erleichtert stellte er fest, dass es sich gelohnt hatte, derart früh aufzustehen. Wie erhofft, war der Lord allein. Einzig zwei riesige struppige Hunde, die ihm zu Füßen lagen und darauf zu warten schienen, dass etwas vom Tisch ihres Herrn fiel, leisteten ihm Gesellschaft. Auch wenn es ihm alles andere als leichtfiel, harrte Ewan geduldig vor dem Chief aus, bis der endlich von seiner Mahlzeit aufsah und ihn ansprach.

»Werden deine Besuche jetzt zur Gewohnheit, Ewan? Glenfinnan liegt nicht gerade um die Ecke, und wenn ich mich recht entsinne, warst du doch erst kürzlich hier.«

Um Ewans Mundwinkel zuckte es verärgert, als er die unverkennbare Geringschätzung in der Stimme des Lords wahrnahm. Dennoch ließ er sich nichts anmerken und antwortete ruhig: »Das ist richtig, Mylord. Doch mein neuerliches Erscheinen hat einen durchaus triftigen Grund.«

»Ach, und welchen, wenn ich fragen darf? Hat dir dein Anteil am letzten Raubzug etwa nicht gereicht?« Ranald MacDonell lehnte sich bequem in seinem Stuhl zurück und faltete die Hände auf den Bauch. Ewan spürte den durchdringenden Blick, mit dem der Lord ihn musterte, nur allzu nachdrücklich.

»Es geht nicht um Geld, Mylord. Es geht um meine Kinder«, erklärte er zähneknirschend. Er hätte einiges dafür gegeben, den Clanchief nicht um Hilfe bitten zu müssen. Doch wie es aussah, würde er in diesem Fall alleine nichts ausrichten können.

»Tatsächlich?« Lord MacDonells Gesichtsausdruck veränderte sich unmerklich. »Nun, ich hörte bereits das ein oder andere über sie. Deine Tochter soll ja eine ausgesprochene Schönheit sein. Geht es um sie? Treibt sie sich gegen dein Verbot mit Männern herum?« Ein mokantes Lächeln spielte um seine Lippen. »Oder vielleicht um deinen Sohn? Wie heißt er gleich?«

»Brendan, Mylord.«

»Brendan - richtig. Ein geschickter Kämpfer mit großem Mut, wie mir zu Ohren kam. Und obendrein geht die Kunde, dass er jedem heiratsfähigen Mädchen von Isle of Mull bis Inverness den Kopf verdreht hat.«

»Es geht sowohl um ihn als auch um Sionnach, Mylord. Kurz nach unserem Überfall auf Campbell waren die beiden plötzlich wie vom Erdboden verschluckt. Wochenlang gab es nicht die geringste Spur von ihnen.«

»Und das ist nun der Grund, warum du mich schon so früh am Morgen behelligst und derart viel Staub aufwirbelst?«, beschwerte der Lord sich mürrisch und spießte mit der Spitze seines Dolches ein Stück Käse vom Teller auf. »Ich bitte dich, Ewan. In diesem Alter haben sie doch alle Flöhe im Hintern. Bei seinem Beliebtheitsgrad vögelt dein Junge sich wahrscheinlich gerade quer durchs Hochland und kann demnächst mit seinen dabei gezeugten Bastarden einen eigenen Clan gründen. Ganz der Großvater eben. Der Apfel fällt ja bekanntlich nicht weit vom Stamm, nicht wahr?« Er warf seinem Gegenüber einen vielsagenden Blick zu.

»Ich weiß, dass Ihr mir nicht besonders viel Sympathie entgegenbringt und meine Gegenwart alles andere als Glücksgefühle in Euch auslöst«, entgegnete Ewan, der seinen Unmut nur noch schwer unterdrücken konnte. »Dennoch habe ich Euch nach dem Tod meines Vaters ohne zu zögern den Eid geschworen und war Euch stets treu ergeben. Heute jedoch brauche ich Eure Hilfe, Mylord. Und wenn auch nicht für mich persönlich, dann tut es um des Blutes willen, das uns verbindet.«

MacDonell erwiderte nichts. Stattdessen wies er mit einem Ruck seines Kinns auf Ewans Begleiter.

»Wer ist er? Auch ein Abkömmling deiner Brut?«

Ewan schüttelte den Kopf. »Nein, Mylord. Ich fand den Jungen gestern ausgehungert und völlig erschöpft auf der Schwelle meines Hauses. Vor ein paar Monaten hat man ihn wegen eines unbedeutenden Vergehens verhaftet.«

»Ein Strafgefangener«, mutmaßte MacDonell.

»Ja und nein, Mylord«, entgegnete Ewan. »Bevor man ihn vor Gericht schuldig sprechen konnte, löste ein Unbekannter ihn aus und nahm ihn mit sich. Er erzählte mir, dass man ihn in einen Steinbruch nach Northumberland brachte und ihn dort unter schlimmsten Bedingungen zur Sklavenarbeit zwang. Vor ein paar Tagen konnte er fliehen und glaubt zu wissen, dass meine Kinder sich auf der Burg des Mannes befinden, der auch ihn verschleppen ließ.«

MacDonell betrachtete die schäbige Erscheinung des Jungen, der bis jetzt im Schatten hinter Ewan gestanden hatte, und runzelte die Stirn.

»Ein Zeuge also. Dann tritt mal vor und zeig dich, Junge. Besitzt du auch einen Namen?«

»Kenzie MacDuff, Mylord«, antwortete Kenzie mit zitternder Stimme und hielt seinen Kopf ehrerbietig gesenkt, während er sprach.

»Und du bist dir sicher, dass es sich bei den beiden, die du gesehen hast, um seine Sprösslinge handelt?« Er wies auf Ewan.

»Aye, Mylord, absolut sicher. Ob Brendan allerdings noch lebt, weiß ich nicht. Er wurde von den Aufsehern übel bestraft, weil er versucht hat zu flüchten. Wiedergesehen haben wir ihn nicht. Kurz danach tauchte dieses rothaarige Mädel mit dem Viscount im Steinbruch auf. Ich konnte hören, wie sie ihn darum bat, ihren Bruder nach Fitheach Creag zu bringen.«

In aller Kürze fasste er die übrigen Geschehnisse zusammen, und MacDonell hörte ihm bis zum Schluss aufmerksam zu, ohne ihn ein einziges Mal zu unterbrechen. Als Kenzie schließlich geendet hatte, richtete er sich in seinem Stuhl auf und beugte sich ein wenig vor.

»Du hast wirklich Schneid, mein Junge. Es gibt sicher nicht viele deines Alters, die sich vorab um das Wohlergehen eines Freundes und dann erst um das eigene gekümmert hätten. Dein Vater sollte verdammt stolz auf dich sein.«

Über Kenzies Gesicht huschte ein verlegenes Lächeln. Offensichtlich schien er es nicht gewohnt zu sein, dass man ihn lobte.

»Ich glaube kaum, dass es ihn interessiert, Mylord. Vermutlich wird er bloß wissen wollen, wo ich so lange war und warum ich ihm keinen Whiskey mitgebracht habe«, erwiderte er achselzuckend.

MacDonell tauschte einen Blick mit Ewan und wandte sich erneut an den Jungen. »Wie dem auch sei. Ich schätze, es spricht nichts dagegen, dass du dich in der Burgküche gründlich satt isst, bevor du dich auf den Weg nach Hause machst. Du wirst mir wohl rechtgeben, dass es auf die eine Stunde jetzt auch nicht mehr ankommt.«

Bei dem Gedanken an ein reichhaltiges Frühstück leuchteten Kenzies Augen auf, und er bedankte sich freudestrahlend bei dem Clanführer. Mit einer tiefen Verbeugung wollte er sich entfernen und hatte den Ausgang schon fast erreicht, als der Lord ihn zurückrief.

»Ach - MacDuff?«

»Mylord?«

»Wenn ich dich richtig verstanden habe, hast du einen Vater zu versorgen.« Kenzie nickte zögernd. »Weißt du, ich bräuchte dringend einen weiteren Stallburschen«, fuhr MacDonell fort. »Du suchst nicht zufällig nach Arbeit?«

»Ich ... ähm ... doch, ja, Mylord«, stammelte Kenzie verblüfft.

»Hervorragend! Dann nichts wie raus mit dir. Frag den Wächter nach dem Weg, und lass dir alles zeigen.«

Nachdem der perplexe und zutiefst dankbare Kenzie die Tür hinter sich geschlossen hatte, wandte MacDonell sich Ewan erneut zu.

»Northumberland ... ist die Gegend nicht im Besitz eines Sohnes von Charles II.?«, grübelte er. »Wenn es stimmt, was der Junge sagt, und deine Kinder tatsächlich dorthin verschleppt wurden, wird es alles andere als einfach, sie freizubekommen.«

»Es ist mir egal, wie viel Einfluss dieser Kerl aufzuweisen hat«, knurrte Ewan gereizt. »Wenn er Sklaven braucht, soll er sie sich gefälligst bei einem Händler kaufen.«

»Was er ja offenbar getan hat«, konterte MacDonell.

»Ich muss die beiden da rausholen! Bitte, Ihr müsst mir helfen, Mylord! Gebt mir ein paar Männer und die Erlaubnis, um die beiden zu befreien. Mehr will ich nicht.«

MacDonell lachte humorlos auf. »Du verlangst allen Ernstes von mir, die Sicherheit des gesamten Clans aufs Spiel zu setzen, um dem vagen Verdacht nachzugehen, dass deine Kinder sich – aus welchen Gründen auch immer - in der Hand eines Mitgliedes des englischen Königshauses befinden? Himmel, Ewan, ist dir eigentlich klar, dass du mit dem, was du vorhast, einen Krieg anzetteln könntest, und das in meinem Namen!? Mal angenommen, ich würde zustimmen – glaubst du wirklich, die Engländer würden einen Haufen wütender Schotten ungehindert zu einem Kontrollbesuch in eine ihrer Burgen reiten lassen?«

»Bei meiner Seele, Mylord, ich finde einen Weg hinein. Und wenn ich nicht mit Eurer Unterstützung rechnen kann, werde ich eben alleine gehen«, stieß Ewan hitzig hervor und drehte sich, ohne ein weiteres Wort zu verlieren, auf dem Absatz herum.

»Warte, verflucht nochmal!«, rief der Lord ihm nicht minder aufgebracht nach. »Jetzt bleib doch mal realistisch. Dein Plan ist absolut unausgegoren, und die Chance, seine Umsetzung zu überleben, ist verschwindend gering.«

Doch Ewan war fest entschlossen. »Es ist mir egal, was es mich kostet. Ich lasse meine Kinder für keinen Preis der Welt im Stich.«

»Du entwickelst dich zu einem ebensolchen Dickschädel, wie dein Vater es war«, sagte MacDonell und seufzte tief, bevor er fortfuhr zu sprechen. »Wahrscheinlich werde ich das, was ich jetzt tue, bitter bereuen«, er kratzte sich den Hinterkopf, »aber schon allein um diese gestelzten Engländern mitsamt ihren gepuderten Perücken nochmals nachdrücklich darauf hinzuweisen, dass man uns besser nicht reizen sollte, wenn man es friedlich wünscht - sei´s drum. Ich stelle dir fünf meiner besten Männer zu Verfügung. Nimm sie und suche deine Kinder. Und solltet ihr sie tatsächlich auf dieser Burg in Northumberland finden, hinterlasst ordentlich Kleinholz, damit der englische Adel einen Eindruck davon bekommt, was geschieht, wenn man versucht, uns Schotten zu knechten.«

23

Mit schmerzverzerrter Miene und einem lautlosen Fluch auf den Lippen presste Kenneth Walden einen mit kaltem Essig getränkten Lappen gegen die Wölbung seines Schädels, auf dessen Rückseite sich eine Beule von beachtlicher Größe zu bilden begann. Die durch den heftigen Schlag hervorgerufene Benommenheit hatte sich zwar halbwegs gelegt, doch in seinem Kopf brummte es ohne Unterlass wie in einem wildgewordenen Bienenstock. Begleitet von einem vernehmlichen Stöhnen ließ er sich auf dem Stuhl vor seinem Toilettentisch nieder.

»Kann ich Euch sonst noch auf irgendeine Weise behilflich sein, Sir?«

Waldens Blick richtete sich missmutig auf seinen nur mühsam ein Gähnen unterdrückenden Diener.

»Natürlich kannst du«, fuhr er ihn harsch an, »dafür bist du ja schließlich da.«

Um die Augen des Dieners zuckte es unmerklich. »Ich bitte um Vergebung, Sir«, murmelte er steif.

Walden knurrte etwas Unverständliches, warf dem Lakai seinen Lappen entgegen und sagte: »Geh zu Seiner Hoheit, dem Duke, und bitte in meinem Namen um eine Audienz. Sag ihm, ich müsse ihn in einer Angelegenheit sprechen, die äußerste Dringlichkeit besitzt.«

»Es geht bereits auf Mitternacht zu, Sir«, wagte der Diener vorsichtig einzuwenden. »Vermutlich werden die Diener des Dukes mich überhaupt nicht bis zu Seiner Hoheit vorlassen.«

»Sobald sie erfahren, dass es sich bei der Angelegenheit um den Aufenthaltsort einer der entflohenen Sträflinge aus dem Steinbruch handelt, werden sie einen Teufel tun, es zu unterbinden«, entgegnete der Kämmerer unwirsch. »Und jetzt sieh zu, dass du dich endlich in Bewegung setzt, sonst mache ich dir Feuer unter deinem faulen Hintern!« Er sah seinem Diener mit einem missbilligenden Kopfschütteln nach, bereute es aber sofort, als ein jäher Schmerz den Bereich hinter seiner Stirn durchzuckte. Während die Finger seiner rechten Hand die Stelle sacht massierten, dachte er voller Zorn an Sionnach. Nicht nur, dass die fuchsige Schottin ihm erneut entwischt war, zu allem Überfluss hatte sie ihm wieder einmal die Peinlichkeit eines lädierten Aussehens beschert.

»Das hast du nicht umsonst getan. Dieses Mal wirst du dafür büßen, das schwöre ich dir, du kleine Schlampe«, murmelte er hasserfüllt. Ihrem Verhalten nach zu urteilen, war Walden sich ziemlich sicher, dass es sich bei dem flüchtigen Schotten um Sionnachs Bruder handelte, und er hatte sich einen teuflischen Plan zurechtgelegt, der mit jeder Minute mehr Gestalt annahm. Wenn es ihm schon nicht vergönnt war, das Mädchen unter seinen Willen zu zwingen, so sollte aber auch niemand sonst sie bekommen. Und ein paar Pfund Lohn für die Ergreifung eines entflohenen Sklaven statt einer abgerungenen Nacht mit einer Frau, die die ihr entgegengebrachte Leidenschaft mit der Kälte eines Fisches erwiderte, waren sicher nicht die schlechteste Alternative. Abermals tastete er nach der schmerzenden Schwellung, die verdeckt unter seinem sich langsam lichtenden Hinterhaupthaar lag. Wenig später kehrte sein Diener zurück und teilte ihm mit, dass der Duke bereit sei, ihn innerhalb der nächsten Minuten zu empfangen. Walden erhob sich und stapfte ohne ein Wort des Dankes in Richtung der herrschaftlichen Gemächer an ihm vorbei.

Mehrere mit kunstvoll gezogenen Kerzen aus feinstem Weiß bestückte Lüster erhellten die Räumlichkeiten des Burgherrn. Aufgrund der letzten, unverblümten Meinungsäußerung seines Herrn ihm gegenüber trat Walden nur zögernd ans Licht und setzte sich dem scharfen Blick des mit exquisiter Nachtwäsche und einem eleganten Morgenrock bekleideten Dukes aus. Trotz seiner Körperfülle verbeugte der Kämmerer sich ausladend huldvoll vor ihm und bemühte sich, das perfide Glitzern in seinen Augen verborgen zu halten.
»Ich bin Euch zu tiefstem Dank verpflichtet, dass Ihr die Güte besitzt, mich zu so vorgerückter Stunde noch zu empfangen, Mylord. Doch ich denke, dass das, was ich Euch zu berichten habe, für Euch von äußerster Wichtigkeit sein könnte«, begann er seinen Rachefeldzug gegen Sionnach.
»Dann hört endlich auf zu schwafeln und setzt mich vom Anlass Eures unverfroren späten Eindringens in meine Privatsphäre in Kenntnis«, entgegnete der Duke spürbar verstimmt und wedelte gereizt mit der Hand, als wolle er ein lästiges Insekt verscheuchen.
Walden ignorierte die Übellaunigkeit des Dukes, neigte ehrer-

bietig den Kopf und sagte: »Ich habe berechtigten Grund zu der Annahme, dass die neue Zimmermagd Seiner Lordschaft, des Viscounts, einen der kürzlich aus dem Steinbruch entflohenen Sträflinge auf Fitheach Creag versteckt hält.«

Wider Erwarten schien der Duke wenig beeindruckt. »Und was sollte Eurer Meinung nach eine Dienerin dazu bewegen, ein solches Risiko auf sich zu nehmen?«

»Geschwisterliebe«, antwortete Walden schlagfertig. »Bei dem flüchtigen Jungen handelt es sich um ihren Bruder, und das Mädchen scheint bereit, alles dafür zu tun, damit er nicht wieder zurück muss.«

Der Duke rieb sich gedankenvoll über sein von dunklen Bartstoppeln überzogenes Kinn und schaute schließlich wieder auf Walden.

»Ihr sagt, das Mädchen dient dem Viscounts?«

»So ist es, Mylord. Vor ein paar Wochen brachte ich sie und ihren Bruder aus Schottland mit. Der rothaarige Wildfang, der sich neulich in Eurem Studierzimmer auffallend rebellisch gezeigt hat - vielleicht erinnert Ihr Euch.« Ohne eine Antwort abzuwarten, fuhr Walden fort: »Kurz darauf zeigte sie sich jedoch wieder recht fügsam, und ihr Verhalten ließ vermuten, dass sie ihr Schicksal angenommen hat. Doch heute erwischte ich sie auf frischer Tat beim Stehlen. Sie hatte es auf verschiedene Kräuter aus Becketts Praxis abgesehen, die man meines Wissens zur Behandlung von entzündlichen Wunden verwendet. Sie versuchte sich herauszureden, indem sie ein Unwohlsein ihres Herrn vorschob. Wenn Ihr mich fragt, stinkt das gewaltig, Mylord.«

»Fragwürdige Indizien und vage Vermutungen, Mr. Walden«, dämpfte der Duke den überschäumenden Eifer des Kämmerers. »Mehr als das habt Ihr nicht vorzuweisen?«

»Soweit mir bekannt ist, befindet der Viscount sich momentan nicht auf Fitheach Creag, nicht wahr? Ein nahezu perfektes Versteck für jemanden, der ungehinderten Zutritt zu den Räumlichkeiten seines abwesenden Herrn hat.« Verschlagenheit spiegelte sich auf der Miene des Kämmerers. Der Duke schien ins Grübeln zu geraten und deutete ein Nicken an, woraufhin

Walden eilig vorschlug: »Mit Verlaub, Mylord, dann lasst die Gemächer Eures Bruders durchsuchen. Findet man nichts, braucht sich niemand weiter aufzuregen. Sollte mein Verdacht sich hingegen bestätigen ...«

»... schlagen wir gleich mehrere Fliegen mit einer Klappe«, vollendete der Duke den Satz des Kämmerers. Seine Lippen verzogen sich zu einem niederträchtigen Lächeln. »Ich hätte nie gedacht, dass ich Euch gegenüber jemals in dieser Form ein solches Lob ausspreche, aber Ihr habt es tatsächlich fertiggebracht, mir für diese Nacht süße Träume zu bescheren.« Als wäre alle Müdigkeit mit einem Schlag von ihm abgefallen, erhob er sich und klopfte dem Kämmerer anerkennend auf die Schulter. »Nun denn, Mr. Walden, frisch ans Werk!«

24

»Ich habe Hunger.« Die Freude, die Sionnach durchfuhr, als gerade diese drei unscheinbaren Worte Brendans Mund verließen, war unbeschreiblich groß. Behutsam setzte sie eine Schale mit Brühe an seine Lippen, und Brendan trank gierig davon.

»Lass dir Zeit«, lächelte Sionnach, »schließlich hast du es in den vergangenen Tagen auch ohne Nahrung ausgehalten.«

»Ein Grund mehr, diesen Verlust so schnell wie möglich wieder auszugleichen«, erwiderte Brendan und richtete sich ein wenig auf. Zwar sah er nach wie vor entsetzlich blass aus, und der fiebrige Glanz aus seinen Augen war auch noch nicht gänzlich verschwunden, doch nach dem Kampf der letzten Stunden schien die Krise weitestgehend überwunden.

»Wessen Gemächer sind das?«, fragte er zwischen zwei Schlucken und sah sich neugierig im Raum um.

»Die meines Herrn, des Viscounts«, antwortete Sionnach.

Brendan runzelte die Stirn. »Niemand auf dieser Burg ist dazu berechtigt, sich als dein Herr aufzuspielen, Sionnach. Und ein Engländer schon mal gar nicht.«

»Er ist sehr gut zu mir«, wagte Sionnach zu protestieren.
»Wenn er es tatsächlich wäre, würde er dich hier nicht gegen deinen Willen festhalten«, widersprach Brendan.
»Ihr habt zweifellos recht. Aber ihm sind leidigerweise die Hände gebunden, da er dem Befehl des Dukes untersteht«, mischte Sebastian sich unvermittelt in ihr Gespräch ein. Brendan beäugte den weizenblonden Diener mit unverhohlenem Missfallen.
»Und wer ist er?«, fragte er an Sionnach gewandt. »Doch nicht etwa dieser Viscount?« Er ließ einen abfälligen, schottischen Laut hören.
»Ich danke sehr für Euer Kompliment, Sir«, sagte Sebastian und ignorierte Brendans ungeniert geäußerte Herablassung, »aber ich muss euch enttäuschen. Ich bin lediglich Seiner Lordschaft Leibdiener.«
»Zumindest gib er sich alle Mühe, es zu versuchen«, fügte Sionnach mit einer gehörigen Portion Sarkasmus hinzu und schenkte Sebastian einen ausdrucksvollen Seitenblick. »Raven befindet sich zur Zeit auf einer Inspektionsreise.«
»Raven?« Brendan sah sie fragend an.
»Der Name meines Herrn, also, der des Viscounts«, verbesserte Sionnach sich rasch und bot ihm erneut von der Brühe an, aber Brendan lehnte kopfschüttelnd ab.
»Du nennst ihn bei seinem Vornamen?« Er musterte sie prüfend. »Ich hoffe doch sehr, dass die Gründe dafür anderer Natur sind, als ich es mir im Moment ausmale ...«
»Brendan Ian MacDonell«, hob Sionnach entrüstet an, sich zu verteidigen, »wie kommst du dazu, an meinem Anstand zu zweifeln! Der Viscount und ich –« In diesem Augenblick wurde ihr Erklärungsversuch jedoch jäh unterbrochen. Die Tür flog auf und prallte mit einem derart ohrenbetäubenden Knall gegen die dahinterliegende Wand, dass ein Teil des Putzes abbröckelte und zu Boden fiel. Wie betäubt starrte Sionnach auf den Mann, der gleich darauf über die Schwelle trat. Auch Sebastian schien nicht minder fassungslos, besaß aber im Gegensatz zu ihr wenigstens die Geistesgegenwart, seinen Rücken zu einer tiefen Verbeugung zu krümmen.

»Seht Ihr, Mylord, es ist, wie ich vermutet hatte«, ertönte Waldens Stimme. Er war seinem Herrn in den Raum gefolgt und deutete nun mit dem Zeigefinger auf Brendan. »Die kleine Schlange hat ihn die ganze Zeit über hier versteckt gehalten.« In seinen Augen blitzte es bösartig auf.

»Jetzt bist du erledigt, Raven«, murmelte der Duke feindselig vor sich hin, während sein Blick sich voller Genugtuung auf Sionnach heftete. »Weiß dein Herr von ihm?« Er deutete mit einem Kopfnicken in Brendans Richtung, der sich ihrer Unterlegenheit in Anbetracht der Präsenz zweier nachrückender Soldaten nur allzu bewusst schien. Seine Finger gruben sich um Selbstbeherrschung ringend in die weiche Bettdecke. Sionnach hingegen verharrte wie angewurzelt auf der Stelle und schüttelte stumm den Kopf.

»Du bist sehr mutig, das muss man dir lassen, gleichwohl aber auch äußerst töricht«, bemerkte der Duke nüchtern. »Einem Verbrecher zur Flucht zu verhelfen und ihm zudem auch noch Unterschlupf zu gewähren, gilt vor dem englischen Gesetz als schweres Vergehen.« Mit einer unwirschen Handbewegung wies er die beiden Soldaten an, Brendan in Gewahrsam zu nehmen und sicherzustellen, dass er kein weiteres Mal mehr fliehen würde. Ohne das geringste Gefühl von Anteilnahme packten sie ihn beidseitig an den Armen und zerrten ihn grob vom Bett. Nur schwankend kam er auf die Beine. Wenn es ihm auch bereits weit besser ging als am Morgen, so hatte das Fieber der letzten Tage ihn doch eindeutig geschwächt.

»Sperrt ihn ins Verlies, und legt ihn in Ketten«, befahl der Duke. Sein Blick glitt abschätzig, aber auch mit einer unübersehbaren Spur von Neid über den trotz aller in letzter Zeit erlittenen Entbehrungen muskulösen Oberkörper des dunkelhaarigen Schotten.

Seine Worte fuhren Sionnach wie die eisige Klinge eines Schwertes ins Herz, und das Kältegefühl, das ihre Brust dabei durchzog, holte sie endlich aus ihrer Lethargie. Mit bleichem Gesicht sah sie hinüber zu Brendan hoffte inständig, dass er genügend Vernunft besaß, nicht den Helden zu spielen. Seine Tapferkeit mochte unbestritten sein. Dennoch brauchte es kein großes Maß an Verstand, um zu erkennen, dass er in seinem jetzigen Zustand zweifellos den Kürzeren ziehen würde. Trotz allem war Sionnach nicht bereit, sein Leben kampflos aufzugeben. Im Gegensatz zu den überwiegend martialischen Methoden ihres Bruders wählte sie aber einen anderen Weg. Mit wild schlagendem Herzen trat sie einen Schritt nach vorn. Den Kopf ängstlich gebeugt haltend, sank sie vor dem Duke auf die Knie.

»Ganz gleich was - ich werde alles tun, was Ihr von mir verlangt«, bot sie mit tränenerstickter Stimme an, sich ihm auszuliefern, »aber im Namen Christi flehe ich Euch an, lasst meinen Bruder nicht ins Gefängnis werfen, Mylord! Es wäre sein sicherer Tod.«

»Den er ohne Zweifel mehr als verdient hat«, entgegnete der Duke ungerührt und wandte sich wieder an die beiden Soldaten, ohne Sionnach noch eines einzigen Blickes zu würdigen. »Sobald der Schotte sich hinter Schloss und Riegel befindet, schafft ihr mir auch das Weib aus den Augen.«

Die Münder der Soldaten verzogen sich fast zeitgleich zu einem anzüglichen Grinsen, und einer der beiden fragte: »Was wünscht Ihr, das mit ihr geschieht, Mylord?«

Sionnach drehte den Kopf ein wenig, so dass sie aus dem Augenwinkel zu der erwartungsvollen Miene des Mannes aufsehen konnte. Kalter Angstschweiß jagte ihr über den Rücken. Es bedurfte keiner zusätzlichen Erklärung, was ihr widerfahren würde, wenn der Duke sie der Willkür der Soldaten auslieferte. Die Panik, die sie bei dem Gedanken daran zu überrollen drohte, weckte schlagartig ihre Instinkte. Blitzschnell erhob sie sich und war mit einem Satz bei Brendan. Mit beherzter Entschlossenheit schlangen ihre Arme sich fest um seinen geschundenen Leib. Wenn sie ihn schon nicht retten konnte, so wollte sie doch wenigstens die Zeit mit ihm teilen, die ihnen noch blieb. Fern von jeglichem Mitgefühl packte einer der Soldaten Sionnach jedoch gleich darauf und zerrte sie unbarmherzig von Brendan fort. Aber kaum dass es ihm gelungen war, sie von ihm zu lösen, entwand sie sich seinem Griff und umklammerte ihren Bruder erneut.

»Verdammtes Biest, wirst du wohl -«, fluchte der Soldat und langte ein weiteres Mal nach ihr, ließ jedoch sofort von ihr ab, als der Duke ihm mit erhobener Hand Einhalt gebot.

Sionnach schmiegte sich aufatmend an Brendans nackte Brust und flüsterte mit bebender Stimme: »Egal, was passiert, ich bleibe bei dir.«

Der Duke, der ihren Schwur gehört hatte, bedachte sie mit sichtlicher Verachtung.

»Deine Wahl ist nicht besonders klug, Schottin. Wenn du dich entscheidest, mit deinem verbrecherischen Bruder zu gehen, wirst du sein Los ohne Frage teilen.«

»Lieber sterbe ich mit ihm, als Euch weiterhin dienen zu müssen«, erwiderte Sionnach leise.

»Deine Dummheit ist kaum zu überbieten«, bemerkte der Duke und hob abfällig die Brauen. »Aber ich möchte mir von niemandem nachsagen lassen, dass ich deine Bitte nicht berücksichtigt hätte. Du sollst bekommen, was du dir so sehnlich wünschst.« Erneut wandte er sich an seine Soldaten. »Führt sie ab!«

»Sionnach -«, ächzte Brendan leidvoll, doch ihr eindringlicher Blick veranlasste ihn, wieder zu verstummen.

»Na habair facal!«, murmelte sie. Sag nichts!

Widerstandslos ließ sie sich aus Ravens in den letzten Tagen so vertraut gewordenem Gemach eskortierten. Im Vorbeigehen sah sie, wie Brendan dem Duke den Kopf zudrehte und trotz seiner schwindenden Kräfte hervorpresste: »Der Verbrecher, Mylord, bin nicht ich sondern Ihr. Hier und jetzt mögt Ihr die Macht besitzen, über Tod oder Leben zu entscheiden. Doch eines Tages wird sie Euch nichts mehr nützen, Eure ganze Macht, und Ihr werdet für Eure Taten in der Hölle schmoren!«

25

Die quälende Hilflosigkeit, die aus Brendans blauen Augen sprach, als man sie hinunter ins Verlies führte, brachte Sionnachs Herz zum Bluten. Gern hätte sie ihm etwas Tröstliches gesagt, ihn davon überzeugt, dass er sich ihretwegen keine Gedanken machen musste. Doch sie fürchtete die Gegenwart der Soldaten, die sie in die Mitte genommen hatten und mit grimmiger Miene zur Eile antrieben. Vorsichtig setzte sie Fuß vor Fuß auf die schmalen, ausgetretenen Stufen, um nicht versehentlich auf dem blankpolierten Stein auszurutschen. Wie eine Spirale wand die Treppe sich immer tiefer in die Eingeweide der Burg und schienen kein Ende zu finden. Die schaurige Stille, die die kleine Gruppe umgab, wurde nur durch den Klang ihrer Schritte unterbrochen, die hohl von den Wänden widerhallten. Mit jedem Atemzug stieg Sionnach eine beißende Mischung aus Blut, Schweiß und Fäkalien in die Nase, die nur geringfügig vom Geruch der rauchgeschwängerten Luft überdeckt wurde. Es gab kaum Licht. Allein der fahle Schein vereinzelter, unruhig flackernder Fackeln fiel auf den Weg und warf die Umrisse ihrer Körper als gespenstische Schatten an die bröckeligen Wände des unterirdischen Gewölbes. Angewidert wich sie einem bereits stark verwesten Rattenkadaver aus, während ihr Blick weiter ruhelos über den düsteren Gang schweifte. Sie passierten eine Vielzahl fest verschlossener Türen aus schwerem Eichenholz, die sowohl rechts als auch links von ihnen lagen und in deren oberer Mitte sich je eine vergitterte Öffnung befand. Sie war gerade groß genug, dass man ein Gesicht darin hätte erkennen können, doch niemand zeigte sich. Allein das metallische Klirren von Ketten und ein vereinzeltes Wimmern hinter den dicken Mauern ließen vermuten, dass dort ein Gefangener dem Elend seines bitteren Schicksals fristete. Schließlich blieben die Soldaten vor einer der Zellen stehen und befahlen Sionnach in schroffem Ton, sie zu betreten, wohingegen sie

Brendan unsanft hineinstießen.

»Willkommen in euren neuen Gemächern, Herrschaften«, spottete einer von ihnen und vollführte eine einladende Handbewegung. »Tretet ein, und fühlt euch wie zu Hause. Wenn man bedenkt, wo ihr herkommt, dürfte euch dass ja wohl nicht sonderlich schwerfallen.« Gemeinsam mit seinem Kameraden verfiel er in höhnisches Gelächter und versetzte Brendan einen weiteren Stoß zwischen die Schulterblätter. »Setzen, Keltenbock!«

Der junge Schotte, der die Reaktion des Soldaten anscheinend nicht berechnet hatte, taumelte unsicher nach vorne und stürzte haltlos auf den mit einer dünnen Schicht aus modrigem Stroh bedeckten Boden. Der Soldat trat ihm unsanft mit der Stiefelspitze in die Seite, und Brendan richtete sich mit einem dumpfen Stöhnen und schmerzverzerrter Miene wieder auf. Kaum mehr in der Lage sich zu rühren, lehnte er sich rücklings gegen die kalte Steinmauer und streckte seinem Peiniger auf dessen Befehl ergeben die Hände entgegen. Das vernehmliche Klicken der sich um seine Gelenke schließenden Handschellen ließ Sionnachs Furcht erneut hochkochen. Verängstigt kauerte sie sich neben ihren in sich zusammengesunkenen Bruder und machte sich so klein wie möglich in der Hoffnung, auf diese Weise dem zuvor gezeigten Interesse der Soldaten zu entgehen. Und sie hatte Glück. Die Männer ließen sie tatsächlich unbeachtet. Nachdem sie Brendans Fußgelenke ebenfalls aneinandergefesselt hatten, stapften sie aus der Zelle und schlugen die Tür lautstark hinter sich zu. Das letzte, was Sionnach vernahm, war das Quietschen des sich im Schloss drehenden Schlüssels und die nach und nach verebbenden Schritte der sich entfernenden Soldaten. Danach kehrte wieder Stille ein. Ergriffen von dem bangen Gefühl, die beiden Männer könnten es sich vielleicht doch noch anders überlegen und zurückkehren, um sich an ihr zu vergehen, verharrte Sionnach reglos in der Dunkelheit.

»Geht es dir gut, Mädel?«, klang Brendans Stimme nah an ihrem Ohr.

Erschrocken fuhr sie zusammen und spürte, wie seine warme

Hand nach ihrer tastete und sie sanft umschloss, was vom Rasseln der aneinanderschlagenden Kettenglieder begleitet wurde. Obwohl sie wusste, dass er es nicht sehen konnte, nickte Sionnach.

»Es ... es ist alles in Ordnung«, schluchzte sie stockend und schmiegte sich vorsichtig an seine Schulter.

»Und warum weinst du dann?«

»Ich bin einfach froh, bei dir zu sein.«

Brendan erwiderte nichts und strich stattdessen nur liebevoll mit dem Daumen über ihren Handrücken. Eine Zeitlang saßen sie schweigend nebeneinander und lauschten in die lähmende Stille des Kerkers. Mit jeder Minute, die verging, begann die eisige Kälte des tief unter der Burg liegenden Verlieses mehr an ihnen emporzukriechen. Bei jedem Atemzug, den sie taten, gaben sie kleine Dampfwölkchen an ihre Umgebung ab. Besorgt zog Sionnach ihr Oberkleid aus und legte es über Brendans entblößten Oberkörper. Doch der dünne Stoff schützte ihn nur leidlich gegen die vorherrschenden Temperaturen. Zitternd rückten sie so dicht wie möglich zusammen, um einander zumindest ein klein wenig Wärme spenden zu können.

»Was glaubst du, das sie mit uns machen?«, fragte sie beklommen.

»Versuch lieber ein bisschen zu schlafen, statt dir darüber deinen Kopf zu zerbrechen«, antwortete Brendan ausweichend.

Doch Sionnach blieb hartnäckig. »Sie werden uns töten, oder?«

Brendan zögerte einen Moment, doch er schien bereits zu ahnen, dass es keinen Sinn hatte, sie zu belügen.

»Aye, das werden sie.«

Auch wenn sie es bereits gewusst hatte – das vor ihr liegende Schicksal nun von ihm bestätigt zu hören, kam einem Sturz in einen gähnenden Abgrund gleich.

»Wie?«, flüsterte sie mit trockener Kehle.

»Sie hängen uns«, erwiderte Brendan knapp.

»Wird es wehtun?«

»Warum fragst du mich solche Dinge, Sionnach?«

»Ich muss es wissen, bitte, Brendan. Wird es wehtun?«

Er seufzte. »Ich glaube nicht.«

Sionnach atmete erleichtert auf. »Gut«, murmelte sie, »das ist gut. Wenn man weiß, dass einem der Schmerz erspart bleibt, lässt sich der Gedanken an den Tod gleich ein bisschen leichter ertragen.« Sie rang sich ein Lächeln ab.

»Oh, Gott, Sionnach, es tut mir so leid«, stieß Brendan in diesem Moment gequält hervor und verbarg sein Gesicht in seinen Händen. »Ich bin dein Bruder. Es wäre meine Aufgabe gewesen, dich mit meinem Leben zu beschützen. Und jetzt sitzen wir hier in diesem verdammten Loch und warten darauf, dass man uns aufknüpft! Ich ... ich weiß nicht, was ... es ... es hätte niemals so weit kommen dürfen!«

»Hör auf, Brendan! Ich bin alt genug, um auf mich selbst achten zu können. Es gibt nichts, das du dir vorwerfen müsstest«, versuchte sie, seine Selbstzweifel zu zerstreuen.

»Aber ich -« Sionnach legte ihren Zeigefinger auf seine Lippen und bedeutete ihm zu schweigen.

»Wenn frei sein bedeutet, sterben zu müssen«, sagte sie bebend und umschloss seine Hand noch ein wenig fester, »dann lohnt es sich, diesen Weg zu gehen.«

»Wer hätte das gedacht«, unternahm Brendan einen schwachen Versuch, sie aufzumuntern, »in der Brust meiner kleinen Schwester schlägt das Herz eines Löwen.«

»Wohl eher das einer Maus«, erwiderte Sionnach zaghaft lächelnd. Auf dem Gang erklangen Schritte. Sie näherten sich und kamen schließlich zum Stehen. Sionnachs Pulsschlag beschleunigte sich, als die Tür aufgestoßen wurde und dieselben Soldaten, die sie hergebracht hatten, nun eine weitere Person ins Dunkel der Zelle beförderten. Sie landete ächzend auf allen Vieren, nur wenige Zentimeter vor Brendans Füßen entfernt.

»Sionnach?«, ertönte eine männliche Stimme, nachdem die Tür ein weiteres Mal ins Schloss gefallen war. »Bist du hier?«

Sionnach horchte überrascht auf. »Sebastian ...?«

»Oh, Gott sei Dank, du lebst!« Wenig heldenhaft kroch er zu ihr hinüber. »Ich hatte schon die Befürchtung, mir von Raven den Kopf abreißen lassen zu müssen, weil ich nicht auf dich geachtet habe.«

»Die Mühe kann dein sauberer Herr sich ja jetzt sparen, denn diesen Auftrag hat sich bereits der Henker des Dukes unter den Nagel gerissen«, brummte Brendan zynisch.

Doch Sebastians Optimismus blieb ungebrochen. »Sobald Raven zurückkommt, wird er alles aufklären und uns hier rausholen. Ganz bestimmt«, bekräftigte er.

»Das glaubst du doch wohl selber nicht, Stiefelknecht. In den Adern deines ach so geliebten Viscounts fließt das gleiche englische Blut wie in denen des Dukes. Warum sollte er sich also für uns einsetzen, die wir vor den Augen seiner Landsleute nichts gelten und lediglich seinen Ruf schädigen würden?«, hielt Brendan verächtlich dagegen. »Da wir schon so gut wie tot sind, solltest du deine Illusion aufgeben und lieber anfangen zu beten. Wahrscheinlich werden sie uns zwischen Teezeit und Abendessen hintereinander weg baumeln lassen und sich dann mit frisch gepuderten Nasen der nächsten Belustigung zuwenden.«

»Nein, Brendan, ich denke, Sebastian hat recht«, unterstützte Sionnach den Leibdiener. »Du kennst Raven nicht. Er wird ganz bestimmt nicht tatenlos dabei zuschauen, wie man uns umbringt.«

»Warum sollte er nicht? Er ist ein verdammter Engländer.«

»Der dich hinter dem Rückens des Dukes aus dem Steinbruch befreit und dir entgegen aller Gefahren Zuflucht in seinen Gemächern gewährt hat«, erwiderte Sionnach hitzig.

»Und welchen Preis galt es für seinen unbeschreiblichen Großmut zu zahlen? Sag mir, Sionnach, wie oft musstest du für ihn die Schenkel spreizen, bis er endlich bereit war, meine Ketten zu lösen?«, stieß Brendan nicht minder erregt hervor.

Sionnach erwiderte nichts auf seine Anspielung sondern sagte leise: »Was haben sie bloß mit dir gemacht, dass dein Urteilsvermögen derart getrübt ist und du nicht mehr in der Lage bist, das Gute in den Menschen zu sehen?«

»Das willst du nicht wissen, Mädel, glaub mir«, sagte er mit Nachdruck. »Nur so viel - wenn du meine Erfahrungen gemacht hättest, würde auch dein Leben von Misstrauen bestimmt.

Und selbst wenn es mir vergönnt wäre, hundert Jahre alt zu werden, hätte ich noch immer ausreichend Gründe, um die Engländer zu hassen.«

26

Froh, endlich wieder auf Fitheach Creag zu sein, lenkte Raven sein vor Anstrengung schnaufendes Pferd an den Haltung annehmenden Wachen vorbei durch den weit geöffneten Torbogen der Burg. Getrieben von seiner Sehnsucht nach Sionnach hatte er das Tier in der letzten Stunde erbarmungslos bis an die Grenzen seiner Kraft getrieben. Auch er fühlte sich gleichermaßen ausgelaugt und konnte den Eindruck nicht loswerden, jeden einzelnen Knochen in seinem Leib zu spüren. Ächzend glitt er aus dem Sattel und reichte einem herbeieilenden Stallburschen dankbar die Zügel seines Pferdes.

»Reib ihn gut ab, und gib ihm eine Extraportion Hafer. Die hat er sich wirklich redlich verdient«, sagte er und tätschelte dem schweißnassen Tier sanft den schlanken Hals. Der Stallbursche deutete eine hastige Verbeugung an und zog mit hochgeschlagenem Kragen rasch von dannen. Dass es ihm dabei an gebotenem Respekt fehlte, nahm Raven kaum zu Kenntnis. Voller Vorfreude auf das unmittelbar bevorstehende Wiedersehen mit Sionnach betrat er das Innere der Burg. Seine Müdigkeit war wie weggeblasen, als er die Stufen zu seinen Gemächern hinaufhastete. Ganze drei Tage Abwesenheit hatte die Rebellion im Steinbruch ihn gekostet. Im Vergleich zu der Zeit, die er während der Erfüllung seiner Pflichten sonst fernab von Fitheach Creag verbringen musste, war es eigentlich eine geradezu lächerliche Spanne. Dennoch war ihm jede Stunde ohne die Gegenwart der sanftmütigen Schottin wie eine Ewigkeit erschienen. Auch wenn Raven wusste, dass er seinem Diener in jeder Hinsicht blind vertrauen konnte, hatte er Sionnach nur ungern in Sebastians Obhut zurückgelassen. Lediglich der Gedanke an seine künftigen Pläne hatte ihm ein gewisses Maß an

Gelassenheit verliehen. Atemlos verlangsamte er sein Tempo und blieb schließlich mit klopfendem Herzen vor seinen Gemächern stehen. Nun waren es nur noch wenige Schritte, die ihn von seinem Glück trennten. Fast ein wenig zögerlich tastete seine Hand nach der schweren Klinke, und er drückte sie langsam hinunter. Doch was er sah, war nicht das, was er zu finden gehofft hatte. Der Raum hinter der Tür war verlassen und unangenehm kalt. Beschlichen von einem unguten Gefühl, lief Raven hinüber in sein Schlafgemach. Sein Blick fiel auf das leere Bett, dessen heruntergerissene Decken klar darauf hinwiesen, dass jemand in aller Eile daraus geflüchtet war. Der Inhalt einer Schale mit Brühe hatte sich über die zerwühlten Laken ergossen und einen tellergroßen, mittlerweile getrockneten Fleck darauf hinterlassen. In Raven begann ein schrecklicher Verdacht zu keimen. Er machte auf dem Absatz kehrt und rannte hinaus auf den Gang, wo er um ein Haar mit Mrs. Stone zusammengestoßen wäre.

»Ich bitte um Vergebung, Mylord. Ich war in Gedanken«, entschuldigte sie sich.

Aber Raven schüttelte nur den Kopf und fragte ungeduldig: »Wo sind meine Diener?«

Mrs. Stone stutzte verblüfft. »Eure Diener, Mylord?«

»Sebastian und Sionnach, ja. Mein Gemach scheint seit Tagen verlassen, und ich kann die beiden nirgends finden.«

Mrs. Stones Augen musterten ihn vorwurfsvoll. »Nun, dass werdet Ihr auch nicht, wenn Ihr weiterhin hier oben herumirrt. Ich empfehle Euch, es stattdessen in den Verliesen Eures Bruders zu versuchen.«

»In den Verliesen?«, wiederholte Raven verwirrt.

Mrs. Stone nickte. »Man brachte sie vor ein paar Tagen dorthin.«

Ravens Unruhe wuchs sprunghaft an.

»Welches Vergehens werden sie beschuldigt?«

»Dem Anschein nach wirft man ihnen vor, heimlich einem entflohenen Sträfling aus dem Steinbruch Unterschlupf geboten zu haben.« Mrs. Stones Miene verhärtete sich. »Das arme Mädchen. Wie ich hörte, soll es sich bei dem Flüchtigen um ihren

Bruder handeln. Wer von uns hätte an ihrer Stelle nicht das gleiche getan?« Ihr Blick kühlte sich merklich ab und heftete sich erneut auf Raven. »Wenn Ihr die kleine Schottin noch einmal sprechen wollt, müsst Ihr Euch allerdings beeilen. Meines Wissens soll ihre Hinrichtung unmittelbar der ihres Bruders folgen, die bereits heute am frühen Nachmittag stattfindet.«

Raven starrte die Haushälterin wie vom Blitz getroffen an. Er hatte es bereits geahnt und doch nicht wahrhaben wollen. Der verdammte Schotte war entdeckt worden und ihr Versteckspiel aufgeflogen.

»Wer hat das veranlasst?«, fragte er gepresst.

»Seine Hoheit, der Duke«, antwortete Mrs. Stone knapp.

Ohne ein weiteres Wort ließ Raven sie stehen und stob in Richtung des Studierzimmers seines Bruders davon. Bei seiner Ankunft war es kurz vor elf gewesen. Wenn er der Aussage der Haushälterin Glauben schenken konnte, blieb ihm nicht mehr viel Zeit, das drohende Unheil abzuwenden. Mit jedem seiner Schritte nahm Ravens Wut auf Georg aber auch auf sich selbst zu. Mehr als einmal verfluchte er sich dafür, Sionnach alleine gelassen und stattdessen dem Befehl seines Bruders Folge geleistet zu haben. Während er um die Ecke bog und auf die vor dem Studierzimmer postierte Wache zuging, spürte er den zornigen Herzschlag in seiner Brust. Zwar wusste er nicht, was Georg von ihm fordern würde, aber was es auch war, er war bereit alles zu tun, um Sionnach zu retten. Der Soldat trat pflichtbewusst vor, um sich nach dem Anliegen des Viscounts zu erkundigen. Raven fixierte ihn mit zum Angriff gesenktem Kopf und knurrte verdrossen: »Geh mir aus dem Weg!«

»Aber Mylord, Ihr könnt doch nicht einfach -«, versuchte der Mann ihm halbherzig den Zutritt zu den Räumen des Dukes zu verweigern. Doch Raven schob ihn unwirsch beiseite und stampfte an dem verblüfften Wachposten vorbei. Dampfend vor Wut schlug er die Tür hinter sich zu und sah sich nach seinem Bruder um. Georg stand am Fenster und hielt ihm den Rücken zugewandt.

»Ich muss dringend mit Euch reden, Mylord«, rang Raven sich mühsam den gebotenen Respekt ab. Mehr denn je weckte dessen Anblick und die förmliche Art, mit der er Zeit seines Lebens gezwungen worden war, ihn anzusprechen, in ihm das Bedürfnis, seine Hände um Georgs Hals zu legen und mit einem Lächeln auf den Lippen zuzudrücken.

»Ich höre ...?«, bekundete Georg gelassen seine Aufmerksamkeit, schien es jedoch nicht für nötig zu befinden, sich zu ihm umzudrehen.

Raven fiel es zunehmend schwerer, seine Beherrschung nicht zu verlieren. Dennoch schluckte er seine Frustration tapfer hinunter und sagte: »Ihr habt meine Diener unter Arrest stellen lassen?«

»Ganz recht. Und das aus gutem Grund. Aber wie ich dich kenne, wirst du schon jemand anderen finden, der dir an ihrer Stelle den Arsch hinterherträgt«, antwortete Georg spöttisch.

»Man hat mir erzählt, dass sie hingerichtet werden sollen.«

»Dafür, dass du den Fuß erst vor wenigen Minuten in die Burg gesetzt hast, bist du bereits ausgesprochen gut informiert.«

»Aber warum, in Gottes Namen, habt Ihr ein derart drakonische Urteil über sie verhängt? Ihr könnt diese Leute doch nicht einfach wegen einer Tat hinrichten lassen, die aus purem Mitleid geschah!«, empörte Raven sich und spürte, wie seine Selbstbeherrschung drastisch zu bröckeln begann.

Georg wirbelte herum und fixierte ihn mit vor perfider Freude glitzernden Augen.

»Ach, nein? Ich wüsste nicht, was mich davon abhalten könnte. Aber vielleicht sollte ich der Überlegung nachgeben, in einen vierten Strick zu investieren und dich gleich daneben stellen, du elender Verräter!« In seinem Gesicht flammte unbändiger Hass auf. »Du hast einem jakobitischen Strauchdieb mutwillig Unterschlupf gewährt und das direkt vor meinen Augen!«

»Ihr gebt Euch einer Behauptung hin, die völlig haltlos ist. Was immer die politische Überzeugung dieses Mannes sein mag - sie steht ihm wohl kaum auf der Stirn geschrieben. Ihr mögt mir verzeihen, aber mir drängt sich vielmehr der Verdacht auf, dass Ihr lediglich nach einem Vorwand sucht, um ihn sauber beseitigen zu können«, begehrte Raven erbost auf.

Georg runzelte grimmig die Stirn und entgegnete mit Nachdruck: »Wozu sollte ich über seine Überzeugung nachgrübeln? Die ergibt sich ja wohl von selbst. Er ist ein verdammter Hochlandschotte!«

»Und das reicht aus, um aus ihm einen Gegner Williams zu machen? Gütiger Himmel, welch eine Armut an Objektivität haftet Euch an!«, äußerte Raven fassungslos. »Und wenn dem so wäre und er tatsächlich den Jakobiten angehört, ist das doch noch lange keine Straftat. Es ist sein gutes Recht, eine Meinung zu haben und sie zu vertreten. Wie dem auch sei. Was mir in diesem Zusammenhang mehr als schleierhaft erscheint, ist der Umstand, warum das Mädchen und Sebastian sein Schicksal teilen sollen.«

Georg lächelte kalt. »Allein um dich an die Loyalität zu erinnern, die du mir zu jeder Stunde des Tages entgegenzubringen hast, was du aber nur allzu häufig zu vergessen scheinst, mein lieber Raven. Du kannst nicht leugnen, dass ich mich dir gegenüber immer äußerst nachsichtig gezeigt und dir so manche deiner Eskapaden habe durchgehen lassen, ohne ein Wort darüber zu verlieren. Doch dass, was du dir jetzt geleistet hast, ist nicht so leicht zu verzeihen. Indem du diesen Schotten versteckt hieltest, hast du nicht nur mich sondern auch deinen König hintergangen und begingst somit Hochverrat.«

»Das ist doch Unsinn«, wehrte Raven entrüstet ab.

»Meinst du? Wie würdest du es denn nennen, wenn man derart unverfroren mit dem Feind kollaboriert?«, fragte Georg mit zusammengekniffenen Augen.

In Raven tobte ein wahrer Gefühlssturm, als er den Blick hob und ihn auf seinen gleichgültig wirkenden Bruder richtete.

»Ihr lasst zwei unschuldige Menschen mit einer Kaltschnäuzigkeit töten, die einem das Blut in den Adern gefrieren lässt, nur um mich an meinen Gehorsam zu erinnern? Mangelt es euch so sehr an anderen Wegen, mich mit Füßen zu treten?«

»Keineswegs, Bruderherz. Was das anbelangt, liefert meine Fantasie mir nahezu grenzenlos neue Ideen. Aber diese übertrifft sie alle.«

»Was erwartet Ihr von mir, das ich tue? Vor Euch auf den Knien herumzurutschen und um Gnade zu betteln? Ist es das, was Ihr wollt? Sagt es mir, verdammt!«

Um Georgs Mundwinkel zuckte ein Lächeln, das die geradezu lustvolle Grausamkeit in seinem Inneren deutlich preisgab.

»Ich erwarte von dir, dass du leidest, während du ertragen musst, wie sich die Schlinge um ihre Hälse zuzieht und ihnen die Augen aus dem Kopf quellen, während sie langsam die Kontrolle über sich verlieren und ihnen die Pisse an den Beinen herabtropft.« Seine Gesichtszüge verhärteten sich wieder, und er fuhr fort: »Du wirst heute Nachmittag um Punkt zwei auf dem Richtplatz erscheinen. Solltest du nicht da sein, werde ich höchstpersönlich dafür sorgen, dass du künftig durch die Hölle gehst.«

»Das tue ich bereits seit zweiundzwanzig Jahren«, murmelte Raven finster.

»Dann waren meine Bemühungen ja von Erfolg gekrönt«, erwiderte Georg boshaft. »Und jetzt geh mir aus den Augen und spiel weiter im Dreck oder denk darüber nach, wie es dir gelingen könnte, sie zu retten, obwohl es absolut vertane Zeit ist.« Er ließ ein höhnisches Lachen hören. »Du bist ein Verlierer, Raven. Das warst du schon immer, und es wird sich auch niemals ändern.«

27

Mit einer knappen Handbewegung gebot Ewan dem kleinen Reitertrupp stehenzubleiben und abzuwarten, während er selbst an den Rand der kleinen Waldung ritt und seinen Blick konzentriert über das weitgehend flache Gelände schweifen ließ, das sich vor ihnen erstreckte. Aus dem Augenwinkel nahm er Kenzie wahr, der ihm wie selbstverständlich gefolgt war.

»Das ist sie also?«, fragte er, ohne seine akribische Beobachtung zu unterbrechen.

Der junge MacDuff nickte mit spürbarem Unbehagen. »Aye, Sir. Fitheach Creag. Diesen Ort werde ich sicher mein ganzes Leben nicht mehr vergessen.«

»Rabenfels ...«, übersetzte Ewan grüblerisch. »Wenn sie sich uns gegenüber doch derart überlegen fühlen, warum, zum Henker, benutzen sie dann einen gälischen Namen für ihre Behausung?«

Die Burg, der sein Interesse galt, war nicht besonders groß und hatte über die Jahre erkennbar an ihrer Wehrfähigkeit gelitten. Außer einem seitlich gelegenen Bergfried, dessen Höhe Ewan auf nicht mehr als sechzig Fuß schätzte, gab es keine weiteren Wachtürme. Ganz offensichtlich bestand ihr Nutzen vornehmlich darin, Wohnraum zu schaffen, was er an einem weiteren Detail bestätigt fand. Die weit geöffneten Tore waren mit zwei plaudernden, lässig an die Mauern gelehnten Wachen besetzt, die ihre Aufgabe weder in einer kriegerisch anmutenden Repräsentation noch in der ernsthaften Absicherung des umliegenden Geländes zu sehen schienen.

»Wie gut, glaubst du, sind sie gegen einen Angriff geschützt?«, erkundigte er sich an seinen Begleiter gewandt und rieb sich nachdenklich über den kratzigen Drei-Tage-Bart an seinem Kinn.

Kenzie zuckte die Achseln. »Soweit ich weiß, gibt es eine Handvoll Soldaten, um Raubzüge abwehren zu können.«

»Alles andere wäre wohl auch überaus gewagt. Die Nähe zur schottischen Grenze ist sicher nicht selten ein Anreiz für Plünderer, dem Burgherrn einen unerfreulichen Kurzbesuch abzustatten«, schmunzelte Ewan, wurde aber sofort wieder ernst.

»Wie wollt Ihr es anstellen, da reinzukommen?«, fragte Kenzie.

»Das Rein bereitet mir weit weniger Kopfzerbrechen als das anschließende wieder Raus«, erwiderte Ewan seufzend. »Wir begeben uns auf unbekanntes Terrain. Zu kämpfen und zeitgleich nach Brendan und Sionnach zu suchen, wird ein halsbrecherisches Unterfangen.« Eher beiläufig folgte sein Blick einem einsamen Reiter, der in diesem Moment die Burg verließ und mit brachialem Tempo auf die Schonung zuritt, in der sie sich verborgen hielten.

Auch Kenzie schien den Reiter bemerkt zu haben. Neugierig beugte er sich ein wenig vor und bog die Zweige auseinander, als müsse er sich dessen, was er glaubte zu sehen, erst vergewissern.

»Was hieltet Ihr davon, wenn wir eine Geisel nähmen, Sir?«, schlug er plötzlich vor, während sich ein triumphierendes Grinsen auf seinem Gesicht ausbreitete. »Würde es sich vielleicht als hilfreich erweisen?«

Überrascht fixierte Ewan den jungen MacDuff. »Wenn es sich dabei um die richtige Person handelt, wäre es nicht nur hilfreich sondern als geradezu unverschämt günstiger Glücksfall zu bezeichnen. Warum fragst du?«

Kenzie deutete mit einem Kopfnicken auf den sich nähernden Reiter. »Wenn mich nicht alles täuscht, läuft uns gerade der hiesige Viscount in die Arme.«

»Sagtest du nicht, dass es sich bei dem Burgherrn um einen Duke handelt?«

»Sie sind zu zweit, Sir. Der Duke hat das Sagen, kommt aber nur selten raus aus seinem Gemäuer. Man erzählt sich, dass er die anfallende Drecksarbeit vornehmlich von seinem jüngeren Bruder, dem Viscount, erledigen lässt«, erklärte Kenzie eifrig.

»Und du bist dir sicher, dass dieser Kerl da vorne tatsächlich jener welcher ist?«, zweifelte Ewan. »Ich will nicht mehr Schwierigkeiten als unbedingt nötig.«

Doch Kenzie ließ sich nicht beirren. »Das ist der Viscount. Ganz bestimmt, Sir. Ich habe ihn einmal gesehen. Er kam in Begleitung Eurer Tochter in den Steinbruch, als sie nach Brendan suchten.«

Die Aussage des jungen MacDuff trug merklich zu Ewans Entspannung bei. Er lenkte sein Pferd zurück zu der wartenden Gruppe und erläuterte in knappen Zügen seinen Plan. Die Männer, die Ranald MacDonell ihm mitgegeben hatte, waren allesamt erfahren und seit vielen Jahren kampferprobt. Mit zweien von ihnen hatte er erst im Frühjahr sehr erfolgreich einen Viehraub abgewickelt. Er wusste, dass er jedem einzelnen von ihnen blind vertrauen konnte und sie einander bedingungslos schützen würden, ganz gleich, was geschah. Doch heute, das schwor er sich, war nicht der Tag, an dem einer von ihnen seinen letzten Schwerthieb führen würde. Zutiefst entschlossen folgten seine

Augen dem Weg des jungen Viscounts.

»Heute ist dein Glückstag, Engländer«, grollte er bissig, »denn du erhältst die einmalige Gelegenheit, den Fluch deiner Herkunft mit einem Blutopfer zu mildern!«

Angetrieben vom hilflosen Zorn, Sionnach den Gang zum Galgen nicht ersparen zu können, gab Raven seinem Pferd die Sporen und flüchtete ziellos aus der Kälte der Burg, die ihm nun verhasster war denn je. Das erdrückende Gefühl der Machtlosigkeit staute sich in seiner Brust wie ein tonnenschwerer Klumpen und nahm ihm die Luft zum Atmen. Mit jeder Minute, die verstrich, wuchs sein Empfinden, daran ersticken zu müssen. Zunächst hatte er vorgehabt, hinunter ins Verlies zu stürmen und sie ohne Rücksicht auf Verluste zu befreien. Es wurde ihm jedoch rasch klar, dass dieser Plan ihn zu genau dem machen würde, was er an Georg derart verabscheute, und so ließ er ihn wieder fallen. Seine nächste Überlegung war, unter dem Vorwand, Sionnach noch ein letztes Mal sehen zu wollen, Gift in ihre Zelle zu schmuggeln, um sie wenigstens friedlich sterben zu lassen. Aber auch diese Möglichkeit verwarf er, denn fortan mit dem Gedanken leben zu müssen, ihren Tod von eigener Hand herbeigeführt zu haben, schien ihm genauso unerträglich. Schweren Herzens lenkte er sein Pferd in die kleine Waldung, die nahe der Burg lag und Georg als Jagdrevier diente. Er brauchte jetzt eine Weile für sich allein, um wieder einen klaren Kopf zu bekommen. Am liebsten wäre er einfach weitergeritten und vor dem, was ihm in knapp zwei Stunden bevorstand, davongelaufen. Da es aber genau das war, was Georg sich erhoffte, unterdrückte er seine Fluchtgedanken so gut es ging.

»Auf ein Wort, Mylord«, entriss eine Stimme ihn in diesem Moment blitzartig aus seiner geistigen Abwesenheit. Erschrocken richtete er sich im Sattel auf. Vor ihm stand ein junger Mann, dessen muntere, grüne Augen ihm seltsam bekannt vorkamen und der wie beiläufig nach dem Halfter seines Pferdes griff, fast so, als wolle er ihn am Weiterreiten hindern.

»Ich kenne dich doch«, rätselte Raven stirnrunzelnd. »Bist du nicht einer der Arbeiter aus dem Steinbruch?«

Kenzie vollführte eine anerkennende Verbeugung. »Für einen englischen Aristokraten ist Euer Gedächtnis wirklich beachtlich«, lobte er spöttisch. »Ich hätte nicht gedacht, dass Ihr Euch an die Menschen erinnert, die Ihr auf Befehl Eures Bruders schinden lasst.«

Raven wollte gerade dazu ansetzen, etwas zu erwidern, als er plötzlich den kalten Lauf eines Gewehrs in seinem Nacken spürte.

»Wenn Ihr unter den gegebenen Umständen wohl die Güte hättet abzusteigen«, wies Kenzie ihn lächelnd an, und Raven zögerte keine Sekunde, seiner Aufforderung zu folgen. Vorsichtig sah er sich um und erhaschte einen Blick auf fünf weitere Männer, die mit geradezu stoischer Ruhe einen Kreis um ihn schlossen. Jeder von ihnen, einschließlich des Jungen, den er aus dem Steinbruch kannte, war mit einem festen, weißen Baumwollhemd und einem Kilt in den Farben des Clans bekleidet, dem auch Brendan und Sionnach angehörten. An den breiten Ledergürteln, die die wollenen Tücher um die Hüften gerafft hielten, trugen sie neben einer kleinen Felltasche ihre landesüblichen Breitschwerter. Das ihnen bis zu den Schultern reichende, teilweise geflochtene Haar war mittels dünner Lederriemen zu losen Zöpfen nach hinten gebunden. Raven vermutete, dass sie eine längere Reise hinter sich und die Nacht im Freien verbracht hatten, denn es hafteten vereinzelt vertrocknete Blätter darin. Ihre wettergegerbten Gesichter waren unrasiert, und der wild sprießende Bartwuchs ließ sie noch bedrohlicher erscheinen, als sie eh schon wirkten.

»Wenn ihr vorhabt, mich zu bestehlen, werdet ihr kein Glück haben«, ergriff er mutig das Wort und sah beinahe gleichgültig zu einem unmittelbar vor ihm stehenden Mann mit flammend roter Mähne auf.

Doch der ignorierte Ravens Verdacht geflissentlich und fragte stattdessen mit unverkennbar schottischem Akzent: »Seit Ihr der Viscount des Dukes of Northumberland?«

»Leider Gottes, ja«, antwortete Raven wahrheitsgemäß. Für den Bruchteil einer Sekunde hob der rothaarige Schotte erstaunt die Brauen, wandte sich aber sogleich wieder an einen seiner Männer und sagte etwas auf Gälisch zu ihm. Der Angesprochene nickte, ging zu seinem Pferd und kehrte nachfolgend mit einem Seil in der Hand zurück. Routiniert begann er, Raven die Arme auf den Rücken zu fesseln. Der wehrte sich nicht.

»Was wollt ihr von mir, wenn nicht Geld?«

»Ihr werdet für sicheres Geleit sorgen und uns freundlicherweise helfen, unbehelligt in die Burg und wieder hinaus zu gelangen«, gab der Rothaarige bereitwillig Auskunft.

»Was auch immer eure Gründe sind, ihr habt euch einen denkbar schlecht Tag dafür ausgesucht«, erwiderte Raven und versuchte trotz der strammen Fesseln eine einigermaßen würdevolle Haltung einzunehmen. Sein Blick streifte die strahlend blauen Augen des Mannes, den er für den Anführer der kleinen Gruppe hielt. Er betrachtete dessen Tartan etwas genauer, und in seinem Herzen keimte eine vage Hoffnung. Offensichtlich gehörten diese Schotten dem gleichen Clan an wie Sionnach und Brendan. Wenn dem tatsächlich so war, konnte er sich ihre Herkunft vielleicht zunutze machen.

»Dè an t-ainm a th'ort?«, fragte er einem Impuls folgend.
Wie ist dein Name?

Er hoffte inständig, dass die paar Brocken, die Sionnach ihm beigebracht hatte, ausreichen würden, um den Mann verstehen zu lassen. Offenbar schien es zu genügen, denn der Rothaarige sah interessiert auf und begegnete Ravens verunsichertem Blick mit unverhohlener Belustigung.

»Habe ich mich gerade verhört? Ein verdammter Sasanach, der Gälisch spricht! Oder sich zumindest recht erfolgreich daran versucht.« Er verschränkte die Arme vor der Brust und musterte Raven ungeniert von oben bis unten. »Mein Name ist Ewan MacDonell of Glengarry«, antwortete er schließlich ebenfalls in seiner Muttersprache. »Ist Euch damit geholfen?«

»MacDonell of Glengarry ...«, wiederholte Raven wie elektrisiert. Er hatte zwar keine Ahnung, wie sich die einzelnen Sippen und deren Verwandtschaftsverhältnissen innerhalb eines Clansystems zusammensetzten, aber dieser Mann trug zumindest den gleichen Namen wie Sionnach. Die Aussicht, dass er für sie einstehen würde, war sicher nicht die schlechteste, und eine größere Chance, sie vielleicht doch noch retten zu können, würde sich vermutlich nicht mehr bieten.

»Was ist los? Hat das Erstaunen vor der eigenen Courage Euch plötzlich die Sprache verschlagen?«, feixte Ewan ironisch.

»Ihr müsst mir helfen!«, bat Raven beschwörend.

»Nein, mein Junge, da habt Ihr eindeutig etwas falsch verstanden. Nicht wir sondern Ihr werdet uns helfen.« Er deutete mit dem Daumen auf das abschussbereite Gewehr. »Ihr werdet den Duke davon überzeugen, dass er besser tun sollte, was wir von ihm verlangen. Ansonsten wird er heute Abend warmes Blut von den Stufen seines Hauses wischen lassen müssen und vor seinem Schöpfer den allzu frühen Tod seines geliebten Bruders zu beklagen haben.«

»Grundsätzlich ist der Plan nicht schlecht. Die Sache hat nur einen winzigen Haken - sie wird nicht funktionieren.«

Die Männer, die ihn in Schach hielten, wirkten irritiert und tauschten alarmierte Blicke.

»Und worin sollte Eurer Meinung nach der Grund des Scheiterns liegen?«, fragte Ewan verächtlich.

»Lediglich in der Tatsache, dass der Duke dem Schöpfer, statt über meinen Tod zu jammern, eher auf Knien danken wird, dass ein Trupp feindlich gesinnter Hochlandschotten ihm auf so unkomplizierte Weise ein lästiges Übel abgenommen hat.«

Ewan sah verärgert zu Kenzie hinüber und knurrte finster: »Was soll denn das heißen, MacDuff? Du sagtest doch, sie seien Brüder.«

»Seine Verwandtschaft sucht man sich eben nicht aus«, entgegnete Raven anstelle des jungen Schotten und grinste befangen. Er konnte nicht verhehlen, dass die martialisch anmutenden Männer ihm gehörigen Respekt einflößten. Nichtsdestotrotz setzte er all seine Hoffnung darauf, sie zu einer kurzzeitigen Allianz bewegen zu können. »Ich werde Euch helfen, in die Burg zu gelangen, wenn Ihr mir im Gegenzug dafür ebenfalls einen Gefallen erweist.«

»Ewan«, warnte der Mann, der Raven das Gewehr in den Nacken hielt, auf Gälisch, »du willst dich doch nicht allen Ernstes mit diesem englischen Hund einlassen! Die sind doch alle bloß auf ihren eigenen Vorteil bedacht. Und ganz besonders der Adel. Sie haben König James um den Thron gebracht. Man kann ihnen nicht trauen. Das weißt du genau.«

Raven biss sich angespannt auf die Unterlippe und schluckte den Kommentar herunter, der ihm auf der Zunge brannte. Ungeduldig erwartete er die Entscheidung des rothaarigen Schotten.

»Bitte, Sir!«, drängte er.

»Mich interessiert, was er glaubt, das wir für ihn tun können«, schlug Ewan schließlich die Warnung seines Kameraden in den Wind und fixierte Raven abermals. »Gesetzt dem Fall, ich würde auf Euren Vorschlag eingehen – um was handelt es sich?«

»Ihr müsstet eine Hinrichtung verhindern und mir bei der Befreiung von drei Gefangenen helfen. Allerdings bleibt uns dafür nicht mehr besonders viel Zeit.«

Zu dem Misstrauen auf Ewans Gesicht mischte sich Neugier. Man konnte ihm das Verlangen, es mit Raven zu versuchen, von den Augen ablesen.

»Verzeiht meinen Wissensdurst, aber wer könnte für einen Mann wie Euch dermaßen viel Bedeutung besitzen, dass es Euch den Verrat am eigenen Bruder wert ist?«

»Meine beiden Diener und ein entflohener Sträfling«, antwortete Raven ohne Umschweife. Aus irgendeinem Grund hatte er das Gefühl, dass es klüger war, die Schotten nicht zu belügen.

»Ihr riskiert Kopf und Kragen für Euer Gesinde? Ich muss sagen, Ihr überrascht mich aufs Angenehmste, mein Junge.«

»Und – werdet Ihr mir nun helfen?«

»Ihr werdet Euch als Geisel zur Verfügung stellen müssen, um uns einen sicheren Rückzug zu gewährleisten.«

Raven nickte bereitwillig. »Wenn Ihr mir garantiert, dass die drei mit Euch und Euren Männern reiten dürfen, bis sie weit genug entfernt und einigermaßen sicher sind, werdet Ihr mich bekommen.«

»Wie es scheint gibt es unter Euresgleichen doch den ein oder anderen, in dessen Adern Blut statt Eiswasser fließt«, befand Ewan anerkennend. »Nun denn - wie ist Euer Plan?«

28

Mit klopfendem Herzen führte Raven drei der sieben Schotten direkt auf die Tore der Burg zu. Zweifelsohne fühlten sie sich nicht besonders wohl in ihrer Haut, was aber nicht an der Brisanz ihrer Mission sondern vielmehr an der, wie selbst Raven zugeben musste, etwas skurril wirkenden Kostümierung lag. Um ihre Herkunft so gut wie möglich vertuschen zu können, hatte er den Männern zuvor die Kleidung einiger Soldaten besorgt, in die sie mit Todesverachtung geschlüpft waren. Lediglich Kenzie hatte seinen Kilt anbehalten dürfen, denn er hatte die Rolle des Lockvogels übernommen. Mit einem um seine Handgelenke gebundenen Seil lief er wie ein begossener Pudel hinter den drei Reitern her.

Als sie den Torbogen erreicht hatten, nahmen die beiden davor postierten Wächter eilends Haltung an, und Raven wollte schon erleichtert mit einem kurzen Gruß an ihnen vorbeireiten, als sie sich dem kleinen Trupp mit reglosen Mienen in den Weg stellten.

»Entschuldigt, Mylord«, sagte einer von ihnen mit einem vernehmlichen Räuspern, »aber auf Befehl Seiner Hoheit, des Dukes, sind wir heute dazu angehalten, jeden zu überprüfen, der die Burg zu betreten wünscht.« Argwöhnisch musterte er die verkleideten Schotten, die sich mit sichtlichem Unwohlsein in ihren viel zu engen Kleidern wanden.

Ravens Finger krallten sich so fest um die Zügel seines Pferdes, dass das Weiße an den Knöcheln hervortrat. Wieder einmal stand außer Frage, wem von beiden Brüdern die größere Ergebenheit der Leute auf Fitheach Creag gehörte. Doch da solcherlei Demütigungen sein täglich Brot waren, fiel es ihm leicht, sich seinen Groll nicht anmerken zu lassen und zu entgegnen: »Sehr gut, Männer. Euer Pflichtbewusstsein wird lobende Erwähnung beim Duke finden.« Die Augen der Wächter leuchteten freudig auf, und Raven nutzte sogleich ihren Moment der

Schwäche, indem er mit dem Daumen auf seine Begleiter deutete. »Diese Männer sind Kopfgeldjäger aus Irland. Vor ein paar Jahren haben sie ihr Jagdgebiet auf England und Schottland erweitert. Auf ihrem Streifzug hörten sie zufällig von der Revolte im Steinbruch und haben einen unserer entflohenen Sklaven gefangen.«

Die Wächter betrachteten den krampfhaft zu Boden starrenden Kenzie mit unumwundener Geringschätzung und frotzelten: »Einen Haggis-Fresser haben sie erwischt! Glückwunsch. Obwohl sie wahrscheinlich nicht viel für ein so mickriges Exemplar kriegen werden.« Aus ihren Kehlen klang ein boshaftes Lachen. »Wenn die zwei sich beeilen, können sie ihm beim Henker gleich einen Strick für die heute angesetzte Hinrichtung anpassen lassen. Verdient hätte er es schon allein für die Ruchlosigkeit, als Mann einen beschissenen Weiberrock zu tragen.«

Hastig warf Raven den berittenen Schotten an seiner Seite einen warnenden Blick zu. Die beiden Männer begriffen schnell und fielen in das höhnische Gelächter der Soldaten ein, die sie daraufhin ungehindert ins Innere der Burg reiten ließen. Den gefesselten Kenzie zogen sie mit einem Ruck hinter sich her.

»Wir sind drin. Wo sind nun also Eure verurteilten Diener, Engländer?«, raunte Ewan ihm zu und schaute sich unauffällig im Hof um.

»Sie müssten jeden Moment kommen«, erwiderte Raven nervös angesichts des mit drei jungfräulichen Stricken bestückten Galgens. »Ich hoffe bei Gott, Eure Männer können tatsächlich so gut mit dem Gewehr umgehen, wie Ihr behauptet.«

»Ihre Zielgenauigkeit wird im Wesentlichen von Eurer Bereitschaft zur Kooperation abhängen, junger Viscount. Wenn Ihr -« Eine in diesem Augenblick herannahende Gruppe veranlassten den rothaarigen Schotten plötzlich abrupt innezuhalten. Ungläubig starrte er auf die drei mit schweren Handeisen gefesselten Gefangenen, die sie in ihrer Mitte führten. »Sind sie das?«, fragte er tonlos.

Raven nickte.

Sie saßen ab, und Ewan durchtrennte mit einem raschen Schnitt Kenzies Fesseln. Der Junge rieb sich dankbar über seine Gelenke.

»Sir!«, entfuhr es ihm bestürzt, als auch er die Delinquenten erkannte, doch Ewan bedeutete ihm mit einem angedeuteten Kopfschütteln zu schweigen. Raven, der von dem stillen Zwiegespräch der beiden nichts mitbekommen hatte, suchte unterdessen sämtliche Ecken und Winkel nach den Männern ab, die er zuvor über den verborgenen Zugang eines weit verzweigten, unterirdischen Höhlensystems ins Innere von Fitheach Creag geschleust hatte. Durch die Entscheidung sich aufzuteilen, würde sich ihre Aussicht auf Erfolg erheblich verbessern. Zumindest spekulierte Raven darauf. Sollten die vier Schotten es nicht geschafft haben, sich bis hierher durchzuschlagen, würde ihnen immer noch die geringfügige Hoffnung bleiben, es offensiv angehen zu können. Sein Blick wanderte hinauf zu dem kleinen Balkon vor dem Schlafgemach seines Bruders. Georg war hinausgetreten und positionierte sich nun mit gestrafften Schultern und arrogant in die Höhe gerecktem Kinn vor der Brüstung. Er hatte sich herausgeputzt, als gelte es statt einer grausamen Exekution einem feierlichen Freudenakt beizuwohnen. Unter dem Revers seines taillierten, mit aufwändigen Stickereien verzierten Überrocks trug er ein blütenweißes Hemd mit einer Reihe polierter Goldknöpfe, wohingegen seine schlanken Beine in schlichten, enganliegenden Kniehosen steckten. Um den Hals hatte er sich ein Tuch aus feinster Spitze binden lassen, auf das sich eine Locke seiner sorgfältig frisierten Perücke verirrt hatte. Seine Augen glitten suchend über den Hof, auf dem sich in der Zwischenzeit die gesamte Burgbevölkerung versammelt hatte, bis sie schließlich Ravens hochgewachsene Gestalt entdeckten und darauf haften blieben. Ihre Blicke kreuzten sich, und Raven spürte, wie sein Zorn zu wachsen begann. Er hatte jedoch keine Zeit, sich diesem Gefühl hinzugeben, denn Ewan neigte den Kopf unmerklich in seine Richtung.

»Ihr habt nicht besonders viel Ähnlichkeit mit Eurem Bruder«, bemerkte er zynisch.

»So oder so nicht«, erwiderte Raven kalt, während er den unsicheren Schritten der sichtlich verängstigten Sionnach folgte.

Unwillkürlich spannten seine Muskeln sich an, und jede Faser seines Herzens schrie danach, sie so schnell wie möglich von der Furcht zu erlösen, die man sie zwang auszuhalten.

Einen Moment, du musst nur noch einen kurzen Moment warten, dachte er, dann bist du wieder frei ...

Die dicken Balken des dreischläfrigen Galgens inmitten des Burghofes ragten düster und bedrohlich in den regenverhangenen Himmel dieses letzten, grauen Novembertages. Von jedem baumelte ein durch einen Henkersknoten zu einer Schlaufe in Größe ihrer Köpfe gedrehter Strick herab, der begierig darauf zu warten schien, sich endlich um ihre Hälse schmiegen zu dürfen. So fest sie es sich auch vorgenommen hatte, es war Sionnach unmöglich, an ihnen vorbeizuschauen. Die Angst über das Bevorstehende lähmte ihr Denken und betäubte ihre Sinne. Mit glasigem Blick versuchte sie, sich auf Brendan zu konzentrieren, der direkt vor ihr lief, dabei jedoch von zwei Männern gestützt werden musste. Es ging ihm entsetzlich schlecht, und Sionnach hatte bereits befürchtet, dass er es nicht einmal mehr bis zur Hinrichtung schaffen könnte. Die Folgen der Haft forderten ihren Tribut, und langsam begann auch in ihr Übelkeit aufzusteigen. Der Boden unter ihren Füßen schwankte, und sie wurde von dem erdrückenden Gefühl überwältigt, der Schwäche ihrer zittrigen Beine nicht länger standhalten zu können. Drei Tage lang hatte man sie in der eisigen Dunkelheit ihrer feuchten Zelle mit nichts als einer Schale vergorenen Haferbreis und einem Krug Wasser darben lassen. Und so absurd es auch klingen mochte, Sionnach empfand es beinahe als Erleichterung, dass ihre Qualen und die nagende Ungewissheit, was geschehen würde, nun mit diesem letzten Gang ein Ende fanden.

Die Soldaten bahnten sich nur mühsam einen Weg durch die stetig wachsende Zahl der Schaulustigen, um ihre Gefangenen zum Richtplatz zu führen. Das Herz schlug Sionnach hart gegen die Brust, als sie für einen Moment den Kopf hob und den sensationslüsternen Blicken der umstehenden Leute begegnete. Mit vielen von ihnen hatte sie für eine Weile Tür an Tür gelebt.

Nun schienen sie wie Fremde, von ihrem Schicksal nicht mehr berührt als von dem eines verendenden Hundes. Doch die Aufmerksamkeit der Menschen wurde unverhofft von ihr abgelenkt, als der Henker den Platz betrat und unter allgemeinem Gemurmel Position am Galgen bezog. Widerstandslos und mit gesenktem Blick ließ Sionnach zu, dass man sie einem der Stricke zuteilte. Der Henker packte sie beim Oberarm und zwang sie, über eine kleine Trittleiter auf die darunter stehende Kiste zu steigen.

»So sieht man sich wieder, Vögelchen«, hörte sie ihn sagen, »wenn auch zu einer gleichsam kurzen Begegnung.« Müde schaute sie zu ihm auf und erschrak. Der Mann, der in wenigen Minuten ihrem Leben ein Ende setzen würde, war Master Marcus! Er griff nach dem Strick und streifte ihn ihr beinahe zärtlich über den Kopf.

»Ich hätte nicht gedacht, dass mein Wunsch nach Rache sich derart schnell erfüllen würde«, raunte er ihr ins Ohr. »Und was deinen Bruder betrifft - hättest du ihn weiterhin in meiner Obhut belassen, wäre ihm sicher noch ein wenig mehr Zeit vergönnt gewesen. Sei's drum. Ich wünsche einen angenehmen Tod.« Mit einem kräftigen Ruck zog er den Strang in ihrem Nacken zu. Verstört schwankte Sionnach nach vorne, aber Master Marcus hielt sie fest. »Kannst es wohl nicht abwarten, wie? Nur schön langsam, Vögelchen. Ich entscheide, wann gestorben wird.« Auf seinem Gesicht breitete sich ein Ausdruck lustvoller Befriedigung aus, als er sich gemächlich Brendan und Sebastian zuwandte. Um seinem schier grenzenlosen Verlangen nach Grausamkeit noch mehr Nachdruck zu verleihen, stellte er sie so auf, dass sie einander gegenüberstanden. Sionnachs Atmung drohte sich zu überschlagen. Rasend vor Kummer und Angst suchte sie Brendans Blick.

»Mach die Augen zu, Kleines«, sagte er mit schwacher Stimme und lächelte sanft, »und schicke deine Seele voran in die Berge und Täler Schottlands.«

Aufsteigende Tränen rannen warm über Sionnachs bleichen Wangen, als Master Marcus von hinten an ihren Bruder herantrat und den Fuß, bereit zur Vollstreckung des Urteils, auf die

Kante der Kiste setzte. Er sah hinauf zu Georg, der unmerklich nickte.

»Brendan!«, schrie sie verzweifelt auf. Durch ihre Bewegung schnürte der Strang sich unwillkürlich enger um ihre Kehle, doch sie bemerkte es kaum.

»Wir sehen uns auf der anderen Seite«, stieß Brendan schmerzerfüllt hervor. Dann verlor er den Boden unter den Füßen.

29

Wo zum Teufel waren bloß diese verwünschten Schotten?, durchfuhr es Raven. Er biss sich nervös auf die Unterlippe. Die Nerven zum Zerreißen gespannt, verfolgte er Brendans Hinrichtung und schauderte. Sich zweifellos sehr wohl im Klaren darüber, den Verurteilten damit einen äußerst langwierigen und unsäglich qualvollen Tod zu bescheren, hatte Master Marcus Strang und Fallhöhe so gering wie möglich gehalten. Während der junge Schotte bereits zuckend darum kämpfte, von seinen Leiden erlöst zu werden, trat Marcus nun auch Sionnachs Kiste fort. Raven unterdrückte einen Aufschrei, und auch Ewan schien starr vor Entsetzen.

Doch dann ging plötzlich alles rasend schnell. Noch ehe die Schlinge um Sionnachs Hals sich zusammenziehen konnte, knallte ein Schuss und gleich darauf ein zweiter. Das Seil riss schmauchend entzwei und gab sie frei. Sionnach kippte haltlos nach vorn und landete infolge ihrer gefesselten Hände unsanft mit der Stirn im Schlamm. Ein dritter und vierter Schuss folgte und ließ Brendan mit einem dumpfen Aufprall unweit seiner Schwester zu Boden stürzen, wo er kraftlos röchelnd liegenblieb. Irritiert wanderte Master Marcus Blick erneut zu Georg, der dem Tumult im Burghof bebend vor Zorn folgte und rot anzulaufen begann.

»Nun zu Eurem Teil der Abmachung«, hörte Raven Ewan in diesem Moment zischen. Der Schotte packte ihn grob beim

Schopf und zerrte ihn mit grimmiger Miene und gezogenem Schwert hinüber zum Galgen, wo er mit einem sauberen Schnitt Sebastians Strick durchtrennte und nur einen Sekundenbruchteil später auf dem Absatz herumwirbelte, um die Klinge mit wildem Gebrüll in die Brust des Henkers zu stoßen. Instinktiv und voller Ungläubigkeit über das Geschehene presste Master Marcus die Hand auf die klaffende Wunde und sank ächzend gegen die hinter ihm befindliche Hauswand, während auf seinem Hemd ein dunkelroter, sich rasch ausbreitender Fleck sichtbar wurde.

»Niemand vergreift sich ungestraft an meinem Sohn, Schlächter«, knurrte Ewan voller Hass.

»Ein verfluchter Schafficker …«, stöhnte Marcus unter Aufbietung seiner ihm noch verbliebenen Kraft. Dann sackte er leblos zusammen, und sein Blick brach.

»Euer … Sohn?«, stammelte Raven entgeistert, aber der rothaarige Schotte reagierte nicht darauf. Stattdessen übergab er Raven seinem Kameraden und kniete sich zu Brendan in den Schlamm. Geschickt lockerte er das Seil um dessen Kehle und richtete den jungen Mann ein wenig auf. Der öffnete flüchtig die Augen und erbrach sich hustend neben seinem Vater. Ewan strich ihm sacht über das wirre Haar und sah hinüber zu Sionnach.

»Alles in Ordnung mit dir, mein Herz?«, versicherte er sich auf Gälisch ihrer Unversehrtheit. Sionnach nickte schwach und griff zitternd nach Kenzies angebotener Hand.

»Was, zum Donnerwetter, glaubt Ihr, Euch erlauben zu können!«, brüllte Georg unterdessen erbost von der Sicherheit seines Balkons auf die kleine Gruppe unter dem Galgen herab. »Wer seid Ihr überhaupt? Ihr dringt ungebeten in diese Burg ein und mischt Euch in meine Angelegenheiten!« Er drehte sich einem seiner Soldaten zu und deutete mit dem Zeigefinger auf Ewan und seine beiden Kameraden. »Ergreift sie!«

»Davon solltet Ihr besser absehen, Engländer«, erwiderte Ewan gelassen und deutete seinerseits auf Raven, »denn wenn auch nur einer Eurer Männer in Erwägung zieht, uns zu nahe zu kommen, werde ich kein Problem damit haben, den Jungen

gleichermaßen abzustechen wie Euren stinkenden Henker.«
Ein Raunen ging durch die Menge, als seine Schwertspitze die Haut an Ravens Kehle anritzte und eine blutige Spur hinterließ.

Raven schluckte beunruhigt und gab sich alle Mühe, trotz der unbequemen Haltung seines überstreckten Kopfes und der blitzenden Klinge an seinem Hals einen Blick auf Georg zu werfen. Was, wenn die Drohung des Schotten seinen Bruder nicht interessierte? Wenn es Georg gleichgültig war, was die Leute über ihn dachten? Würde er sein Ansehen und die damit verbundene Wertschätzung seiner Untertanen riskieren und zulassen, dass man ihn, Raven, vor ihrer aller Augen umbrachte? Georg schien ähnliche Gedanken zu hegen. Unschlüssig schweifte sein Blick zwischen dem gespannt wartenden Volk und den mordlustigen zu ihm aufschauenden Schotten unter dem Galgen hin und her.

Beweise mir gegenüber einmal in deinem Leben Anstand, Georg, flehte Raven stumm, denn er hatte nicht den geringsten Zweifel daran, dass die Schotten ihn ohne großes Bedauern töten würden, sofern sie sich bedroht fühlten.

»Nun gut, ich nehme an, Eure Aktion hat einen Zweck zu erfüllen. Was verlangt Ihr also?«, erscholl Georgs Stimme nach wenigen, Raven schier endlos erscheinenden Minuten über den Burghof.

»Die drei Gefangenen und freien Abzug«, antwortete Ewan kurz angebunden.

»Ihr erwartet von mir, dass ich mich von Euch ersatzlos meiner Dienerschaft berauben lasse? Gutes Personal ist teuer«, ließ Georg spöttisch verlauten. Doch der rothaarige Schotte überging den Zynismus des Dukes.

»Da Ihr offensichtlich ohnehin vorhattet, Euch der drei zu entledigen, sehe ich keinerlei Verhandlungsgrundlage, Sir. Betrachtet sie einfach als gehängt. Vielleicht fällt es Euch auf diese Weise leichter, den entstandenen Schaden zu verschmerzen. Ach, und Euren hübschen Viscount hier nehmen wir ebenfalls mit. Nur als kleine Sicherheit versteht sich, falls Ihr in Erwägung ziehen solltet, uns zu folgen.«

Raven sah, wie Georg die Übereinkunft zwischen sich und Ewan mit einem Nicken bestätigte und wusste, dass ihm die

Entscheidung über das fragliche Schicksal seines jüngeren Bruders nicht besonders schwergefallen war.

Ich bin frei ... endlich bin ich frei! Bei meiner Seele, ich danke dir für deinen Hass, Georg Randall Fitzroy, durchfuhr es ihn seltsam berührt, während man ihn mit groben Stößen zum Gehen antrieb. Als sie schließlich das Burggelände verließen, atmete er tief durch. Für einen kurzen Augenblick überlegte er, sich ein letztes Mal nach Fitheach Creag umzuschauen. Doch der Anblick von Sionnachs flammend rotem Haar ließ ihn sein Ansinnen leichten Herzens vergessen. Ohne Bedauern kehrte er seiner Vergangenheit den Rücken und folgte ihr.

30

Sie kamen nur langsam voran. Nachdem sie eine Weile geritten waren, entschied Ewan, dass ihr Vorsprung ausreiche, um die Pferde von ihrer doppelten Last zu befreien. Er und Kenzie sowie ein weiterer Mann stiegen ab und überließen Sionnach und Brendan ihre Sättel.

»Ich kann ebenso gut zu Fuß gehen«, krächzte Brendan heiser. »Bis auf die Tatsache, dass ihr mich für meinen Geschmack ein wenig zu lange habt zappeln lassen und mein Hals schmerzt, als hätte eine Herde Hochlandrinder darauf herumgetrampelt, fehlt mir nichts.« Sein schwankender Oberkörper neigte sich bedenklich zur Seite, und Ewan sah vorwurfsvoll zu ihm auf.

»Das wirst du schön bleiben lassen, mein Junge. Wenn ich mir deinen Zustand so anschaue, bezweifele ich, ob du selbst zu Pferd bis nach Hause kommst.« Auch Sebastian machte Anstalten abzusitzen, doch Ewan schüttelte den Kopf und zeigte auf Raven. »Er wird laufen.«

»Aber er ist mein Herr!«, protestierte Sebastian entrüstet. »Ich kann doch nicht von ihm verlangen -«

»Für ihn ist jetzt Schluss mit dem Herumkommandieren«, unterbrach Kenzie den weizenblonden Diener schroff. »Er und Seinesgleichen haben mich meiner Freiheit beraubt und fast ein Jahr lang schlimmer als ein Tier gehalten. Es wird Zeit, dass er am eigenen Leib erfährt, wie sich das anfühlt.« In seinen Augen loderte leidenschaftlicher Zorn, und obwohl er sich nichts vorzuwerfen hatte, senkte Raven beschämt den Kopf.

Ewan legte dem aufgebrachten Kenzie beschwichtigend die Hand auf die Schulter.

»Ich kann deine Gefühle durchaus nachvollziehen, mein Freund. Dein Stolz ist verletzt, und du bist wütend. Dennoch ist es nicht an uns, ihn für seine Taten zur Rechenschaft zu ziehen. Das ist definitiv Angelegenheit des Chiefs.«

»Du willst ihn mit nach Schottland nehmen?«, mischte Sionnach sich in das Gespräch der Männer ein. »Warum lässt du ihn nicht einfach gehen? Es kann uns niemand mehr schaden. Du hast selbst gesagt, wir wären in Sicherheit.«

»Ich werde ihn Lord MacDonell übergeben, und er wird darüber entscheiden, was weiter mit ihm geschieht.«

»Aber Vater -«

»Es reicht, Sionnach. Du mischt dich in Dinge, die dich nichts angehen.«

»Ich wollte doch nur -«

»Schluss jetzt!«, herrschte er sie verärgert an und fesselte Raven energisch die Hände auf den Rücken. Der ließ es wortlos geschehen und leistete selbst dann keinen Widerstand, als Ewan ihm den übrigen Teil des Seils ähnlich einer Leine um den Hals knotete und das andere Ende am Sattelknauf einer seiner Männer befestigte. Mitleidig heftete Sionnachs Blick sich auf Raven, der jedoch bereit schien, sich ohne Klagen seinem gegenwärtigen Los zu fügen. Für einen Moment hob er den Kopf, und sie sahen einander in die Augen. Dann setzte das Pferd, an das man ihn gebunden hatte, sich in Bewegung und zog ihn unerbittlich hinter sich her.

Müde und verfroren suchten sie bei Einbruch der Dämmerung Zuflucht in einem Waldstück, dessen dichter Pinienbewuchs ihnen halbwegs Schutz gegen den schneidend kalten Wind bot. Zwei der Männer verließen die Gruppe und verschwanden lautlos im unwegsamen Unterholz. Doch schon bald darauf kehrten sie mit einem Kaninchen und zwei Fasanen zurück, die sie neben das knisternde Feuer warfen, welches Kenzie in der Zwischenzeit entfacht hatte.

»Ich kriege bei jedem Wetter eins in Gang«, sagte er zu Sionnach, als hoffe er darauf, sie mit seiner Fähigkeit beeindrucken zu können. »Im Steinbruch wären wir sonst an manchen Tagen wohl elendig erfroren.«

Sie hatte sich ganz in der Nähe auf einem halb verrotteten Baumstumpf niedergelassen und beobachtete gedankenversunken das beinahe noch etwas knabenhaft wirkende Mitglied des MacDuff-Clans. Dass Kenzie, während er sprach, feindselig in Ravens Richtung sah, blieb ihr dabei nicht verborgen. Ohne auf die missbilligenden Blick der umstehenden Männer zu achten, griff sie nach einem der frisch aufgefüllten Wasserschläuche und ging zu ihm hinüber. Ihr Vater hatte Befehl gegeben, den jungen Engländer sitzend an Armen und Hals an einen Baumstamm zu fesseln, so dass er kaum in der Lage war, sich zu rühren. Doch trotz der Geringschätzigkeit, die man ihm entgegenbrachte, schien Raven die rüde Behandlung mit Fassung zu tragen, und in seinen Augen glomm es freudig auf, als Sionnach auf ihn zutrat.

»Es tut mir leid, dass ich Euch nichts weiter als Wasser anbieten kann, Mylord, aber ich dachte, nach dem anstrengend Marsch heute hättet Ihr vielleicht Durst.« Beinahe ein wenig schuldbewusst hielt sie ihm den Schlauch entgegen.

»Und wie!«, entgegnete Raven erleichtert und trank gierig von dem kühlen Wasser. »Aber meinst du nicht, dass du langsam damit aufhören solltest, mich derart förmlich anzureden?«

Während er schluckte, schüttelte Sionnach den Kopf. »Nein, Mylord. Ihr seid nach wie vor der Sohn eines Königs. Daran wird auch Eure derzeitige Situation nichts ändern.«

»Ein Geburtsmakel, das nur schwer rückgängig zu machen und nicht unbedingt ein Grund ist, sich zu brüsten«, bemerkte Raven ironisch. »Bislang hat es mir jedenfalls statt Glück zumeist nur Scherereien bereitet. Obwohl es im Augenblick einen entscheidenden Vorteil hat: Ich bin in deiner Nähe und kann dich stundenlang betrachten, ohne mir den Kopf darüber zerbrechen zu müssen, wie ich es am geschicktesten anstelle.« Er grinste verstohlen.

»Euer Enthusiasmus ist ebenso groß wie Euer Humor schwarz. Wenn Ihr Euch zuvor im Klaren darüber gewesen wärt, welche Folgen es für Euch haben wird, wäre die Bereitwilligkeit, Euch als Geisel eines schottischen Clanoberhauptes zur Verfügung zu stellen, sicher nicht so leicht von der Hand gegangen«, erwiderte Sionnach ernst.

»Dein Vater will mich also tatsächlich eurem Anführer ausliefern?«

»Wie es aussieht – ja.«

»Und was, glaubst du, wird dieser Lord mit mir anstellen?«

»Ich weiß es nicht. Unser Herr ist ein ziemlich mächtiger Mann. Überdies gilt er nicht gerade als Freund der Engländer.«

»Es freut mich zu hören, dass dieser Aspekt dir Sorge bereitet«, sagte Raven. Sionnach sah ihn verständnislos an. »Nun ja«, fuhr er schmunzelnd fort, »solange du dich um mich sorgst, kann ich mir wenigstens sicher sein, dass du Gefühle für mich hegst.«

Sionnach senkte verlegen den Kopf. »Ihr seid ein unverbesserlicher Dickschädel, Raven Cunnings. Ihr steigert Euch in einen Wunsch hinein, dessen Umsetzung niemals Bestand finden würde, und das wisst Ihr ganz genau.«

»Da du mich bei meinem wahren Namen nennst, scheinst du aber ebenfalls darauf zu hoffen, dass es sich erfüllen könnte.«

»Was ich hoffe, ist weit von dem entfernt, was sein wird«, sagte Sionnach leise.

»Dennoch sollte man niemals aufhören, an seine Träume zu glauben, Füchschen.«

»Manchmal ist man gezwungen, es zu tun, Mylord. Ob man nun will oder nicht.«

»Sionnach«, ertönte es in diesem Moment scharf aus Ewans Mund, »die Männer haben Hunger, also komm her und rupf die Fasane. Um den Gefangenen werden wir uns schon kümmern.«

Sionnach warf Raven einen letzten Blick zu und setzte sich

dann neben den bereits tief und fest schlafenden Brendan. Mit geübten Fingern begann sie, die Vögel von ihren Federn zu befreien. Wie zufällig setzte Ewan sich neben sie und schaute ihr eine Weile bei der Arbeit zu.

»Du hast dich verändert, Sionnach. Bist so ernst geworden. Sag mir, was ist dort auf der Burg vorgefallen?«

»Nichts«, erwiderte Sionnach ausweichend, doch die rasche Antwort schien Ewans Misstrauen nur noch mehr zu schüren. Es fiel ihm sichtlich schwer, sie über etwas auszufragen, das er im Grunde gar nicht wissen wollte. Befangen stützte er die Unterarme auf seinen Schenkeln ab.

»Der Engländer - er sagte, du seist seine Dienerin gewesen.«

»Aye.«

»Hat er dich ...«, er räusperte sich unbehaglich, »... nun ja, in irgend einer Weise zu Dingen gezwungen, die einer Beichte bedürften?«

»Er war mein Herr. Ich habe seinen Anordnungen gehorcht, wie jede gute Dienerin es getan hätte«, antwortete Sionnach mit regloser Miene, während ihre Finger unablässig durch das immer spärlicher werdende Federkleid der Fasane glitten.

Ewan seufzte. »Jetzt mach es mir doch nicht so schwer, Mädel. Ich bin dein Vater und will nichts weiter, als dir helfen.«

Sionnachs Kopf schnellte abrupt in die Höhe. »Indem du jemanden eines Vergehens bezichtigst, das er nicht begangen hat? Bei allem Respekt, Vater, du solltest deine Männer dazu anhalten, Raven mit etwas weniger Verachtung zu strafen, denn die hat er wahrhaftig nicht verdient. Er war immer gut zu mir. Er hat Brendan aus dem Steinbruch befreit und das Risiko auf sich genommen, ihn unter den Augen des Dukes vor seinen Häschern zu verstecken. Du siehst also, es ist nicht nötig, Rache für mich zu üben. Zumal an deinem Schwert bereits das Blut eines Mannes klebt, der es zweifellos verdient hatte zu sterben.« Sie warf den bleichhäutigen, schlaffen Fasanenkörper zu Boden und nahm sich schweigend den zweiten Vogel vor.

»Lord MacDonells Männer sind mir nicht zum Gehorsam verpflichtet, Sionnach.« Ewans Blick wechselte hinüber zu Raven. »Er steht auf Williams Seite und ist infolgedessen unser Feind.

Ich kann ihnen nicht befehlen, wie sie sich ihm gegenüber zu verhalten haben.«

»Du kannst ihnen mit gutem Beispiel vorangehen und ihn freilassen«, schlug sie hoffnungsvoll vor. Doch Ewan schüttelte den Kopf.

»Nein, Sionnach. Für die Unterstützung, die der Lord mir gewährt hat, erwartet er Resultate zu sehen.«

»In Form eines weiteren Blutopfers? Sobald Lord MacDonell erfährt, wer Raven ist, wird er ihn töten lassen.«

»Das liegt nicht in unserer Hand, mein Herz.«

Sionnach unterbrach ihr Tun. »Bitte, Vater, tu es nicht!«, flehte sie. »Wenn du ihn an unseren Herrn auslieferst, bist du nicht besser als diejenigen, die mich und Brendan verschleppt haben!« Die schallende Ohrfeige, die gleich darauf ihre Wange leuchtend rot färbte, hatte sie nicht erwartet. Fassungslos starrte sie in das bartumrandete Gesicht ihres Vaters, auf dem sich eine Mischung aus Zorn und Kummer spiegelte.

»Wenn der Engländer tatsächlich dein Herr war, hat er dich in dieser Zeit wenig Respekt gelehrt. Ein Versäumnis, das auch ich mir allem Anschein nach vorwerfen muss.« Er erhob sich schwerfällig. »In deinem Alter solltest du an und für sich gelernt haben, Männern weit achtungsvoller zu begegnen, als du es im Moment tust. Ich denke, es ist dringend angeraten, Ausschau nach einem passenden Bräutigam zu halten. Sobald wir wieder in Glenfinnan sind, werde ich mich darum kümmern.« Ohne sich noch einmal nach seiner Tochter umzusehen, stapfte er von dannen.

Sionnach biss sich auf die Lippe und versuchte vergeblich, ihre Gefühle zu verbergen. Der halbgerupfte Fasan entglitt ihren Händen, doch sie achtete nicht darauf. Ihr tränenverschleierter Blick traf auf Ravens dunkle Augen. Er hatte ihr Gespräch zwar nicht hören aber beobachten können, und ihr Herz krampfte sich schmerzlich zusammen, als er ihr ein tröstendes Lächeln zuwarf. Er hatte sich ihretwegen freiwillig als Geisel zur Verfügung gestellt und war so voller Zuversicht, dass alles sich zum Guten wenden würde. Doch Sionnach bezweifelte, dass Raven auch nur annähernd ahnte, in welcher Gefahr er schwebte. Obgleich sie es am liebsten verdrängt hätte - ihr Vater hatte recht. Seine englischen Wurzeln stigmatisierten Raven und drängten ihn unausweichlich in die Rolle des verhassten Feindes. Das Unterfangen, das er anstrebte, war eine mehr als waghalsige Gratwanderung zwischen den Fronten, und Sionnach mochte sich kaum ausmalen, was man ihm in Verbindung dessen auf Invergarry Castle antun würde. Einmal in Fahrt waren rachsüchtige Hochlandschotten nur äußerst schwer zu bezähmen. Eine Erfahrung, die einem jungen, englischen Viscount wie ihm gänzlich fehlte ...

»Sofern du bislang niemandem versprochen bist, könnte ich deinem Vater eine Heirat mit mir vorschlagen«, ließ Sebastians muntere Stimme Sionnach plötzlich aus ihren trüben Gedanken aufschrecken. Er hockte sich kameradschaftlich neben sie und schenkte ihr ein neckisches Augenzwinkern.

Sionnach rang sich ein Lächeln ab. »Wenn das ein Antrag war, sollte ich mich vermutlich überaus geschmeichelt fühlen. Fairerweise muss ich dir aber sagen, dass ein Sasanach wie du niemals eine Chance bei einem Mädchen aus dem Hochland haben wird. Jeder schottische Mann würde eher das Risiko auf sich nehmen, seine Tochter als alte Jungfer sterben zu sehen, als ihr die Erlaubnis zu geben, einen Engländer zu heiraten.«

»Hat eventuell schon jemand versucht, das unserem liebeskranken Viscount begreiflich zu machen? So wie er dich anschmachtet, wird es angesichts solch düsterer Aussichten ein böses Erwachen für ihn geben«, bekundete Sebastian seine Bedenken.

»Und du wirst einen Teufel tun, es herumzuposaunen«, warnte Sionnach nachdrücklich. »Mein Vater würde Raven auf der Stelle töten, wenn er von unseren Gefühlen wüsste.«

»Deswegen versuchst du also permanent, ihn loszuwerden«, mutmaßte der blonde Diener ahnungsvoll.

»Es ist mit tausendmal lieber, auf ein Leben mit ihm zu verzichten als ihn tot sehen zu müssen.«

»Was wird mit ihm geschehen, nachdem dein Vater ihn eurem Herrn übergeben hat?«

Sionnach zuckte die Achseln. »Ich bin mir nicht sicher. Außer dass er König James treu ergeben ist und keine Gelegenheit auslässt, gegen dessen Feinde in die Schlacht zu ziehen, weiß ich nicht besonders viel über unseren Chief. Und da der Duke of Northumberland vom Standpunkt meines Volkes aus gesehen fraglos auf Seiten des Gegners steht, wird man Raven auf Invergarry Castle ganz bestimmt nicht gerade gastfreundlich empfangen.«

»Du fürchtest also um seine Sicherheit?«

»Ja, das tue ich. Und aus gutem Grund. Als Bruder des Dukes wird er wenig Gnade zu erwarten haben. Und, bei meiner Seele, ich weiß nicht, wie ich ihn davor schützen könnte. Ich bin viel zu bedeutungslos, um irgendetwas zu erwirken.« Erneut füllten ihre Augen sich mit Tränen, und sie senkte rasch den Kopf, als Kenzie kam, um sich die Fasane zu holen.

»Gibt es ein Problem, Miss?«, fragte er an Sionnach gewandt und schenkte Sebastian einen unfreundlichen Blick.

Sionnach wischte sich hastig mit dem Handrücken über die feuchten Wangen und erwiderte mühsam lächelnd: »Nein, nein. Es ist alles in Ordnung, danke. Die Anspannung, versteht Ihr? Ich ... ich kann immer noch nicht fassen, dass ich nun endlich wieder frei bin.«

»Aye«, entgegnete Kenzie mitfühlend, »ich weiß, wovon Ihr sprecht.
Wenn es für mich schon schlimm war, muss es für Euch als Frau wahrlich die Hölle gewesen sein.« Vergeblich auf ein Wort der Zustimmung wartend räusperte er sich kurz und bot ihr schließlich an: »Solltet Ihr meine Hilfe brauchen – Ihr könnt jederzeit über mich verfügen, Miss Sionnach.«

»Euer Angebot ehrt mich wirklich sehr, Mr. MacDuff.«

»Kenzie, Miss, bloß Kenzie«, gab der junge Schotte ihr eifrig zu verstehen. Sanfte Röte kroch an seinem Hals empor. »Wenn Ihr wünscht, kann ich Euch Bescheid geben, sobald das Fleisch gar ist.«

»Das wäre schön, ja«, bedankte Sionnach sich, und Kenzie zog gutgelaunt pfeifend von dannen.

Sebastian schaute ihm mit erhobenen Brauen nach. »Über einen Mangel an Verehrern kannst du dich fürwahr nicht beklagen, oder? Wäre er ein paar Jahre älter, würde er deinem Vater ohne Frage gefallen.«

»Er scheint ein netter Junge zu sein«, gab Sionnach abwesend zurück.

»An den du aber offensichtlich keinen weiteren Gedanken verschwendest«, stellte Sebastian trocken fest. »Genauso wenig wie an sonst irgend einen Mann in deiner Umgebung – Raven ausgenommen. Ihr zwei erinnert mich nicht unwesentlich an Romeo und Julia.«

»Tatsächlich? Wer sind die beiden? Freunde von dir?«, fragte Sionnach arglos.

Der blonde Diener lachte leise. »Kennst du einen Mann namens William Shakespeare?«

»Schreibt er nicht Bücher?«

»Theaterstücke, um genau zu sein«, bestätigte Sebastian mit einem Nicken. »Allerdings ist er inzwischen gestorben.«

»Oh, das tut mir leid.«

»Das braucht es nicht. Sein Tod liegt bereits über siebzig Jahre zurück.«

»Ach ...«, murmelte Sionnach und schlug in Anbetracht ihrer Unwissenheit verlegen die Augen nieder.

»Eines seiner Stücke erzählt die herzzerreißende Geschichte zweier Liebender, deren Sippen bis aufs Blut verfehdet sind – besagter Romeo und seine Julia eben. Sie trotzen der feindlichen Gesinnung ihrer Familien und halten entgegen aller Vorurteile an ihrer Liebe fest.«

»Das klingt ziemlich romantisch. Wie endet es?«

»Sie besiegeln ihre Liebe, indem sie heimlich die Ehe vor einem eingeweihten Priester schließen, woraufhin ihre Familien sich schlussendlich wieder versöhnen«, erzählte Sebastian zögernd und unterschlug bewusst den tödlichen Ausgang der Tragödie.

»Wenn das so einfach wäre ...«, seufzte Sionnach, während ihr Blick über die bläulich roten Würgemale am Hals des leise schnarchenden Brendan streifte.

»Die Zeit der blutdurstigen Barbaren ist lange vorbei, was mich wiederum zu der Annahme verleitet, dass euer Chief Raven wohl nicht gleich zerfleischen wird. Demnach solltest du dir nicht allzu viele Gedanken machen. Manchmal braucht es nur etwas Glück und eine Prise Urvertrauen, und die Dinge fügen sich von selbst«, versuchte Sebastian sie aufzumuntern.

Für eine Weile saßen sie schweigend im Dämmerschein des wild flackernden Feuers beieinander und lauschten dem ununterbrochenen Heulen des Windes, der Sionnachs offenes Haar unablässig durcheinander wirbelte. Nachdem sie es mehrfach beiseite gestrichen hatte, gab sie auf und flocht es mit flinken Fingern zu einem Zopf, legte ihn sich in den Nacken und zog sich das dicht gewebte Plaid fester um die Schultern.

»Was wirst du nun tun?«, brach sie schließlich das Schweigen und gähnte herzhaft. »Nach Northumberland zurückkehren?« Fast schämte sie sich für die Zeit, die sie statt in Ravens in Sebastians Gesellschaft verbrachte. Sebastian hingegen zog nachdenklich die Mundwinkel nach unten und schlang fröstelnd die Arme um seinen Leib.

»Ich stamme aus einem winzigen Dorf in der Nähe von Brampton. Vielleicht sollte ich mich dort mal wieder blicken lassen. Mein Vater würde es mir bestimmt danken. Andererseits kann ich Raven auch nicht einfach seinem Schicksal überlassen. Wer wird ihm denn da oben im sumpfigen Hochland den Dreck von den Stiefeln kratzen und seine Hemden waschen?«

»Du sicher nicht. Das hast du doch noch nie gemacht«, lächelte Sionnach, aber schon einen Wimpernschlag später verfinsterte ihre Miene sich wieder. »Zumal es ihm kaum vergönnt sein wird, Invergarry Castle ohne Zustimmung des Lords zu verlassen.«

Abermals verfielen sie in Schweigen und rückten so nah wie möglich an die dicken Stämme der dicht bewachsenen Pinien heran, da es wieder zu regnen begonnen hatte. Nur Kenzie wachte über den Braten und harrte weiterhin am Feuer aus, dessen launisch aufzüngelnde Flammen jedem der dicken Regentropfen mit einem wütenden Zischen antworteten.

Nachdem sie das - mangels vorhandener Zutaten - einfach zubereitete, in Anbetracht ihrer knurrenden Mägen aber dennoch köstlich duftende Fleisch unter sich aufgeteilt und es hungrig verschlungen hatten, rollte ein Mann nach dem anderen sich in sein Plaid ein. Kurz darauf war außer ihren tiefen, regelmäßigen Atemzügen und dem vernehmlichen Knacken des Feuerholzes nichts mehr zu hören.

Auch Sionnach wurden langsam die Augen schwer. Die vergangenen Tage waren alles andere als leicht gewesen und hatten ihre Kräfte fast gänzlich aufgezehrt. Hinzu kam das belastende Erlebnis ihres heute um ein Haar verlorenen Lebens – ganz zu schweigen von der darauf folgenden, strapaziösen Flucht. Aus Angst vor möglichen Verfolgern hatte ihr Vater der Gruppe erst eine Pause gegönnt, als ihre Füße wieder auf schottischem Boden standen. Im Gegensatz zu allen anderen schien er von seiner Energie jedoch kaum etwas eingebüßt zu haben, denn selbst jetzt schritt er aufrecht und wachsam durch die Reihen seiner schlafenden Kameraden. Als sie aufsah, begegnete Sionnach seinem sie liebevoll streifenden Blick.

»Leg dich zu deinem Bruder, Mädchen, und gib während der Nacht auf ihn Acht«, ordnete er mit gedämpfter Stimme an. Sie nickte mechanisch. »Und du ...«, Ewan sah unentschlossen auf den frierenden Sebastian herab. »Ehrlich gesagt habe ich nicht die geringste Ahnung, inwieweit ich dir trauen kann. Darum wirst du mir verzeihen müssen, dass ich dir bis zum Anbruch des Tages Fesseln anlege. Wie es scheint, bist du deinem Herrn ein überaus loyaler Diener. Da ich unseren charmanten Viscount aber keinesfalls verlieren möchte, werde ich kein unnötiges Risiko eingehen. Ach, und außerdem würde ich es vorziehen, du schliefest bei den übrigen Männern statt bloß eine Armeslänge von meiner Tochter entfernt.«

»Ihr zweifelt an meinen Anstand, Sir? Das möchte ich in alle Form von mir zu weisen. Wenn auch durchaus verständlich, so ist Eure Sorge doch absolut überflüssig, da ich Gentleman genug bin, um mich nicht im Schutz der Dunkelheit über ein Mädchen herzumachen«, bekräftigte Sebastian sichtlich gekränkt seiner Ehrbarkeit. Dennoch suchte er sich – wenn auch mit deutlichem Unbehagen – einen Platz zwischen den bereits mehrheitlich schlafenden Hochländern und streckte Ewan artig seine Hände entgegen.

»Was ist mit dem Viscount?«, rief Sionnach ihrem Vater den vor Übermüdung und Kälte zitternden Raven in Erinnerung.

»Er bleibt, wo er ist«, entschied Ewan unbewegt.

»Dann gestatte ihm wenigstens, sich zuzudecken«, bat sie.

»Für jemanden, der unter vorgehaltenem Schwert dazu gezwungen wurde, diesem Mann in Knechtschaft zu dienen, bist du ihm gegenüber erstaunlich fürsorglich«, bemerkte Ewan und runzelte missfällig die Stirn.

»Ich empfinde lediglich Mitleid für ihn – eine Eigenschaft, die meine Mutter mich gelehrt hat und die jeder gute Christ besitzen sollte«, versuchte Sionnach hastig, seinen Argwohn zu zerstreuen.

Ewan drehte sich auf dem Absatz herum und stapfte grummelnd zu einem der Pferde, löste eine weitere Decke aus dem Gurt des Sattels und reichte sie seiner Tochter.

»Du solltest deinen Überschwang christlicher Nächstenliebe besser sinnvoll einsetzen, statt sie an unsere Feinde zu verschwenden.«

Sionnach senkte den Kopf und erwiderte zaghaft: »Raven ist uns Schotten nicht feindlich gesinnt, Vater, glaub mir. Auf seinen Wunsch hin habe ich ihm sogar ein paar gälische Sätze beigebracht. Sein Verhalten ist völlig anders als das seiner Landsleute. Und für das, was er für mich und Brendan getan hat, kann ich ihm gar nicht genug danken.«

»Eine fromme Tat allein macht noch lange keinen guten Menschen aus einem wie ihm«, brummte Ewan mürrisch. »Und jetzt geh, und bring ihm die verdammte Decke, bevor ich es mir anders überlege.«

Sionnach zögerte nicht, seinen Worten nachzukommen und hüllte den lediglich mit Hemd, Kniehosen und einem eilig übergeworfenen Justaucorps bekleideten Raven sorgfältig in den warmen, schafwollenen Stoff.

»Dein Vater kann mich nicht besonders gut leiden, oder?«, fragte er und reckte sich trotz seiner Fesseln sehnsüchtig jeder ihrer ihn noch so geringfügig streifenden Berührungen entgegen.

»Ihr müsst ihm seine Schroffheit und sein Misstrauen verzeihen, Mylord. In den letzten Jahren haben wir Schotten durch die Engländer nicht viel Gutes erfahren«, erwiderte sie mit gedämpfter Stimme. »Und nun haltet gefälligst still, wenn Ihr nicht wollt, dass Euch die Decke gleich wieder herunterrutscht. Schottische Nächte können unangenehm kalt werden.« Sie stopfte ihm die Enden der Decke in den Rücken und kam ihm um einiges näher, als es nötig gewesen wäre.

»Geh nicht weg, Füchschen«, bat Raven und neigte den Kopf in Sionnachs Richtung. Sein warmer Atem streifte sacht ihr Gesicht. »Bleib heute Nacht bei mir, und schenke mir für eine Weile das Gefühl, dir wenigstens ein klein wenig zu bedeuten. Allein der Gedanke daran wird mich mehr wärmen als alle Decken dieser Welt.«

Sionnach wurde unwillkürlich von einer Gänsehaut erfasst. Der Anflug eines Lächelns umspielte ihre Lippen, und sie raunte kaum hörbar in sein Ohr: »Die Bedeutung, die Ihr für mich besitzt, ist so viel größer, als ich um Eurer Sicherheit willen zugeben darf. Aber vielleicht lindert dies Eure nächtliche Einsamkeit.« Unbemerkt von ihrem Vater und den übrigen Männern, hauchte sie ihm einen flüchtigen Kuss auf die Wange. Doch bevor er darauf reagieren konnte, hatte sie ihm auch schon wieder den Rücken gekehrt. Mit vor Aufregung und Glück wild klopfendem Herzen flüchtete sie sich neben Brendan und rollte sich in ihr Plaid ein.

Auch wenn es dir nicht gefallen wird, Vater, dachte sie und bemühte sich vergeblich, die Schmetterlinge in ihrem Bauch zu beruhigen, die Suche nach einem Ehemann kannst du dir sparen, denn ich habe längst selbst gewählt ...

31

»Sie kommen! Mutter, sieh doch, da kommen sie! Und sie haben sogar einen Gefangenen bei sich!«, rief Raymond und wies mit hochroten Wangen in die Richtung, aus der er herbeigerannt kam. Ryan folgte seinem zerzausten Zwillingsbruder mit nicht weniger ohrenbetäubendem Geschrei. Aus einer Wunde an seinem Knie quoll frisches Blut und versickerte im Bund seiner herabgerutschten, ehemals weißen Strümpfe. Doch er schien sich nicht an seiner Blessur zu stören, denn er hüpfte wie ein Gummiball ununterbrochen von einem Bein auf das andere.

»Stell dir vor, sie sind alle wieder da. Sionnach und Brendan, Vater und all die anderen Männer des Lords«, quiekte er aufgedreht und versetzte seinem Bruder einen derben Stoß, um dessen seiner Meinung nach weit günstigeren Platz einnehmen zu können. Doch Raymond ging sofort zum Gegenangriff über und rammte seinen gesenkten Kopf wie ein wütender Stier in Ryans Magengrube, woraufhin dieser ein dumpfes Stöhnen von sich gab und rücklings auf dem Hosenboden landete. Nur einen Moment später kugelten die beiden Rotschöpfe raufend auf dem hart gefrorenen Boden.

»Wenn ihr beiden nicht augenblicklich mit diesem Unfug aufhört, werde ich Lord MacDonell vorschlagen, euch sämtliche Aborte auf Invergarry Castle reinigen zu lassen«, drohte Moira, konnte sich aber dennoch ein Lachen nicht verkneifen. Es war ihr viel zu leicht ums Herz, als dass sie ihren beiden Jüngsten hätte böse sein können. Sie schirmte die Augen mit der Hand ab und fixierte den kleinen Trupp, der sich langsam aber stetig auf die Burg zubewegte. So viele Wochen hatte sie mit der grässlichen Angst leben müssen, Sionnach und Brendan vielleicht für immer verloren zu haben. Und nun kehrten sie Dank Ewans zäher Entschlossenheit und Lord MacDonells Unterstützung unversehrt heim. Während sie den Zwillingen versonnen über die erhitzten Köpfe strich, erweichten sich ihre strengen Gesichtszüge, die tiefe Falten um Mund und Augen gegraben hatten, mehr und mehr. Wenngleich ihre Söhne auch in Armut aufwuchsen und ihr Dasein vermutlich ebenso wie das ihrer Eltern von harter Arbeit geprägt sein würde, bemühte Moira sich nach Leibeskräften, den beiden Lausbuben ihre kindliche Unbeschwertheit so lange wie möglich zu erhalten. Dennoch gelang es ihr nicht immer. Kurz nach Ewans Aufbruch hatte ihr Schuldbewusstsein sie dazu bemüßigt, sich dem Clanoberhaupt für sein Entgegenkommen als Magd und die Jungen als Laufburschen anzubieten. Allem Anschein nach wohlwissend, dass sie ihm nicht nur ihre Dankbarkeit beweisen wollte, sondern während der Abwesenheit ihres Mannes vielmehr seinen Schutz suchte, hatte der Lord sich gutmütig gezeigt und sie eingestellt. So war sie vor ein paar Tagen mit nichts als einem kleinen Bündel Habseligkeiten auf Invergarry Castle eingezogen.

Der Trupp hatte die Burg erreicht. Die Männer des Lords - Sebastian und der junge Kenzie MacDuff ausgenommen - saßen ab, grüßten Moira mit einem knappen Nicken und führten ihre erschöpften Pferde schweigend in den Innenhof. Moira erwiderte höflich ihren Gruß und eilte dann mit gerafften Röcken hinüber zu Sionnach. Ihre Anspannung schien beim Anblick der Mutter zu weichen. Ein Zittern durchlief ihren Körper, als sie sich schluchzend in ihre ausgebreiteten Arme warf. Während die munter drauflos plappernden Zwillinge den übrigen Männern neugierig in den Hof folgten und sie mit Fragen überhäuften, drückte Moira ihre hemmungslos weinende Tochter an sich.

»Mein Mädchen, mein liebes Mädchen«, murmelte sie und bedeckte Sionnachs feuchte Wangen mit sanften Küssen. »Dem Herrn sei Dank, du bist zurückgekehrt! Ich habe mir solche Vorwürfe gemacht. Jeden Tag habe ich für dich und deinen Bruder gebetet und Gott um Erbarmen angefleht. Aber nun seid ihr wieder da und in Sicherheit. Du wirst du nie mehr fortgehen müssen. Jetzt ist endlich alles wieder gut.« Sie umklammerte Sionnach noch ein wenig fester und drückte das Gesicht ihrer Tochter liebevoll an ihre Brust. Fast ein wenig beschämt wanderte ihr Blick erst jetzt hinüber zu Ewan, dessen Pferd eine notdürftig angefertigte Trage hinter sich herzog. Nur widerstrebend löste sie sich von Sionnach und beugte sich, befallen von einem grausigen Verdacht, über Brendans darauf liegenden, reglosen Körper. Beunruhigt tastete ihre Hand nach seinem Herzschlag und spürte schließlich das kräftig pulsierende Organ. Fragend schaute sie zu Ewan auf.

»Sie haben ihn fast totgeschlagen«, erklärte er bitter. »Sionnach hat ihr Bestes gegeben, ihn zu versorgen, aber seine Wunden sind tief und wurden schnell brandig.«

»Ich habe versucht, es so zu machen, wie du es mir gezeigt hast, aber ich hatte nicht genügend Zeit, die richtigen Kräuter zu suchen«, sagte Sionnach bedauernd und kniete sich neben ihre Mutter. »Als es dann endlich besser wurde und ich dachte, er hätte es überstanden, sperrten sie uns in dieses schreckliche Burgverlies. Es war so kalt dort, und wir bekamen kaum etwas zu essen.« Abermals begann sie zu weinen.

Besänftigend ergriff Moira die Hand ihrer Tochter.

»Du hast getan, was du konntest, Mädchen. Wärst du nicht gewesen, hätte er wahrscheinlich gar nicht überlebt.« Sie wandte sich erneut an Ewan. »Wenn du gleich vor den Lord trittst, würdest du ihn für mich um Erlaubnis bitten, Brendan auf Invergarry gesund pflegen zu dürfen?«

Ewan nickte. »Sei unbesorgt, das werde ich. Vermutlich ist es sogar das einzig richtige.« Kummervoll betrachtete er seinen von heftigem Fieber geschüttelten Sohn. »Er würde es nicht überleben, wenn wir ihn zurück nach Glenfinnan brächten.«

Moira seufzte leise. »Für die Gunst, die Lord MacDonell uns erwiesen hat, stehen wir tief in seiner Schuld. Wie, in Gottes Namen, sollen wir sie jemals begleichen?«

»Er wird einen großen Teil dazu beitragen«, erwiderte Ewan zuversichtlich und deutet auf Raven. Mit einem knappen Wink wies er Kenzie an, ihm den jungen Viscount zu bringen. Voller Misstrauen beäugte Moira den dunkelhaarigen, sichtlich ausgelaugten Gefangenen.

»Wer ist er?«

»Der Bruder des Mannes, der Sionnach und Brendan gefangen hielt.«

»Und wie sollte er uns nützen?«

»Ich werde ihn dem Lord übergeben. Er ist sozusagen die Gegenleistung für die Hilfe, die wir erhalten haben. Was MacDonell schlussendlich mit ihm anzufangen gedenkt, geht uns nichts mehr an.« Mit stählernem Griff umfasste Ewan den Oberarm des gefesselten Engländers. Für einen kurzen Moment gelang es Raven jedoch, sich nach Sionnach umzusehen und ihr einen Blick zuzuwerfen, der Moira unwillkürlich erschaudern ließ. Obwohl weder über seine noch über Sionnachs Lippen ein einziges Wort kam, brauchte es nicht viel, um die Zeichen in den Augen der beiden deuten zu können. Ganz gleich, wohin Ewan diesen Jungen auch brachte, durchfuhr es Moira ahnungsvoll, es würde nie weit genug sein, um ihn wieder aus den Gedanken ihrer Tochter zu verbannen.

32

Viel zu müde, um sich Ewans Plänen zu widersetzen, trottete Raven neben dem rothaarigen Schotten her. Er wusste nicht, was ihm mehr Sorge bereitete: Die Vorstellung, Sionnach möglicherweise nicht mehr wiedersehen zu dürfen oder seine bevorstehende Begegnung mit dem geheimnisumwitterten Oberhaupt des MacDonell-Clans. Seines Wissens herrschte dieser Mann über ein riesiges Gebiet des schottischen Hochlands und schien mit beträchtlicher Macht ausgestattet. Es fiel ihm ausgesprochen schwer einzuschätzen, ob MacDonell eine akute Bedrohung für ihn darstellte. Also atmete er tief durch und bemühte sich, Ruhe zu bewahren.

Schlimmer als eine Unterredung mit Georg kann es auch nicht sein, dachte er voller Ironie und folgte Ewan in den Burgsaal. Doch sowie er ihn betrat, sträubten sich Raven die Haare, und allen guten Vorsätzen zum Trotz hätte er am liebsten umgehend die Flucht ergriffen.

Der vor ihm liegende Raum war zum Bersten mit Männern und Frauen allen Alters und Standes gefüllt, deren Augen sich nun ausnahmslos und mit unverhohlener Neugier auf seine Person richteten. Trotz der räumlichen Enge hielten die Leute äußerste Disziplin. Nach Geschlecht geordnet, standen sie seitlich rechts und links aufgereiht und bildeten eine Gasse. Noch nie zuvor war Raven in eine derart beachtliche Ansammlung von Schotten geraten, und er konnte nicht leugnen, dass sein Unbehagen mit jedem Schritt wuchs. Seine Nervosität stieg nochmals sprunghaft an, als sein Blick auf den Mann fiel, der sich am Ende des Saals mit dem Ellbogen auf die breite Lehne seines thronähnlichen, mit weichen Schaffellen bedeckten Stuhls stützte. Unmittelbar neben ihm war ein kleiner Tisch aufgebaut, an dem ein hagerer Schreiber mit frisch gespitzter Feder saß. Offenbar wartete er darauf, etwas in das speckige Buch notieren zu dürfen, das fein säuberlich aufgeschlagen vor ihm lag. Weit mehr als der dürre Schriftführer beunruhigten Raven jedoch die zwei bis an die Zähne bewaffneten, bulligen Soldaten, die hinter dem Mann auf dem Thron Posten bezogen hatten und deren wachsamen, unter buschigen Brauen liegenden Augen nicht die geringste Regung im Saal zu entgehen schien. Es bedurfte keiner weiteren Erklärung, um zu begreifen, dass sie ihren Herrn bis zum letzten Blutstropfen verteidigen würden. Raven schluckte angespannt, und sein Mut begann merklich zu schrumpfen. Ewan hingegen erweckte nicht den Anschein, als würden ihn die hiesigen Gegebenheiten sonderlich beeindrucken. Zielstrebig steuerte er auf das Oberhaupt des Clans zu und zog seinen Gefangenen unnachgiebig mit sich. Je näher sie kamen, umso deutlicher konnte Raven das Interesse in den wachen Augen des Chiefs aufflackern sehen. Und im Grunde, so befand er aufatmend, machte der einen gar nicht mal so unsympathischen Eindruck. Vielleicht hatte Sionnach sich mit ihrer Warnung einfach zu arg um sein Wohlergehen gesorgt. Mit gestärktem Selbstbewusstsein trat er vor Lord MacDonell.

»Donnerschlag, Ewan, du hast es also tatsächlich zuwege gebracht«, ertönte gleich darauf dessen sonore Stimme. »In dir steckt wahrhaftig mehr, als ich erwartet hatte.«

Raven sah, wie Ewans Kiefermuskeln grimmig zuckten. Um seinem Unmut zumindest etwas Luft machen zu können, deutete er beinahe trotzig eine Verbeugung an, die nicht viel mehr als das Mindestmaß an gebotener Höflichkeit aufwies. Es war nur unschwer zu erkennen, dass die Retourkutsche des rothaarigen Schotten dem Lord nicht entging, doch er schien es nicht für nötig zu befinden, der Respektlosigkeit seines Untergebenen in irgendeiner Form Bedeutung beizumessen. Stattdessen wandte er sich Raven zu und begutachtete ihn ohne jede Zurückhaltung von Kopf bis Fuß.

»Und wen hast du da im Schlepptau? Ein Souvenir aus dem

Haus des Dukes of Northumberland?«

»Seinen Bruder, den Viscount of Northumberland, um genau zu sein«, bestätigte Ewan die Vermutung seines Herrn.

MacDonell hob erstaunt die Brauen. »Georg Fitzroy hat noch einen jüngeren Bruder? Wie, zum Teufel, ist es einem so unansehnlichen Mann wie Charles nur gelungen, derart viele Bastarde in die Welt zu setzen?« Ohne besondere Eile erhob er sich und umkreiste Raven langsam und mit durchdringendem Blick. Einer seiner Wächter heftete sich ihm in gebührendem Abstand an die Fersen.

Unschlüssig, wie er sich ihm gegenüber verhalten sollte, straffte Raven seine die durch das Tragen der seit Tagen aufgezwungenen Fesseln höllisch schmerzenden Schultern und folgte dem Lord mit den Augen.

»Das ist interessant, wirklich sehr interessant.« MacDonell rieb sich das Kinn. »Du bist also ein weiterer Sohn von Charles?«, erkundigte er sich und unterstrich seine formlose Anrede mit einem herablassenden Lächeln.

»Wenn ich der Aussage meines Vaters Glauben schenken darf - ja.«

»Deinem Aussehen nach zu urteilen, würde ich eher das Gegenteil behaupten, was in dem Falle aber keineswegs als Nachteil zu werten ist. Soweit ich mich erinnere, war Charles nicht gerade als außergewöhnlicher Beau verschrien«, feixte MacDonell.

»Ich habe meinen Vater nicht sehr häufig gesehen, aber man sagt mir nach, ich hätte wohl eher das Gesicht meiner Mutter geerbt«, erwiderte Raven ungerührt über dessen offenkundigen Spott.

»Wer auch immer deine Mutter war - die unverkennbare Arroganz, welche in deinen Adern fließt, ist zweifellos Charles´ Hinterlassenschaft. Aber da du ja nun Dank Ewan bis auf weiteres in den Genuss meiner Gastfreundschaft kommst, werden wir gemeinsam an der Unzulänglichkeit deiner fehlenden Achtung arbeiten.« Er beendete seine Umrundung und blieb schließlich vor Raven stehen, so dass sie sich Auge in Auge gegenüberstanden.

»Ich fürchte, ich verstehe nicht, was Euch Anlass zu der Annahme gibt, es mangele mir an Ehrfurcht, Mylord«, entgegnete Raven vorsichtig, während er dem scharfen Blick des Chiefs hartnäckig standhielt.

»Und genau das ist der Punkt, mein Junge«, betonte MacDonell sichtlich zufrieden über den Verlauf ihres Dialogs. »Das einzige, das ihr williamtreuen Engländer perfekt beherrscht, ist eure zum Himmel stinkende Überheblichkeit. Ihr spielt euch über andere Völker als Herren auf und gebt euch, in eurer verdammten Eitelkeit suhlend, dem Glauben hin, den Ton angeben zu können. Ich finde, es ist langsam an der Zeit, das zu ändern.«

Je mehr Gewicht er seiner Stimme verlieh, umso heftiger breitete sich zustimmendes Gemurmel unter den anwesenden Clanmitgliedern aus. Allmählich beschlich Raven das ungute Gefühl, dass MacDonell ihn absichtlich zu provozieren versuchte, um den Hass seiner Leute anstacheln und ihn als willkommenes Feindbild vorführen zu können. Und, bei Gott, er hatte nicht die leiseste Ahnung, wie er es fertigbringen sollte, die zunehmend finstere Stimmung gegen sich wieder zu zerstreuen.

»Ich bin vielleicht Engländer und lebe unter König William, Mylord, aber es liegt mir nichts ferner, mich als irgendjemandes Herr anzusehen«, unternahm er einen halbherzigen Versuch, die aufkommenden Wogen zu glätten.

»Du verdammter Heuchler!«, brauste MacDonell jedoch sogleich entgegen Ravens Hoffnung zornig auf. »Du wagst tatsächlich, uns das Unschuldslamm vorzuspielen, während das Haus Fitzroy sich auf erbärmlichste Weise unserer Kinder bemächtigt, um sie als billige Sklaven zu halten?«

»Von den Machenschaften meines Bruders wusste ich nichts!«, verteidigte Raven sich hastig.

»Ach, wirklich? Willst du etwa leugnen, dass es sich bei der Tochter dieses Mannes um das Mädel handelt, das dir monatelang Tag und Nacht zu Diensten sein musste?« Er schnellte jäh auf dem Absatz herum und zeigte geradewegs auf Sionnach, die sich erst vor wenigen Minuten auf Zehenspitzen in den Saal geschlichen und unbemerkt neben die geöffnete Tür gestellt hatte. Der unversehens in ihre Richtung weisende Zeigefinger des Clanführers bewirkte, dass ihrem Gesicht sämtliche Farbe entwich. Beklommen starrte sie zu Boden.

Als müsse er sich zunächst ihrer Gegenwart versichern, drehte auch Raven sich für einen Moment zu Sionnach herum und saugte mit der Verzweiflung eines Ertrinkenden den Anblick ihrer grazilen Gestalt in sich auf. Dann wandte er sich wieder MacDonell zu und schüttelte den Kopf.

»Ich bestreite nicht, dass sie die Order bekam, mir zu dienen, Mylord. Dennoch habe ich zu keinem Zeitpunkt von Sionnach erwartet, mich als ihren Herrn anzusehen. Wenn mein Blut auch mit dem eines Königs vermischt sein mag, so weigere ich mich doch, Eurer Anschuldigung zu entsprechen, ich würde mich über andere erheben.«

»Dann beweise es«, forderte MacDonell mit verschlagener Miene.

»Sagt mir, wie«, bot Raven bereitwillig an.

»Indem du deine Knie und dein Haupt vor mir beugst, Königsbastard.«

Fast kam es Raven vor, als hielte der gesamte Saal mit dem letzten gesprochenen Wort des Clanchiefs den Atem an, so still war es um ihn herum. Gespannt auf die Entscheidung des Gefangenen wartend, hefteten sämtliche Blicke sich nunmehr auf ihn.

Raven kämpfte mit sich. Angenommen er gäbe nach und täte, was MacDonell verlangte, würde ihm das des lieben Friedens willen geleistete Zugeständnis an den einflussreichen Hochland-Lord zweifelsohne als Affront gegen William ausgelegt werden und sich durch die Reihen des englischen Adels schneller als ein Lauffeuer verbreiten. Würde er das gewünschte Zeichen seiner Unterwerfung hingegen verweigerte, steckte vermutlich binnen von Sekunden die Klinge eines schottischen Breitschwerts zwischen seinen Rippen. Was auch immer er wählte, es würde ihn in Teufels Küche bringen.

»Also?«, drängte MacDonell. »Wie steht es nun mit deiner Bereitschaft, uns Schotten den Respekt zu zollen, den auch deine Leute stets von uns erwarten?«

Ravens Lippen öffneten sich einen Spaltbreit, doch er brachte kein Wort heraus. Seine Kehle war wie zugeschnürt.

Überlegenheit zur Schau tragend, kehrte MacDonell sich abermals den im Saal versammelten Menschen zu.

»Wie ich schon sagte – die Arroganz in persona. Nun, da sein Gewissen offenkundig in einer unangenehmen Zwickmühle steckt, werde ich ihm ausnahmsweise die unaussprechliche Gnade erweisen, ihn auf meine Art von seinem Zwiespalt zu befreien und ihm zeigen, wie man einem skrupellosen Thronräuber die Treue bricht.«

Auf sein Zeichen hin trat der Wächter von hinten auf Raven zu. Und noch ehe der erfasst hatte, wie ihm geschah, spürte er bereits den kräftigen Hieb der flachen Seite einer Schwertklinge in seinen Kniekehlen. Überrascht von der Wucht des unerwarteten Schlags gab Raven ein dumpfes Ächzen von sich. Seine Beine knickten haltlos unter ihm weg, und er landete hart vor den in Schuhen aus feinstem Rindsleder steckenden Füßen des Lords.

»Vergiss deine schwarzhaarige Rübe nicht, angelsächsischer Hund«, zischte der Wächter und verpasste ihm einen weiteren derben Stoß gegen den Hinterkopf. Sich zähneknirschend der Not seiner derzeitigen Situation beugend, senkte Raven gehorsam den Kopf und starrte verdrossen auf das nach wie vor um seinen Hals gebundene, herabhängende Seil.

»Na also, wer sagt's denn? Du scheinst ja doch nicht ganz so verbohrt, wie man es euch nachsagt. Wenn auch noch ein wenig schwerfällig, aber es geht doch«, ließ MacDonell mit unüberhörbarem Hohn verlauten und neigte sich zu seiner Geisel hinab. »Und nun tu mir den Gefallen, und beschreib mir, Sasanach, wie fühlt es sich an, in Fesseln vor einem Mann kriechen zu müssen, dessen Herkunft und Meinung du und deinesgleichen immer wieder aufs Neue mit Füßen treten und aufs Übelste verachten?«

Wütend kämpfte Raven gegen die aufsteigende Scham der diffamierenden Behandlung durch den Lord an, und seine tauben Hände ballten sich um Beherrschung ringend zu Fäusten. Schlagartig begriff er, wovor Sionnach ihn so eindringlich gewarnt hatte. Sobald er sich auch nur den kleinsten Fehler erlaubte, das wurde ihm nun unweigerlich klar, würde das hitzige, schottische Temperament jedes Hochländers, dem er zu nahe kam, sich wie ein tobender Sturm über ihm entladen. Von jetzt an würde man ihn zweifellos wieder und wieder zwingen, für Georgs Skrupellosigkeit den Kopf hinzuhalten und anstelle seines Bruders zu bluten. Doch vielmehr als um die ihn mit wachsender Geringschätzung bedenkende Menge der versammelten Schotten und das, was ihm früher oder später blühte, sorgte er sich um Sionnachs Empfindungen. Würde sie ihn für seine Schwäche fortan auch mit Verachtung und Hohngelächter strafen, wie ihre Leute es bereits mit großer Genugtuung taten? Noch immer spürte er die sanfte Berührung ihrer weichen Lippen auf seiner schmutzigen Wange. Nein, dachte er und lächelte still, jedem hier traue ich solche Boshaftigkeiten zu, aber nicht ihr …

»Mach endlich das Maul auf, Engländer, und beantworte die Frage Seiner Lordschaft!«, schnauzte der Wächter ihn in diesem Moment rüde an und ließ seine mächtige, einer Bärenpranke nicht unähnliche Hand wiederholt auf ihn niedersausen. Anders als zuvor zielte er nun seitlich auf Ravens Hals und hinterließ einen sogleich feuerrot aufflammenden Abdruck darauf. Gehandicapt durch die auf den Rücken gefesselten Arme und seine kniende Position gelang es Raven nur leidlich, das Gleichgewicht zu halten, und er schwankte bedenklich.

Wenn dieser Kerl auch nur halbwegs anfängt, seine Muskeln zu benutzen, wird er mich schlichtweg enthaupten!, durchfuhr es ihn schaudernd, und für einen Augenblick war er froh, den Kopf gesenkt halten zu müssen, damit niemand seine schmerzhaft verzogene Miene sah. Und obwohl er wusste, dass es seine Lage nicht verbessern würde, schwieg er weiterhin verbissen.

»Dein blasierter, englischer Stolz und dein anhaltender Starrsinn sind beachtenswert, junger Viscount«, gab MacDonell freimütig zu. »Ich bin gespannt, wie lange es wohl braucht, um dich ein einigermaßen zufriedenstellendes Maß an Demut zu lehren.« Allem Anschein nach erwartete er keine Antwort von Raven, denn er winkte den zweiten Wächter herbei und sagte: »Das herauszufinden, wird sowohl Zeit als auch Geduld in Anspruch nehmen, von denen ich im Augenblick weder das eine noch das andere erübrigen kann. Als Oberhaupt eines Clans von nicht gerade unerheblicher Größe hat man eben gewisse Verpflichtungen. Du wirst mir also nachsehen müssen, dass ich dich vorläufig der Obhut meiner in jeder Beziehung zuverlässigen Männer überantworte. Sie werden dich sicher in dein künftiges Quartier geleiten, mit den hiesigen Umgangsformen vertraut machen und dafür Sorge tragen, dass es dir an nichts fehlt.« Ohne noch weiter Notiz von seiner Geisel zu nehmen, kehrte er zurück zu seinem Thron, setzte sich und bedeutete seinem Schreiber, den nächsten Bittsteller aus der langen Reihe der Wartenden aufzurufen.

Zunehmende Unruhe machte sich in Raven breit, als er die vielsagenden Blicke wahrnahm, die die beiden massigen Wächter miteinander austauschten, und er begann zu ahnen, auf welche Weise MacDonells Männer sich um ihn kümmern würden. Wie versteinert ließ er zu, dass sie ihn ergriffen und unsanft auf die Füße stellten. Vorbei an den gaffenden Menschen und schließlich auch an Sionnach zerrten sie ihn hinaus.

Sorge dich nicht, ich schaffe das schon!, wollte er ihr zurufen. Doch mehr als ein schwaches Lächeln brachte er nicht zuwege. Viel zu schnell verschwand sie aus seinem Blickfeld, und er war gezwungen, sich der wenig verlockenden Aussicht zu fügen, den Rest des Tages in Gesellschaft seiner beiden grimmigen Begleiter verbringen zu müssen.

33

Begehrlich auf die unberührte Mahlzeit seiner Schwester schielend, bot Ryan Sionnach geradezu gönnerhaft an: »Wenn du nichts davon möchtest, könnte ich es für dich aufessen.«

»Das wirst du schön bleibenlassen, Freundchen«, wies Ewan

seinen Sohn streng zurecht und sah ebenfalls zu Sionnach hinüber, die lustlos in ihrem Teller herumstocherte. »Iss endlich, Mädel, sonst wird kalt, was deine Mutter uns so köstlich zubereitet hat.«

»Ich muss deinem Vater rechtgeben«, pflichtete Moira ihrem Mann bei und tauschte einen vertrauten Blick mit ihm. »Du hast eine schreckliche Zeit hinter dir und musst essen, damit du wieder zu Kräften kommst. Bitte, Sionnach!«

»Ich habe keinen Hunger«, erwiderte Sionnach düster und schob den Teller ein Stück von sich fort.

»Es ist dieser gottverdammte Engländer, nicht wahr?«, knurrte Ewan. Moira schaute ob der derben Ausdrucksweise ihres Mannes erschrocken auf und legte ihm beschwichtigend die Hand auf den Arm.

»Du solltest nicht fluchen, Ewan. Denk doch an dein Seelenheil.«

Doch Ewan schüttelte sie unwillig ab. »Wenn meine Zeit kommt, wird unser Herrgott schon zu unterscheiden wissen, wofür es sich lohnt, eine Seele in die Hölle zu schicken.« Mit drohend zusammengezogenen Brauen fixierte er seine Tochter. »Und du antworte gefälligst, wenn ich dir eine Frage stelle!«

»Sie werden ihn umbringen, und das ist allein meine Schuld!«, jammerte Sionnach. »Wärst du doch nur nie nach Fitheach Creag gekommen und hättest stattdessen den Dingen ihren Lauf gelassen!«

Ewan sprang derart abrupt auf, dass der Hocker, auf dem er bis jetzt gesessen hatte, mit lautem Krachen umfiel. Aufgebracht stützte er sich auf der Tischplatte ab und beugte sich zu Sionnach hinüber.

»Herrgott, Mädel! Du wärst bereits mausetot und lägst irgendwo in einem Loch im Wald verscharrt, wenn ich darauf verzichtet hätte!« Wutentbrannt schlug er mit der Faust auf den Tisch, dass die Schalen darauf erzitterten. »Was, zum Teufel, ist zwischen dir und dem Viscount vorgefallen? Sag es mir, Sionnach!«

Sionnach wich unwillkürlich vor der zornigen Impulsivität ihres sonst eher friedfertigen und überlegten Vaters zurück und murmelte mit bangem Herzen: »Nichts, Vater, glaub mir. Es gibt nichts, das ich dir sagen könnte.«

»Du lügst doch! Diese Art, wie du ihn ansiehst, die auffallende Besorgnis, die du ihm entgegenbringst. Das alles nur aus angeblicher Nächstenliebe? Ich mag vielleicht mit nicht besonders viel Sensibilität ausgestattet sein, aber ich bin nicht blind, Sionnach. Dieser Engländer ist jung und, selbst vom Standpunkt eines Mannes aus betrachtet, ausnehmend attraktiv. Ob nun erzwungen oder nicht – du hast bei ihm gelegen, habe ich recht?«

»Ich wollte, es wäre so gewesen. Dann hättest du endlich einen Grund, ihn zu hassen und würdest mich in Ruhe lassen!«, stieß Sionnach anklagend hervor und stürzte weinend zur Tür hinaus.

Blind vor Tränen durchquerte sie die Festung, innerhalb deren dicker Mauern ein Teil des Burgpersonals in winzigen Hütten untergebracht war. Sie rannte aus dem weit geöffneten Tor hinaus, bis ihre Lunge brannte und das beißende Stechen in den Seiten unerträglich wurde. Da sie sich in der Gegend um Invergarry nicht auskannte, folgte sie intuitiv einem schmalen Pfad, der hinunter zu den dicht bewachsenen Ufern des Loch Oich führte. Dort kauerte sie sich betrübt ins Gras und starrte mit leerem Blick auf das tiefdunkle Wasser des sich nahezu endlos vor ihr erstreckenden, schmalen Hochlandsees.

Bis jetzt hatte die Liebe zu ihrem Vater nichts erschüttern können. Doch nun schlichen sich in ihr Herz unbändige Wut und Abscheu hinsichtlich dessen, was er Raven angetan hatte. Verzweifelt grübelte sie darüber nach, wie es ihr gelingen könnte, zu Lord MacDonell vorzudringen, um ihn um Ravens Freilassung zu bitten. Die nächste Gelegenheit einer Audienz würde sich frühestens wieder in einem Monat ergeben. Für das Vorbringen von privaten Belangen und Streitigkeiten innerhalb der Familien, soviel wusste Sionnach, gab es einen festgelegten Termin. Jedem Mitglied des Clans, ob Knecht oder Gutsbesitzer, wurde an diesem Tag Zutritt zur Burg gewährt, um sich Gehör beim Lord zu verschaffen. Der Chief klärte offene Fragen, erteilte Genehmigungen, vergab Pachtgrundstücke und bewilligte Kredite. Aber er schlichtete ebenso Streit, sprach

Recht und ordnete Bestrafungen an, die zumeist noch an Ort und Stelle vollzogen wurden. Auch heute war ein solcher Tag. Da jeder – wie unbedeutend er oder sie auch sein mochte - mit seinen Sorgen vor den Lord treten durfte, würde man wohl auch sie nicht zurückweisen. Sionnachs Blick glitt über die den See umschließenden Berge. Die Sonne begann bereits unterzugehen und tauchte die sanften Gipfel in den Schein ihres goldenen Lichts. Wenn sie sich beeilte, würde man sie sicher noch zu ihrem Herrn vorlassen. Hastig tauchte sie ihre Hände ins eiskalte Wasser, wusch sich die Tränen aus dem Gesicht und strich ihr Haar glatt. Gestärkt mit frischem Mut erhob sie sich und lief, so schnell ihre Beine sie trugen, hinauf zur Burg.

Erleichtert stellte Sionnach fest, dass die großen Flügeltüren des Burgsaals weit offenstanden und vereinzelt Menschen herauskamen. Also war es noch nicht zu spät, dem Lord ihre Bitte vorzutragen. Entschlossen, Raven beizustehen, atmete sie tief durch und schritt darauf zu.
»Nicht so schnell, junge Dame. Wo soll´s denn hingehen?«, hinderte die Stimme eines freundlich dreinblickenden Wachsoldaten sie jedoch in diesem Augenblick am Zugang.
»Bitte, Sir, ich muss dringend mit Lord MacDonell sprechen!«
»Die Anhörung ist beendet. Komm nächsten Monat wieder, Mädchen.«
»Aber bis dahin ist es vielleicht schon zu spät. Bitte, ich muss jetzt zu ihm!«, setzte Sionnach erneut an.
Doch der Soldat ließ sich nicht erweichen und schüttelte entschieden den Kopf. »Wenn es so wichtig ist, was du ihm zu sagen hast, hättest du eben früher erscheinen müssen. Geh nach Hause, Mädchen, und sei das nächste Mal zeitig hier.«
Die letzten Bittsteller verließen den Saal. Der Soldat zog die schweren Türen hinter ihnen zu, schloss ab und befestigte den Schlüsselbund am Gürtel seines Kilts. Als er Sionnachs verzweifelten Gesichtsausdruck bemerkte, legte er ihr aufmunternd die Hand auf die Schulter.
»Na, komm, Kleine. So schlimm wird es doch nicht sein.«
Noch viel schlimmer, durchfuhr es Sionnach kummervoll. Den-

noch ließ sie zu, dass der Mann sie mit sanfter Gewalt aus dem Inneren der Burg geleitete.

»Bist du nicht die Tochter von Ewan aus Glenfinnan?«, fragte er. Sionnach nickte stumm. »Dann hast du es ja nicht weit. Wie ich hörte, werdet ihr noch eine Weile auf Invergarry bleiben. Vielleicht hast du ja Glück und begegnest Lord MacDonell zwischendurch einmal.« Er schien einen Moment nachzudenken. »Magst du Pferde? Weißt du, jetzt im Herbst ist unser Herr häufig auf der Jagd. Sicher hast du irgendwann bei Sonnenaufgang in der Nähe der Stallungen zu tun und triffst ihn dort. Fleißige Mägde sollen ja angeblich mit den Hühnern aufstehen.« Er zwinkerte ihr gutmütig zu.

In Sionnach blitzte ein kleiner Hoffnungsschimmer auf. »Danke, Sir, ich danke Euch unendlich!«, stieß sie glücklich hervor.

Der Soldat schaute sie mit gespieltem Erstaunen an. »Ich wüsste nicht, wofür du mir danken solltest. Ich habe doch gar nichts gesagt.« Lächelnd legte er den Zeigefinger auf seine Lippen und bedeutete ihr zu schweigen.

»Und ich habe nichts gehört«, erwiderte Sionnach mit glänzenden Augen, verrichtete einen tiefen Knicks und küsste dem verblüfften Mann dankerfüllt den rauen Handrücken. Dann wirbelte sie herum und hastete mit fliegendem Haar heim.

34

Das Mahl, das man Raven vorsetzte, bestand aus einem harten Brotkanten und einer mit wässriger Brühe gefüllten Schale, in der eine dürftige Anzahl rote Steckrübenwürfel und ein paar einsame Möhrenschalen schwammen.

»Du kannst von Glück sagen, dass der Küchenjunge die Schweine noch nicht gefüttert hatte, sonst wärst du heute Abend vermutlich leer ausgegangen«, spottete einer der Wächter mit Namen Gordon und durchtrennte Ravens Fesseln mittels eines furchteinflößend blitzenden Dolches. Mit einem Ruck seines Kinns befahl er ihm, sich auf den Rand einer schmutzigen

Pritsche der ansonsten kahlen Zelle zu setzen.

»Es will mir nicht in den Kopf, warum er überhaupt etwas kriegt. Selbst Schweinefraß ist noch zu gut für einen wie ihn«, knurrte sein rücklings neben der Tür lehnende Kamerad Murdo abfällig und verschränkte die muskelbepackten Arme vor seiner nicht weniger gepanzerten Brust.

»Du solltest dich unserem hochwohlgeborenen Gast gegenüber nicht so unwirsch verhalten, Murdo. Die lange Reise Seiner Durchlaucht war sicher überaus beschwerlich.« Behutsam pflückte Gordon eine vertrocknete Klette von Ravens Hemd. Der wich unmerklich vor der Berührung des Wächters zurück. »Ihr dürft ihm sein Benehmen nicht übelnehmen, Mylord. Er ist ein rauer Bursche, ohne die Liebe einer Mutter großgeworden, wisst Ihr. Er lag noch in Windeln, als eine Horde niederträchtiger Engländer die arme Frau während eines Raubzugs über Stunden geschändet und schließlich abgemurkst hat. Sein Vater fand Klein-Murdo neben ihrem Leichnam in der noch warmen Blutlache sitzend.« Er seufzte theatralisch. »Eine scheußliche Geschichte, nicht wahr? Aber seit Cromwell leider keine Seltenheit.«

Obwohl es vergleichsweise kalt in der quaderförmigen Zelle war, in die die beiden Wächter ihn geführt hatten, wurde es Raven glühend heiß. Er war sich der Aufgabe der beiden martialischen Männer durchaus bewusst und wünschte sich fast, sie würden die ihm drohende Abreibung nicht derart lange herauszögern.

»Und was ist mit Euch?«, fragte er provokant und schaute zu Gordon auf. »Bestimmt brennt auch Ihr darauf, mir zu erzählen, warum Ihr die Engländer hasst.«

»Oh, ich hatte eigentlich nie Grund dazu«, erwiderte der massige Wächter freundlich. Doch plötzlich wechselte sein Mienenspiel, und seine Gesichtszüge verhärteten sich. Während die eisblauen Augen vernichtend auf Raven herabblickten, fügte er hinzu: »Bis jetzt.« Er warf den Brotkanten in die Schale, spuckte kräftig in die über den Rand schwappende Brühe und reichte sie Raven. »Iss!«, forderte er, aber Raven wandte wortlos den Kopf ab und rührte sich nicht. Gordon ließ ein verächtliches

Schnauben hören und stellte die Schale auf dem Tisch ab. »Wie du meinst. Dann hungere halt. Wir sehen uns morgen.«

»Träum süß, kleiner Prinz«, flötete Murdo hämisch grinsend, zog die Tür mit einem lautstarken Krachen ins Schloss und verriegelte sie.

Kaum dass sie gegangen waren, verflüchtigte Ravens mühsam aufrecht erhaltene Standhaftigkeit sich und verpuffte im fahlen Licht der rußenden Kerze, die sie ihm gnädiger Weise dagelassen hatten. Sichtlich demoralisiert zog er die Beine an den Oberkörper und sank in sich zusammen.

Wir sehen uns morgen. Er ahnte, was das bedeutete und seufzte frustriert. Sie würden ihn nicht in Ruhe lassen, ihn nach allen Regeln der Kunst schikanieren, bis er schließlich kleingefaltet am Boden lag. Er hätte sich für seine Naivität ohrfeigen können. Was war er doch für ein dämlicher Idiot! Wie hatte er bloß darauf vertrauen können, dass man sich ihm gegenüber inmitten einer Jakobitenhochburg gemäßigt und vorurteilsfrei verhalten würde – von den unrühmlichen Vorkommnissen auf Fitheach Creag mal ganz abgesehen. Mit knurrendem Magen kroch er unter die mottenzerfressene Decke, die er am Fußende der Pritsche fand, und starrte an das nackte Steingewölbe über seinem Kopf. Wenn er leben wollte, musste er sich selber helfen, sich eine Strategie zurechtlegen. Denn über eines war er sich ganz sicher: Georg würde keinen Finger rühren, um ihn bei MacDonell auszulösen.

35

»Mach deine Arbeit ordentlich, hörst du? Dass mir keine Klagen kommen«, sagte die Kammerfrau und schaute streng auf die vor Wassereimer und Bürste am Boden kniende Sionnach herab.

»Es wird bestimmt keinen Anlass zur Klage geben, Ma´am.«

Die Kammerfrau hob zweifelnd die linke Braue und entgegnete herablassend: »Das will ich hoffen, denn Arbeit und Folgsamkeit sind einem Bauernmädchen wie dir ja schließlich in die Wiege gelegt worden. Und nun hör auf zu plappern und fang an.«

»Ja, Ma´am.« Folgsam tauchte Sionnach die Bürste ins eisige Wasser und begann eifrig, den mit großen Steinplatten ausgelegten Korridor zu schrubben. Wenngleich sie auch nicht alleine dafür verantwortlich war, sämtliche Treppen und Wege innerhalb der Burg zu putzen, würde es vermutlich einige Tage brauchen, sie zu bewältigen. Aber es machte ihr nichts aus. Im Gegenteil. Sie wertete es vielmehr als ungeahnten Vorteil, denn selbst als Oberhaupt eines mächtigen Hochlandclans konnte man nicht durch Wände gehen und musste hin und wieder die Korridore benutzen, um von A nach B zu gelangen. Auf diese Weise, so hoffte Sionnach zumindest, bekam sie möglicherweise eher als gedacht die Chance, auf Lord MacDonell zu treffen.

Während sie sich Meter für Meter voranputzte, hielt sie aufmerksam Augen und Ohren geöffnet, um vielleicht etwas über Ravens Verbleib zu erfahren. Noch immer wusste sie nicht, wohin man ihn gebracht hatte, und betete, dass es ihm dort, wo er war, gutging.

Das Gespräch zweier sich nahender Männer lenkte sie von ihrer Grübelei ab, und da sie mitten auf dem Gang kniete, machte sie ihnen rasch Platz. Im letzten Moment erinnerte sie sich des Eimers, zog ihn jedoch eine Spur zu hastig beiseite, so dass ein nicht unerheblicher Schwall Wasser sich über den Schuh des einen ergoss.

»Pass doch auf, verflixt nochmal!«, schimpfte der Mann und schüttelte verärgert die Feuchtigkeit vom weichen Leder seines Schuhwerks.

»Aye, du solltest besser achtgeben, Mädel, sonst ergeht es dir noch wie unserem englischen Gast in ein paar Minuten«, grinste der andere. Jähes Entsetzen jagte Sionnach durch alle Glieder, als sie erkannte, dass es sich bei den beiden Männern um die Soldaten handelte, die Raven gestern abgeführt hatten.

»Verzeihung, Sir«, murmelte sie und rieb fahrig mit dem Lappen über Gordons Schuhe. Doch der Soldat entzog ihr abweisend seinen Fuß und stapfte von dannen. Unentschlossen sah Sionnach ihm nach. Doch schließlich nahm sie ihren ganzen

Mut zusammen und rief einem Impuls folgend: »Bitte, Sir, seid Ihr nicht einer der Männer, die unseren Herrn mit ihrem Leben beschützen?«

Sichtlich geschmeichelt blieb Gordon stehen und musterte Sionnach interessiert.

»Gut beobachtet, Kleine. Wir sind die Leibwächter Seiner Lordschaft. Bist wohl noch nicht lange auf Invergarry, wie?«

Sionnach, die zwar gehofft, aber nicht wirklich erwartet hatte, dass der Soldat sich ihr zuwenden würde, rutschte das Herz schlagartig in die Hose. Dennoch war dies ihre erste Chance, etwas über Ravens Verbleib in Erfahrung zu bringen, und so antwortete sie wagemutig: »Seit gestern erst, Sir. Und bei Gott, ich hoffe, ich mache nichts falsch. Noch nie zuvor war ich in einer so riesigen Burg, wisst Ihr? Ich stamme nämlich aus einem winzigen Dorf, fernab vom Great Glen.«

»Ach ... na, dann bist du sicher sehr beeindruckt von Invergarry.«

»Oh, ja, Sir! Es ist unglaublich aufregend für ein so einfaches Mädchen wie mich.« Obwohl es nicht einmal gelogen war, wurde es Sionnach ganz schwindelig davon, den Soldaten die Unschuld vom Lande vorzugaukeln.

»Das glaube ich gern«, entgegnete Gordon munter und betrachtete sie mit aufkeimender Begierde. »Wenn du möchtest, kann ich dich in den nächsten Tagen gern einmal herumführen und dir alles zeigen.«

»Das würdet Ihr tun, Sir?« Sionnach bemühte sich, bewundernd zu klingen.

»Für ein so hübsches Mädel wie dich doch immer«, antwortet Gordon mit gönnerhafter Miene. Er trat noch etwas näher, und Murdo verdrehte hinsichtlich der unzweifelhaften Absichten seines Kameraden genervt die Augen.

»Werdet Ihr mir auch die Verliese und die Gefangenen Seiner Lordschaft zeigen? Ich meine, falls es euch erlaubt ist«, wagte Sionnach mit pochendem Herzen zu fragen und sah sich im Geiste bereits Hand in Hand mit Raven flüchten.

»Sicher. Wenn ich es will, komme ich überall rein. Als Leibwächter Seiner Lordschaft hat man so seine Privilegien«, prahlte Gordon mit stolzgeschwellter Brust und hakte lässig die Daumen in seinen breiten Gürtel.

»Jetzt lass das Geplänkel, und komm endlich, Casanova. Wir haben noch einen wichtigen Termin mit unserem englischen Rappen, schon vergessen?«, drängte Murdo zum Aufbruch, doch Sionnach war schneller und griff beherzt nach Gordons gewaltiger Hand.

»Ach, bitte, Sir«, schnurrte sie mit samtweicher Stimme, »sagt mir, ist es wahr, was man sich über den gestern eingetroffenen Gast des Lords erzählt?«

Gordon stierte auf die feingliedrigen Finger, die seine schwielige Pranke umschlossen, und kratzte sich mit der freien verlegen den Hinterkopf.

»Ähm ... was erzählt man sich denn, hm?«

»Dass er der Sohn eines Königs ist.«

»Richtig gehört, Süße. Und da wir uns jetzt dringend um Seine Königliche Hoheit kümmern müssen, entschuldige uns bitte«, unterbrach Murdo schroff ihr Gespräch und zog seinen Kameraden mit sich.

»Wir sehen uns, Kleine«, sagte Gordon eilig und stolperte ungelenk hinter ihm her.

»Hoffentlich nicht allzu bald«, murmelte Sionnach leise. Sie wartete, bis die beiden Soldaten um die Ecke gebogen waren. Dann warf sie den Lappen achtlos neben den Eimer und heftete sich ihnen unbemerkt auf die Fersen.

Ravens Puls schoss rasant in die Höhe, als er hörte, wie die Tür seines Gefängnisses aufgeschlossen und unsanft aufgestoßen wurde. Bedingt durch das fahle Licht der Fackeln auf dem Gang und das Halbdunkel, das innerhalb seiner Zelle herrschte, konnte er jedoch lediglich die Umrisse zweier eintretender Gestalten ausmachen.

»Na, wie überaus erfreulich, Eure Fürstliche Gnaden sind schon erwacht. Frühstück gefällig?«, erkannte er Gordons Stimme. Nervös heftete sein Blick sich auf den Soldaten, der zwei unbenutzte Kerzen aus seinem Sporran zog und sie fröhlich pfeifend entzündete.

Murdo, der seinem Kameraden wie ein Schatten gefolgt war, wirkte hingegen nicht besonders gutgelaunt und knurrte ungeduldig: »Gib Antwort, wenn man dich etwas fragt, Engländer!«

Zögernd und verunsichert, was die beiden Soldaten im Schilde führten, deutete Raven ein Nicken an und hoffte inständig, dass sie ihm diese Mal etwas halbwegs Genießbares anbieten würden. Seit Tagen hatte er nicht mehr ausreichend zu essen bekommen, was ihm sein vor Hunger schmerzender Bauch auch unmissverständlich zu verstehen gab.

»Steh auf!«, befahl Murdo rau. Raven gehorchte, verharrte aber weiterhin reglos vor seiner Pritsche. Murdo schien damit jedoch einigermaßen zufrieden und fuhr in mürrischem Ton fort: »Von nun an wirst du jedes Mal sofort eine respektvolle Haltung einnehmen, sobald jemand auf dich zutritt, kapiert?« Wieder nickte Raven wortlos.

»Ihr sprecht extrem leise, junger Freund. Ich glaube, er hat Euch nicht verstanden«, bemerkte Gordon leutselig, zog in aller Seelenruhe einen kleinen Dolch aus dem Bund seines bis knapp über die Wade reichenden Strumpfes und reinigte sich beiläufig mit der Spitze der Klinge die Fingernägel.

Raven folgte der Bewegung des massigen Schotten mit wachsender Unruhe. Um die beiden Soldaten nicht gleich zu Beginn gegen sich aufzubringen, bejahte er sicherheitshalber. Doch trotz seiner bereitwilligen Erwiderung blitzte es in Murdos Augen gereizt auf.

»Ich bin nicht dein verdammter Kumpel! Also sprich mich gefälligst auch nicht so an, Drecksack«, schnauzte er übellaunig und kam Raven bedrohlich nah. »Und jetzt versuch´s nochmal. Ja – was?«

»Ja, Sir«, zischte Raven widerstrebend.

»Du begreifst erstaunlich schnell, Engländer«, schmunzelte Gordon. »Wobei man nicht unberücksichtigt lassen darf, dass die Argumente meines Kollegen wieder mal äußerst überzeugend sind.« Er klopfte Murdo beifällig auf die Schulter und rammte seinen Dolch in die morsche Tischplatte, wo er zitternd steckenblieb. »Da wir uns außerordentlich schnell über die auf schottischem Boden für dich gebräuchliche Anrede einig geworden sind und du den Anschein erweckst, an deinem Leben zu hängen, gehe ich davon aus, dass du dich auch weiterhin kooperativ verhalten wirst.«

»Wie es aussieht, bleibt mir wohl momentan nichts anderes übrig«, entgegnete Raven finster.

»Du bist ein kluger Bursche«, äußerte Gordon. »Und weil das so ist, wirst du mir selbstverständlich zustimmen, dass derjenige, der essen will, auch dafür arbeiten muss.«

Murdo versetzte Raven einen unsanften Rempler, und Raven erwiderte mit Todesverachtung: »Keine Frage, Sir. Und was genau schwebt Euch da so vor?«

»Auf dem Weg ins Verlies wurden unsere Schuhe durch das dumme Missgeschick einer Magd beschmutzt«, sagte Gordon. »Darum wird es nun deine Aufgabe sein, sie wieder blitzblank zu putzen.«

Raven tat, als sähe er sich suchend um und zuckte schließlich hilflos die Achseln. »Ich habe weder Lappen noch Bürste. Sofern Ihr also nichts Dementsprechendes mit Euch führt, werdet Ihr vermutlich auf diese Dienstleistung verzichten müssen ... Sir«, fügte er betont bissig hinzu.

»Für einen Adeligen bist du verblüffend einfallslos, Welpe«, höhnte Gordon. »Aber wie ich dich einschätze, wirst du schnell lernen. Zieh dein Hemd aus!«

Raven runzelte argwöhnisch die Stirn, tat aber dennoch, was der Soldat von ihm verlangte. Befallen von der Furcht, dass sie es ihm entreißen würden, hielt er den Stoff fest umklammert. Doch wie es schien, hatten die Soldaten andere Dinge im Sinn, als sich seiner Kleidung zu bemächtigen.

»Worauf wartest du noch? Runter mit dir, und benutze den verdammten Fetzen!«, bellte Murdo und bedeutete ihm, vor Gordon niederzuknien. Der streckte Raven sogleich auffordernd grinsend seinen Fuß entgegen.

In Raven begann es vor Wut zu kochen. Dass man ihn gestern gezwungen hatte, dem Lord auf diese Weise seine Ehrerbietung zu zeigen, hatte seinen Stolz bereits erheblich angekratzt. Aber niemals, niemals würde er sich derart erniedrigen und vor einem einfachen Wachsoldaten auf die Knie gehen! Er schürzte die

Lippen und begehrte bockbeinig auf: »Einen Teufel werde ich tun!«

»Auch wenn du besser daran tätest, deine aristokratische Überheblichkeit möglichst zügig aufzugeben, sind Mut und Stolz dir nicht abzusprechen, das muss man dir lassen«, erwiderte Gordon sichtlich amüsiert. »Dennoch drängt sich mir die Frage auf, ob du auch über die ungesunden Folgen nachgedacht hast, die deine Widerspenstigkeit mit sich bringt.«

»Was könnte mir denn passieren, außer dass es Euch wahrscheinlich schon seit Betreten dieses stinkenden Lochs in den Fingern juckt, mich grün und blau zu schlagen?«, bot Raven ihm rebellisch die Stirn. »Wisst Ihr was? Tut es doch einfach. Dann kann ich beim nächsten Mal wenigstens darauf verzichten, mich zu erheben, sobald Ihr hier auftaucht.«

Für einen Moment verzog Gordon scheinbar nachdenklich seine Mundwinkel, löste sich dann aber ruckartig von der Tischkante und erwiderte: »Ich muss zugeben, dein Vorschlag leuchtet ein. Dich direkt am Boden kriechend statt stehend vorzufinden, erleichtert uns die Aufgabe, dich nach den Wünschen des Lords zurechtzubiegen, enorm.« Mit einem dämonischen Lächeln drückte er erst die eine und dann die andere Faust gegen seine Handinnenfläche und ließ vernehmlich die Fingergelenke knacken.

Raven, dem diese furchteinflößende Geste keineswegs entging, durchfuhr es bezüglich der Idee, auf die er seine Peiniger gebracht hatte, glühend heiß.

Für deine zum Himmel schreiende Dummheit hast du es vermutlich nicht besser verdient, Raven Cunnings!, schoss es ihm reuevoll durch den Kopf, während er sich stöhnend unter Gordons auftreffendem Fausthieb krümmte. Er taumelte rücklings gegen Murdo, der ihn grob zurück zu Gordon stieß. Die Hände schützend vor den Bauch haltend, richtete Raven sich wieder auf und blickte dem herkulischen Soldaten mit kämpferischer Verbissenheit entgegen. Doch sein Aufbegehren wurde unverzüglich durch einen brutalen Schlag ins Gesicht geahndet, und Gordon knurrte drohend: »Wage nie wieder, mich oder sonst einen deiner Herren anzusehen, Grünschnabel!«

Tatsächlich senkte Raven zunächst instinktiv den Kopf und leckte sich das warme Blut von seiner aufgeplatzten Lippe. Aber schon einen Atemzug später hob er ihn wieder und keuchte aufsässig: »Und was, wenn ich es trotzdem tue?«

Gordons Augen weiteten sich überrascht, und er erwiderte höhnisch: »Das überlebst du nicht, Junge.«

»Wenn Ihr mich tötet, werdet Ihr eine verflixt gute Ausrede für Euren Herrn brauchen«, gab Raven mutig zu bedenken.

Aus Gordons Kehle klang tiefes Gelächter. »Heilige Scheiße, Welpe, du machst mir vielleicht Spaß! Bist du schon mal auf den Gedanken gekommen, dass du deinen hemmungslosen Drang, dich immerzu in Schwierigkeiten zu bringen, eines Tages teuer wirst bezahlen müssen? Naja, wie dem auch sei. Du willst es also nehmen wie ein Mann. Einverstanden. Dementsprechend sollst du auch wie einer fühlen.« Er holte aus, und der Flug seiner geballten Faust zerschnitt brausend die Luft.

Gott, lass es schnell vorbei sein!, betete Raven stumm und versuchte verzweifelt, Sionnachs Gesicht vor seinem inneren Auge heraufzubeschwören. Doch es blieb ihm keine Zeit, und das letzte, was er spürte, war ein stechender Schmerz an seiner Schläfe. Dann wurde es dunkel um ihn.

Vor Grauen wie gelähmt presste Sionnach sich die Hand vor den Mund und unterdrückte einen entsetzten Aufschrei. Nachdem es ihr gelungen war, den Soldaten unbemerkt nachzuschleichen, hatte sie vorsichtig durch die winzige Luke der Tür gespäht, hinter der Murdo und Gordon verschwunden waren. Wenn auch nicht gerade glücklich über Ravens Gefangenschaft, so hatte sie doch immerhin erleichtert festgestellt, dass er weitgehend unversehrt schien. Mit angehaltenem Atem verfolgte sie den wechselnden Schlagabtausch zwischen den drei Männern und musste schließlich hilflos dabei zusehen, wie die beiden Soldaten Raven prügelten, bis er zu Boden ging und sich nicht mehr regte.

»Was machen wir mit ihm?«, hörte sie Murdo fragen.

Gordon zuckte gleichgültig die Achseln. »Gar nichts. Wenn er aufwacht und sich mit der Nase im Dreck wiederfindet, erinnert er sich hoffentlich an den Zweck seiner Abreibung und lernt daraus. Wenn nicht, wird er wohl bald vor lauter Blutergüssen im Dunkeln leuchten und sich die Kerzen sparen können.«

Murdo sah auf Raven herab und stupste ihn sacht mit der Schuhspitze an. »Armes Schwein. Ich möchte nicht in seiner Haut stecken.«

Verwundert stellte Sionnach fest, dass in seiner Stimme ein Hauch von Mitleid schwang.

»Er steht eben einfach auf der falschen Seite«, brummte Gordon und wandte sich zum Gehen. Seine durch die Faustschläge strapazierten Finger bewegte er in rascher Folge hin und her. »Und jetzt komm. Ich muss unbedingt nochmal nach der Kleinen von vorhin Ausschau halten.«

Sionnach erschrak und drückte sich blitzschnell in einen der unzähligen dunklen Winkel, die entgegen dem Ausgang lagen. Wie sie feststellte keinen Augenblick zu spät, denn gerade eben verließen die beiden Soldaten die Gefängniszelle und kehrten dem Kerker mitsamt dem Nachhall ihrer schweren Schritte den Rücken.

Nachdem sie sich ängstlich nach allen Seiten abgesichert hatte, trat Sionnach erneut auf den staubigen Gang und huschte zurück zu der winzigen Luke. Noch immer lag Raven wie leblos am Boden und rührte sich nicht.

Bitte, wach doch auf!, beschwor sie ihn in Gedanken, während ihre zittrigen Hände Halt an den eng beieinanderstehenden Gitterstäben suchten. Als habe er ihre Sorge gespürt, gab Raven in diesem Moment ein leises Stöhnen von sich und zog seinen durch den unkontrollierten Zusammenbruch unter dem Bauch eingeklemmten Arm hervor. Sionnachs Augen weiteten sich hoffnungsvoll, und sie drückte ihr Gesicht so nah wie möglich an die vergitterte Luke.

»Mylord«, wisperte sie, »ich bin es – Sionnach.« Nur mühsam drehte Raven den Kopf in ihre Richtung. Als er sie durch seine halbgeöffneten Lider erkannte, huschte ein Lächeln über sein mit einer Mischung aus Blut und Dreck verschmiertes Gesicht »Füchschen ...«, flüsterte er kaum hörbar. Im Zeitlupentempo rollte er sich über die Seite auf alle Viere, erhob sich ächzend und wankte langsam zur Tür. »Du siehst blass aus. Geht es dir gut?«

»Des Lords Männern haben Euch gerade erst aufs Übelste das Fell über die Ohren gezogen, und Ihr erkundigt Euch nach meinem Befinden?« Sionnach war fassungslos.

»Hast du es etwa gesehen?«, fragte Raven wenig erfreut und lehnte sich merklich angeschlagen gegen die kalte Wand.

»Ehrlich gesagt hätte ich lieber darauf verzichtet«, antwortete Sionnach bitter. »Warum konntet Ihr nicht einfach tun, was die beiden von Euch verlangt haben?«

»Weil ich mich nicht allein für den Umstand bestrafen lasse, zufällig der Sohn König Charles II. zu sein – zumal mein liebenswürdiger Halbbruder dem bereits seit ich laufen kann ausreichend Genüge getan hat.« Umständlich schlüpfte er in sein schmutziges Hemd und spuckte angewidert einen Mundvoll Blut aus.

»Ihr benehmt Euch genauso stur wie Brendan«, beklagte Sionnach und zog missbilligend die Stirn kraus.

»Da mir nicht entgangen ist, wie sehr du ihn bewunderst, schmeichelt mir das ungemein«, erwiderte Raven schmunzelnd, verzog aber sogleich leidend sein von Schlägen gezeichnetes Gesicht. Sichtlich bemüht, das vor ihr zu verbergen, suchte er in ihren Augen nach Bestätigung. Er kam ihr so nahe, wie die Gitter es zuließen, und strich zärtlich über ihre sich daran klammernden Finger. Erfüllt von der Sehnsucht nach mehr, ließ Sionnach ein leises Seufzen hören und murmelte: »Ich flehe Euch an, Mylord, gebt den Forderungen meines Herrn nach und zeigt ein wenig Demut. Es muss Euch doch nichts bedeuten, solange es ihn nur zufriedenstellt!«

»Demnach willst du mich also auch erniedrigt sehen?«, fragte Raven matt und setzte hinzu: »Ich könnte es dir nicht mal verdenken.«

Aber Sionnach schüttelte energisch den Kopf. »Nein, Mylord. Ich könnte es nur nicht ertragen, dass sie Euch ein weiteres Mal wehtun. Und das werden sie zweifellos, wenn Ihr Euch dem Lord nicht beugt. Je wehrhafter Ihr Euch zeigt, umso mehr Grund bietet Ihr ihm, Euch um Eures Stolzes willen zu quälen.«

»Du forderst also von mir, dass ich kapituliere?«

»Ihr sollt Euch lediglich schützen.«

»Das brauche ich nicht. Sie werden es nicht schaffen, mir meinen Stolz zu nehmen.«

»Doch, das können sie, und das werden sie, glaubt mir.« Auf dem Gang erklangen Schritte, die rasch näher kamen. »Bitte, Mylord, tut es für mich!«, flehte Sionnach und sah ihn eindringlich an.

»Du musst gehen«, warnte Raven sie mit sanfter Stimme und blieb ihr die Antwort schuldig. Nur widerstrebend löste Sionnach sich von der winzigen Luke und verschmolz schließlich gleich einem Schatten mit der rauen Felswand des unterirdischen Kellergewölbes.

36

Die letzten goldenen Herbsttage waren verstrichen und endgültig dem beißenden Frost eines sich streng ankündigenden Hochlandwinters gewichen. Die Laubbäume in den Wäldern rund um Loch Oich hatten ihre Blätter abgeworfen und reckten der eisigen Kälte nun trotzig ihr nacktes Geäst entgegen. Bis zur Wintersonnenwende waren es keine zwei Wochen mehr, und obwohl Ranald MacDonell überzeugter Katholik war, hielt er trotzdem an einigen keltischen Bräuchen fest. Aus diesem Grund trugen etliche Knechte - unter ihnen auch Ewan und Brendan - bereits seit den frühen Morgenstunden die sorgsam geschnürten Strohbündel aus dem Dorf hinauf zur Burg, um sie am 21. Dezember ans Vieh verfüttern zu können. Der Sitte entsprechend hoffte man, die Tiere durch diese Opfergabe im gesamten kommenden Jahr gut genährt und gesund zu sehen. Neben den heidnischen Gebräuchen liefen aber des Weiteren auch die Vorbereitungen für das anstehende Weihnachtsfest auf Hochtouren, und überall auf der Burg und im Dorf traf man auf emsige Betriebsamkeit.

Aufgrund seiner langen Abwesenheit während der Erntezeit

hatte Ewan beschlossen, erst im Frühjahr nach Glenfinnan heimzukehren, was ihn nun auf Invergarry als jederzeit verfügbare und für alles zu gebrauchenden Arbeitskraft auswies. Da sie für die nächsten Monate weitestgehend vom Wohlwollen des Lords abhingen, war Ewan sich durchaus bewusst, dass er nicht wählerisch sein durfte. Während die Zwillinge dem hiesigen Stallmeister den letzten Nerv raubten, verdingten Sionnach und Moira sich als Küchen- und Zimmermägde. Er und nun auch Brendan wurden zumeist für körperlich harte Arbeiten herangezogen. Nicht selten schmerzte ihm am Abend jeder einzelne Muskel im Leib, doch Ewan beschwerte sich nicht. Er war sich sehr wohl der Tatsache bewusst, dass der Clanchief ihm nichts schenken würde und hatte längst aufgehört, darüber nachzudenken, was hätte sein können, wenn er statt als ehrloser Bastard als legitimer Sohn seines Vaters aufgewachsen wäre.

Er seufzte leise und sah besorgt zu seinem Sohn hinüber. »Bist du wirklich schon wieder kräftig genug, um arbeiten zu können? Der Lord wird es dir bestimmt nicht nachhalten, wenn du noch Zeit brauchst.«

»Ich habe mich nie besser gefühlt«, antwortete Brendan und schulterte gleich zwei der aus den letzten Garben der diesjährigen Ernte gefertigten Strohpuppen, um sie hinauf in die Stallungen des Clanchiefs zu tragen.

»Übernimm dich nicht, Junge«, mahnte Ewan und nahm sich ebenfalls ein weiteres Gebinde vom Einspänner. Dass sein Sohn wieder fest mit beiden Beinen auf dem Boden stand, hatte sein Herz von einer zentnerschweren Last befreit. Dank Moiras heilkundiger Hände, dem reichhaltigen Nahrungsangebot auf Invergarry und einem sauberen, warmen Schlafplatz war Brendan weit schneller genesen, als er anfangs zu hoffen gewagt hatte. Zwar hatte er beträchtlich an Gewicht verloren, doch Ewan war sich sicher, dass Brendan diesen Mangel rasch würde ausgleichen können, da die dralle Tochter des Kochs sich der täglich wachsenden Schar junger Frauen angeschlossen hatte, die seinen blauäugigen Sohn mit sehnsüchtigen Blicken verfolgten und sich auffallend oft in seiner Nähe aufhielten.

»Was soll denn das? Ist dem Lord das Vieh ausgegangen?«,

wunderte Brendan sich in diesem Moment und deutete mit einem Kopfnicken auf einen durch das Burgtor rumpelnden Karren, vor den man kein Pferd sondern einen jungen Mann gespannt hatte. Er kniff die Augen zusammen, um ihn besser erkennen zu können. »Ist das nicht dieser englische Viscount aus Northumberland? Wie war doch gleich sein Name?«

»Raven Fitzroy«, sagte Ewan, folgte dem Blick seines Sohnes jedoch nur zögerlich. Er wusste, dass ihm nicht gefallen würde, was es dort zu sehen gab. Und sein Gefühl trog ihn nicht.

Sie hatten dem unglückseligen Raven ein für Pferde gängiges Kummetgeschirr angelegt und missbrauchte ihn auf erbärmlichste Weise als Maulesel. Seine Füße waren gerade so weit in Ketten gelegt, dass er laufen konnte. Die Hände hatte man ihm mithilfe von Handeisen an die Deichsel gefesselt, so dass er zur Bewältigung seiner Last wenigstens ab und an die Kraft der Arme nutzen konnte. Die Ladung, die man ihn zwang zu ziehen, bestand aus grob zugeschnittenem Scheitholz der umliegenden Wälder. Wenngleich auch bereits zitternd vor Anstrengung und Erschöpfung setzte er dennoch beharrlich Fuß vor Fuß. Nur dann und wann blieb er stehen, um wieder zu Atem zu kommen. Sein ehemals weißes Hemd war stark verschmutzt und klebte ihm trotz der kalten Witterung schweißnass am Leib.

»Das hatte ich nicht beabsichtigt«, murmelte Ewan betroffen. »Allem Anschein nach hätte ich ihn doch besser laufenlassen sollen.«

»Ich finde, einem Leuteschinder wie ihm geschieht das ganz recht«, knurrte Brendan und spuckte verächtlich neben sich aus.

Ewans Brauen zogen sich hinsichtlich des glühenden Hasses seines Sohns tadelnd zusammen.

»Du solltest dich diesem Mann gegenüber nicht derart feindselig zeigen. Immerhin ist es ihm zu verdanken, dass du und deine Schwester noch am Leben seid.«

»Oh, ja! Wie überaus selbstlos von Seiner Lordschaft«, höhnte Brendan, und in seinen Augen blitzte es seltsam eifersüchtig auf. »Wahrscheinlich hat er unsere Hinrichtung selber inszeniert, um sich später von Sionnach mit hingebungsvoller Dankbarkeit die Füße küssen zu lassen. Was ihm sonst noch so durch den Kopf oder andere Bereiche seines Körpers geht, sobald sie ihm über den Weg läuft, will ich gar nicht wissen. Für meinen Geschmack hat er sich ein bisschen zu intensiv um sie gekümmert, während ich im Steinbruch für seinen Wohlstand ackern musste.«

»Trotzdem ist es barbarisch, was sie mit ihm tun«, erwiderte Ewan. »Welches Verbrechens auch immer er sich schuldig machte, es ist nicht an uns, Gleiches mit Gleichem zu vergelten.« Eher beiläufig blieb sein Blick weiter auf dem jungen Engländer haften, der inzwischen ermattet zu Boden gesunken war. Gerade wollte er sich abwenden, um mit seiner eigenen Arbeit fortzufahren, als ein Mann mit erhobener Riemenpeitsche auf Raven zutrat und auf ihn einzuschlagen begann. Es war Gordon. Ewan sah, wie der junge Engländer verzweifelt versuchte, sich unter den gnadenlosen Hieben des bulligen Schotten hinweg zu ducken, doch durch seine an die Deichsel gefesselten Hände hatte er keine Chance. Schließlich gab er auf und ließ die schmähende Züchtigung gekrümmt und mit zwischen den Schultern eingezogenem Kopf über sich ergehen. Und obschon er bei jedem neuen Hieb gequält zusammenzuckte, gab er nicht einen Laut von sich. In Ewan stieg unwillkürlich Zorn auf. Er stellte seine Garbe beiseite und ging zu den beiden hinüber. Entschieden fing er das sich abermals zum Schlag hebende Handgelenk des Soldaten ab und hielt es fest.

»Lass es gut sein, Gordon. Siehst du nicht, dass der Junge bereits restlos am Ende ist?«

Mit vor Verärgerung blitzenden Augen drehte der Soldat sich zu ihm um.

»Die Entscheidung, wann er ausruhen darf, liegt nicht bei ihm«, erwiderte er gereizt. »Und was mischt du dich da überhaupt ein? Was ich tue, geht dich nicht das Geringste an.« Unwirsch entzog er Ewan die Hand, steckte die Peitsche aber dennoch zurück in seinen Gürtel. Anschließend packte er Raven am Oberarm und zerrte ihn auf die Füße.

Ewan musterte den dunkelhaarigen Engländer mitleidig.

»Er ist nass bis auf die Haut. Gönn ihm eine Pause, sonst krepiert er euch noch an einer Lungenentzündung. Und ich glaube kaum, dass dieser Umstand den Lord erfreuen würde.«

»Ich habe wirklich wichtigere Dinge zu tun als darauf zu warten, bis die kleine Ratte wieder einsatzfähig ist. Wenn es dir an Arbeit fehlt, tu dir keinen Zwang an und reib ihn trocken«, entgegnete Gordon höhnisch. Ewan deutete ein Nicken an, woraufhin Gordon Ravens Ketten löste und ihn in dessen Richtung stieß. »Ich gebe ihm genau eine Stunde. Und achte darauf, dass er dir nicht versehentlich unterwegs abhandenkommt.«

Ewan befreite Raven vorsichtig aus dem Pferdegeschirr und schob ihn hastig über den Burghof, bis sie die winzigen, für das Gesinde vorgesehenen Hütten erreicht hatten. Die Glut des morgendlichen Feuers war noch nicht vollständig erloschen und flammte sofort wieder auf, als Ewan ein Holzscheit auflegte. Im Anschluss stellte er einen halb mit Wasser gefüllten Bottich auf einen der Holzschemel und platzierte ein Handtuch daneben.

»Komm her, na komm schon, Junge«, forderte er Raven auf, der mit hängenden Armen und gesenktem Kopf in der Mitte des kleinen Raumes stand, als hätte man ihn dort festgenagelt. Er wies auf den Bottich. »Zieh dein Hemd aus und wasch dich erst mal gründlich.«

Die Skepsis in Ravens Augen zeigte mehr als deutlich, dass er ihm misstraute. Dann tauchte er aber doch wie befohlen die Hände in den Eimer und rieb das kalte Wasser genussvoll über seine Haut, als handele es sich um einen unerschwinglichen Luxus.

»Wie lange hast du den Karren heute schon ziehen müssen?«, fragte Ewan und betrachtete stirnrunzelnd die flächigen, roten Druckstellen, die sich längs auf Ravens Haut über beide Schlüsselbeinknochen sowie auf seiner Brust abzeichneten.

Raven zuckte die Achseln. »Keine Ahnung. Ein paar Stunden vielleicht.«

Ewan ließ seinen Blick über das kleine Regal mit den vielen Gefäßen in unterschiedlichen Größen schweifen, auf dem Moira allerhand Kräuter und Gewürze aufbewahrte. Endlich fand er, wonach er suchte und förderte mit triumphierender Miene einen

Salbentiegel zutage.

»Ich weiß nicht, ob es dir hilft. Bei Brendans Wunden hat es sich jedenfalls ausgesprochen gut bewährt.« Er versenkte den Finger in der leicht ranzig riechenden Substanz und verteilte sie behutsam auf Ravens stark in Mitleidenschaft gezogener Haut. Als er fertig war, bedeutete er ihm, sich ans Feuer zu setzen.

»Bei dieser Kälte sollten sie dich nicht bloß mit einem Hemd am Leib draußen arbeiten lassen.«

Raven erwiderte nichts sondern lehnte sich unweit der knisternden Flammen mit geschlossenen Augen gegen die Mauer. Erst als sein Magen lautstark zu knurren begann, öffnete er sie wieder.

»Du musst hungrig sein«, folgerte Ewan. Ohne eine Antwort abzuwarten nahm er eine Essschale, füllte sie bis zum Rand mit vom Frühstück übriggebliebenem Porridge und reichte sie dem jungen Engländer zusammen mit einem Becher Bier. Obwohl ihm der Hunger deutlich ins Gesicht geschrieben stand, rührte Raven weder das eine noch das andere an.

»Nun iss schon«, ermunterte Ewan ihn einer Ahnung folgend. »Wenn mir der Sinn danach stünde, dich zu töten, würde ich mit Sicherheit einen verlässlicheren Weg wählen.«

Tatsächlich schien Raven der Gedanke schlüssig, denn er setzte den Becher an seine Lippen und leerte ihn in einem Zug. Als er sich mit dem Handrücken einen Rest der braunen Flüssigkeit aus seinen Bartstoppeln wischte, füllte Ewan den Becher erneut. Wieder trank Raven gierig davon. Seinem Wunsch nach mehr trotzend, hielt er dieses Mal jedoch bereits nach der Hälfte inne. Sein durch die Wundbehandlung fettglänzender Brustkorb hob und senkte sich nun schon erheblich ruhiger als noch vor ein paar Minuten.

»Ich weiß, Ihr könnt mich nicht ausstehen, Sir. Warum also tut Ihr das alles für mich?«, brach er plötzlich sein Schweigen, während er auf die Schale Porridge in seiner Hand starrte.

Ewan nahm auf einem der Schemel in Ravens Nähe Platz und stützte die Ellbogen auf den Oberschenkeln ab.

»Vielleicht kann ich es als guter Katholik schlicht und ergreifend nicht vertreten, wie sie mit dir umgehen, obwohl es mich im Hinblick auf deine Verbrechen gegen meine Kinder wohl eher kaltlassen sollte. Andererseits lässt sich nicht leugnen, dass man die beiden ohne deine Hilfe zweifellos gehängt hätte.« Sein Blick ruhte verdrossen auf der am Boden sitzenden Gestalt des Viscounts. »Ich hätte wahrhaftig allen Grund, dich zu hassen, Raven Fitzroy, aber du machst es mir wirklich nicht besonders leicht.«

Raven schielte verstohlen hinauf zu Ewan und lächelte matt.

»Dann werde ich mir wohl alle Mühe geben müssen, es Euch in Zukunft weiterhin zu erschweren, Sir.«

So sehr Ewan auch versuchte, das Gefühl von einsetzender Sympathie gegenüber dem jungen Engländer zu unterdrücken, es wollte ihm einfach nicht gelingen. Möglicherweise war er ja doch kein so übler Bursche, wie er zunächst vermutet hatte. Er war immer gut zu mir, erinnerte er sich Sionnachs Worte und dachte daran, dass sie zu keinem Zeitpunkt den Eindruck erweckt hatte, Furcht vor Raven zu empfinden. Das Verhalten, das sie stattdessen in seiner Gegenwart zeigte, beunruhigte Ewan dafür umso mehr. Ausgehend von Ravens derzeitiger Situation wäre es ihm ein Leichtes gewesen, seiner Tochter die Angst vor dem Feind zu nehmen. Sie hingegen davon zu überzeugen, dass es absolut unpassend war, ihr Herz ausgerechnet an ihn zu verschenken, war schier unmöglich.

»Ich würde dir gern eine Frage stellen, Fitzroy, und ich erwarte von dir, dass du sie mir ehrlich beantwortest.«

»Sicher, Sir.«

Ewan wusste nicht so recht, wie er anfangen sollte. Einerseits war es ihm peinlich, mit einem Mann über derlei Dinge zu sprechen, andererseits aber nagte da diese Ungewissheit an ihm, die er nicht länger ertragen wollte.

»Meine Tochter Sionnach ... sie erzählte mir von der Zeit auf Fitheach Creag und von dir«, begann er schließlich.

Raven, der sich soeben einen Löffel Porridge in den Mund geschoben hatte, schien kurz davor, sich zu verschlucken und schaute überrascht auf. »Ach ... tatsächlich?«

»Du wirkst erstaunt«, bemerkte Ewan misstrauisch und dachte an Brendans wütende Äußerung. »Warum, wenn ich fragen darf?«

»Weil ... naja, weil Sionnach selbst darauf gedrungen hat, dass ich Euch gegenüber niemals etwas davon verlauten lasse«, stammelte Raven sichtlich verwirrt.

»In Bezug auf - was?«, bohrte Ewan mit Nachdruck und konnte nicht verhindern, dass seine Stimme einen frostigen Klang annahm.

»Auf ... auf unsere Liebe«, antwortete Raven stockend und warf Ewan einen unsicheren Blick zu. Der erhob sich ruckartig und ging zuhöchst erregt vor der Feuerstelle auf und ab.

»Liebe ...«, schnaubte er verächtlich. »Hast du bei all der Gefühlsduselei auch mal darüber nachgedacht, wie das funktionieren soll? Für unser Volk bist du ein Sasanach, Fitzroy, ein Fremder, und zu allem Überfluss gehörst du auch noch der Feindesseite an. Auf die unbedeutende Kleinigkeit, dass du der wie auch immer geartete Abkömmling unseres vormaligen Königs bist, muss ich ja wohl erst gar nicht zu sprechen kommen.«

»Auch auf die Gefahr hin, dass es das wunderbar dämonische Bild zerstört, das Ihr Euch anscheinend bereits von mir gemacht habt, Sir, ich bin nichts weiter als der ungewollte Bastard eines Mannes, der zufällig gerade auf dem Thron saß. Dass ihm sein königliches Gemächt ausgerechnet dann juckte, als ihm eine einfache Milchmagd über den Weg lief, ist weder die Schuld meiner Mutter noch die meine«, entgegnete Raven schleppend.

Ewan schauderte unwillkürlich. Dieser Junge hatte mehr mit ihm gemein, als er zugeben mochte, denn auch er war das unerwünschte Ergebnis einer nicht standesgemäßen Beziehung. Im Gegensatz zu Raven hatte er durch seinen Vater, dessen Liaison mit der Tochter eines Pächters hastig als nicht erwähnenswerte Jugendsünde abgetan worden war, jedoch nie Legitimierung als Sohn erhalten.

Um sich von seiner wachsenden Empathie abzulenken, verdrängte er rasch jeden weiteren Gedanken und konterte: »Dennoch hat es dir einen Titel eingebracht und dich entsprechend geprägt. Ob gewollt oder nicht - in den höchsten Kreisen des englischen Adels aufzuwachsen, hinterlässt seine Spuren, und die Prinzipien, die deine Leute vertreten, decken sich in vielen

Fällen leider nicht mit den unsrigen – mal ganz abgesehen davon, dass wir Schotten uns nur ungern knechten lassen.«

Raven senkte betreten den Kopf. »Was mein Bruder Eurem Sohn angetan hat, tut mir unendlich leid. Wenn ich bloß eher davon gewusst hätte, dann hätte ich ihm vielleicht einiges ersparen können. Und Sionnach ...«, er stockte für einen Moment, »wenn es nötig gewesen wäre, hätte ich mein Leben gegeben, um sie zu beschützen. Und ich würde es auch jetzt noch tun.«

»Große Worte für einen jungen Mann in deiner Lage«, befand Ewan ernst. »Einen solchen Schutz zu gewährleisten, hieße für dich, dass du dich gegen deine eigenen Leute stellen müsstest. Dadurch wäre es unvermeidbar, deinem König die Treue zu brechen und deine Opferbereitschaft schneller zeigen zu müssen, als dir lieb sein könnte. Du bist keiner von uns, Fitzroy. Das wirst du nie sein. Und wenn es hart auf hart kommt, wirst du der Bestimmung deiner Geburt folgen, dessen bin ich mir sicher.«

»Das habe ich längst getan, als ich die Entscheidung traf, Fitheach Creag zu verlassen«, erwiderte Raven.

Vergeblich suchte Ewan in den Augen des jungen Engländers nach einer Lüge, und er kam nicht umhin, sich eingestehen zu müssen, dass er geneigt war, ihm zu glauben. Schweigend öffnete er den Deckel einer neben seinem Bett stehenden Truhe, nahm ein sauberes Hemd und eine bis knapp über die Hüften reichende Jacke heraus. Beides reichte er Raven.

»Hier, nimm und zieh es an.«

Raven sah ihn mit großen Augen an und schüttelte schließlich den Kopf. »Das kann ich nicht annehmen, Sir.«

»Du wirst, wenn du den Winter lebend überstehen willst. Außerdem wird diese Jacke weder von mir noch von Brendan getragen. Sie gehörte mal einem Engländer, aber wie die Dinge stehen, braucht er sie wohl nicht mehr.« Er grinste und warf die Kleidung ohne Bedauern in Ravens Schoss. »Und jetzt halt die Klappe, und iss deinen Porridge, bevor Gordon kommt und dich wieder vor den Karren spannt.«

Seine Argumente schienen Ravens Bedenken endgültig auszuräumen, denn er schlüpfte nun ohne Umschweife in die wärmende Kleidung und kratzte anschließend die Schale bis auf den letzten Rest leer.

»Danke, Sir«, murmelte er leise. »Das werde ich Euch nicht vergessen.«

37

Ranald MacDonell blickte schweigend aus dem Fenster. Obgleich es noch früh am Abend war, lag die Gegend um Invergarry bereits in tiefem Dunkel. Auf den Scheiben aus feinstem Glas hatte sich eine Vielzahl hauchzarter Eiskristalle gebildet, deren filigrane Schönheit den Anschein erweckte, als wären sie kunstvoll hineingeschliffen worden. Doch Ranald stand der Sinn wahrhaftig nicht nach dem Zauber des angebrochenen Winters. Stattdessen kreisten seine Gedanken unablässig um die heikle innenpolitische Lage des Landes. Wie vielen anderen Clanführern widerstrebte es auch ihm aufs Äußerste, William III. von Oranien als seinen neuen König anzuerkennen. Seit sowohl das englische als auch das schottische Parlament den vorherigen Herrscher, James II. von England, für abgesetzt erklärt hatten, brodelte es zunehmend unter dessen Anhängern, und die Unruhen nahmen stetig zu. Besonders im überwiegend katholischen Hochland regte sich besorgter Widerstand gegen William, der als hartnäckiger Vorkämpfer der protestantischen Sache galt. Um sich in Sicherheit zu bringen, war der überzeugte Katholik James zunächst nach Irland geflohen. Voller Unrast hatte es ihn aber schließlich wieder zurück nach Schottland getrieben, wo er in ständigem Wechsel Zuflucht bei den ihm treu ergebenen Chiefs der überall im Hochland verstreuten Clans suchte. Vor ein paar Tagen war nun auch Ranald die Ehre zuteil geworden, seinem König eine Weile Zuflucht auf Invergarry Castle zu bieten. Unauffällig betrachtete er ihn aus dem Augenwinkel. James saß mit starrem Blick in einem der Sessel, die die Dienerschaft gegen Abend wegen der stark gesunkenen Außentemperaturen nah ans prasselnde Feuer gerückt hatte, und nippte lustlos an seinem Sherry.

»Wie ich den Winter hasse. Er wirkt sich immer so schrecklich deprimierend auf meine Stimmung aus«, sagte er in diesem Moment und ließ Ranald aus seinen Gedanken auffahren.

»Nicht doch, Eure Königliche Majestät«, lächelte er und stellte die mit mahagonifarbenem Sherry gefüllte Karaffe geräuschlos auf den Tisch, »der Winter ist kein Grund, um schwermütig zu werden. Ihr benötigt lediglich ein wenig Ablenkung. Es wird sich bestimmt etwas finden lassen, womit ich Euch erfreuen kann.« Er nahm ebenfalls einen Schluck aus seinem Glas. »Wie wäre es zum Beispiel mit Musik?«

James winkte gelangweilt ab. »Ihr mögt mir verzeihen, mein Freund, aber mir brummt eh schon der Schädel, und Eure Art von Musik wäre diesem Zustand nicht gerade zuträglich.«

»Ich gehe wohl recht in der Annahme, dass es Euch dann gleichfalls an Konzentration für eine Partie Schach fehlt?«

»Eure Intuition ist wirklich erstaunlich.«

»Vielleicht solltet Ihr Euch heute etwas früher als üblich zurückziehen und Entspannung bei den Mägden suchen, Majestät«, schlug Ranald vor. »Es gibt eine unter ihnen, deren Hände wahre Wunder bewirken. Bestimmt kann sie Euer Leiden lindern. Wenn Ihr wünscht, werde ich sofort nach ihr schicken lassen.«

»Bemüht Euch nicht, MacDonell. Augenblicklich steht mir der Sinn nicht nach derlei oder sonst irgendeinem Vergnügen«, lehnte James dankend ab und versank erneut in dumpfe Lethargie.

Während er darüber nachdachte, wie er seinen König doch noch auf andere Gedanken bringen konnte, blieb Ranalds Aufmerksamkeit eher zufällig an Murdo haften. Der hünenhafte Leibwächter, der bereits den ganzen Abend wie in Stein gemeißelt an der Tür verharrt und aufmerksam über den König und seinen Chief gewacht hatte, brachte Ranald auf eine Idee.

»Was treibt eigentlich unser junger Gast, Murdo?«

Verblüfft über die Tatsache, angesprochen zu werden, wandte der Soldat sich seinem Herrn zu und antwortete: »Ich schätze, er schläft bereits, Mylord.«

»So früh?«, wunderte Ranald sich und drehte sich nach der mächtigen Standuhr um, die dem Kamin unmittelbar gegenüberstand und unermüdlich ihr goldenes Pendel schwang.

»Aye, Mylord. Er hatte einen ...«, Murdo bedachte den König mit einem verstohlenen Seitenblick und räusperte sich unbehaglich, bevor er sich erneut seinem Herrn zuwandte, »... nun ja, einen ziemlich ausgefüllten Tag.«

»Dann weck ihn, und bring ihn her.«

Sichtlich verunsichert zögerte Murdo, den Befehl auszuführen.

»Ich bitte um Vergebung, Mylord, aber ich halte das gegenwärtig für keine gute Idee.« Angesichts des offen geäußerten Widerspruchs zuckte es verärgert um Ranalds Mund, und Murdo fügte hastig hinzu: »Er hatte es recht eilig, ins Bett zu kommen. Denkbar, dass er aus diesem Grund auf Rasur und Bad verzichtete.«

»Schlimmer als bei manch einem meiner Pächter kann es kaum sein.«

Murdo kratzte sich zweifelnd das Kinn. »Da wäre ich mir nicht so sicher, Mylord. Ihr erinnert Euch vielleicht, dass Ihr auf eine Unterbringung in einem der wenig benutzten Trakte der Burg bestanden habt, und ich fürchte, die Zimmermägde finden nur selten den Weg dorthin, um die Kammer Eures Gastes zu reinigen.«

»Dann wird es ihn freuen zu hören, dass seine Wohnsituation sich in nächster Zeit aufs Angenehmste ändern könnte«, sagte Ranald. »Und jetzt bring ihn her.«

Ein derber Stoß zwischen die Rippen riss Raven jäh aus seinem traumlosen Schlaf und bewog ihn, erschrocken die Augen zu öffnen. Nur schwer konnte er die bleierne Müdigkeit abschütteln, die ihn vor einer knappen Stunde trotz knurrendem Magen auf seine Pritsche hinabgezogen hatte. Als sein Blick schließlich aufklarte, erkannte er Murdo, dessen gigantischer Schatten sich drohend über ihm erhob. Er stöhnte innerlich auf.

»Zu dieser späten Stunde hier, Sir? Ihr müsst doch nicht etwa Mehrarbeit leisten, weil Ihr Euch bei der Anzahl der heute für mich vorgesehenen Schläge verzählt habt?«, entschlüpfte es ihm mit grimmigem Zynismus, während er sich schlaftrunken aufsetzte und die Haltung einnahm, auf die Murdo und Gordon ihn bereits erfolgreich abgerichtet hatten.

»Du kannst von Glück sagen, dass ich Order habe, dich in einem einigermaßen erträglichen Zustand zu präsentieren«, erwiderte der Soldat bärbeißig und bedeutete Raven, die Zelle zu verlassen.

»Darf ich erfahren, wohin ich gebracht werde, Sir?«

»Du darfst erfahren, dass du morgen doppelt so viel Prügel beziehen wirst, wenn du nochmals unaufgefordert sprichst. Und jetzt beweg dich, sonst mache ich dir Beine!«

Während Murdo ihn durch die endlosen Korridore der Burg lotste, grübelte Raven wenig optimistisch darüber nach, mit welcher Art von Schikane der Wächter die bereits erfolgten Demütigungen des heutigen Tages noch zu steigern gedachte. Verwundert stellte er schließlich fest, dass es ihm im Grunde völlig gleichgültig war, sofern es bloß nicht allzu lange dauern würde. Dass er vor Schmutz starrte und es an seinem Körper keine einzige Stelle mehr gab, die ihm nicht wehtat, nahm er nur beiläufig wahr. Er war hundemüde und wollte nichts als schlafen. Beinahe erleichtert über die Tatsache, dass sie das Ziel des ihm bevorstehenden Übels erreicht hatten, ließ er sich von Murdo durch die geöffnete Tür in den angrenzenden Raum treiben.

»Zoll deinem Herrn Respekt«, hörte er ihn raunen – ein Kommando, das ihm inzwischen sowohl äußerst vertraut als auch zutiefst verhasst war. Seit nunmehr zwei Wochen wurde er von den beiden Leibwächtern des Lords fast pausenlos drangsaliert und jeden Tag stundenlang wie ein Tier auf kniefällige Unterwürfigkeit und blinden Gehorsam dressiert. Und obwohl es Gordon und Murdo trotz aller Mühe weder gelang, seinen Widerstand noch seinen Stolz zu brechen, blieben ihre zermürbenden Behandlungsmethoden doch nicht gänzlich ohne Wirkung. Der Macht seiner erzwungenen Gewohnheit folgend tat Raven also, was Murdo verlangte und sank fügsam auf die Knie. Während er stumm weitere Anweisungen abwartete, kroch die ausstrahlende Wärme des gut befeuerten Kamins durch den dünnen Stoff seines Hemdes und ließ ihn wohlig erschaudern. Erneut spürte er, wie ihm die Augen schwer wurden und er sich der Verlockung, sie wenigstens für einen kurzen Moment zu schließen, kaum noch erwehren konnte.

»Ah, unser junger Gast! Wie schön, dass du dich dazu entschließen konntest, uns noch etwas Gesellschaft zu leisten«, klang die Stimme des Lords an Ravens Ohr und entriss ihn seiner Trägheit. Der angenehme Duft süßer Mandeln, der vom Sherryglas in MacDonells Hand herrührte, drang ihm in die Nase. »Ich hoffe, du hast dich inzwischen ein bisschen auf Invergarry eingelebt und leidest durch die schlechte Witterung nicht unter Langeweile.«

»Wenn auch über einiges, aber darüber kann ich mich wahrhaftig nicht beschweren, Mylord«, erwiderte Raven ironisch und spürte unweigerlich Verärgerung über dessen Spott in sich aufflackern.

»Du scheinst mir ein wenig angespannt. Vielleicht möchtest du auch ein Gläschen Sherry?«, bot Ranald ihm an.

Die unerwartete Freundlichkeit des Chiefs irritierte Raven und weckte sein Misstrauen. Darum entgegnete er nur spitz: »Ihr seid die Güte selbst, Mylord, aber auf nüchternen Magen sollte ich wohl besser ablehnen.«

»Du hast noch nicht zu Abend gegessen? Wie konnte denn das bloß passieren?«, fragte Ranald scheinheilig.

Raven verzog den Mund und antwortete düster: »Wahrscheinlich hatte ich einfach nur das Pech, dass die Schweine heute zuerst gefüttert wurden und somit nichts mehr für mich übrigblieb.«

»Auch wenn das schottische Essen mich nicht gerade zu Begeisterungsstürmen hinreißt - so schlimm ist es dann aber doch nicht«, mischte sich in diesem Augenblick eine weitere Person in ihr Zwiegespräch ein. Raven horchte verwundert auf und war versucht aufzuschauen, unterdrückte seine Neugier angesichts Murdos unmittelbarer Nähe jedoch vorsichtshalber. Aber schon im darauffolgenden Moment befriedigte der Lord mittels nur weniger Worte seinen Wissensdurst.

»Ich gehe doch stark davon aus, dass Euch mein etwas verdrossen wirkender Gast bekannt ist, Majestät.«

Majestät? Raven glaubte, sich verhört zu haben und hoffte gleichzeitig, dass dem nicht so war, denn MacDonells ehrerbietige Anrede ließ einen kräftigen Stoß Adrenalin durch seine Adern schießen.

»Nicht dass ich wüsste«, vernahm er die Antwort des angesprochenen Mannes und konnte dessen Ablehnung förmlich spüren. »Vielleicht hättet Ihr also die Liebenswürdigkeit, uns einander vorzustellen.«

»Ich bitte untertänigst um Vergebung, Majestät«, heuchelte Ranald Reue und legte wie zur Bestätigung seines trügerischen Entgegenkommens die flache Hand auf Ravens Schulter. »Dieser manchmal zu etwas waghalsigem Vorwitz neigende junge Mann trägt den Namen Raven Alexander Fitzroy, I.Viscount of Northumberland und ist folglich Euer Neffe. Raven - dein Onkel, Seine Königliche Majestät, James VII. von Schottland.«

»Ein Neffe mit Sitz in Northumberland?«, grübelte James laut. »Ich fürchte, was das anbetrifft, hat meine Erinnerung geringfügig gelitten.« Er verließ seinen Sessel und ging auf Raven zu. »Steh auf, Junge.« Raven gehorchte, und James legte gebieterisch den Zeigefinger unter sein Kinn. »Zeig mir dein Gesicht.«

Obschon er sich für sein verwahrlostes Erscheinungsbild entsetzlich schämte, schnellte Ravens Kopf bereitwillig in die Höhe, wobei er sich mühsam dazu zwingen musste, das gebotene Schweigen aufrecht zu erhalten. Er war James noch nie zuvor begegnet und wusste von Schottlands König nicht mehr als das, was ab und zu an Nachrichten bis in die Ödnis Northumberlands durchgesickert war. Doch wenn es sich tatsächlich, wie MacDonell behauptete, um seinen entthronten Onkel handelte, würde er ihm vielleicht Gelegenheit geben, seine derzeitige Situation zu erklären und den Clanchief davon überzeugen zu können, ihn aus dem andauernden Martyrium seiner Geiselhaft zu befreien. Mit klopfendem Herzen und der Andeutung eines zaghaften Lächelns suchte er den Blick des Königs. James hingegen musterte ihn mit deutlichem Argwohn.

»Sag mir, Bursche, wie lautet der Name deines Vaters?«

»Charles Stuart II., König von England, Schottland und Irland - Sohn von Charles I. und dessen Frau Henrietta Maria, Eure Königliche Majestät«, antwortete Raven wie aus der Pistole geschossen und hoffte inständig auf eine positive Wendung. Doch er wurde herb enttäuscht, denn statt Freude zu zeigen, bildete sich über James´ Nasenwurzel eine verärgerte Falte.

»Ich glaube ihm kein Wort. Diese Fakten kennt jedes englische Straßenkind. Was also soll dieser Unfug, MacDonell? Selbst Euch müsste aufgefallen sein, dass dieses verkommene Subjekt nicht einmal im Entferntesten Ähnlichkeit mit meinem verstorbenen Bruder aufweist.«

Raven war drauf und dran, den Mund zu einer Erwiderung zu öffnen, aber der Clanchief bedeutete ihm mit erhobener Hand zu schweigen.

»Ich gebe zu, dass sein Anblick ein wenig zu wünschen übrig lässt. Dennoch versichere ich Euch, dass er die Wahrheit spricht, Majestät. Er ist zweifelsfrei einer der Söhne Eures Bruders Charles.«

James blieb weiterhin skeptisch. »Wenn er tatsächlich den Namen Fitzroy trägt, handelt es sich bei seiner Mutter zufällig um die Duchess of Cleveland - Barbara Villiers?«

Ranald schüttelte verneinend den Kopf. »Keine Frau von Adel, Majestät, nur irgendeine unbedeutende Magd, bei der Euer Bruder vermutlich nichts weiter als Erleichterung suchte.«

»Ein namenloser Bastard also«, formulierte James geringschätzig.

Raven ignorierte die kühle Herabsetzung seines Onkels und sagte mit flehendem Blick: »Bitte, Majestät, Ihr könnt den Duke of Northumberland nach meiner Herkunft fragen. Er kann Euch bestätigen, dass ich gemeinsam mit ihm aufgewachsen bin und von klein auf zu seiner rechten Hand erzogen wurde. Erst kurz vor seinem Tod ernannte mein Vater mich dann offiziell zum Viscount, gab mir einen Namen und band mich auf diese Weise an meinen Halbbruder, Georg Randall Fitzroy.«

Tatsächlich schien das Interesse des Königs neu geweckt, denn seine Aufmerksamkeit kehrte zurück zu Raven. »Wie alt bist du, Junge?«

»Zweiundzwanzig, Majestät.«

»Hast du deinen Vater jemals gesehen?«

»Höchstens drei- oder viermal.«

»Und welchen Eindruck hat er seinerzeit bei dir hinterlassen?«

Raven zuckte hilflos die Achseln. »Ich kann mich an nicht besonders viel erinnern. Einmal kam er zu uns, als ich noch ein Junge war. Ich weiß nur, dass ich mächtig beeindruckt von seiner prunkvollen Kleidung und seinem imposanten Auftreten war. Zu gerne hätte ich ihn gefragt, ob er gewusst hat, dass ich sein Sohn bin, aber sie haben mich nicht mal auf zehn Meter an ihn herangelassen. So konnte ich ihn immer nur aus der Ferne bewundern. Aber wie ich später erfuhr, erging es einigen meiner Brüder und Schwestern ganz ähnlich.«

»Dem kann ich leider nicht widersprechen«, bestätigte James mit säuerlicher Miene. Sein Blick wurde zunehmend frostiger, und er nahm wieder etwas Abstand zu Raven. »Zweifellos genoss mein Bruder nicht nur beim Volk hohes Ansehen, auch die Damenwelt war außerordentlich angetan von ihm. Mir wird noch im Nachhinein übel, wenn ich allein an das kaltschnäuzige Benehmen seiner bei Hofe anwesenden Maitressen denke. Dass er nebenbei noch jedes greifbare Weibsstück seines Gesindes schwängerte, wundert mich gar nicht. Auf diese Weise sicherte er sich wohl den Fortbestand einer treu ergebenen Dienerschaft.«

»Jedenfalls steht fest, dass dieser hier ein solcher Abkömmling ist und mir vor Kurzem zufällig in die Hände fiel«, sagte Ranald und verschränkte sichtlich zufrieden die Arme vor der Brust.

Ravens Verwirrung wuchs von Minute zu Minute. Was, zum Donnerwetter, wollte MacDonell mit seiner seltsamen Taktik erreichen? Aus James' Verhalten zu schließen, hatte der Clanchief seine Gedanken ebenso wenig mit ihm geteilt. Da die beiden Männer bereits freundschaftlich verbunden schienen, ging es ihm aber offenbar nicht darum, sich um die Gunst des Königs verdient zu machen.

»Ich weiß, Ihr macht Euch Gedanken über Eure Tochter, Majestät«, fuhr Ranald unbeirrt fort.

»Und wieder spricht Eure Intuition für Euch«, bestätigte James den Verdacht des Lords und runzelte mürrisch die Stirn. »Es ist mir nach wie vor unbegreiflich, wie sie mich auf dermaßen infame Weise hintergehen konnte. Mein eigen Fleisch und Blut!«

»Woran Euer verleumderischer Schwiegersohn aber nicht gerade unmaßgeblich beteiligt war«, gab Ranald zu bedenken.

»William ist Niederländer. Dass er die englische Krone nicht ablehnt, ist, wenn auch - von meinem Standpunkt aus gesehen - unakzeptabel, so doch aber wenigstens nachvollziehbar. Dass Maria sich jedoch dem Willen des englischen Parlaments gebeugt und ihren Bruder um den Thron betrogen hat, versetzt mich in Rage.«

»Euer Sohn ist kaum ein Jahr alt, Majestät. Wir sollten uns vorrangig darum kümmern, dass Ihr selbst Euren Platz als rechtmäßiger König wieder einnehmt.«

»Leichter gesagt als getan, mein schottischer Freund«, brummte James missmutig.

»Nicht unbedingt«, widersprach Ranald. »Viele Chiefs mächtiger Hochlandclans sind Euch nach wie vor treu ergeben und würden eine Herrschaft unter dem wiederkehrenden Einfluss des Katholizismus sehr begrüßen. Ein Großteil der Schotten vertritt auch weiterhin Eure Prinzipien. Und die Loyalität Irlands ist Euch ebenfalls geblieben. Wir werden gemeinsam für Eure Königswürde streiten und sie erneut für Euch gewinnen, Majestät.«

James rang sich ein Lächeln ab. »Eurem überschäumenden Optimismus kann man sich nur schwer entziehen, MacDonell. Das ist wohl auch der Grund, warum es mich immer wieder zu Euch ins Hochland treibt. Ihr seid mir mehr Familie, als meine eigene es je war.«

»Ich bedaure, dass es Euch Zeit Eures Lebens an Zusammengehörigkeitsgefühl fehlte, Majestät. Hätte Euer Bruder sich schon während seiner Regentschaft und nicht erst auf dem Totenbett zum katholischen Glauben bekannt, wäre manches sicherlich anders verlaufen. Nun, wie dem auch sei. In jedem Fall sehe ich das Komplott des Parlaments gegen Euch als einen Affront, der wir so schnell wie möglich entgegenwirken müssen. Sollte es uns wider Erwarten nicht gelingen, Euren Thron zurückzuerobern, hege ich allerdings die Befürchtung, dass es einem Mann unter William bald als Häresie ausgelegt werden könnte, der protestantischen Kirche mit Ablehnung zu begegnen.«

»Herrje, wo denkt Ihr hin, MacDonell! Wir leben doch nicht mehr im Mittelalter«, lachte James, verstummte aber sogleich, als er die unverändert ernste Miene des Clanchiefs sah. »Meint Ihr nicht, dass Ihr die Angelegenheit ein wenig überdramatisiert?«

Ranald zuckte die Achseln. »Mag sein. Nichtsdestotrotz sollten wir unseren Argwohn nicht verlieren und es im Auge behalten.«

»Ich muss gestehen, ich verliere langsam die Lust, Euren Überlegungen zu folgen, MacDonell«, äußerte James ungeduldig, während die ihm wie natürlich anhaftende Autorität den Raum bis in den letzten Winkel ausfüllte. »Wenn Ihr mir etwas zu sagen habt, dann tut es - wobei ich allerdings nicht nachvollziehen kann, welche Rolle der unverdient geadelte Knecht einer meiner Bastardneffen dabei spielen könnte.«

»Eine ungemein wichtige, Majestät«, erwiderte der Clanchief mit einem beschwichtigenden Lächeln.

»Dann seid so freundlich und klärt mich auf.«

Ja, dachte Raven verdrießlich, klärt ihn auf, denn nebenbei gesagt, würde auch ich gern erfahren, welche neuen Schlechtigkeiten Ihr für mich geplant habt ...

»Euer Neffe ist durch seine nachweislich verwandtschaftliche Bindung ans Königshaus und seinen Titel geradezu dafür prädestiniert, problemlos eine Stellung bei Hofe zu erlangen«, begann Ranald.

»Herrgott, MacDonell, hat der andauernde Hochlandnebel bereits Euren Blick getrübt? Schaut ihn Euch doch an. Was glaubt Ihr denn, welchen Nutzen wir aus seiner Anwesenheit ziehen könnten – mal ganz abgesehen davon, dass man ihm in diesem erbärmlichen Zustand vermutlich selbst eine Arbeit als Stallbursche verweigern würde«, spottete James abfällig.

»Lasst Euch nur nicht zu sehr von seinem jetzigen Zustand täuschen, Majestät. Eine gründliche Rasur und standesgemäße Kleidung bewirken nicht selten ein Wunder«, entgegnete der

Chief gelassen.

»Schön und gut. Dennoch will mir die Notwendigkeit eines sich in Bedeutungslosigkeit verlierenden Bauernlümmels bei Hofe nicht ganz einleuchten.«

»Und genau das ist der Punkt!«, ereiferte Ranald sich. »Er ist derart unauffällig, dass niemand Verdacht schöpfen wird.«

»In Bezug auf – was?«

»Auf das falsche Spiel, das er künftig für Euch spielen wird«, sagte MacDonell und unterstrich seine Antwort mit einem überlegenen Grinsen. »Majestät, vor Euch steht der perfekte Spion!«

38

Die Dämmerung hatte noch nicht eingesetzt, als Sionnach durch die eisige Kälte des nahenden Dezembermorgens zu den Stallungen hinablief. In der Hoffnung, Lord MacDonell zu begegnen, führte ihr Weg sie beinahe jeden Tag hierher. Zwar hatte sie bislang kein Glück gehabt, aber der brennende Wunsch, Raven endlich aus seiner misslichen Lage zu befreien, verlieh ihr mehr Hartnäckigkeit, als sie selbst je in sich vermutet hätte. An dem langestreckten Gebäude angekommen, öffnete sie die Tür einen Spaltbreit und spähte vorsichtig hinein. Drinnen war es mit Ausnahme einer Handvoll Laternen noch weitgehend dunkel, und nichts deutete darauf hin, dass irgendeiner der Stallburschen seine Arbeit schon aufgenommen hatte.

Lautlos zog Sionnach die Tür wieder ins Schloss und schlich in den anliegenden Heuschober, wo sie sich mit Blick auf den Stalleingang zwischen den nach wilden Kräutern und warmen Sommertagen duftenden Ballen niederließ. Sie lehnte sich ein wenig zurück, und während sie reglos in der Dunkelheit verharrte, drifteten ihre Gedanken erneut zu Raven ab. Seit ihrem heimlichen Besuch im Verlies hatte sie ihn nicht mehr wiedergesehen, und bei der Vorstellung, dass er dort unter Murdos und Gordons Grausamkeit leiden musste, verkrampfte sich ihr Herz immer wieder aufs Neue. Je öfter sie darüber nachdachte, umso sehnsüchtiger wünschte sie sich, den Anschuldigungen ihres Vaters entsprochen und tatsächlich mit Raven das Bett geteilt zu haben. Und obwohl sie noch gänzlich unberührt und auf diesem Gebiet völlig unerfahren war, hatte sie dem nächtlichen Treiben ihrer Eltern doch oft genug gelauscht, um zu ahnen, dass es die Liebenden mit schier quälendem Entzücken erfüllte. Wie zur Bestätigung erklang in diesem Augenblick ein verklärtes Seufzen aus dem hinteren Bereich des Schobers. Sionnach fuhr erschrocken zusammen und kroch etwas tiefer zwischen die aufgestapelten Ballen. Nicht lange, und aus dem raschelnden Heu kroch eine junge Frau. Die Haut ihres entblößten, voluminösen Busens, den sie mit flinken Fingern unter der Schnürung ihres Kleides zu verbergen suchte, leuchtete im Schein des Mondes strahlend weiß. Nachdem sie ihre Kleidung einigermaßen zurechtgezupft hatte, drehte sie sich noch einmal herum und warf eine ausladende Kusshand in die Finsternis. Nach wie vor bebend vor Erregung raffte sie ihren Rock und verließ den Schober.

Sionnach wagte sich nicht zu regen. Zu dem Spiel, dessen unfreiwilliger Zeuge sie gerade geworden war, gehörten zweifelsfrei zwei Beteiligte, und einer davon harrte noch immer irgendwo in einem dunklen Winkel hinter ihr aus. Angestrengt horchte sie nach dem vermeintlichen Liebhaber. Den Geräuschen nach zu urteilen machte er sich ebenfalls bereit zum Aufbruch, und Sionnach hoffte inständig, dass er möglichst schnell verschwand. Für den Bruchteil einer Sekunde wurde ihre Aufmerksamkeit zurück in Richtung Stallung gelenkt, von wo aus sich das Stimmengemurmel zweier Männer erhob. Sie wandte den Kopf und stieß durch die plötzliche Bewegung einen der lose aufeinandergestapelten Heuballen an. Wankend löste er sich und fiel schließlich herab. Einem Impuls folgend beugte Sionnach sich nach vorn, als wolle sie ihn abfangen. Ihre Bewegung wurde jedoch abrupt von einer kräftigen Hand gestoppt, die sie von oben packte und ihr blitzschnell den Mund verschloss. Ohne den Griff zu lösen, glitt die dazugehörige Gestalt eines breitschultrigen Mannes lautlos zu ihr herunter und nahm neben ihr Platz. Sionnachs Finger krallten sich starr vor Furcht ins Heu, als er seine Lippen wie selbstverständlich auf ihren Hals senkte, wo er sie mit zärtlichen Bissen zu liebkosen begann. Dabei streifte sein langes Haar sacht ihre Wangen und ließ sie ungewollt erschaudern.

»Du bist früh dran. Ehrlich gesagt hatte ich noch gar nicht mit dir gerechnet«, raunte er ihr ins Ohr . »Aber was soll´s. Umso mehr Zeit haben wir zum sündigen.« Seine freie Hand suchte zielsicher die Rundung ihrer Hüfte, während sein Mund sich langsam, aber beharrlich ihrem Busen näherte. Sionnachs Furcht verflog schlagartig, als ihr klar wurde, wer sie so hinterrücks zu einem frühmorgendlichen Schäferstündchen überreden wollte. Eine seltsame Art der Anspannung durchdrang sie von den Zehen bis in die Haarspitzen, und sie entzog sich hastig seinem Zugriff. Doch er ließ nicht locker und rückte erneut an sie heran.

»Komm schon, und lass dich von mir verwöhnen, meine süße Feldmaus. Du wirst es nicht bereuen, das verspreche ich dir. Um diese Zeit wird niemand nach uns suchen. Die schlafen alle noch tief und fest, dein Vater eingeschlossen.« Auf der Suche nach ihrem Mund kam sein Gesicht ihr ganz nah, und Sionnach atmete den vertrauten Geruch seiner warmen Haut ein.

»Wenn du dich da mal nicht irrst«, bemerkte sie nachdrücklich und entschlüpfte seiner Umarmung abermals. »Sofern man dich nicht vorher tötet, werden wir in den nächsten Wochen wohl eine Hochzeit zu feiern haben. Und jetzt, Brendan Ian MacDonell of Glenfinnan, nimm deine Finger von Stellen, an denen sie nichts zu suchen haben!«

»Was zum Teufel ... - Sionnach? Du bist das?«, fragte der Mann neben ihr eher verblüfft als geschockt.

»Wofür das Mädchen, das du zweifellos statt meiner erwartet hast, mir bis zum Ende ihrer Tage dankbar sein sollte, du elender Lump«, entgegnete sie entrüstet. »Der Platz der einen ist noch warm, und du besteigst sofort die nächste, als wärst du ein brünstiger Hengst. Du solltest dich was schämen!«

Doch statt dem nachzukommen, begann er nur leise zu lachen und erwiderte heiter: »Was kann denn ich dafür, dass sie mich alle mit Rehaugen darum anbetteln, ihnen zu zeigen, was ein schottischer Mann unter seinem Kilt trägt? Im Übrigen danke ich für den überaus schmeichelhaften Vergleich mit einem äußerst gut bestückten Vierbeiner.« Er drückte sie mit sanfter Gewalt zurück ins weiche Heu und ließ sich selbst eine Handbreit entfernt neben ihr nieder.

Angezogen von der Wärme, die er ausstrahlte, verpuffte Sionnachs Zorn so rasch wie er aufgeflammt war. Behaglich schmiegte sie sich in seine einladend ausgestreckte Armbeuge.

»Ach Brendan, ich bin so froh, dass es dir endlich wieder gutgeht. Die Angst, die ich in den letzten Monaten um dich ausgestanden habe, war grauenhaft. Solche Zeiten will ich nie wieder ertragen müssen.«

»Das brauchst du auch nicht. Ich werde mich ganz bestimmt kein zweites Mal von irgendjemandem entführen und versklaven lassen, keine Sorge. Und du, mein Herz, wirst auch nirgendwo mehr hingehen, ohne dass ich davon weiß«, gab Brendan ihr zu verstehen und hauchte einen flüchtigen Kuss auf ihr mit getrockneten Grashalmen gespicktes Haar. »Im Zuge dessen würde ich übrigens gerne wissen, warum du in aller Herrgottsfrühe vor den Stallungen herumlungerst anstatt brav in deinem Bett zu liegen und zu schlafen.«

»Das fragst ausgerechnet du?«, entfuhr es ihr bissig, fügte jedoch gleich darauf bereitwillig hinzu: »Aber da es dich so brennend interessiert - ich hoffte, den Lord zu treffen.«

»Du solltest unserem Herrn nicht derart unbesonnen unter die Augen treten. Es könnte zur Folge habe, dass er dir zusätzlich zu deiner sonstigen Arbeit diverse Aufgaben zuteilt, die meist nicht gerade Anlass zu Freudensprüngen geben«, warnte Brendan sie grinsend. »Und was wolltest du von ihm?«

»Um Ravens Freilassung bitten.«

Brendans Belustigung schlug jäh um, und seine Miene verfinsterte sich. »Warum kümmert dich das noch? Sein Schicksal geht uns längst nichts mehr an.«

»Und ob es das tut! Wir verdanken ihm unser Leben, hast du das etwa schon vergessen?«

»Wir verdanken ihm, dass es überhaupt erst dazu kommen musste. Das ist ein großer Unterschied.«

»Für das, was sie mit uns gemacht haben, kann er nichts.«
»Er ist Viscount, oder nicht? Folglich hätte er genügend Macht besessen, die Dinge zu ändern.«
»Er hat es ja versucht, aber er ist ebenso an den Duke gebunden, wie wir an unseren Herrn. Wir müssen ihm helfen, Brendan. Sie prügeln ihn ohne jeden Grund. Ich habe es gesehen.«
»Des Lords Männer werden schon wissen, was sie tun«, brummte Brendan ablehnend.
»Aber es ist nicht richtig!«, stieß Sionnach hervor.
Brendan drehte sich auf die Seite und stützte sich auf seinen Ellbogen, so dass sie einander ansehen konnten.
»Beantworte mir eine Frage, Liebes: Hat dein unbescholtener Viscount sich in den vergangenen Monaten jemals die Mühe gemacht zu überprüfen, ob es gerechtfertigt war, mich schlagen zu lassen oder Kenzie oder irgendeinen der anderen Männer im Steinbruch? Glaubst du wirklich, er hätte auch nur einmal in seinem Leben darüber nachgedacht, wie es sich anfühlt, der Sklave eines anderen Mannes sein zu müssen? Wohl kaum. Aber nun weiß er es, und das ist gut so.«
Erschrocken über die Kälte, die aus seinem Herzen sprach, murmelte Sionnach betroffen: »Warum sagst du solche abscheulichen Dinge, Brendan? Raven hat dich vor diesem Master Marcus gerettet und seine Haut riskiert, als er dich anschließend in seiner Kammer versteckte.«
»Und warum hat er das wohl getan? Doch nur, weil er dich beeindrucken wollte«, hielt Brendan mit mühsamer Zurückhaltung dagegen. »Begreifst du denn nicht, welche Pläne er mit dir hatte? Er wollte dich in sein Bett holen. Nichts anderes. Ich gebe zu, dass er verdammt geduldig war, denn einer wie er fragt gewöhnlich nicht, sondern nimmt sich, was er haben will.« Er rückte noch ein wenig näher, und seine rauen Finger strichen sacht über ihre Wange. »Aber jetzt bin ich ja wieder bei dir, und du bist nicht länger auf seine Gnade angewiesen. Was auch immer er dir versprochen hat – vergiss es. Vergiss ihn.«
Doch Sionnach schüttelte den Kopf. »Das kann ich nicht. Ich liebe Raven, und daran wird nichts jemals etwas ändern können. Er ist der Mann, mit dem ich den Rest meines Lebens ver-

bringen möchte.«

»Was für ein ausgemachter Schwachsinn! Du weißt nicht, was du redest, Mädel«, brauste Brendan wütend auf.

»Oh, doch, und zwar sehr genau!«, fauchte Sionnach.

»Kein Hochländer, der auch nur einen Funken Stolz in sich trägt, wird eine solche Verbindung billigen und seine Tochter freiwillig in die Hand des Feindes geben.«

»Dann wird es Zeit, endlich Frieden zu schließen und diese verstaubten Ansichten ein für alle Mal zu ändern.«

Brendans Kiefermuskeln zuckten angespannt ob Sionnachs offen geäußerter Widerworte, und er machte keinen Hehl aus seinen Gefühlen.

»Bis es heiratet, hat ein Mädchen Vater und Bruder zu gehorchen, so einfach ist das«, konstatierte er herrisch, als hege er die Hoffnung, Sionnach auf diese Weise einschüchtern zu können. »Darum wirst du jetzt auch hübsch artig mit mir nach Hause kommen. Und wenn du mir versprichst, dir diesen Viscount endgültig aus dem Kopf zu schlagen, werde ich Vater gegenüber kein Wort von deinem nächtlichen Ausflug fallenlassen.«

Sionnachs Brauen zogen sich angriffslustig zusammen. »Von dir lasse ich mir gar nichts befehlen. Ich bleibe.«

»Ach, meinst du wirklich? Na, das werden wir ja sehen.« Ohne Sionnach auch nur den Hauch einer Chance einzuräumen, packte er sie und warf sie bäuchlings über seine Schulter, als sei sie nichts als eine Feder.

Sionnach ächzte hörbar, als ihrem Bauch die darin befindliche Luft entwich. Sie fing sich jedoch rasch wieder und begann, wie wild auf den Rücken ihres Bruders einzutrommeln. Es führte aber lediglich dazu, dass er seinen unerbittlichen Schraubstockgriff verstärkte.

Rasend vor Wut schrie Sionnach auf. »Lass mich sofort runter, du Scheusal!«

»Du kannst so viel zetern wie du willst, das werde ich ganz sicher nicht tun. Und jetzt hör auf zu zappeln, es nutzt dir eh nichts«, entgegnete Brendan ungerührt und trug sie trotz ihres anhaltend heftigen Protestes aus dem Heuschober hinaus.

»Du schottischer Hochlanddespot! Wenn du glaubst, mich auf diese Weise von Raven fernhalten zu können, hast du dich gewaltig geschnitten! Ich werde andere Wege finden, ihn zu sehen und dich zu überlisten. Du kannst nicht immer überall sein.«

»Du unterschätzt mich gewaltig, Sionnach«, erwiderte Brendan grimmig. »So lange ich atme, wird er dich jedenfalls nicht bekommen.«

Sionnach gab ihre Gegenwehr schließlich auf und ließ sich von Brendan unter den zotigen Bemerkungen sämtlicher Männer, denen sie begegneten, nach Hause tragen. Erst als sie die Tür ihrer derzeitigen Heims erreicht hatten, hob er sie herunter und gab sie frei. Unter den erstaunten Blicken ihrer Eltern traten sie ein.

»Hättet ihr vielleicht die Güte, mir zu verraten, wo ihr um diese Zeit herkommt?«, fragte Ewan mit drohend zusammengekniffenen Augen und unterzog seine beiden Ältesten einer strengen Musterung.

»Ich bin meiner Pflicht nachgekommen und habe auf meine Schwester aufgepasst«, antwortete Brendan gleichmütig. Als wolle er verhindern, dass Sionnach dem Strafgericht ihres Vaters entkam, blieb er wie ein päpstlicher Inquisitor mit vor der Brust verschränkten Armen im Türrahmen stehen.

Sionnach schnappte empört nach Luft. »Du erbärmlicher Heuchler! Als könntest du kein Wässerchen trüben. Dabei hast du dich weit mehr versündigt, als ich auch nur zu träumen wagen würde!«

»Mit dem Unterschied, dass ich ein Mann bin. Du siehst also, dein Vergleich hinkt.«

»Was soll denn das heißen? Denkst du, für dich gelten andere Regeln, bloß weil dir seit geraumer Zeit ein Bart wächst?«

»Schluss jetzt!«, donnerte Ewan ungehalten. »Brendan - iß und dann geh deiner Arbeit nach. Und du, junges Fräulein«, er wandte sich an Sionnach, »wirst mir einiges erklären müssen.« Er wies sie an, sich neben ihren Bruder an den Tisch zu setzen und schob ihr eine Schale Porridge zu. Doch Sionnach schüttelte den Kopf. Bei dem Gedanken an das, was sie von ihrem

Vater zu hören erwartete, war ihr der Appetit bereits jetzt gründlich vergangen.

Zu ihrer großen Erleichterung besaß er immerhin den Anstand, mit seiner Strafpredigt zu warten, bis der Rest der Familie die kleine Hütte verließ. Geplagt von ihrem schlechten Gewissen saß sie ihm nun allein gegenüber und spürte seinen forschenden Blick eine gefühlte Ewigkeit auf sich ruhen. Nachdem er einige Minuten hatte verstreichen lassen, begann er sein Verhör.

»Warum stiehlst du dich des Nachts heimlich aus dem Haus? Solche Dinge sprechen sich schnell herum. Willst du etwa, dass man dich der Unzucht oder gar der Hurerei bezichtigt?«

»Nein, Sir.«

»Dann liefere mir eine Erklärung für dein Verhalten.«

Sionnach biss sich verärgert auf die Lippe, und ihre Schuldgefühle traten für den Bruchteil einer Sekunde in den Hintergrund.

»Ich begreife nicht, warum ich diejenige bin, die sich erklären muss. Statt meiner solltest lieber Brendan fragen, was er dort gemacht hat. Es wird deiner Vorstellung von Sittenlosigkeit garantiert entsprechen«, entschlüpfte es ihr trotzig. Doch schon im nächsten Moment bereute sie ihre vorlauten Worte und schlug betreten die Augen nieder.

Ewan schien sichtlich verblüfft über die rebellische Offensive seiner Tochter, verlor aber dennoch nichts von seiner Ruhe.

»Ich weiß, dass dein Bruder kein Heiliger ist. Dennoch liegen die Dinge für ihn als Mann grundlegend anders, obschon es nicht bedeutet, dass ich sein Tun gutheiße.«

Sionnachs Inneres geriet mehr und mehr in Aufruhr. Was war das bloß für eine ungerechte Welt, in der sie lebte? Während man Brendans fragwürdige Vergnügungen tolerierte, warf man es ihr als Untugend vor. Wohlwissend dass die Meinung ihres Vaters über sie sich nicht zum Besseren wenden würde, wenn sie weiterhin an ihren Gefühlen zu Raven festhielt, fehlte es ihr an jeglicher Lust, sich zu verteidigen. Also atmete sie tief durch und sagte: »Da du mich seit der Zeit auf Fitheach Creag anscheinend für ein durch und durch verkommenes Subjekt hältst, sag mir einfach, was du von mir hören willst, damit ich es zu deiner Zufriedenheit bestätigen kann.«

Ewan wirkte tief betroffen. »Du hast dich sehr verändert, Sionnach. Es hat fast den Anschein, als würde ich das unbeschwerte Mädchen, das der Duke mir erst unlängst geraubt hat, nie mehr wiedersehen«, bemerkte er traurig.

»Nein, vermutlich nicht«, bestätigte Sionnach nicht minder gedrückt. »Dafür ist einfach zu viel passiert.«

»Dieser Engländer ... du liebst ihn tatsächlich?«

»Mehr als mein Leben.«

Obwohl seine Miene zeigte, dass er auf eine andere Antwort gehofft hatte, nickte Ewan unmerklich. »Er scheint ebenso für dich zu empfinden. Zumindest hat er es behauptet.«

»Du hast mit Raven gesprochen?«, fragte Sionnach perplex. Ihre blauen Augen hefteten sich erwartungsvoll auf Ewan.

Der nickte erneut. »Der Lord zwingt ihn mithilfe nahezu aller erdenklichen Mittel in die Knie. Die Arbeit, die der Junge unter den Augen seiner Männer leisten muss, ist kaum zu erbringen. Als ich ihn gestern traf, war er in keiner besonders guten Verfassung. Nur mit Glück konnte ich Gordon davon überzeugen, ihn ein Weilchen ausruhen zu lassen. So wechselten wir ein paar Worte.«

»Sie behandeln ihn schlimmer als ein Tier und bestrafen ihn für eine Schuld, die nicht die seine ist«, murmelte Sionnach gepresst. »Wenn unser Herr wirklich Gerechtigkeit suchte, würde er nach der Wahrheit fragen.«

Ewans Gesichtsausdruck wurde noch einen Deut ernster. »Du solltest besser schweigen, Sionnach. Wie sehr dich sein Los auch erschüttern mag, es steht uns nicht zu, die Vorgehensweise des Lords zu kritisieren.«

Doch Sionnach schlug die Mahnung ihres Vaters in den Wind und bettelte: »Hilf mir, ich flehe dich an, Vater! Reicht dein Einfluss nicht aus, mich für Raven sprechen zu lassen? Du kennst unseren Herrn besser als manch anderer Mann. Sicher wird er dein Gesuch nicht abweisen.«

»Gerade weil er weiß, wer ich bin, wird er es tun«, entgegnete Ewan wenig zuversichtlich.

Sionnach sah ihn fragend an. »Ich verstehe nicht, was du

meinst. Du ... du hast ihm den Treueeid geschworen, und der verpflichtet nicht nur dich sondern auch ihn. Bitte, Vater, einen Versuch.«

Ewan seufzte. »Warum muss es ausgerechnet ein Engländer sein, Sionnach? Und auch noch der Sohn unseres verstorbenen Königs – Gott hab ihn selig. Es trennt euch so viel mehr als euch zusammenführt.«

»Dennoch braucht es nur dieses eine Gefühl, um all das zu vergessen. Und davon besitzen wir beide genug, dass es für ein ganzes Leben reicht.« Mit verhaltenem Atem beobachtete Sionnach die Veränderungen, die sich auf dem Gesicht ihres Vaters vollzogen.

»Gesetzt dem Fall, Lord MacDonell würde sich erweichen und Fitzroy tatsächlich laufen lassen – einer Verbindung zwischen euch wird er trotzdem niemals zustimmen«, gab er zu bedenken und stützte seine Ellbogen auf den Tisch. »Und um dem von vornherein vorzubeugen, wird er zweifellos einen Pfand von mir fordern.«

»Ich werde also hierbleiben und ihm weiter dienen müssen?«, mutmaßte Sionnach ahnungsvoll und stellte verwundert fest, dass ihr diese Vorstellung nicht im Mindesten Angst einflößte.

»Wahrscheinlicher ist die Annahme, dass er dich schnellstmöglich mit einem Mann unseres Clans verheiratet sehen will«, zerstörte Ewan jedoch sogleich ihre Illusion. »Deine Gefühle zu leugnen, wäre demnach der Preis für Raven Fitzroys Freiheit. Bist du bereit, um seinetwillen fortan dem Wort eines anderen Mannes zu gehorchen?«

Sionnachs Pulsschlag beschleunigte sich. Der Einwand ihres Vaters war nicht unberechtigt, und sie wusste, dass sie ihre Gefühle gründlich prüfen musste. Würde sie es ertragen Raven aufzugeben, eben weil sie ihn so sehr liebte?

»Werde ich den Mann, auf den deine Wahl fällt, ablehnen und jemand anderen vorschlagen dürfen?«, fragte sie zaghaft.

Ewan schüttelte entschlossen den Kopf. »Nein, Sionnach. Obgleich ich auch stets Nachsicht mit dir hatte, dieses Mal wirst du dich meiner Entscheidung ohne Wenn und Aber fügen müssen. Solltest du dich trotz meiner ausdrücklichen Warnung weiter widerspenstig zeigen, wirst du dein Ehegelöbnis als Braut Christi abgeben. Das ist die Wahl, die ich dir lasse.«

»Du denkst daran, mich in ein Kloster zu sperren?« Sionnach starrte ihren Vater ungläubig an. »Das kannst du nicht ernst meinen.« Doch sein unerbittliches Schweigen war Antwort genug, um sie eines Besseren zu belehren. Fassungslos wandte sie sich von ihm ab und versuchte, die Wirrnis ihrer Gedanken zu ordnen. Sie kämpfte mit sich. Ravens Freiheit im Tausch gegen die ihre ...

»So besteht der einzige Weg, Raven zu helfen, in meiner Bitte an dich, für mich vor den Lord zu treten«, sagte sie schließlich mit bebender Stimme. »Und wenn du dich danach auf die Suche nach einem Ehemann machst ... bei meiner Seele, Vater, solltest du mich auch nur ein kleines bisschen lieben, sei barmherzig, wenn du wählst.«

39

Nur zögernd lehnte Raven sich auf dem harten Stuhl zurück und legte den Kopf in den Nacken. Misstrauisch folgte er jeder noch so geringfügigen Bewegung des vor ihm stehenden Dieners.

»Was ist los mit dir, Engländer? Befürchtest du etwa, ich könnte Befehl geben, dass er die Klinge etwas fester an den Hals setzt und dir die Kehle durchschneidet?«, höhnte Gordon.

»In Anbetracht unseres etwas belasteten Verhältnisses würde ich es zumindest nicht ausschließen, Sir«, entgegnete Raven ironisch. Sein Adamsapfel zuckte nervös, als das kalte Messerblatt seine Haut berührte. Durchdrungen von einem mulmigen Gefühl ließ er zu, dass der Diener mit dem scharfen Metall über sein Gesicht glitt und ihn nach und nach von dem lästigen Übel seines seit mehreren Wochen wuchernden Bartes befreite. Obwohl er wusste, dass eine gute Rasur seine Zeit brauchte, erschien die Prozedur Raven endlos. So sehr er sich auch bemühte, er war nicht in der Lage, sein Argwohn in Gordons

Gegenwart abzulegen. Seine Anspannung legte sich erst, als der Diener den verbliebenen Schaum abwusch und ihm ein Tuch zum Abtrocknen reichte. Eilig rieb Raven sich damit ab und fuhr anschließend dankbar mit der Hand über sein glattes Gesicht.

»Verdammt! Wenn man mal davon absieht, dass es sich bei dir um einen Engländer handelt, war unter dem ganzen schwarzen Kraut ja tatsächlich so etwas wie ein menschliches Wesen verborgen«, stellte Gordon spöttisch grinsend fest. Raven ließ die rüde Beleidigung des Soldaten schweigend über sich ergehen. Auch wenn es nach der Begegnung mit seinem Onkel den Eindruck erweckte, dass das Blatt sich zu seinen Gunsten wendete, blieb er vorsichtig. Nach wie vor traute er den beiden Leibwächtern des Lords nicht über den Weg und schloss nicht aus, dass sie ihn weiterhin mit Schlägen und anderen Strafen traktieren würden, sofern er wagte sich zu regen.

Gordon wies mit dem Daumen auf den Badezuber und sagte: »Darin haben sich zwar heute schon ein paar Leute abgeschrubbt, aber für dich reicht es allemal. Genau genommen müsste es dir sogar eine Ehre sein, mit der Familie Seiner Lordschaft das Wasser teilen zu dürfen. Und jetzt runter mit den Klamotten und rein ins kühle Nass!« Er angelte beschwingt nach einem Apfel aus einer unweit des Zubers stehenden Obstschale und biss herzhaft hinein.

Raven wandte dem Soldat den Rücken zu. Widerwillig schaute er auf die trübe Flüssigkeit und begann, sich seiner schmutzstarrenden Kleidung zu entledigen. Immerhin war dies seit langem die erste, einigermaßen befriedigende Möglichkeit, sich den ihm anhaftenden Geruch aus Schweiß und Schmutz vom Leib zu waschen. Dass die beiden noch im Raum befindlichen Männer ihm dabei zusehen würden, berührte ihn nicht sonderlich. Während seiner Gefangenschaft war er den hartnäckigen Blicken seiner Peiniger in praktisch jeder Situation ausgesetzt gewesen, so dass er sich schon fast daran gewöhnt hatte. Ohne einen weiteren Gedanken daran zu verschwenden, versenkte er seinen Körper in dem längst erkalteten Badewasser.

»Wir haben nicht besonders viel Zeit, Welpe, also beeil dich gefälligst«, trieb Gordon ihn kauend an.

Ergriffen von einer Gänsehaut schloss Raven die Augen und tauchte ab, um sein strähnig gewordenes Haar wenigstens vom gröbsten Dreck zu befreien. Als er kurz darauf wieder an die Oberfläche kam, fiel sein überraschter Blick auf eine junge Frau mit flammend rotem Haar. Sionnach. Über dem Arm trug sie eine komplette Ausstattung Männerkleidung sowie ein Paar neue Stiefel aus glänzendem Leder. Das Herz schlug Raven bis zum Hals, als sie einander ansahen. Sionnach schien es ebenso zu ergehen. Dennoch gelang es ihr, ihre Gefühle gekonnt zu verbergen. Sie schloss die Tür und bewegte sich geschmeidig wie eine Katze an Gordon vorbei durch den Raum. Die mitgebrachte Kleidung stapelte sie fein säuberlich auf einem Stuhl.

»Hallo ...«, hörte Raven den Soldat gedehnt im Hintergrund flöten und verfolgte zähneknirschend, wie er hastig den Apfel beiseitelegte, um sich Sionnach wie ein verliebter Grizzlybär zu nähern. Trotz seines verwegenen Äußeren wirkte er plötzlich seltsam weich und tapsig. »Kann ... kann ich dir vielleicht behilflich sein?«

Sionnach drehte sich langsam zu ihm um. Ihre blauen Augen musterten ihn nachdenklich, während die schlanken Finger sacht ihr langes Haar hinter dem Ohr fixierten.

»Ich weiß nicht«, entgegnete sie zögernd. »Ihr scheint mir ziemlich beschäftigt. Vielleicht sollte ich lieber gehen.« Erneut sah sie hinüber zu Raven und zwinkerte ihm zu. Sein Puls beschleunigte sich um einige weitere Schläge.

»Ist es wegen ihm?« Gordon war ihrem Blick gefolgt und vollführte eine abfällige Geste mit der Hand. »Der ist harmlos. Nur ein dreckiger Sklave, nichts weiter. Beachte ihn einfach nicht.«

Von Gordons Worte wie vor den Kopf geschlagen starrte Raven gedemütigt auf die sich kräuselnde Wasseroberfläche des Zubers. Hätte er die Macht besessen, sich in Luft aufzulösen, er hätte es unverzüglich getan. Zum Schweigen verdammt vor Sionnach herabgewürdigt zu werden, löste das drängende Bedürfnis in ihm aus, Gordon auf der Stelle zu erwürgen. Entgegen seinem Wunsch, ihr Held und Beschützer sein zu dürfen, hatte der Leibwächter des Lords ihn mit nur einer einzigen Bemerkung zum armseligen Duckmäuser deklariert!

»Wenn er ein Sklave ist, was hat er dann im Badewasser unseres Herrn zu suchen?«, drang Sionnachs Stimme erneut an sein Ohr. Verstohlen sah er in Gordons Richtung.

Der Soldat zuckte träge die Achseln. »Befehl von oben. Vielleicht wollen die Herrschaften sich heute Abend noch ein bisschen mit ihm vergnügen und befürchten, sich an seinem ungewaschenen Hintern die Krätze zu holen.«

Sionnachs Entsetzen über diese Vorstellung entging Raven nicht, und er deutete ein unmerkliches Kopfschütteln an, um sie zu beruhigen. Sichtlich erleichtert wandte sie sich abermals an Gordon und wechselte eilig das Thema.

»Ich möchte nicht aufdringlich erscheinen, aber hattet Ihr nicht vor einer Weile versprochen, mich auf der Burg herumzuführen?«

Ihre Dreistigkeit jagte Raven einen Schrecken durch alle Glieder. Beunruhigt erwartete er Gordons Reaktion und war verblüfft, dass der bullige Soldat sich ausgesprochen handzahm verhielt.

»Ich ... ähm ... ja, ich erinnere mich. Es tut mir sehr leid, dass ich es bislang versäumt habe. Aber in den nächsten Tagen habe ich etwas mehr Zeit. Da könnten wir es nachholen - das heißt, sofern es dir recht ist ...«, stammelte er kleinlaut.

»Es wäre mir eine Freude«, versicherte Sionnach glaubhaft und schlug mit gespielter Verlegenheit die Augen nieder. »Wisst Ihr, mein Vater mag Männer wie Euch. Bestimmt wird er nichts dagegen einzuwenden haben, mich für ein paar Stunden Eurer Begleitung anzuvertrauen.«

»Dein Vater?« Gordons Gesichtszüge verspannten sich zusehends.

»Ewan MacDonell of Glenfinnan. Vielleicht kennt Ihr ihn. Er ist seit langem ein enger Vertrauter Seiner Lordschaft. Vermutlich werdet Ihr ihn gegen Abend am ehesten antreffen. Wir wohnen in einer der Gesindehütten«, nickte Sionnach leutselig und plinkerte kokett mit den Lidern. Von fern ertönte die Turmuhr der kleinen Dorfkirche. Sionnach schlug sich die Hand vor den

Mund, als erschräke sie. »Oje, verzeiht, ich habe völlig vergessen, dass mir aufgetragen wurde, nach Euch schicken zu lassen.«

»Nach mir? Bist du sicher? Wer gab dir diese Order?«

»Seine Lordschaft höchstpersönlich.«

»Ach ... und wann soll das gewesen sein?«

»Oh, ich schätze vor einer guten halben Stunde.«

Ihre Antwort rief ganz offenbar Unruhe in Gordon hervor. Stirnrunzelnd warf er einen Blick auf Raven und begann, hektisch in seinem Sporran zu wühlen. Allem Anschein nach fand er aber nicht, wonach er suchte, denn er stieß einen verärgerten Fluch aus. Gehetzt schaute er sich im Raum um, bis sein Blick an den schweren Fensterbehängen haften blieb. Entschlossen steuerte er darauf zu und griff nach einer der bodenlangen, gedrehten Kordeln, mittels derer man die Vorhänge zur Seite gebunden hatte. Mit einem sauberen Schnitt trennte er ein Stück davon ab und teilte es der Länge nach in zwei Hälften, so dass es deutlich an Umfang verlor. Raven schwante bereits, was der Soldat damit bezweckte, und streckte ihm mehr oder weniger bereitwillig die Hände entgegen.

Doch Gordon schenkte ihm nur ein humorloses Lachen und schüttelte den Kopf. »Dieses Risiko werde ich sicher nicht eingehen, Welpe. Arme auf den Rücken, los!«

Raven wusste, dass es keinen Sinn hatte, Widerstand zu leisten und kniete sich fügsam auf den Boden des Zubers. Sowie er sich vorbeugte, schlang der Soldat ihm die dünne Kordel um die Gelenke und verknotete sie fachmännisch.

»Solltest du wagen, dich während meiner Abwesenheit vom Fleck zu rühren, bekommst du eine Abreibung, die sich gewaschen hat, kapiert?«, zischte er drohend.

»Ja, Sir«, erwiderte Raven mechanisch. Entgegen der vermeintlichen Unterwürfigkeit blieb sein Gesicht ausdruckslos. Worte wie diese waren für ihn inzwischen nur noch leere Phrasen. Er hatte sich abgewöhnt, den von Murdo und Gordon geforderten Erwiderungen oder erzwungenen Demutshaltungen in irgendeiner Form Bedeutung beizumessen. Seine Gegenwehr hatte ihm bislang nichts als Prügel und immer perfidere Herabsetzungen beschert. Wenn es ihn auch nicht hatte brechen können, so hatte es ihn mittlerweile doch gelehrt, sich zu fügen.

Einigermaßen zufrieden mit der Antwort seines Gefangenen wandte Gordon sich an Sionnach. »Wenn du gehst, achte darauf, dass die Tür richtig verschlossen ist. Sie klemmt manchmal etwas, und ich möchte unbedingt vermeiden, dass sich jemand durch seinen Anblick gestört fühlt. Aber jetzt entschuldige mich bitte.« Er hastete hinaus und zog die Tür lautstark hinter sich ins Schloss.

Sionnach sah dem Soldaten feindselig nach. »Oh, wie ich diesen Kerl hasse! Das, was er Euch antut, sollte er einmal am eigenen Leib erfahren!«

»Es sieht schlimmer aus, als es ist«, sagte Raven und suchte nach einer bequemeren Position. »Wenn es nicht zu seinen Pflichten gehören würde, den Befehlen seines Herrn zu gehorchen, wäre er wahrscheinlich gar kein so übler Bursche. Ob es ihm in meinem Fall Spaß macht, dessen Erwartungen zu erfüllen, lasse ich mal dahingestellt.«

»Er quält Euch Tag für Tag, und Ihr verteidigt dieses Scheusal auch noch? Eure Duldsamkeit ist ebenso beispiellos wie unbegreiflich«, stellte Sionnach fest.

»Ich beherzige bloß den Rat einer hinreißend schönen Frau, mich vor Schlimmerem zu schützen. Du siehst also - nichts als reine Überlebensstrategie«, entgegnete Raven und gab sich alle Mühe, die Scham über seine unwürdige Lage mit einem Grinsen zu überspielen. Doch Sionnach schien bereits mit ganz anderen Dingen beschäftigt.

»Meine Behauptung, dass Lord MacDonell nach Gordon hat schicken lassen, war eine Lüge«, stieß sie plötzlich hervor.

Von ihrem unerwarteten Geständnis wie vor den Kopf geschlagen, schnappte Raven entsetzt nach Luft.

»Du hast ihn ausgetrickst? Warum, um alles in der Welt, hast du das getan?«

»Weil es etwas gibt, das ich Euch unbedingt unter vier Augen mitteilen wollte.«

»Was könnte derart wichtig sein, dass es lohnt, sich dafür von Gordon in der Luft zerreißen zu lassen?«

»Ich habe meinen Vater gebeten, in meinem Namen beim Lord vorzusprechen. Falls alles gutgeht, werdet Ihr Schottland in ein paar Tagen als freier Mann verlassen können.«

Ein Kältegefühl jagte durch Ravens Brust. »Das hast du nicht wirklich getan, oder?«

»Doch.«

»Du willst tatsächlich, dass ich gehe?«

Sionnach schüttelte bekümmert den Kopf und erwiderte: »Bei meiner Seele, Mylord, ich wünschte, Ihr würdet für immer bleiben. Aber ich möchte auch, dass all das hier endlich ein Ende hat und Ihr wieder frei seid. Euer Leben in Sicherheit zu wissen, ist mir so viel wichtiger als die Erfüllung meiner bedeutungslosen Sehnsüchte.«

»Du stellst das Wohlergehen eines an Erbärmlichkeit kaum zu überbietenden Mannes über deine eigenen Bedürfnisse?«

»Das tue ich, ja.«

»Aus welchem Grund?«

»Ihr kennt ihn bereits«, wich sie ihm aus.

»Sag es mir trotzdem«, bat er, doch Sionnach zögerte. Ravens Blick bohrte sich tief in ihre Augen. »Wie viel weniger als in diesem Moment muss ich noch wert sein, bis du endlich aufhörst, gegen deine Gefühle anzukämpfen?«

»Es spielt keine Rolle, was ich fühle, denn Ihr seid und bleibt der Sohn eines Königs.«

»Das bin ich an keinem einzigen Tag meines Lebens gewesen und werde es auch in Zukunft niemals sein, Sionnach. Die Frau, die sich für mich entscheidet, wird sich mit dem wenig einflussreichen Namen eines zudem noch mittellosen Bastards begnügen müssen.«

»Und dennoch würde sie ihn um Euretwillen mit großem Stolz tragen«, entgegnete Sionnach leise.

»Dann sag es mir, Füchschen«, bat Raven abermals, und seine Stimme nahm einen warmen Klang an, »sag mir, warum du es tun würdest, und denk nicht länger darüber nach, wer wir sind. Ich weiß, dein Herz ist frei. Hab den Mut, ihm zu folgen!«

Als habe sie genau auf diese Worte gewartet, trat sie auf ihn zu und ließ sich vor dem Badezuber zu Boden sinken. Ohne ihren Blick von seinen Augen zu nehmen, flüsterte sie: »Weil ich dich liebe, Raven Cunnings. Ich liebe dich so sehr, dass es fast schmerzt. Und auch wenn du eines Tages ein anderes Mädchen heiratest und mich längst vergessen haben wirst, wird sich daran nichts ändern.«

»Dafür ist es zu spät, Sionnach, denn außer dir wird es für mich kein anderes Mädchen mehr geben«, sagte Raven fest entschlossen und rieb in Ermangelung seiner Hände sacht mit der Wange über ihr erhitztes Gesicht. Heftiges Begehren loderte in ihm auf, als seine Lippen sich zu einem Kuss auf ihren Mund herabsenkten. Zärtlich begann er, ihn zu erforschen, und Sionnach gab seinem sanften Drängen willig nach. Die zaghafte Berührung ihrer Hände auf seiner nackten Haut schürte seine Lust, und er rutschte hastig an den Rand des Zubers, um sein anschwellendes Gemächt vor ihr zu verbergen. Sionnachs anfängliche Scheu verlor sich rasch und wich mehr und mehr dem Verlangen, endlich ihre unterdrückte Sehnsucht stillen zu dürfen. Raven ächzte hörbar auf, als ihre schlanken Finger sich in sein schwarzes Haar gruben und ihre Lippen zärtlich jede erdenkliche Stelle seines Nackens liebkosten. Alles in ihm verzehrte sich danach, sie ebenfalls zu berühren und Sionnach in seinen Arm zu nehmen. Wütend zerrte er an seinen Fesseln und wünschte Gordon für seine hervorragende Arbeit die Pest an den Hals. Mit einem erstickten Stöhnen löste er sich schließlich von ihr und murmelte heiser: »Großer Gott, Füchschen! In all den Monaten hast du mich nie derart ... Himmel, du ... du raubst mir den Verstand, ist dir das eigentlich klar?« Wie ein Ertrinkender klammerte er sich an ihren Anblick und sog den Duft ihrer Haut ein. »Hör nie auf damit, ich flehe dich an! Sollen sie mich ruhig prügeln, meiner Würde und meines Namen berauben, solange ich nur weiterhin in deiner Nähe sein darf. Und auch wenn ich in den Augen deiner Leute als das personifizierte Böse gelte und dir nichts außer meiner Liebe bieten kann - heirate mich, ganz gleich, was sie alle darüber denken mögen.«

Das Leuchten in Sionnachs Augen schien Invergarry Castle bis in den letzten Winkel zu erhellen.

»Du bist verrückt«, sagte sie kopfschüttelnd.

»Nach dir, Füchschen. Und es wird mit jedem Tag schlimmer«, erwiderte er und ertappte sich bei einem beglückten Lächeln.
»Versprich mir, es dir zu überlegen. Ab morgen werde ich für eine Weile in London sein. Wenn ich zurückkomme, könnte ich bei deinem Vater um deine Hand anhalten.«
»Du gehst nach London?« Sionnach war ihre Verwirrung deutlich anzusehen. »Heißt es, dass sie dich gehenlassen?«
»Ja und nein. Ich habe dort einen Auftrag für meinen Onkel zu erfüllen. Sobald ich ihn erledigt habe, wird sich hoffentlich einiges ändern.«
»Dein Onkel? Ich verstehe nicht. Wie konnte er Lord MacDonell dazu überreden, dich freizugeben?«
»Das dürfte ihm nicht besonders schwergefallen sein, da dein Herr ihm den Treueeid geschworen hat und demzufolge ohne Zögern dessen Befehlen gehorchen wird.«
»König James ist dein Onkel?«, entwich es Sionnach fassungslos, als ihr dämmerte, von wem er sprach.
»Was sich zwangsläufig daraus ergeben muss, da Charles mein Vater war«, sagte Raven schmunzelnd.
»Wo ist er? Hast du ihn gesehen?«
»Erst gestern Abend.«
»Aber ich dachte, er sei seit seinem Sturz in Irland. So sagte zumindest mein Vater.«
»Vielleicht will er seine Feinde das glauben machen, um seine Sicherheit nicht zu gefährden. Im Augenblick befindet er sich jedenfalls auf Invergarry.«
»Ich freue mich wirklich sehr für dich, auch wenn meine Bitte, den Lord um deine Freilassung zu ersuchen, sich dadurch als absolut zwecklos erweist.« Trotz ihrer Niedergeschlagenheit zwang sie sich zu einem Lächeln.
»Das stimmt nicht, Füchschen«, korrigierte Raven sie mit ernster Miene. »Was du gewagt hast, hat bislang noch niemand für mich getan. Dass ein Kerl wie ich eine Frau wie dich lieben darf, grenzt an ein Wunder.« Erneut neigte er ihr sein Gesicht zu einem Kuss entgegen, und Sionnach schien seine Liebkosungen nur zu gern zu erwidern.
»Wie ich sehe, gibt es für dich ein wirklich verheißungsvolles

Motiv, nach erfolgter Mission zu uns zurückzukehren«, unterbrach die sonore Stimme Lord MacDonells in diesem Moment abrupt ihre Zärtlichkeiten. Ravens Kopf schnellte wie vom Blitz getroffen in die Höhe. Über Sionnachs Schulter hinweg sah er - in Begleitung seines grimmigen Leibwächters - den mokant lächelnden Clanchief eintreten. Dessen Blick wanderte von seiner nach wie vor im Badezuber knienden Geisel zur tief erröteten Sionnach. Er musterte das junge Mitglied seines Clans mit unverhohlenem Interesse.

»Gratuliere, Fitzroy, das Mädel ist wahrhaftig eine beeindruckende Schönheit. Durchaus nachvollziehbar, dass dir bei ihrem Anblick die Hose zu eng wird. Nach meinem Dafürhalten als Mann eine ausgesprochen gute Wahl. Allerdings wage ich mal schwer zu bezweifeln, dass ihr Vater es genauso sieht.« Er gab Gordon mit einem Wink zu verstehen, die wie eine Sünderin am Boden kauernde Sionnach vom Ort des Geschehens zu entfernen. Als der Soldat sie an ihm vorbeiführte, raunte MacDonell ihm zu: »Lass Ewan ausrichten, dass ich jeden Mann akzeptieren werde, den er für eine Ehe mit ihr vorschlägt.«

Auf Gordons Gesicht spiegelte sich Verblüffung. »Wirklich jeden, Mylord? Demnach gälte Eure Erlaubnis auch für mich?«

MacDonell zuckte die Achseln. »Wenn ihr Vater dich in Erwägung ziehen sollte, sehe ich keinen Anlass, es abzulehnen.«

Die Mundwinkel des Leibwächters verzogen sich für den Bruchteil einer Sekunde zu einem freudigen Grinsen. Dann wandte er sich weit weniger freundlich Sionnach zu und deutete auf Raven.

»Nicht ich sondern ein verdammter Sasanach war also der Grund, aus dem du dich derart liebenswürdig gezeigt hast, ja?«

Sämtliche Muskeln in Ravens Körper spannten sich unwillkürlich an. . Sein Füchschen dem stählernen Griff und der Willkür des Soldaten ausgeliefert zu sehen und ihr nicht helfen zu können, brach ihm schlichtweg das Herz.

»Antworte ihm, Weib!«, hörte er MacDonells harschen Befehl und biss sich um Beherrschung ringend auf die Lippe.

Sionnach zuckte unter der Stimme ihres Herrn zusammen wie

ein verängstigtes Kaninchen. Dennoch missachtete sie seinen Befehl und heftete ihren Blick mit dem letzten Rest des ihr verbliebenen Mutes auf den Clanchief.

»Darf ... darf ich Euch etwas fragen, Mylord?« Für einen Moment sah MacDonell sie nur missbilligend an. Dann nickte er jedoch unmerklich, und Sionnach stieß beschwörend hervor: »Ich weiß, ich habe Euch viel zu verdanken, und wahrscheinlich werdet Ihr es nicht verstehen, aber ich wünsche mir nichts mehr, als dass Ihr mir die Erlaubnis gebt, mit dem Viscount zu gehen.«

MacDonells linke Braue hob sich abschätzig, und die Antwort, die Sionnach bekam, bestand lediglich aus einem abweisenden Schnauben.

Gordon, der das Verhalten seines Herrn sogleich als Nein wertete, schob sie entgegen allem Widerstand aus dem Raum.

»Komm, mein abtrünniges Engelchen, es wird Zeit, nach deinem Vater zu suchen, damit ich mich ihm vorstellen kann.«

Sionnach, die sofort begriff, worauf er anspielte, bemühte sich schluchzend, ihrem drohenden Schicksal zu entkommen und rief verzweifelt in MacDonells Richtung: »Herr, nein! Bitte, das dürft Ihr nicht zulassen - ich flehe Euch an! Herr!«

Gänzlich unberührt von ihrem Wehklagen würdigte der Clanchief sie keines weiteren Blickes. Gordon nahm sie auf den Arm und trug sie ohne großes Aufhebens hinaus.

Wutentbrannt sah Raven ihnen nach. Am liebsten hätte auch er sich seinen Frust lauthals von der Seele gebrüllt. Mehr denn je fühlte er sich Sionnach gegenüber als schwächlicher Versager. Wenn er sie schon nicht gegen ihre eigenen Leute schützen konnte, wie sollte es ihm jemals gelingen, die außerhalb dieser Mauern lauernde Gefahren von ihr fernzuhalten? Resigniert schloss er die Augen. Was war er bloß für ein jämmerlicher Schlappschwanz! Er hatte sie überhaupt nicht verdient.

Einer Intuition folgend trat MacDonell auf ihn zu und klopfte ihm jovial auf die Schulter. »Das Leben, das du führst, ist zu unbeständig und wenig erfolgversprechend für ein Mädchen wie sie. Schlag dir die Kleine aus dem Kopf, Fitzroy, und gib ihr die Chance einen Mann zu wählen, der besser zu ihr passt.«

»Ich würde für Sionnach töten, ohne auch nur einen Moment

darüber nachzudenken. Wie könnte ich es jemals ertragen, sie in den Armen eines anderen zu wissen?«, gab Raven wie betäubt zurück, als habe er vergessen, mit wem er sprach.

»In den letzten Wochen hast du dir viele Dinge angeeignet, die du zuvor für schier unmöglich gehalten hast. Du wirst auch das lernen, glaub mir«, erwiderte MacDonell versöhnlich. Er beugte sich herab und zerschnitt Ravens Fesseln. »Eine Romanze ist am besten, wenn sie rasch beendet wird, Fitzroy. Geh nach London, und stoß dir mit dem unbestreitbaren Privileg, ein Königsbastard zu sein, bei Hof die Hörner ab. Je schneller du das Mädel vergisst, umso leichter wird es für sie, den Gehorsam zu leisten, den man von ihr erwartet.«

Steif vor Kälte stieg Raven aus dem Zuber und entgegnete finster: »Ich werde gehen und meine Schuld begleichen. Und wenn ich das getan habe, hole ich mir zurück, was längst mein ist. Dessen könnt Ihr Euch sicher sein.«

40

Seit nunmehr zwei Tagen schneite es ununterbrochen. Das sonst so üppig grüne Great Glen verbarg seine gesamte Vegetation unter dem jungfräulichen Weiß einer dicken Schneedecke. Die Äste der Bäume ächzten unter ihrer schweren Last. Eine Schar fröhlich lärmender Kinder tummelte sich zu Füßen der das Tal umschließenden Berge. Ihr vergnügtes Gekreische hallte bis zur Burg hinauf, während sie die Abhänge der wie riesige Haufen frisch geschlagenen Eiweißes in den wolkenverhangenen Himmel ragenden Erhebungen herunterrutschten.

Sionnach hievte ihren Eimer auf die Burgmauer und kippte den Inhalt achtlos hinab in die Tiefe. Eine Brühe aus schmutzig braunem Wischwasser ergoss sich auf die bis dahin unberührte, weiße Fläche und zerstörte das glitzernde Idyll. Der Wind blies ihr Schnee ins Gesicht und blähte ihren Rock auf, aber sie ignorierte die Kälte. Ihr sehnsuchtsvoller Blick folgte dem Verlauf des verschneiten Pfads, auf dem Raven vor knapp sechs Wochen zu seiner Reise nach London aufgebrochen war. Nachdem er Invergarry verlassen hatte, verspürte sie nur noch Leere in sich. Sie wusste, dass sie sich über kurz oder lang mit dem Gedanken abfinden musste, ihn nie mehr wiedersehen zu dürfen. Selbst wenn er sein Versprechen halten und irgendwann im Laufe des Jahres zurück nach Invergarry kommen würde, hätte man sie bis dahin längst mit einem anderen Mann verheiratet. Als Tochter eines armen Hochlandbauern brachte sie kaum etwas mit in die Ehe und galt aus rein kommerzieller Sicht als überaus schlechte Partie. Offenbar schienen die meisten Männer sich in ihrem Fall aber an anderen Dingen zu orientieren, denn es gab mehr als genug willige Kandidaten in jeder erdenklichen Altersklasse.

»Ich finde, dein Vater lässt sich extrem viel Zeit. Er sollte seine Entscheidung nicht derart lange herauszögern.«

Sionnachs Hände umklammerten den Griff des Eimers noch ein wenig fester. Sie brauchte sich nicht umdrehen, um zu wissen, wer hinter ihr stand. Schon im nächsten Augenblick legten Arme von beträchtlichem Muskelumfang sich um ihre Taille und zogen sie rücklings an den dazugehörigen, kraftstrotzenden Körper. Obwohl sich alles in ihr gegen die erzwungene Nähe sträubte, wehrte sie sich nicht.

»Du bist so schön. Ich kann es kaum erwarten, bei dir zu liegen und dich zu meiner Frau zu machen«, stieß Gordon heiser hervor und presste erregt seinen Unterleib gegen Sionnachs Pobacken.

Ich schon, dachte Sionnach und versteifte sich beklommen unter seinen Berührungen.

»Sobald dein Vater einer Ehe zustimmt, werde ich dafür sorgen, dass dein Bauch schon bald rund und prall ist. So wie du gebaut bist, solltest du es zweifelsohne schaffen, mir viele stramme Söhne zu gebären.« Seine riesigen Hände strichen über den rauen Stoff ihres Rockes und zeichneten begehrlich die Umrisse ihrer Hüften nach.

Sionnach wurde schon allein von der Vorstellung übel, für den Leibwächter des Lords die Schenkel öffnen zu müssen. Auf keinen Fall aber würde sie ihr Leben für einen ganzen Haufen von ihm gezeugter Bälger riskieren!

»Hey Holzkopf, es dürfte dir doch wohl klar sein, dass du das Angebot deiner großzügigen Samenspende umgehend einer anderen Frau unterbreiten kannst, wenn ihr Vater von deinen feurigen Avancen erfährt«, erklang in diesem Moment Brendans Stimme hinter ihnen. Beinahe zeitgleich drehten Sionnach und Gordon sich zu ihm um. Er lehnte mit lässig vor der Brust verschränkten Armen an der Mauer und betrachtete Gordon mit düsterer Miene. Sein Anblick veranlasste den Soldaten, Sionnach auf der Stelle freizugeben.

»Man wird einer Frau ja wohl noch Komplimente machen dürfen«, verteidigte er sich.

»Mit bereits erhobenem Kilt?«

Als wolle Gordon dem blauäugigen Angehörigen seines Clan gegenüber seine Unschuld beteuern, trat er mit erhobenen Händen ein paar Schritte vor Sionnach zurück und sagte: »Ruhig Blut, Mann. Ist ja nichts Aufsehenerregendes vorgefallen.«

»Dann sieh zu, dass es dabei bleibt, oder -«

»Oder – was?«, unterbrach Gordon ihn schroff.

In Brendans Augen funkelte es provokant. »Oder du bekommst es mit mir zu tun.«

»Barmherziger Jesus, jetzt habe ich aber Angst«, tönte Gordon abfällig, doch es klang bei weitem nicht so selbstsicher, wie er offenbar beabsichtigt hatte.

Brendan ignorierte den Kommentar des Soldaten. »Du tätest besser daran, deine Finger unter die Röcke anderer Weiber zu stecken und dich in Zukunft von meiner Schwester fernzuhalten. Ich beobachte dich schon eine ganze Weile und weiß, dass du ihr nicht zum ersten Mal auf diese Weise nachstellst. Ausreichend Grund also, um beim Lord Anklage gegen dich zu erheben.« Ein süffisantes Lächeln umspielte seine Lippen. »Wie es aussieht, habe ich dich an den Eiern, Kumpel. Willst du wirklich ausprobieren, ob ich auch zudrücke?«

Gordons Nasenflügel blähten sich unheilverkündend. »Du solltest dich nicht über die Maße hinaus aufblasen, Bauerntrampel. Geh dorthin, wo du hingehörst und tu, wozu du geboren wurdest

– zurück in deinen stinkenden Kuhstall Scheiße schaufeln.« Er wandte sich um und stolzierte mit wehendem Plaid von dannen.

Sionnach sah ihm schaudernd nach und murmelte: »An manchen Tagen denke ich, es wäre vielleicht doch klüger gewesen, ins Kloster zu gehen.«

Brendan schüttelte den Kopf. »Nein, Mädel, das ist nichts für dich. Zumal Christus nun wahrlich genug Bräute besitzt. Und obendrein steht dir kein Habit. Der macht dich noch blasser als du eh schon bist.«

Sionnach lächelte. Vertrauensvoll legte sie ihre Hand in Brendans und ließ sich von ihm ins Innere der Burg führen. Erst jetzt merkte sie, wie durchgefroren sie war. Auch Brendan schien es nicht entgangen zu sein.

»Herrje, du zitterst ja wie Espenlaub.« Einem Reflex folgend blieb er stehen und zog sie schützend an sich heran.

»Und du fühlst dich an wie ein gut geheizter Kachelofen. Das ist einfach wunderbar«, schnurrte Sionnach behaglich und genoss die Wärme, die er an sie abgab. »Wie macht ihr Männer das bloß? Wenn du uns irgendwann verlässt, werde ich dich allein aus diesem Grund schmerzlich vermissen.«

»Vielleicht brauchst du das ja gar nicht«, Brendan vergrub sein Gesicht mit einem tiefen Atemzug in ihrem Haar. »Ich habe jedenfalls nicht vor, dich zu verlassen.«

Trotz ihres Kummers wirkte Sionnach für einen Moment belustigt. »Ach, wirklich? Und wie willst du das anstellen, hm? Glaubst du, mein zukünftiger Ehemann wird es gutheißen, wenn wir uns zu Dritt ein Bett teilen?«

»Nein«, erwiderte Brendan ohne eine Miene zu verziehen. »Darum habe ich Gordon ja auch bereits daraus verjagt. Und jeder andere, der versuchen sollte, sich auf der Bettkante niederzulassen, kann sich einen ebensolchen Tritt bei mir abholen.« Seine Arme schlossen sich noch ein wenig fester um ihre zierliche Gestalt.

»Das ist doch zwecklos, Brendan«, sagte Sionnach bitter. »Der Lord will mich verheiratet sehen, und Vater wird sich dem Wunsch unseres Herrn niemals widersetzen. Selbst du wirst nicht verhindern können, dass es passiert.«

»Das habe ich auch gar nicht vor.«

Sionnach sah fragend zu ihm auf. »Aber du sagtest doch gerade -«

»Dass ich jeden Kerl umbringen werde, der meint, sich an meiner Frau vergreifen zu können, ja.«

»An deiner - ? Aber Brendan, du ... du kannst doch nicht ...« stammelte Sionnach entgeistert. Doch Brendan legte mit einem entschiedenen Kopfschütteln seinen Zeigefinger auf ihre Lippen, und sie verstummte.

»Seit einer Ewigkeit lastet dieses Geheimnis auf meiner Seele. Jetzt kann ich es einfach nicht mehr länger für mich behalten. Ich liebe dich, Sionnach«, sagte er fast ein wenig scheu und presste seine Stirn sacht gegen ihre, »eigentlich schon mein ganzes Leben lang. Wirklich begriffen habe ich es aber erst, als dieser Engländer begann, dir das Blaue vom Himmel zu versprechen.« Er führte ihre Hände an seine Lippen und bedeckte sie mit einer Vielzahl sanfter Küsse. Das leuchtende Blau seiner Augen spiegelte sich in ihren wider, als sie einander anblickten.

Sionnach war wie gelähmt. »Sag so etwas nicht«, murmelte sie.

»Was?«

»Dass du mich liebst. Es ist nicht recht. Du bist mein Bruder, Brendan.«

»Und deshalb muss ich meine Gefühle verdrängen? Das kann ich nicht, Sionnach. Und ich will es auch nicht mehr.« Trotzig wie ein kleiner Junge, den man bei einer Missetat ertappt hatte, schürzte er die Lippen. »Zwischen uns war es immer anders als bei den Nachbarskindern. Ich habe nie verstanden, warum. Den meisten Jungs, mit denen ich mich herumtrieb, waren ihre Geschwister lästig. Du hingegen hast mich nie gestört. In deiner Nähe habe ich mich stets ein bisschen wie ein Held gefühlt und mir geschworen, dich vor allem Bösen beschützen.« Er lächelte. »Anfangs war nichts dabei. Du warst ein Baby, weich und flaumig. Dann ein kleines Mädchen mit niedlichen Blumenkränzchen im Haar. Jeder mochte dich. Es hat mich mit Stolz erfüllt, dein Bruder zu sein. Aber je älter du wurdest, umso öfter schlug mir das Herz ungewöhnlich heftig bis zum Hals, wenn du an mir vorübergingst oder mich zufällig berührtest. Dann, im letzten Sommer, habe ich dich im Fluss baden sehen ...« Seine Erinnerung schien Schuldbewusstsein in ihm auszulösen. Er schlug betroffen die Augen nieder.

»Du hast mich beobachtet?« Sionnach war fassungslos.

»Es war unmöglich, das nicht zu tun«, verteidigte Brendan sich. »Eigentlich wollte ich ja nur nach den Rindern sehen, weil es seit dem Frühjahr immer wieder Überfälle gegeben hatte. Während meines Erkundungsganges hatte ich geglaubt, ein Geräusch gehört zu haben. Also ging ich dem nach.« Er schaute kurz zu ihr auf und fuhr mit trockener Kehle fort: »Es war noch ziemlich früh am Morgen. Ich kroch durchs Dickicht und glaubte zunächst, tatsächlich auf einen Viehdieb gestoßen zu sein. Doch dann sah ich dich. Über dem Wasser stieg Nebel auf. Du hast darin eingehüllt gestanden. Nackt - das Haar offen auf deiner weiß schimmernden Haut. Die ersten Sonnenstrahlen fielen durch die Kronen der Bäume direkt auf dich. Du ... du hast ausgesehen wie eine Fee. Und plötzlich wurde mir klar, was anders war. Du warst die Frau, von der ich mein Leben lang geträumt hatte. Ich wollte nicht mehr länger nur dein Bruder sein.«

Sionnach senkte beschämt den Kopf. Sie wollte etwas erwidern, doch es fehlte ihr an Worten.

Um Brendans Mundwinkel zuckte ein schmerzliches Lächeln. »Ich habe mich redlich bemüht, es zu unterdrücken, bin jedem willigen Mädchen ins Heu gefolgt. Was ich auch forderte - sie erfüllten mir all meine Wünsche. Doch keine von ihnen ließ mich je fühlen, was ich in deiner Gegenwart spüre.« Er hauchte einen Kuss auf ihre Stirn und strich zärtlich über ihr Haar. »Was meinst du, wir könnten heimlich fortgehen. An einen Ort, an dem uns niemand kennt. Es wird dir an nichts mangeln, das verspreche ich. Ich würde immer gut für dich sorgen.« Seine Hände umfassten ihr Gesicht, forderten sie behutsam auf, ihn anzuschauen.

Sionnach versuchte, ihre Benommenheit abzuschütteln, doch es wollte ihr nicht gelingen.

»Stoß mich nicht zurück, Sionnach«, nahm sie Brendans flehende Stimme wie durch einen dämpfenden Schleier wahr. »Ich würde alles für dich tun. Wenn du es verlangtest, würde ich sogar für dich sterben.«

»Wie könnte ich das jemals wollen?«, sagte sie matt.

»Dann geh mit mir fort und erlaube mir, von nun an der Mann an deiner Seite zu sein. Nur das. Sonst nichts.«

»Was du da sagst, ist Irrsinn, Brendan. Dein Wunsch, bei mir zu liegen, würde dich jeden Tag aufs Neue in Versuchung führen und dich irgendwann zerstören. Du bist kein Mann, der lange ohne eine Frau sein kann. Du brauchst eine Familie, Kinder, jemanden, der dich liebt, wie du es verdienst. Ich kann dir diese Dinge nicht geben, und du weißt das. Was du vorhast, ist wider der Natur und verstößt gegen die Gebote der Kirche.«

»Das alles besitzt keine Wichtigkeit für mich. Und wenn der Preis für ein Leben mit dir ewige Verdammnis ist, werde ich ihn zahlen«, entgegnete Brendan entschieden.

»Aber ich nicht, Brendan, denn ich liebe Raven«, unternahm Sionnach einen letzten Versuch, ihren Bruder von seinem Vorhaben abzubringen.

»Obwohl er ohne dich gegangen ist, hältst du weiter an ihm fest?«

»Er hat versprochen zurückzukommen, und ich vertraue ihm.«

»London ist weit, Sionnach. Selbst wenn er käme und Vater einverstanden wäre, könntest du nicht vor Herbst mit ihm rechnen. Glaubst du wirklich, sie geben dir so viel Zeit?«

»Nein«, antwortete sie verzagt und kämpfte wenig erfolgreich mit ihren aufsteigenden Tränen.

Brendan wischte sie sanft mit den Daumen fort. »Wenn auch nicht für mich – würdest du dann um deiner Liebe zu Raven willen mit mir gehen?«

»Ich verstehe nicht, was du meinst.«

»Wenn du nicht hier bist, können sie dich nicht verheiraten, richtig?« Sie nickte zögernd, und Brendan konkretisierte seinen Plan. »Wir könnten uns nur zum Schein als Ehepaar ausgeben und nach Edinburgh gehen. In einer solch großen Stadt wird sich keiner für zwei arme Hochländer interessieren. Folglich wird niemand Fragen stellen. Wir suchen uns eine preisgünstige Bleibe, und du wärst für eine Weile sicher vor deinen Verehrern.«

»Wir haben kein Geld, und Edinburgh ist teuer. Wovon sollen wir leben?«, gab Sionnach zu bedenken und schniefte leise.

»Arbeit zu finden, ist das geringste Problem. Es werden überall Männer gesucht, die zupacken können.« Seine Stimmung hatte sich angesichts der neuen Option sprunghaft verbessert.

»Und wenn sie uns aufspüren und zurück nach Invergarry bringen?«

»Dann wirst du verheiratet und ich exkommuniziert. Du siehst, es zu versuchen birgt nicht mehr Risiken als dem Schicksal seinen Lauf zu lassen.«

»Du spielst sehr leichtfertig mit deinem Seelenheil, Brendan.«

»Um dich glücklich zu sehen, lasse ich es gerne darauf ankommen, mein Herz. Und wenn es unter Gottes Engeln Frauen gibt, stehen meine Chancen ja vielleicht gar nicht so schlecht, es doch noch in den Himmel zu schaffen.«

41

Die rundliche Dienstmagd warf einen tadelnden Blick auf das unberührte Tablett und anschließend auf Raven, der an einem kleinen Sekretär saß und seinen Kopf über vor ihm ausgebreitete Papierbögen gebeugt hielt.

»Aber junger Herr, was ist denn das? Euer Tee ist ja bereits kalt. Und Ihr habt schon wieder nichts gegessen. Das schöne Gebäck«, rügte sie in mütterlichem Tonfall.

Raven schenkte der fürsorglichen Magd ein entschuldigendes Lächeln. »Ich hatte nur einfach keinen Hunger. Sei nicht böse, Megan.«

»Ein Mann von derart eindrucksvollem Wuchs wie Eurem muss zu den Mahlzeiten doch ordentlich zulangen. Sollte das so weitergehen, werdet Ihr eines Tages spindeldürr sein und schon vor Eurer Zeit einen krummen Rücken bekommen«, mäkelte Megan ungeachtet seiner Rechtfertigungsversuche weiter. »Wie wollt Ihr denn jemals eine Frau beeindrucken, wenn Ihr nichts zuzusetzen habt, hm?«

»Wenn du mich jetzt nicht endlich in Ruhe weiterschreiben lässt, wird es nicht mehr nötig sein, bei irgendjemandem Eindruck zu schinden«, seufzte Raven.

Doch Megan ignorierte seinen Vorwurf und maßregelte ihn erneut. »Eure blasse Nase steckt viel zu häufig in des Königs Büchern. Ihr solltet diese langweiligen Abrechnungen öfter mal beiseitelegen und zu Eurem Vergnügen vor die Tür gehen. Bestimmt wird die Staatskasse nicht gleich Schaden nehmen, wenn Ihr Euch ab und an mit anderen Dingen beschäftigt.«

Raven nickte geistesabwesend und tauchte seine Schreibfeder erneut in das schmucklose Tintenfässchen zu seiner Rechten. Bereits nach wenigen Sekunden schien es, als habe er Megan vergessen. Die Magd nahm das Tablett und trug es kopfschüttelnd hinaus. Kaum dass die Tür sich hinter ihr geschlossen hatte, legte Raven die Feder beiseite und rieb sich seine vor Müdigkeit schmerzenden Augen.

Seit gut vier Wochen hielt er sich nun schon in London auf und musste sich eingestehen, dass er den ihn umgebenden Luxus in vollen Zügen genoss. Wenngleich seine hiesigen Räumlichkeiten sich im Gegensatz zu manch anderen ausgesprochen spartanisch zeigten, wohnte er im Vergleich zu Invergarrys Verliesen geradezu fürstlich. Was MacDonells Prophezeiung betraf, hatte seine Abstammung ihm tatsächlich problemlos das Tor ins königliche Schloss geöffnet. Wie er erfuhr, hatte sein Bruder Georg sich unter Zuhilfenahme eines Treueeides auf Seiten des amtierenden Königs geschlagen. Ein Umstand, den Raven nun schonungslos zu seinem Vorteil nutzte.

Ausnehmend dankbar über einen des Schreibens und Rechnens mächtigen Mann hatte man nicht lange nachgefragt und ihm sogleich eine Stellung als Buchhalter angeboten. Verblüfft über die reibungslose Umsetzung seines Spionagevorhabens hatte Raven sich sofort in die Finanzpläne des englischen Königshauses vertieft und versuchte, mit seiner Arbeit Eindruck zu schinden. Da er bereits für Georg als Verwalter tätig gewesen war, fiel es ihm nicht einmal besonders schwer. Schneller als erwartet zollte man ihm Anerkennung. Zwar kam er trotz des ihm entgegengebrachten Vertrauens selten in die Nähe des Königpaares und drang auch nicht in deren innersten Kreis vor. Dennoch konnte er dem Tratsch und Klatsch und manch redseligem Höfling ausreichend Informationen entnehmen, um sich ein Bild vom Verlauf der politischen Lage machen zu können. Doch trotz seines Arbeitseifers und den Annehmlichkeiten, die das Leben am Hof bot, verging kein Tag, an dem er nicht an Sionnach dachte. Sie fehlte ihm schrecklich, und die Angst, dass man sie während seiner Abwesenheit mit einem anderen Mann verheiraten könnte, fraß sich unaufhörlich durch seine Eingeweide.

Schläfrig geworden erhob er sich und ging hinüber zu der schlichten Waschschüssel. Als er etwas Wasser hineingoss, um es sich ins Gesicht zu spritzen, klopfte es an der Tür. Ohne Ravens Aufforderung abzuwarten, betrat ein mit einem dunklen Umhang bekleideter Mann das Zimmer. Sein Gesicht lag tief unter einer Kapuze verborgen. Dem forschen Auftreten nach zu urteilen, schien er sich seiner Stellung sehr sicher.

Gordon!, schoss es Raven blitzartig durch den Kopf. Obwohl Schottland in weiter Ferne lag und MacDonells Leibwächter sich nur schwerlich Zugang zum Palast würde verschaffen können, schloss er dennoch die höchst unwahrscheinliche Möglichkeit nicht aus, auch hier auf den bulligen Hochländer zu treffen. Sein Herz begann zu rasen. Als die Hände des Mannes sich hoben, um sich seiner Kapuze zu entledigen, senkte Raven instinktiv den Kopf in Richtung Brust. Furcht pulsierte durch seine Venen.

»Ihr seid wahrlich schwer ausfindig zu machen. Es hat mich einen halben Tag Lauferei gekostet, bis ich endlich in Erfahrung bringen konnte, wo Ihr Euch aufhaltet.« Die Kapuze glitt herab, und ein weizenblonder Schopf kam zum Vorschein.

Raven hob verstohlen den Blick und sah sich mit dem sommersprossigen Gesicht seines Gegenübers konfrontiert.

»Sebastian ...«, entfuhr es ihm verblüfft. Seine Anspannung ließ umgehend nach. »Eigentlich hätte ich wissen müssen, dass du es bist. Deine Manieren lassen nach wie vor zu wünschen übrig.«

»Ich bitte vielmals um Vergebung, Mylord.« Der blonde Diener schälte sich aus seinem durchgeweichten Umhang und schüttelte sich, dass die Tropfen nur so flogen. Wo er stand, bildete sich eine kleine Pfütze.

Raven grinste. Er war unendlich froh, seinen Freund wohlbehalten vor sich zu sehen. Als ihm klar geworden war, dass er länger auf Invergarry festsitzen würde, hatte er seinen Leibdiener heimkehren lassen, sich aber nie davon überzeugen können, dass es Sebastian auch tatsächlich gelungen war. Während seiner Geiselhaft waren nur wenige Begebenheiten zu ihm ins Verlies durchgesickert. Umso mehr freute es ihn, dass es Sebastian offensichtlich gut ergangen war, denn der Diener hatte sich nicht einen Deut verändert. Mit einer einladenden Geste bot er ihm einen Platz am Feuer an. Der blonde Brite nahm das Angebot dankend an und streckte die Beine der Wärme entgegen.

»MacDonell hat Euch also tatsächlich wieder laufenlassen«, stellte er mit halb geöffneten Lidern fest. »Als der Bote kam und mir Eure Nachricht überbrachte, habe ich zunächst arg daran gezweifelt, dass sie wirklich von Euch stammt. Aber nun sehe ich Euch Gottlob leibhaftig und in bester Verfassung vor mir stehen.«

»Genau genommen hat er mich nicht freigegeben«, erwiderte Raven zögerlich.

Sebastian wirkte verblüfft. »Ihr verwirrt mich, Mylord. Wenn ich davon ausgehen darf, dass meine Informationen korrekt sind und ich mich nicht verlaufen habe, befinden wir uns fraglos im Palast König Williams. Wie könntet Ihr also weiterhin als Gefangener des Lords gelten, wo Ihr doch sicheren, englischen Boden unter den Füßen habt?«

Raven warf achtlos ein Scheit ins heruntergebrannte Feuer. Das verkohlte Holz, auf das er traf, sprühte rotglühende Funken.

»MacDonell hat gleich zwei Fliegen mit einer Klappe geschlagen«, antwortete er verdrossen. »Er benutzt mich zugunsten meines Onkel James als Spion. Sollte ich es wagen, mich unkooperativ zu zeigen, wird er mir sofort seine Hunde auf den Hals hetzen. Und von Williams Seite kann ich infolge meines falschen Spiels wohl kaum auf Unterstützung hoffen. Der Grund meiner Anwesenheit würde bei ihm vermutlich nicht gerade auf Verständnis stoßen.«

Sebastians Augen wurden rund. »Bei allem Respekt, Mylord, wie schafft Ihr es bloß immer wieder, Euch in derartig heikle Situationen zu manövrieren?«

»Was weiß ich«, sagte Raven und zuckte gleichgültig die Achseln. »Allem Anschein nach ist mir die Rolle des Prügelknaben in die Wiege gelegt worden. Wenn es nach mir gegangen wäre, hätte ich liebend gern darauf verzichtet, als Bastard eines Königs geboren zu werden.«

»Auch als Sohn eines Bauern hat man so seine Probleme«, warf Sebastian bedachtsam ein.

»Mag sein. Wie dem auch sei. Im Augenblick gibt es etwas, das mir weit mehr Sorgen bereitet als die Bürde meiner Herkunft.«

»Was könnte noch mehr auf einem Mann lasten als das Gefühl, zu jeder Stunde des Tages den Luftzug des bereits geknüpften Stricks im Nacken zu spüren?«, fragte Sebastian verständnislos.

»Der Gedanke, Sionnach nach meiner Rückkehr mit einem anderen Mann vermählt zu sehen«, antwortete Raven mit düsterem Blick.

»Diese kleine Schottin? Trotz allem, was ihre Leute Euch angetan haben, hängt Euer Herz immer noch an ihr?«

»Mehr denn je«, gestand Raven leise. »Unmittelbar bevor man mich wegschickte, habe ich ihr einen Heiratsantrag gemacht, und sie hat ihn angenommen. Ich weiß, sie liebt mich, aber der Willkür ihres Vaters und der ihres Herrn wird sie sich dennoch nicht entziehen können. Während ich hier in London artig für meinen Onkel den Kopf hinhalte und Hochverrat begehe, werden sie Sionnach zweifelsohne in die Ehe zwingen.«

»Was Ihr aber offensichtlich nicht hinzunehmen gedenkt«, mutmaßte Sebastian ahnungsvoll.

»Und genau dafür brauche ich dich«, bestätigte Raven.

»Mich?«, stutzte der Diener verblüfft. »Nun, zugegebenermaßen fühle ich mich sehr geschmeichelt, dass Ihr so große Stücke auf mich haltet, aber ich glaube, dieses Mal überschätzt Ihr meine Fähigkeiten erheblich, Mylord. Mal ganz abgesehen davon, dass MacDonells Männer mir wahrscheinlich den Kopf vom Rumpf trennen, bevor ich auch nur ein Laut von mir geben kann - wie sollte ein armseliger Knecht wie ich es schaffen, derlei Geschehnisse zu beeinflussen?«

Über Ravens bislang finstere Miene breitete sich ein verschlagenes Lächeln. »Indem du Sionnach für mich entführst.«

42

Die wenigen Habseligkeiten, die sie bei sich trugen, hielten sie fest unter ihren dicken, wollenen Plaids verborgen und huschten im Schutz der Dunkelheit dem hell erleuchteten Burgtor entgegen.

»Du sagst kein Wort, hast du verstanden?«, schärfte Brendan Sionnach ein. Obwohl er nur flüsterte, war die Nachdrücklichkeit in seiner Stimme nicht zu überhören. Doch trotz des souveränen Auftretens ihres Bruders konnte Sionnach ihre Unruhe nicht bezähmen.

»Und was machen wir, wenn sie uns nicht passieren lassen oder Fragen stellen?«

»Die meisten der Wachen kenne ich ganz gut. Somit wird es keine Probleme geben - nicht jetzt und auch später nicht, glaub mir.« Seine Hand schloss sich warm um Sionnachs und drückte sie sanft. »Hab keine Angst, mein Herz, ich passe schon auf dich auf. Und nun komm.«

Ein letztes Mal überprüfte Sionnach den korrekten Sitz ihres hochgeschlagenen Plaids, unter dem sie ihr verräterisch rotes Haar versteckte, und heftete sich an die Fersen ihres Bruders. Nach ihrem letzten Gespräch hatte er beharrlich zum Aufbruch gedrängt, und in Anbetracht der stetig wachsenden Zahl potentieller Ehemänner hatte sie der Umsetzung seines Plans schließlich nachgegeben.

Heute war es nun also soweit. Brendan hatte in den vergangenen zwei Tagen bereits heimlich das Nötigste aus der Burg geschafft und es in einem angrenzenden Wäldchen versteckt. Zudem hatte er in Erwägung gezogen, zwei Pferde aus den Stallungen des Lords zu stehlen, um die Beschwerlichkeit ihrer Reise zu mildern und schneller voranzukommen. Doch das Risiko, dass man Raymond und Ryan, die dort als Stallburschen arbeiteten, der Mittäterschaft bezichtigen würde, war ihm offenbar doch zu groß gewesen. Außerdem wollte er sich seinem Herrn gegenüber nach allem, was der für ihn getan hatte, nicht als undankbarer Viehdieb erweisen, was wiederum Sionnach mit großer Erleichterung erfüllte.

Sie hatten das Tor erreicht. Der Schein der brennenden Fackeln fiel hell auf Sionnachs Gesicht, und sie senkte hastig den Kopf, als einer der beiden Wächter sie neugierig begaffte. Doch einen Moment später wandte er sich bereits wieder von ihr ab.

»Brendan of Glenfinnan …«, stellte er gedehnt fest und musterte seinen blauäugigen Stammesgenossen mit dem routinierten Misstrauen eines geschulten Soldaten. »Findest du nicht, dass es noch verdammt früh für einen Spaziergang ist?«

»Für mein derzeitiges Bestreben schon fast ein wenig zu spät«, seufzte Brendan theatralisch und deutete mit einem verschmitzten Grinsen auf Sionnach.

Der Wächter, der nicht viel älter als Brendan zu sein schien, entspannte sich prompt. Erneut nahm er sie in Augenschein und grinste ebenfalls.

»Du solltest vorsichtig sein«, riet er. »Auf Invergarry eilt dir dein Ruf als Schürzenjäger mehr als lautstark voraus, was nicht wenige Väter jungfräulicher Töchter dazu veranlasst, dir mit gezücktem Dolch in der Hand zu begegnen.«

»Bis die alten Herren hinter das Treiben ihrer vermeintlich braven Töchter kommen, habe ich mich längst wieder dünne gemacht und alle Spuren verwischt«, erwiderte Brendan spöttisch.

»Dann nimm dich in Acht, dass eines Tages nicht doch einer schneller ist als du«, warnte der Wächter und ließ sie passieren.

»Heilige Mutter Gottes, dein lasterhafter Leumund lässt mich schaudern«, entrüstete Sionnach sich, als sie sich außer Hörweite wähnte. »Wie vielen unschuldigen Mädchen hast du denn schon das Herz gebrochen?«

»Eindeutig zu wenigen«, witzelte Brendan unverblümt, während er prüfend hinauf in den tintenblauen Nachthimmel schaute. »Und jetzt komm. Wenn wir uns beeilen, schaffen wir es bis Sonnenaufgang nach Clunes. Vielleicht lässt uns von dort aus jemand ein Stück auf seinem Karren mitfahren. Es sei denn, du überlegst es dir doch anders und ziehst es vor, Gordon dein Jawort zu geben.«

»Alles, nur das nicht«, erwiderte Sionnach abweisend und schüttelte energisch den Kopf. Bevor die Dunkelheit ihn gänzlich verschluckte, folgte sie Brendan eilig über den kaum erkennbaren Trampelpfad inmitten der verschneiten Wiesen.

Sie hatten tatsächlich Glück und trafen auf einen Bauern, der unterwegs nach Fort Inverlochy war. Er ließ sich rasch erweichen, den jungen Schotten und seine erschöpft wirkende Frau mitzunehmen.

»Passt auf, dass ihr da hinten nichts kaputtmacht«, brummte er und trieb sein Pferd schnalzend zum Aufbruch an. Der Karren setzte sich rumpelnd in Bewegung und rollte knirschend voran.

Obwohl sie wusste, dass es klüger gewesen wäre, jeder Art von Nähe entgegenzuwirken, kuschelte Sionnach sich dankbar in Brendans einladend ausgebreitete Arme und fiel nur wenige Minuten später in einen unruhigen Schlaf. Jedes Mal, wenn sie sich regte, strich er ihr übers Haar und hieß sie weiterzuschlafen, was sie nur zu gerne befolgte. Nach gut vier Stunden erreichten sie die kleine Stadt am Fuße des Ben Nevis. Brendan rüttelte sacht an ihrer Schulter, und Sionnach richtete sich mechanisch auf. Schlaftrunken und mit steifen Gliedern rutschte sie von der Ladefläche des Karrens. Trotz der Wärme, die Brendan ihr während der Fahrt gespendet hatte, fror sie erbärmlich und sehnte sich für einen winzigen Moment in die behagliche, kleine Hütte auf Invergarry zurück. Doch die Angst vor einer erzwungenen Ehe veranlasste sie, tapfer die Zähne zusammenzubeißen.

Getrieben durch die beklemmende Erinnerung ihrer zurückliegenden Entführung ließen sie Fort Inverlochy rasch hinter sich und liefen weiter Richtung Glencoe. Der Marsch durch den Schnee kostete sie weit mehr Anstrengung als gedacht, und so war es bereits stockdunkel, als gegen Abend in der Ferne endlich die Lichter einer kleinen Ansiedlung auftauchten. Sionnach blieb stehen und stöhnte leise auf. Ihre Muskeln schmerzten entsetzlich, und die Beine waren taub vor Kälte. Obwohl das Dorf zum Greifen nah lag, hatte sie das Gefühl, keinen einzigen Schritt mehr setzen zu können.

»Nur noch ein kleines Stück, na komm schon. Wir suchen uns direkt in einer der ersten Scheunen einen Unterschlupf. Dann kannst du ausruhen«, versprach Brendan. Er nahm sie an die Hand und zog sie hinter sich her. Sionnach stolperte seufzend weiter und kroch kurz darauf erleichtert in den kleinen Schober, den er als heimliches Nachtlager wählte. Inständig hoffend, dass man sie nicht entdecken und sofort wieder hinauswerfen würde, teilten sie sich schweigend das spärliche Mahl aus ihrem nur dürftig bestückten Vorratsbeutel, wickelten sich in ihre Plaids und schliefen hungrig und erschöpft ein. Am nächsten Morgen krochen sie noch vor dem ersten Hahnenschrei aus dem Heu und setzten ihren Weg müde und mit knurrendem Magen fort. Die Strecke war nicht weniger beschwerlich als am Tag zuvor. Dennoch gönnte Brendan ihnen nur selten Verschnaufpausen. Als wolle er sie für die Mühsal des Tages entschädigen, führte er Sionnach am Abend in einen leicht heruntergekommenen Gasthof und bestellte zwei Becher Bier sowie eine dickliche Suppe, deren Zutaten weder geschmacklich noch in irgend sonst einer Weise einzuordnen waren. Wenn auch die Vermutung nahelag, dass der Koch sämtliche verbliebene Reste vom Küchenboden zusammengekratzt hatte, schlangen sie ihre Mahlzeit derart gierig hinunter, als hätte man ihnen statt einer grauen Suppe die delikateste Speise ganz Schottlands serviert. Für ein paar weitere Pennys trat der Wirt ihnen eine winzige Kammer nahe dem Schankraum ab, die ansonsten wohl für die Unterbringung einer Magd gedacht war.

Sionnach stellte die Kerze beiseite und sah sich schaudernd darin um. Neben einer holzwurmdurchlöcherten Kommode gab es lediglich ein schmales Bettgestell, auf dem einige nur mäßig gefüllte Strohsäcke lagen. Darüber hatte man ohne große Sorgfalt eine zerschlissene Decke ausgebreitet. Ein Nachttopf, an dessen Rand sich der klebrig gelbe Streifen längst verdunsteter Hinterlassenschaften abgesetzt hatte, lugte halb unter dem Bett hervor. Dem aufwirbelnden Staub und dessen muffigem Geruch nach zu urteilen, hatte sich schon seit etlicher Zeit niemand mehr hier aufgehalten.

»Wenigstens werden wir es heute Nacht einigermaßen warm haben«, befand Brendan achselzuckend und überließ Sionnach jovial die an der Wand liegende Seite des Bettes.

Zu müde, um darüber nachzudenken, was außer Ungeziefer sich noch auf der schmuddeligen Decke befand, sank sie auf das wenig einladende Bett und drückte sich rücklings an die kalte Mauer. Sie zog die Beine an und gab sich alle Mühe, Brendan ausreichend Platz zu lassen, um nicht mit ihm in Berührung zu kommen, hatte aber kaum Spielraum.

»Wie weit ist es eigentlich noch bis nach Edinburgh?«

Brendan gähnte herzhaft. »Von hier aus? Gut über hundert Meilen würde ich meinen. Morgen gehen wir erst einmal Richtung Stirling. Bei unserem derzeitigen Tempo werden wir bis dorthin sicher auch zwei Tage brauchen.« Er betrachtete sorgenvoll Sionnachs bleiches Gesicht. »Vielleicht hätten wir doch nicht auf die Pferde verzichten sollen.«

»Es ist schon in Ordnung«, beeilte sie sich ihm zu versichern und rang sich ein müdes Lächeln ab.

Brendan streckte die Hand aus und strich ihr mit dem Zeigefinger über die Wange. »Ich bin mir durchaus bewusst, dass ich viel von dir fordere. Aber je weiter wir uns vom Gebiet der MacDonells entfernen, desto höher liegen unsere Chancen, dass sie die Suche abbrechen.«

»Denk an die Hartnäckigkeit, mit der Vater uns schon einmal gefolgt ist«, warf Sionnach nachdenklich ein.

»Mit dem Unterschied, dass wir dieses Mal nicht den geringsten Wert darauf legen, gefunden werden zu wollen«, erwiderte Brendan. Er blies die Kerze aus und rollte sich sichtlich zufrieden an ihre Seite. Im Schutz der Dunkelheit glitt seine Hand wie zufällig unter ihr Haar. Mit sanftem Druck begann er, ihren Nacken zu massieren.

»Wir sollten jetzt besser schlafen, meinst du nicht?«, startete Sionnach einen kraftlosen Versuch, ihn von sich fernzuhalten.

»Aye, das sollten wir wohl«, raunte er, und noch bevor sie einen Einwand erheben konnte, rückte er so nah an sie heran, dass sein Atem ihre Haut streifte. Sein Mund senkte sich zu einem sachten Kuss auf ihre Lider, als wolle er ihr eine Gute Nacht wünschen. Doch dabei blieb es nicht. Mit verhaltenem Atem spürte Sionnach seine Lippen liebkosend an ihrem Hals herabwandern, bis er schließlich kurz an der Vertiefung zwischen Schlüsselbein und Schulter verweilte.

»Hör auf damit, Brendan«, wies sie ihn schroff zurecht.

»Von nun an gibt es nur noch uns beide, und es ist mächtig kalt in diesem dreckigen Rattenloch. Was spricht also dagegen, dass wir ein bisschen zusammenrücken?«

»Das weißt du sehr genau. Ich möchte nicht der Grund der ewigen Verdammnis sein, die dich bei zu viel Nähe nach dem Tod erwartet.«

»In der Hölle friert man zumindest nicht«, entgegnete Brendan unbeeindruckt. »Dennoch danke ich für deine Besorgnis. Und nun dreh dich rum, und leg dich parallel zu mir, damit ich heute Nacht nicht versehentlich von der Bettkante rutsche.«

Nur zögernd gehorchte Sionnach seiner Aufforderung und verfluchte sich bereits im nächsten Augenblick für ihre Naivität. Kaum dass sie ihm den Rücken zugewandt hatte, schlang Brendan mit einem wohligen Brummen den Arm fest um ihren Leib und robbte so dicht an sie heran, dass sie ihm nicht mehr ausweichen konnte. Die Wärme seines kräftigen Körpers, die sie sonst stets mit einem angenehmen Wohlgefühl erfüllt hatte, begann sie zu beängstigen, doch sie besaß nicht den Mut, sich zu rühren.

»Wir werden ein gutes Leben in Edinburgh haben. Sobald ich genügend Geld verdient habe, kaufe ich dir eins von diesen Pariser Kleidern aus himmelblauer Seide. Das passt ganz wunderbar zu deinen Augen. Und ein Paar Lederschuhe mit Absatz bekommst du auch. Und parfümierte Seife«, raunte er versonnen in ihr Ohr.

»Ein Bauernmädchen wie ich würde sich darin nur zum Gespött machen«, murmelte sie abwesend und zog unauffällig die Arme vor die Brust, als könne sie auf diese Weise verhindern, dass er ihr zu nahe kam.

»Das soll mal einer wagen. Wobei ich allerdings eher vermute, dass dein Anblick den Herren der Schöpfung den Verstand raubt statt sie zu belustigen. Somit werde ich verdammt gut auf dich aufpassen müssen.« Er fuhr mit der Hand über ihre Hüfte. Sionnach regte sich beklommen unter seiner Berührung. Doch er schien dem keine Bedeutung beizumessen und zog sie besitzergreifend an sich.

»Brendan, nein! Du hast versprochen, mich nicht anzurühren«, beschwor sie ihn ahnungsvoll. Selbst durch den Stoff ihrer beider Kleidung entging ihr nicht, dass sein Gemächt spürbar an Härte gewann.

»Und ebenso niemals zuzulassen, dass du in den Armen eines anderen Mannes liegen wirst«, raunte er erhitzt und tastete nach dem unteren Ende ihres Kleides, um es gleich darauf behutsam hinaufzuschieben.

»Bitte, Brendan, bitte, tu das nicht!«, flehte sie und versuchte verzweifelt, sich seinem Zugriff zu entziehen. Doch es war aussichtslos. Er schien längst ausgeblendet zu haben, dass die Frau neben ihm seine Schwester war und versank mehr und mehr im Taumel seiner wachsenden Lust. Seine rauen Handflächen streiften begehrlich über die weiche Haut ihrer nackten Schenkel.

»Vergiss den Engländer, Sionnach. Er versteht unsere Art zu leben nicht und wird dir nie geben können, was ich für dich empfinde. Du und ich wurden füreinander geschaffen. Das Schicksal hat es so gewollt«, hörte sie ihn zärtlich flüstern und wurde sich der schmerzlichen Erkenntnis bewusst, dass sie in dieser Nacht für immer den Bruder verlieren würde, den sie so sehr liebte und mit dem sie bis zum heutigen Tag vertrauensvoll ihr Leben geteilt hatte.

»Brendan ...«, hob sie zaghaft an zu sprechen, doch weiter

kam sie nicht.

»Schschscht, sei ganz ruhig«, bedeutete er ihr mit bebender Stimme zu schweigen. »Ich weiß sehr wohl, dass du dich bis jetzt noch keinem Mann geschenkt hast und dich vor dem fürchtest, was geschehen wird. Aber das musst du nicht. Vertrau mir einfach, mein Herz. Ich will dir nicht wehtun. Ganz im Gegenteil.« Er ließ seine Hand sanft in die warme Mulde ihres Schoßes gleiten und begann, sich zielsicher darin zu bewegen.

Ein Gefühl lustvoller Erregung strömte durch Sionnachs Körper, als seine Fingerspitzen die winzige Knospe berührten, die verborgen zwischen ihren Schenkeln lag. Tief erschüttert über dieses verbotene Gefühl zuckte sie zurück.

»Was ... hast du getan?«, flüsterte sie erstarrt.

»Dir einen Spaltbreit das Tor zum Himmel geöffnet«, lächelte Brendan zärtlich, während seine Finger sich erneut ans Werk machten.

Einem plötzlichen Impuls folgend rollte Sionnach herum und presste ihren Mund voller Leidenschaft auf seine Lippen. Sichtlich verblüfft über ihren überraschenden Vorstoß erwiderte er ihren Kuss.

»Beim Allmächtigen, Sionnach, ich ... ich schwöre, ich werde dich bis in alle Ewigkeit glücklich machen«, murmelte er berauscht von ihrer sinnlichen Offensive.

Atemlos löste Sionnach sich wieder von ihm und sagte mit brüchiger Stimme: »Aye, das wirst du, und genau dafür liebe ich dich, Brendan.« Durchdrungen von tiefer Reue rammte sie ihm mit unerwarteter Heftigkeit das Knie zwischen die Beine. Für den Bruchteil einer Sekunde konnte sie die Fassungslosigkeit in seinen Augen sehen. Dann drehte er sich, überwältigt und betäubt vom jähen Schmerz, keuchend auf den Rücken. Sionnach kletterte hastig über ihn hinweg und lief zur Tür. Bevor sie hinausging, wandte sie sich noch einmal zu ihm um und flüsterte: »Leb wohl, Brendan. Und wenn du kannst - verzeih mir.«

43

Hals über Kopf stürzte Sionnach in den nur äußerst dürftig erleuchteten Schankraum. Für einen Moment zog sie in Erwägung, den Wirt um Hilfe zu bitten, verwarf ihren Gedanken jedoch sofort wieder. Schon bei ihrer Ankunft hatte der mürrische Gasthofbesitzer nicht sonderlich entgegenkommend gewirkt, denn es war zweifellos ersichtlich gewesen, dass es bei Leuten wie ihnen nichts zu holen gab. Vermutlich würde er sie sogar noch mit der Hoffnung festhalten, von Brendan dafür entlohnt zu werden. Obwohl es gegen jeglichen Sinn und Verstand verstieß, entschloss Sionnach sich, den Gasthof zu verlassen. Sie atmete tief durch und trat beklommen vor die Tür. Eisig kalte Nachtluft schlug ihr entgegen und ließ sie unwillkürlich erzittern. Am liebsten hätte sie sich sofort zurück in Brendans fragwürdige, aber dennoch schützende Obhut begeben. Wenn sie jetzt ging, dessen war sie sich bewusst, würde sie auf sich allein gestellt und nicht nur Wind und Wetter sondern ebenso den hinter jedem Busch lauernden Gefahren wehrlos ausgeliefert sein. Angst fraß sich durch ihre Eingeweide, denn sie wusste, dass ihr keine Zeit blieb, ihre Gedanken zu ordnen. Brendan würde sich rasch erholen und ihr nachsetzen. Also verdrängte sie ihre Furcht und wickelte sich fest in ihr Plaid. Der Himmel war sternenklar und reflektierte das helle Licht des Mondes auf dem festgestampften Schnee. Sionnach war heilfroh, nicht im Stockfinstern herumirren zu müssen. Während sie überlegte, zunächst für eine Weile der Straße zu folgen und einen Unterschlupf zu suchen, in dem sie sich verkriechen und ein paar Stunden schlafen konnte, huschte sie hinüber zu der kleinen Stallung.

Gott, vergib mir, aber wenn ich nicht stehle, werden meine Sünden künftig vermutlich gar kein Ende mehr finden, betete sie lautlos und bog eilig um die Ecke. Mit einem dumpfen Aufstöhnen prallte sie frontal gegen eine Gestalt, die zeitgleich von der anderen Seite auf die Stalltür zutrat. Erschrocken taumelte sie beiseite, rappelte sich aber sofort wieder auf, als Brendans zorniger Ruf aus der geöffneten Gasthoftür über den gesamten Hof erklang.

»Verflucht, Sionnach! Wenn du nicht willst, dass ich mich vergesse, kommst du auf der Stelle zurück ins Haus. Sionnach!!«

»Frisch verheiratet, wie?«, hörte man eine weitere Stimme im Hintergrund feixen. »Ihr hättet das Mädel ans Bett fesseln oder ihr eine ordentliche Tracht Prügel verpassen sollen, bevor Ihr Euch über sie hergemacht habt. Das lehrt die Weiber, ihren Männern von Anfang an zu gehorchen.«

Wie gebannt lauschte Sionnach Brendans schweren Schritten auf dem vernehmlich unter seinen Absätzen knirschenden Schnee. Obwohl er immer näher kam, war sie unfähig zu flüchten. Eine schauderhafte Vorstellung von dem, was er mit ihr tun würde, sobald er sie eingefangen hatte, stieg in ihr auf. Von Panik ergriffen erwachte sie aus ihrer Lethargie und wollte aus dem Stall stürmen, als die Hand ihres bislang reglos vor ihr verharrenden Gegenübers sie packte und seine andere sich fest auf ihren Mund legte. Mit einem kräftigen Ruck zerrte er sie tiefer in die Dunkelheit des modrig riechenden Verschlags und stieß sie grob in eine der Boxen.

»Leg dich auf den Boden – schnell!«, hörte sie ihn gedämpft befehlen. Zum wiederholten Mal an diesem Abend wurde sie von der düsteren Ahnung befallen, dem gewaltvollen Übergriff eines Mannes ausgesetzt zu sein.

»Bitte, Sir, lasst mich gehen, sonst bringt er nicht nur mich sondern auch Euch um«, bat sie angstbebend und drückte sich in eine der spinnennetzverhangenen Ecken.

»Das glaube ich dir unbesehen. Und jetzt sei still, wenn du nicht willst, dass es sich bewahrheitet«, wies der Fremde sie scharf an. Sich der Gründe ihres Tuns nicht im Entferntesten bewusst, gehorchte Sionnach und verstummte. Der Fremde zückte einen Dolch und zerschnitt das Band eines neben der Box gestapelten Heuballen. Das getrocknete Gras löste sich. Er klaubte es hastig auf, verteilte es über ihr und begrub sie mehr schlecht als recht darunter. Keinen Moment zu spät, denn die Stalltür wurde abrupt aufgerissen und schlug mit einem lauten Knall gegen die dahinterliegende Wand. Die beiden im Stall befindlichen Pferde schnaubten nervös und hängten vorwurfsvoll ihre Köpfe über die Gatter, um zu sehen, wer sie mitten in der Nacht störte.

»He, Ihr da! Euch ist nicht eventuell gerade eine junge Frau mit rotem Haar in die Arme gelaufen?«, vernahm Sionnach Brendans Stimme in unmittelbarer Nähe zu ihrem mehr als dürftigen Versteck.

»Tut mir leid, ich bin erst vor einigen Minuten angekommen, aber ich wünschte, es wäre so gewesen«, antwortete der Fremde leidig. »Mir qualmt der Arsch, ich habe verfluchten Kohldampf und seit Wochen nicht mehr ordentlich gevögelt. Ehrlich, Mann, ich könnte ein bisschen Entspannung gut gebrauchen. Das Mädchen, nach dem Ihr sucht, ist nicht zufällig eine Hure?«

Sionnach kauerte sich so klein zusammen wie sie nur konnte und hoffte, dass es ausreichen würde, um dem scharfen Blick ihres Bruders zu entgehen. Obschon sie kaum zu atmen wagte, drang Staub in ihrer Nase. Beharrlich kämpfte sie gegen das immer stärker werdende Kribbeln an. Zu ihrer Erleichterung schienen die Worte des Fremden Brendans Interesse jedoch stark zu mäßigen. Er bedachte ihn lediglich mit einem abfälligen Knurren und drehte sich schließlich fluchend auf dem Absatz herum. Er machte sich nicht einmal die Mühe, die Stalltür hinter sich zu schließen.

»Sir, he, Sir! Wenn Ihr sie finden solltet, überlasst mir das Mädel für ein paar Stunden. Ich würde mich nicht lumpen lassen, sofern sie mich gut bedient«, rief der Fremde Brendan nach, doch der war bereits in der Dunkelheit verschwunden. Der Mann hockte sich neben Sionnach, die sogleich heftig niesend aus dem Heu auftauchte. »Na, da bin ich aber mal platt. Dass es sich derart problemlos gestalten würde, an dich heranzukommen, hatte ich nicht zu hoffen gewagt«, bemerkte er.

Sionnach rieb sich mit dem Handrücken über die Nase und erwiderte: »Ich danke Euch wirklich sehr für die rasche Hilfe, Sir, aber welche Hoffnung auch immer Ihr mir gegenüber hegt, ich werde sie nicht erfüllen können, denn ich bin gewiss keine Hure. Mein Name ist -«

»Sionnach MacDonell of Glenfinnan«, beendete der Fremde ihren Satz. »Und bei dem Kerl, der nach dir sucht, handelt es sich fraglos um deinen etwas raubeinigen Bruder Brendan.«

»Woher wisst Ihr ...?«

»Weil er nicht der einzige Mann ist, dem es ein Bedürfnis zu sein scheint, dich an seiner Seite zu haben, Füchschen.«

»Raven ...?«, flüsterte Sionnach und warf dem Fremden einen ungläubigen Blick zu.

»Haarscharf«, grinste der und nahm seine Kapuze ab.

»Sebastian! Was tust du denn hier?«

»Dich allem Anschein nach vor deinem wutschäumenden Bruder und seinen Vergeltungsmaßnahmen retten. Aber solltest du nicht eigentlich auf Invergarry sein und brav auf Ravens Rückkehr warten?«

»Wenn ich das tun würde, könnte dein Herr sich den Weg nach Schottland getrost sparen«, sagte Sionnach verdrossen und schilderte dem blonden Diener in aller Kürze den Sachverhalt.

»Dann wird es höchste Zeit aufzubrechen«, stellte Sebastian anschließend fest und sah prüfend zu dem schon leicht ergrauten Kaltblutpferd des Wirtes hinüber. »Ich habe keine Ahnung, ob der alte Klepper es bis zur nächstgrößeren Siedlung schafft. Nichtsdestotrotz werden wir es versuchen müssen.«

Sie ritten die Nacht über durch. Erst als Sionnach sich vor Erschöpfung nicht mehr aufrechthalten konnte, wählte Sebastian ein abgelegenes Gehöft, um sie ausruhen zu lassen. Er selbst gönnte sich bloß eine kurze Mahlzeit und begab sich dann unverzüglich in die nur wenige Meilen entfernte Ortschaft. Als Sionnach ihn begleiten wollen, winkte er entschieden ab. Tatsächlich musste sie einsehen, dass es weit klüger war, den nächsten Teil des Weges frisch und ausgeruht in Angriff zu nehmen. So gab sie sich dankbar der Fürsorge der Bäuerin hin, die sie eilends in ein warmes Bett verfrachtete.

Mit einem neuen Pferd für Sionnach und proviantgefüllten Satteltaschen brachen sie am folgenden Tag in aller Frühe auf. Das sanfte Rot der am Horizont aufziehenden Morgendämmerung kündigte einen sonnigen Wintertag an. Sie kamen gut voran. Obschon es klirrend kalt war, genoss Sionnach den Ritt in vollen Zügen. Sie hatten keine Eile, denn Brendan würde zu Fuß niemals schnell genug sein, um sie einholen zu können.

»Raven hat dich also beauftragt, mich nach London zu bringen«, stellte sie fest.

Sebastian bejahte und erklärte scheinbar empört: »Ich war froh, die Füße endlich im Trockenen zu haben. Ist ja nicht gerade ein Katzensprung von Brampton nach London. Aber bevor ich auch nur einen Happen zu mir nehmen konnte, hat er mir quasi den Löffel vor dem geöffneten Mund entrissen. Das muss man sich mal vorstellen! Was ist das für ein Herr, der seine Dienerschaft die Arbeit mit knurrendem Magen verrichten lässt? Wie auch immer. Eigentlich hatte ich ja vor, Invergarry Castle im Alleingang zu erstürmen und - tapfer wie ich nun mal bin - die holde Schöne aus den Klauen des bösen Lords zu befreien, um meinen geliebten Brotgeber endlich wieder glücklich zu sehen. Aber du hast mich ja gnadenlos meiner Chance beraubt, als Held zu sterben. So werde ich nun ruhmlos im Sumpf der Geschichte untergehen.« Mit gespieltem Bedauern schnitt er eine Grimasse, und Sionnach musste unwillkürlich lachen. Sie fühlte sich so frei wie schon lange nicht mehr und konnte die Aufregung über ihr bevorstehendes Wiedersehen mit Raven nur schwer bezähmen.

»Lebt er tatsächlich mit eurem König unter einem Dach?« Sebastian nickte bestätigend, und Sionnach zog schaudernd die Nase kraus. »Wie anstrengend, sich ständig unter Beobachtung seines Herrschers zu wissen. Ich fand es jedenfalls schrecklich, immer darauf gefasst sein zu müssen, auf Lord MacDonell zu treffen.«

»Alles eine Sache der Gewohnheit. Nach einer Weile stellt

man fest, dass ein König auch nicht anders pisst als sein Knecht«, äußerte Sebastian respektlos. »Aber wie mir zu Ohren kam, sind Ihre Majestäten im Herbst dieses Jahres aus ihrem klammen Regierungssitz geflüchtet und haben sich in fürstlicher Manier im Kensington Palace am Rand von London eingerichtet. Unser bedauernswerter Viscount hingegen muss sein Dasein weiterhin in den kalten Kammern des Whitehall Palace fristen.«

»Armer Raven«, bekundete Sionnach mitleidig. Wie unwohl er sich allein in einem so riesigen Gemäuer fühlen musste! Das Leben auf Invergarry Castle war ihr ein ebensolcher Graus gewesen. Jeden Tag hatte sie sich mehr nach der winzigen Hütte in Glenfinnan gesehnt. Der Gedanke, sich bis zum Frühjahr auf der Burg des Clanchiefs aufhalten zu müssen, war ihr unerträglich gewesen. Die riesigen Räume und deren hohe Decken hatte sie beängstigt, wobei die Burg im Vergleich zum Sitz des englischen Königshauses wahrscheinlich noch nicht einmal als sonderlich beeindruckend zu bezeichnen war.

»Du warst noch nie in London?«, mutmaßte Sebastian ob Sionnachs offensichtlicher Unsicherheit.

»Nein. Leute wie ich schauen selten über den Tellerrand«, lächelte sie verlegen.

»Allein diese Aussage bestätigt, dass du es sehr wohl tust. In dir steckt weit mehr als ein einfaches Bauernmädchen, und das solltest du nicht ungenutzt lassen.«

»Zu was außer zu körperlicher Arbeit tauge ich denn schon? Ich kann weder schreiben noch lesen«, murmelte sie bedauernd.

»Das kann man ändern. Gewusst wie, empfindet man es schon bald darauf nicht mehr als besonders spektakulär.«

»Sag bloß, du kannst es?«, fragte sie ehrfürchtig.

»Nicht perfekt, aber für meine Zwecke mehr als ausreichend. Raven hat es mir beigebracht. Wenn wir am Abend etwas Zeit fanden, lehrte er mich alles, was er selbst gelernt hatte.«

Sionnach war verblüfft. »Ihr seid miteinander aufgewachsen? Wie lange bist du denn schon sein Diener?«

»Ich war so ungefähr acht oder neun, als sie mich mitnahmen.

Mein Vater hatte kein Geld, um die Steuern zu bezahlen. Also wurde ich zum Unterpfand seiner Schulden«, erzählte Sebastian, schien jedoch frei von jedem Vorwurf. »Sie setzten mich zunächst als Laufburschen ein, denn niemand wollte den kümmerlichen Sohn eines erbärmlichen Bauern zum Diener. Schließlich bekam ich dann doch einen Herrn. Raven. Wir verstanden uns auf Anhieb und schlossen rasch Freundschaft. Er war der erste unter all den Adeligen, der mir keine Angst einflößte oder mich wie Abschaum behandelte. Er verhielt sich von Anfang an anders. Dementsprechend sah die Gesellschaft, in der er sich bewegte, aber auch auf ihn herab. Er hatte es nie leicht. Raven ist nicht Fisch und nicht Fleisch. Er gehört weder zum Adel noch zum einfachen Volk, und genau das zerreißt ihn nur allzu oft. Doch seit es dich in seinem Leben gibt, ist er wie ausgewechselt. Ich habe keine Ahnung, wie du es bewerkstelligt hast - jedenfalls scheint er endlich zu wissen, wo er hingehört, und diese Einsicht macht ihn offenbar sehr glücklich.«

»Wenn meine Leute das doch nur verstünden«, seufzte Sionnach. »Was er auch bereit ist zu tun - sie sehen in ihm stets den Feind. Sie geben ihm keine Chance.«

Sebastian zuckte die Achseln. »In ihren Augen ist er ein Fremder. Er wird ihnen seine Loyalität erst beweisen müssen.«

»Aber wie?«

»Indem er James mit dem, was er in London erfährt, den Rücken stärkt und es vielleicht sogar schafft, die Geschichte zu beeinflussen. Er wird es schon schaffen. Irgendwie. Das hat er immer. Und dieses Mal ist er ja auch nicht allein.«

Nein, das ist er nicht, und das wird er auch nie wieder sein, dachte Sionnach mit klopfendem Herzen. Entschlossen, Raven nicht länger als nötig warten zu lassen, gab sie ihrem Pferd die Sporen und hinterließ dem verdutzten Sebastian nichts als eine Wolke aufgewirbelten Schnees.

44

Nervös starrte Raven auf den Knauf der Tür. Nur noch ein paar dünne Bretter trennten ihn von seinem Wiedersehen mit Sionnach. Sie war bereits am gestrigen Abend mit Sebastian in London eingetroffen, und er wäre am liebsten sofort zu ihr geeilt. Angesichts der hinter ihnen liegenden Strapazen hatte sein Freund und Leibdiener jedoch darauf gedrungen, den nächsten Tag abzuwarten. Raven hatte sich nur ungern gefügt, Sebastian aber wohl oder übel recht geben müssen. Während der gesamten Nacht hatte er kaum ein Auge zugetan und noch vor Anbruch des Morgens komplett bekleidet auf der Kante seines Bettes gesessen. Doch so sehr er diesen Augenblick auch herbeigesehnt hatte, nun fürchtete er sich plötzlich davor.

Sebastian, der mit verschränkten Armen im Türrahmen lehnte, betrachtete seinen Herrn mit kritisch erhobenen Brauen.

»Heiliger Strohsack, Mylord! Wenn Ihr nicht bald hineingeht und dem Mädel Treue gelobt, werde ich es tun.«

»Dann wird sie eine der wenigen Frauen sein, deren Hochzeitstag sie zur Witwe macht«, knurrte Raven. Noch einmal holte er tief Luft. Dann drückte er die Klinke herunter und trat ein.

Sie stand am Fenster und schaute sichtlich fasziniert auf Londons belebte Straßen. Statt ihrer gewohnten schottischen Bauerntracht trug sie ein schlichtes, safrangelbes Seidenkleid, dessen gefälteter Stoff in einer wasserfallähnlichen Schleppe zu Boden floss und ihre Taille in einer Weise umschmeichelte, wie Raven es noch nie zuvor an ihr gesehen hatte. Eine silberne Spange bändigte einen Teil des flammend roten Haars, das ansonsten offen über ihren Rücken fiel und bis knapp ans Gesäß reichte. Er spürte, wie seine Kehle trocken wurde, als sie sich zu ihm umdrehte und sein Blick auf ihren in feinste Spitze gehüllten und sich ruhelos auf und ab hebenden Busen fiel. Mit vor Verlegenheit geröteten Wangen senkte sie den Kopf und nestelte verschämt an ihrem Kleid. Nicht minder aufgeregt trat Raven auf sie zu und ergriff ihre Hand.

»Ich war mir nicht sicher, ob ... nun, also Sebastian schlug vor, es für dich zu tragen. Gefalle ich dir darin?«, fragte sie zaghaft.

»Grundgütiger, Sionnach, du bist so unfassbar schön, dass es mir schlichtweg den Atem raubt«, sagte Raven hingerissen. Seine Worte zauberte ein scheues Lächeln auf ihr Gesicht. Befangen standen sie sich gegenüber, als wüssten sie nicht, wie sie es nach all den Wochen anfangen sollten.

»Ich bin so froh, endlich bei dir zu sein«, stieß sie schließlich hervor. »Diese schreckliche Vorstellung, dich nicht mehr lieben zu dürfen ... wie hätte ich jemals in einer Welt ohne dich leben können?«

»Mein treues Füchschen«, murmelte Raven aufgewühlt und hob die Hand hinauf zu ihrem schmalen Gesicht, »es wäre wohl eine Lüge zu behaupten, ich hätte mir dieses Gefühl in deinem Herzen nicht gewünscht.« Als habe sie nur darauf gewartet, schloss sie die Augen und schmiegte sich an ihn. Erfüllt von der ihm entgegengebrachten Flut an Empfindungen neigte er den Kopf und küsste sie sanft. Mit überraschender Leidenschaft erwiderte Sionnach seine Zärtlichkeit und entfesselte unwissentlich ein Feuerwerk, das ihn von den Zehen bis in die Haarspitzen entflammte. Beinahe ein wenig grob umfasste er ihre Taille und zog sie an sich.

»Ich warne dich, Sionnach«, drohte er atemlos, »wenn du so weitermachst, ist es mit meiner Standhaftigkeit ziemlich schnell vorbei.«

»Welche Vorsätze du auch gefasst hattest - es wird höchste Zeit, sie über Bord zu werfen.«

Ravens Gesicht glühte vor Verlangen. »Wenn du es zulässt, wirst du allein mir gehören. Und glaub mir, ich werde dich nie mehr freigeben.«

»Mach es wahr, und ich werde Gott jeden Tag auf Knien für einen Mann wie dich danken.«

Raven glaubte, vor Glück zerbersten zu müssen. Ohne sich dessen bewusst zu sein, hatte sie vom ersten Moment an sein Herz geraubt und ihm nun dafür ihre Seele geschenkt. Fortan würde keiner von ihnen mehr alleine sein, und er schwor einen heiligen Eid, sie bis zu seinem letzten Atemzug zu beschützen.

Sacht fuhr er über Sionnachs Arme, verharrte kurz am Ansatz ihrer Schultern und tastete sich dann suchend an ihrem Rücken entlang. Geschickt löste er Haken für Haken des engen Mieders, bis ihr Kleid mitsamt Unterrock herabglitt und in einer Wolke aus rauschendem Stoff zu ihren Füßen zusammenfiel. Aufgeregt streifte er ebenfalls ihr Unterkleid ab. Sie ließ es geschehen und regte sich nicht. Wie verzaubert strich der Blick seiner dunklen Augen über ihre anrührend unschuldige Blöße. Hoffnungslos gefangen in ihrem Anblick nahm er sie auf den Arm und trug sie schweigend hinüber zum Bett. Er setzte sie auf das blütenweiße Laken und betrachtete sie erneut.

»Ist es nicht nur recht und billig, wenn auch ich dich anschauen darf?« Sie deutete erwartungsvoll mit den Augen auf seine Kleider. Noch bevor er antworten konnte, kniete sie sich vor ihn und fuhr langsam mit den Händen an der Außenseite seiner Schenkel empor, bis sie Schnüre und Gürtel seiner Hose erreichte. Für einen kurzen Augenblick wirkte sie belustigt. »Du solltest vielleicht darüber nachdenken, einen Kilt zu tragen. Damit gestaltet sich manches einfacher«, schlug sie vor.

»Seit ich dich kenne, denke ich an nichts anderes mehr«, erwiderte Raven heiser und genoss die sichtliche Ungeduld, mit der sie seinen Riemen löste und die Bänder auseinanderzog. Gleichermaßen von Unruhe getrieben, endlich bei ihr liegen zu dürfen, entledigte er sich seines Hemdes und ließ es ebenso achtlos zu Boden fallen wie seine hastig abgestreifte Hose. Nicht ganz sicher, ob sein zunehmendes Verlangen sie erschrecken würde, verbarg er seine Erregtheit mit leichter Verlegenheit hinter vorgehaltener Hand. Doch Sionnach schob sie entschieden beiseite und zog ihn wortlos zu sich herab. Überwältigt von dem brennenden Wunsch, sie mit Leib und Seele zu besitzen, drückte er sie sanft in die weichen Kissen und beugte sich über sie. Begehrlich berührten seine Fingerkuppen ihre rosigen Brustwarzen, und er wunderte sich, wie rasch sie erhärteten. Erst zaghaft, doch dann immer kraftvoller begann er, an ihnen zu saugen und beobachtete freudig, wie Sionnach sich unter dem Spiel seiner Zunge aufbäumte und immer wieder leise Seufzer hervorstieß. Bemüht, ihr noch mehr Lust zu verschaffen, strich er um die feste Rundung ihres Busens, um schließlich hinab zu der sanften Wölbung ihres Bauches und zwischen ihre Schenkel zu wandern. Als er sah, wie Sionnach unter seiner

Liebkosung erbebte, vergrub er sein Gesicht in der Flut ihres nach Lavendel duftenden Haars und flüsterte: »Tha mo ghion ort.«
Ich liebe dich von ganzem Herzen ...
»Tha gaol agam ort fhéin, mo Tighearna«, erwiderte sie erstickt. Und ich liebe dich, Mylord ...
»Dein Herr ...«, übersetzte er, »das bin ich schon lange nicht mehr.«
»Oh, doch«, bekräftigte sie, »das bist du. Du warst es schon immer, und du sollst es für alle Zeiten sein.« Sie griff nach seinem neben dem Bett liegenden Gürtel. Die blauen Augen fest auf ihn geheftet fragte sie: »Würdest du mir einen Schwur leisten, Raven?«
»Jeden.«
»Vertraust du mir?«
»Mehr denn je.»
»Dann nimm meine Hand.«
Er umschloss sie, und Sionnach schlang den Gürtel darum, als müsse sie verhindern, dass er seinen Griff wieder löste.
»Und jetzt sprich mir nach.«
Obwohl er sie nicht verstand, wiederholte Raven jedes einzelne ihrer gälischen Worte:
»Leib von meinem Leibe,
Fleisch von meinem Fleische,
Blut von meinem Blute -
wir sind eins, bis dass der Tod unsere Seelen trennt.
Wo du hingehst, da will auch ich hingehen.
Wo du bleibst, da bleibe auch ich.
Dein Volk ist mein Volk,
und dein Gott auch mein Gott.
Wo du stirbst, da sterbe auch ich, da will auch ich
begraben werden.
Du tust, was du musst, ich bin für immer bei dir ...«

»Was bedeutet es?«, fragte er, nachdem sie geendet hatten. Um Sionnachs Lippen spielte ein sanftes Lächeln. »Man nennt es Handfasting. Es ist ein alter, schottischer Brauch verbunden

mit einem Gelöbnis, das im Hochland als Eheversprechen gilt.«
»Soll das heißen, dass ich dich gerade zur Frau genommen habe?«, fragte Raven verblüfft.
»Nicht ganz«, antwortete sie beinahe entschuldigend und zog ihn auf sich, »du musst es noch besiegeln.«
»Bei meiner Seele, Füchschen, und wenn die Welt um uns in dieser Sekunde zusammenbräche - davon wird mich bestimmt nichts abhalten«, murmelte er. Mit sanfter Gewalt drängte er sich zwischen ihre Schenkel und fing an, sich behutsam in ihrem feuchten Schoss zu bewegen. Berauscht von der warmen, ihn umschließende Enge trieb es ihn jedoch rasch tiefer. Seine Begierde drohte zu explodieren, als Sionnach die Arme über den Kopf hob und sinnestaumelnd die hölzernen Streben des Bettgestells umklammerte. Als wolle sie ihn dazu animieren, seine Vorsicht aufzugeben, spürte er plötzlich, wie sie ihre Knie hart in seine Seiten drückte, als sei er ein Pferd, das es zu lenken gälte. Trunken vor Lust folgte er ihrer Aufforderung und durchstieß leise aufstöhnend das letzte, sie noch voneinander trennende Band.

45

Der beginnende Februar des Jahres 1690 zeigte sich kaum anders als die letzten Januartage. Nach wie vor hatte der Winter Britannien fest im Griff, und Eis und Schnee bewogen jeden, der einen Aufenthalt im Freien nicht vermeiden konnte, so rasch wie möglich an ein prasselndes Kaminfeuer zurückzukehren. Doch trotz schlechter Witterung pulsierte das Leben in Englands Hauptstadt mit unverminderter Geschäftigkeit. Aus der Ferne erklangen die volltönenden Glocken der St.Pauls Kathedrale, mischten sich mit den Lockrufen von Händlern, polternden Handkarren und dem Hufgetrappel hunderter sich durch die gepflasterten Gassen bewegender Pferde und ihrer quietschenden Gespannen. Auch die schier endlose Kette der Schiffe, die das schmutzigbraune, nach Unrat stinkende Wasser der Themse durchpflügten, um Waren aus den Kolonien in den Docks entladen und gewinnbringend veräußern zu lassen, riss nicht ab. Wohin man auch schaute, überall herrschte emsiges Treiben.

Doch Brendan hatte weder Interesse an dem bunten Trubel noch an den verlockenden Angeboten der riesigen Handelsstadt. Sein Bestreben galt einzig der Suche nach Sionnach. Seit ihrer überstürzten Flucht waren nun schon fast zwei Wochen vergangen, und noch immer fehlte es Brendan an einer Spur. Dennoch war er keinesfalls gewillt aufzugeben. Es brauchte nicht viel Verstand, um zu wissen, dass London ihr Ziel gewesen sein musste, da auch Raven sich hier aufhielt. Allem Anschein nach würde sie nicht zögern, dem verdammten Königsbastard selbst in den Schlund der Hölle zu folgen. Die Erkenntnis, Sionnach vielleicht für alle Zeiten an Raven verloren zu haben, zerriss Brendan das Herz und brachte sein Blut zum Kochen. Sollte dieser blasierte Engländer ruhig glauben, sie zu besitzen. Er hingegen kannte seine Schwester seit ihrer Geburt und wusste, was sie brauchte, um glücklich zu sein. Er würde bis zum bitteren Ende kämpfen, um Sionnach wieder an seiner Seite zu haben und sie davon zu überzeugen, zu wem sie gehörte!

Wütend starrte er auf die massiven Mauern des Towers. Wind kam auf und ließ die Flagge mit dem Wappen des englischen Königshauses laut knatternd emporflattern. Die durch die Anlage zweier Ringe gesicherte Festung aus rötlichem Stein, aus deren Mitte mehrere quadratische Gebäude und runde Türme ragten, erstreckte sich über eine beachtliche Länge von annähernd fünfhundert Fuß. Überlegenheit zur Schau tragend und mit steif an die Schultern gelehnten Waffen patrouillierte eine Vielzahl rotuniformierter Soldaten hinter den gezackten Zinnen der Wehrgänge. Instinktiv schlossen Brendans Finger sich fest um den Griff seines Schwertes. Seine Gesichtszüge verhärteten sich.

Ehrloses Pack! Ohne mit der Wimper zu zucken habt ihr Verrat an eurem König begangen, durchfuhr es ihn zornig. Nur mühsam gelang es ihm, seinen Standpunkt nicht laut herauszuschreien und sein überschäumendes schottisches Gemüt zu bezähmen. Missgestimmt wandte er sich schließlich ab und richtete seine Aufmerksamkeit zurück auf die unter einer Wolke grauen Dunstes liegende Stadt. Welch eine Wohltat würde es sein, diesen ohrenbetäubend lauten Ort und seine stinkenden Rauch spukenden Schornsteine nach erfolgter Mission wieder zu verlassen, die saubere Luft des Hochlandes zu inhalieren und auf die von saftgrünen Hügeln umgebenen Lochs und ihrem kristallklar funkelnden Wasser zu blicken ...

»He, du langhaariger Kuhtreiber! Pass gefälligst auf, wo du hinläufst! Das ist eine Straße und kein verdammter Feldweg«, brüllte ein Kutscher ungehalten von seinem Bock auf Brendan herab, als er nur knapp einer Kollision mit dessen Fuhrwerk entging. Wütend lenkte der Mann sein ins Stocken geratenes Gespann zurück in die Fahrrinne.

Mit wild klopfendem Herzen wich Brendan zurück und stolperte rücklings in eine schlammige Pfütze. Obwohl er bis zu den Knöcheln im wässrigen Matsch steckte, verkniff er sich die bitterböse Erwiderung, die ihm auf der Zunge lag. Er war sich sehr wohl darüber bewusst, dass es klüger war, kein Aufsehen zu erregen. Sich verbissen an die Hoffnung klammernd, dass sein Einfluss aus den vergangenen achtzehn Jahren mehr wog als eine Liebe, die niemals Bestand haben konnte, beschloss er, direkt zum Whitehall Palast zu gehen. Wenn es Raven tatsächlich gelungen war, sich erfolgreich unter Williams kriechende Höflinge zu mischen, würde er ihn vermutlich am ehesten dort antreffen. Getrieben von dem Gefühl, seine Mutmaßung so schnell wie möglich überprüfen zu wollen, sah er sich unauffällig nach einem passenden Fortbewegungsmittel um und folgte schließlich einem nicht mehr ganz nüchternen Reiter mit gezücktem Dolch in eine wenig belebte, nur mäßig beleuchtete Seitengasse. Der überraschte Mann leistete keinerlei Widerstand und lag bereits wenige Minuten später besinnungslos und mit schlaffen Gliedern in einem der vielen sich aneinanderreihenden, streng nach Urin riechenden Hauseingänge. Ohne sein Opfer eines weiteren Blickes zu würdigen, hob Brendan den Fuß in den Steigbügel und saß auf. Die schmalen Zügel fest in der Hand, lenkte er sein erbeutetes Pferd zurück auf die Hauptstraße und trabte zielstrebig der City of Westminster entgegen. Endlich war die Zeit gekommen, es zu Ende zu bringen.

46

Sionnach wand sich unwohl in dem engen Mieder, das ihre Brust einschnürte und ihr stets das Gefühl gab, nicht frei atmen zu können. Noch immer erfüllte das Tragen der Kleider höfisch angepasster Mode sie mit Unbehagen. Doch Raven zuliebe unterdrückte sie das Bedürfnis, zurück in ihre einfache und sehr viel praktischere Hochlandkleidung zu schlüpfen. Allein ihr leuchtend rotes Haar sagte weit mehr über ihre Herkunft aus, als ihr lieb war, und schien Anlass genug zu sein, die Blicke der Menschen bei Hofe auf sich zu ziehen. Demnach war sie heilfroh, dass es nur selten Anlässe gab, zu denen sie Raven begleiten musste. Heute jedoch war einer der Tage, an denen diese Qual ihr nicht erspart bleiben würde. Aber Ravens Versprechen, London spätestens im Frühjahr zu verlassen und zurück nach Schottland zu gehen, hielt sie aufrecht. Obgleich das Land jenseits des Hadrianwalls sich über ein immenses Gebiet erstreckte und es für ihn eigentlich keinen Grund mehr gab, sich dem Risiko von MacDonells Unberechenbarkeit zu stellen, war er nicht davon abzubringen, dem Clanchief ein letztes Mal gegenüberzutreten.

»Bist du fertig?«, vernahm sie Ravens Stimme am Ende des Zimmers. Eilig schloss sie die Schnallen ihres Manteaus und wandte sich zu ihm um. Während sie dankbar das galante Angebot seines erbötig ausgestreckten Arms annahm, wanderte ihr Blick bewundernd über seine Erscheinung.

Er sieht einfach umwerfend aus!, dachte sie mit stolzgeschwellter Brust. Justaucorps in modernem Blau schmiegten sich eng an seine Beine, worüber er ein weißes, spitzenbesetztes Hemd nebst passender Weste trug. Hinsichtlich der feuchten Witterung steckten seine Füße nicht in den derzeit beliebten

Schnallenschuhen sondern in kniehohen, schwarzen Stiefeln. Entgegen dem hiesigen Geschmack vieler Männer verzichtete Raven auch auf eine Perücke und ließ sein glänzend schwarzes Haar offen auf die Schultern fallen.

»Nun, Mylady, seid Ihr bereit, der Einladung Eures Feindes König William zu einem rauschenden Ball zu folgen, um Stolz und Schönheit Schottlands in Gestalt Eurer Person dem Tratsch des englischen Adels preiszugeben?«

»Was auch immer es zu ertragen gilt – das Wissen, an Eurer Seite Schutz zu finden, lässt mich allen zu erwartenden Demütigungen trotzen, Mylord«, erwiderte Sionnach seinen unverhohlenen Zynismus und hakte sich bei ihm unter.

Sie verließen das kleine, gemietete Haus, das in unmittelbarer Nähe zum Tower lag. Erst vor ein paar Tagen hatten sie es gegen Ravens Kammer auf Whitehall getauscht. Zwar benötigte er jeden Morgen selbst zu Pferd fast eine Stunde, um in die königlichen Schreibstuben zu gelangen. Doch er nahm es billigend in Kauf, da er wusste, wie verhasst Sionnach das Leben im Schloss war. Offenbar tief entschlossen, ihr trotz der Umstände einen schönen Tag zu bereiten, winkte Raven eine Kutsche herbei und ließ sie einsteigen. Das schaukelnde Gefährt setzte sich in Bewegung und rumpelte durch die verstopften Gassen der Stadt den weniger überfüllten Straßen Richtung Themse entgegen. Bedachtsam schob Sionnach die schmalen Vorhänge beiseite und schaute durch die winzigen Fenster. Heute würde sie zum ersten Mal König James feindlich gesinntem Schwiegersohn William gegenübertreten. Und obwohl sie sich nie sonderlich für die politischen Zwistigkeiten zwischen England und Schottland interessiert hatte, kam sie sich plötzlich wie eine Verräterin vor.

Raven, der ihren inneren Zwiespalt zu spüren schien, versuchte sie aufzumuntern. »He, jetzt lach mal. Wir gehen schließlich auf einen glamourösen Ball und nicht zu einer düsteren Trauerfeier.«

»Und wenn sie herausfinden, dass ich Schottin bin und dem Clan MacDonell angehöre? Bestimmt weiß William ganz genau, wer zu seinen Feinden gehört.«

Raven drückte ihr sanft die Hand. »Dann werden sie sich fragen müssen, welcher Teufel sie geritten hat, ein Volk zu verachten, in dem es Frauen wie dich gibt.«

Über Sionnachs besorgtes Gesicht huschte ein Lächeln. Sie wollte sich ihm gerade zuwenden, als ein jäher Ruck durch die Kutsche ging und sie unsanft mit der Stirn gegen das Fenster schlug. Draußen hörte man den Kutscher in lautes Gezeter ausbrechen.

»Hast du dich verletzt?«, fragte Raven beunruhigt, als er ihre bleiche Miene sah. »Was, zum Henker, ist denn da los?!«

Sie drehte langsam den Kopf und lehnte sich mit starrem Blick zurück in die Polster. »Ich habe Brendan gesehen.«

Ravens Brauen zogen sich zusammen. »Deinen Bruder? Du musst dich getäuscht haben, Füchschen. Ohne Geld und Pferd würde er es niemals bis hierher schaffen. Deine Phantasie hat dir einen wahrhaft bösen Streich gespielt.«

»Nein, Raven. Die Kleidung, seine Augen … ich täusche mich nicht. Es war Brendan«, flüsterte Sionnach mit zitternder Stimme.

Ein neuerlicher Ruck durchfuhr die Kutsche, und sie setzten sich wieder in Bewegung. Raven steckte vorsichtig den Kopf aus dem Fenster, und Sionnach sah, wie er erschauderte. Sie wusste nur zu genau warum. Selbst noch aus der Entfernung war ein martialisch wirkender Mann im Kilt zu erkennen, dessen langes, schwarzes Haar vom Wind zerzaust wurde. Sichtlich geschockt stand er inmitten einer tiefen Pfütze und verfolgte das Gespann mit wildem Blick.

Sionnach sank resigniert in sich zusammen und murmelte kraftlos : »Ich habe mich in Sicherheit gewiegt, habe gedacht, ich könne ihm entkommen. Aber er hat mich aufgespürt, Raven. Wie weit ich auch laufe, wohin ich jemals flüchte - er wird es immer wieder tun. Er wird mich überall finden.«

47

Nach einer guten Stunde erreichten sie schließlich die überwiegend von Kirche und Adel bewohnte City of Westminster und kurz darauf Whitehall, die Residenz des Königs. In Anbetracht der nachrückenden Pferdekarossen beeilte Raven sich auszusteigen und Sionnach aus der engen Kutsche zu helfen. Obgleich sich bereits eine große Menge Menschen vor dem Eingang drängte, herrschte unter allen Anwesenden eiserne Disziplin. Mit stoischer Ruhe wartete ein jeder von ihnen darauf, streng nach höfischer Etikette eingelassen zu werden. Auch Sionnach und Raven reihten sich ein, und für einen Moment vergaß Sionnach ihre beunruhigende Begegnung mit Brendan. Von tiefer Ehrfurcht ergriffen schritt sie durch das Portal des aus weißem Kalkstein erbauten Palastes. Zwei oder drei Männer wären von Nöten gewesen, um jeweils auch nur eine der den Eingang stützenden ionischen Säulen des Whitehall Palastes mit den Armen zu umfangen. Unzählige Figuren und andere kunstvoll in den weichen Stein gearbeitete Verzierungen zeugten vom großen handwerklichen Geschick so manch eines Steinmetzes. Meter um Meter rückten sie dem Eingang entgegen. Lakaien in brokatbesetzten Livreen und modisch frisierten Perücken standen steif und mit reglosem Blick an den meterhohen Flügeltüren und hielten sie weit für die eintreffenden Gäste geöffnet.

»Hier arbeitest du also?«, flüsterte Sionnach achtungsvoll.

»Da muss ich dich leider enttäuschen, Füchschen«, antwortete Raven schmunzelnd. »Meine Schreibstube liegt - fernab von jedem Prunk - in einem ziemlich unspektakulären Abschnitt des Palastes. Dies ist das sogenannte Banqueting House. Hier befindet sich der Bankettsaal, in dem Ihre Hoheitlichen Majestäten Hof halten und ab und an auch mal weniger signifikante Empfänge wie den heutigen geben.«

Sionnachs Augen wurden rund. »Wenn du das hier als bedeutungslos bezeichnest, wie, bitte, sieht dann für dich eine ernstzunehmende Audienz aus?«

»Es ist nicht das Drumherum, Füchschen«, sagte Raven gedämpft. »Die Wichtigkeit einer solchen Veranstaltung bestimmen einzig und allein die Namen auf der Gästeliste. Je mehr einflussreicher Hochadel oder vielversprechend liquide Finanziers anwesend sind, umso maßgeblicher ist das Ganze. Um wiederum der Höflichkeit Genüge zu tun und auch den niederen Adel bei Laune zu halten, gibt es Bälle wie diesen. Hier tummeln sich im Wesentlichen Leute, die gern wichtig wären oder bereits glauben es zu sein.«

Ravens Name wurde aufgerufen, und sie betraten den Saal, von dem er zuvor gesprochen hatte. Neugierig schaute Sionnach sich darin um und konnte sich einer neuerlichen Faszination nicht entziehen. Durch seine cremefarbenen Wände und die hohen Fenster erschienen die riesigen Räumlichkeiten um einiges heller als der Burgsaal auf Invergarry. Eine beachtliche Flut warmen Lichtes wurde vom blankpolierten Holzboden zurückgeworfen. Über die gesamte Länge erstreckte sich statt einer zweiten Etage eine umlaufende Galerie, die von weißen und in feinstem Blattgold endenden Säulen gehalten wurde. Riesige Lüster, bestückt mit einem Meer aus Kerzen, hingen von der Decke herab und illuminierten deren sich prachtvoll davon abhebende Gemälde.

»Ein Maler namens Rubens hat sie gemalt. Seinerzeit wohl ein sehr bedeutender und beim Adel überaus beliebter Künstler«, erklärte Raven, der Sionnachs Blick gefolgt war. Dann verstummte er plötzlich und verneigte sich tief. Nur zögernd löste Sionnach sich von den bunten Malereien und traf auf ein Augenpaar, das sie streng, aber keineswegs unfreundlich musterte.

»Lord Fitzroy, nicht wahr?«, wandte Sionnachs Gegenüber sich an Raven, während sein Blick jedoch weiterhin an ihr haften blieb.

»Eure Königliche Majestät ...«, erwiderte der und verbeugte sich abermals.

»Sagt, in welchem Winkel der Erde habt Ihr dieses betörend schöne Wesen entdeckt?«

»Schottland, Eure Königliche Majestät.«

»Tatsächlich? Nun, ich muss gestehen, dass mir derlei Schätze dort bislang völlig entgangen sind. Umso erfreulicher, durch meine Höflinge eines Vergnügens erinnert zu werden, das in letzter Zeit leider viel zu kurz kommt.« Er beugte sich leicht zu Sionnach hinab, die in höchstem Maß beschämt zu einem tiefen Knicks Richtung Boden gesunken war. William schien ihr den gesellschaftlichen Fauxpas jedoch nicht übelzunehmen. Mit einem gutmütigen Lächeln griff er nach ihrer Hand und hauchte einen Kuss darauf. »Enchanté, meine Liebe. Wärt Ihr geneigt, mir Euren Namen zu verraten?«

»Sionnach, Eure Königliche Majestät.«

»Wie überaus wohlklingend. Welchem Gebiet Schottlands entstammt Ihr, Kind?«

»Ich ... ich komme aus dem Hochland, Eure Königliche Majestät«, stammelte Sionnach verunsichert und wünschte sich insgeheim, William möge sie endlich gehenlassen.

»Das Hochland ... nur allzu oft ein leidiges Thema im geschätzten Kreis meiner Minister. Aber offensichtlich birgt es weit mehr als nur Schwierigkeiten.« Er schenkte ihr ein liebenswürdiges Lächeln. »Wenn Ihr mir vielleicht später einen Tanz schenken würdet?«

»Ich fürchte, ich beherrsche nicht einen einzigen«, entgegnete Sionnach verlegen und errötete.

»Was mir bei Eurem Liebreiz völlig unerheblich erscheint, denn niemand wird auf Eure Füße achten, dessen bin ich mir ziemlich sicher«, sagte William und forderte sie auf, sich zu erheben. Er zwinkerte ihr zu und wandte sich schließlich an den nächsten Wartenden in der Reihe.

Erleichtert, der Aufmerksamkeit des Königs endlich entkommen zu sein, ließ sie sich von Raven an den Rand des Saales führen. Die umstehenden Gäste musterten sie mit unverhohlener Neugier. Doch Sionnach achtete nicht darauf. Dankbar nahm sie das von einem Diener angebotene Glas und stürzte dessen Inhalt sogleich gierig herunter.

Raven sah ihr mit amüsiert erhobener Braue dabei zu und stellte breit grinsend fest: »Solltest du durch deinen Auftritt vor William die Sensationsgier irgendeiner in diesem Raum befindlichen Person noch nicht angeregt haben, ist es dir spätestens jetzt gelungen. Ich wette mit dir, sowie ich mich auch nur eine Armeslänge aus deiner Nähe entferne, hängt binnen von Sekunden eine ganze Traube Süßholz raspelnder Männer an dir, mit deren Schmeicheleien und schmachtenden Blicken du für den Rest des Abends beschäftigt sein wirst.«

»Himmel, was für eine grauenhafte Vorstellung! Wehe, du weichst auch nur einen Schritt von meiner Seite, Raven Cunnings.«

»Ich werde mir alle Mühe geben – wobei es dich dennoch nicht vor den spitzzüngigen Angriffen der bereits heftig Gift und Galle spuckenden Damenwelt schützen wird.«

»Was sollte sie dazu veranlassen, mich als Ärgernis zu betrachten?«, fragte Sionnach arglos.

»Der zweifellose Umstand, dass deine Schönheit schlagartig Williams Interesse geweckt hat und keine von ihnen auch nur ansatzweise die Chance hätte, mit dir zu konkurrieren.«

Tatsächlich hatte Raven mit seiner Prophezeiung voll ins Schwarze getroffen. Die folgenden zwei Stunden sah Sionnach sich sowohl der erbarmungslosen Stutenbissigkeit sämtlicher anwesender Damen als auch den mal mehr, mal weniger plumpen Annäherungsversuchen der Männer ausgesetzt.

»Wenn ich mir anschaue, welchen Personen man jetzt schon Zugang zum Palast gewährt, ist es mit dem Verfall unserer Monarchie wohl nicht mehr lange hin«, klang es an ihr Ohr, als sie, zutiefst erleichtert über diese kleine Verschnaufpause, vom Abort kam. Die Stimme war ihr nicht unbekannt, und obwohl Sionnach sie nur ein einziges Mal gehört hatte, wusste sie genau, wem sie gehörte. Ihr Puls beschleunigte sich unwillkürlich, als sie aufschaute und ihre Ahnung bestätigt sah. Es war Ashley, Ravens Verlobte. Die schwanenhälsige Britin musterte Sionnach mit zusammengekniffenen Augen.

»Du stellst es wirklich geschickt an, das muss der Neid dir lassen, Keltenschlampe. Nachdem du offensichtlich sehr schnell begriffen hast, mit wie wenig Macht dein zugegebenermaßen bestechend schöner Viscount ausgestattet ist, riskierst du keinen Umweg und feuerst nun also direkt den Kamin des Königs, ja?«

Sionnach erwiderte nichts und senkte verunsichert den Blick.

»Wo ist er überhaupt, mein verflossener Bräutigam?« Wieder

schwieg Sionnach, und Ashley schnaubte verächtlich. »Keine Bange, Herzchen, einen Mann wie ihn will ich nicht mal geschenkt. Ganz abgesehen davon, dass ich zu keiner Zeit romantische Gefühle für Raven gehegt habe, würde es mir nicht im Traum einfallen, einen derart abscheulichen Kollaborateur zu ehelichen.«

In Sionnach begann es zu brodeln, aber ehe sie zu einer Erwiderung ansetzen konnte, gesellte sich eine weitere Person zu ihnen.

»Wer kollaboriert? Und zu wem? Doch wohl hoffentlich nicht Ihr, Mylady Ashley? Und um wen handelt es sich bei Eurer entzückenden Gesprächspartnerin?«

Sionnach drehte den Kopf und sah sich unversehens dem Mann gegenüber, der sie vor wenigen Monaten aus einem persönlichen Rachefeldzug heraus ohne einen Funken Mitleid an den Galgen gebracht hatte und dessen Ähnlichkeit zu Raven sich einzig auf die Augen beschränkte. Georg. Dessen bislang liebenswürdige Miene verhärtete sich jählings.

»Was, zum Teufel, hast du hier verloren?«, knurrte er unfreundlich und maß Sionnach mit offenkundiger Herablassung.

»Auch wenn Euch Euer Missfallen darüber deutlich anzusehen ist - sie begleitet mich«, ertönte Ravens Stimme.

»Sieh mal einer an, mein altruistischer Halbbruder und seine schottische Hure. Ich dachte, du hättest dich bereits vollkommen den vorsintflutlichen Philosophien deiner zweifelhaften Geiselnehmer angepasst und die abgewetzten Hosen gegen einen ihrer karierten Wickelröcke getauscht«, spottete Georg abfällig und verschränkte mit arrogantem Gebaren die Arme vor der Brust.

»Würde diese Entscheidung allein bei mir liegen, bräuchte ich jedenfalls nicht lange über meine Wahl nachdenken«, entgegnete Raven gelassen und schloss seine Finger kreuzend um Sionnachs.

»Soll das etwa heißen, deine zotteligen Barbarenfreunde haben deinen Wunsch nach Adoption abgelehnt? Herrje, Raven, selbst in ihren Augen besitzt du offenbar die kaum zu überbietenden Attraktivität eines erbärmlichen Straßenköters!«, lachte

Georg hochmütig und winkte einen der vielen Wein servierenden Diener herbei. »Lakai! He – ja, du.« Ein uniformierter junger Mann mit leidlich gebundenem Zopf eilte herbei und hielt Georg sein mit glitzernden Kristallgläsern bestücktes Tablett entgegen. Dass die blauen Augen des Dieners sich dabei hasserfüllt auf ihn richteten, schien er nicht zu bemerken.

Sionnach hingegen überkam das Gefühl, als würde ihr jeden Moment das Herz stehenbleiben. Ein Angstschauer jagte ihr über den Rücken. Ihre Hand schloss sich so fest um Ravens, dass es schmerzte, denn bei dem Diener handelte es sich um niemand geringeren als Brendan. Also hatte sie sich vorhin auf der Straße nicht getäuscht. Doch es überraschte sie nicht. Wohin sie auch floh, sein Instinkt würde ihn stets auf verlässliche Weise zu ihr führen.

Sie musterte ihn verstohlen. Sein schwarzes Haar war strähnig, das bärtige Gesicht ungewaschen. Die fraglos gestohlene und schlecht sitzende Uniform ließ auf den ersten Blick vermuten, dass er bei der Wahl seines Opfers nicht sonderlich wählerisch gewesen war. In Sionnach stieg die Erinnerung an ihre letzte, gemeinsame Nacht auf. Bebend vor Furcht suchte sie in seinem Gesicht nach einem Zeichen brüderlicher Vergebung. Aber Brendan achtete nicht auf sie. Sein Interesse schien vorrangig dem Duke of Northumberland zu gelten. Auf seiner Miene zeichnete sich eine geradezu diabolische Vorfreude ab. Ein grausames Lächeln zuckte um seinen Mund, als Georg Ashley ein Glas reichte und sich selber ebenfalls eines nahm. Anschließend wandte er Brendan einer Gewohnheit folgend den Rücken zu, doch der rührte sich nicht vom Fleck.

»Was stehst du hier noch rum und begaffst mich?«, herrschte Georg ihn an.

»Weil Eure Gegenwart mein Herz höher schlagen lässt, Mylord«, antwortete Brendan zynisch und drückte einem vorübergehenden, perplexen Gast sein Tablett in die Hand. »Heute muss mein Glückstag sein. Nicht nur dass ich mein verlorenes Schwesterlein wieder in die Arme schließen und nach Hause bringen kann – ich werde mir auch endlich den langersehnten Wunsch erfüllen können, Euch für das büßen zu lassen, was

Ihr uns angetan habt.«

»Wer hat wem was angetan?«, fragte William, der in diesem Moment bestens gelaunt auf die kleine Gruppe zutrat.

Alarmiert sah Sionnach, dass die plötzliche Anwesenheit des Königs Brendans Blutdurst blitzartig auf die Spitze trieb. Drei Männer, denen sein ganzer Hass galt, standen um ihn versammelt. Eine Chance, die er sich mit an Sicherheit grenzender Wahrscheinlichkeit nicht entgehen lassen würde.

William, der nichts Böses zu ahnen schien, bedachte Brendan mit einem freundlichen Blick. »Ihr wirkt äußerst erregt, junger Freund. Nennt mir Euren Namen. Vielleicht kann ich in irgendeiner Form zur Klärung Eures Problems beitragen.«

»Mein Name ist Brendan Ian MacDonell of Glenfinnan, und in der Tat könntet Ihr einen nicht unerheblichen Beitrag leisten - wenn nicht sogar einen von geradezu epochaler Bedeutung«, erwiderte Brendan kaltlächelnd.

»Nun dann sagt mir, wie ich Euch behilflich sein kann.«

Als wären sie eng miteinander vertraut, neigte der junge Schotte sich Englands frischgekröntem König entgegen. Obwohl er nur flüsterte, waren seine Worte laut genug, um Sionnach das Blut in den Adern gefrieren zu lassen. »Indem Ihr sterbt, William ...«

Mit einer plötzlichen Bewegung förderte er einen bislang geschickt verborgenen Dolch unter seiner Livree hervor und ließ ihn voll leidenschaftlichem Zorn auf die Brust des fassungslosen Königs niedersausen.

»Brendan – nein!!«, gellte Sionnach Ruf durch den ganzen Saal, als sie einem Instinkt gehorchend vorschnellte. Die vor Entsetzen weit aufgerissenen Augen auf ihren Bruder gerichtet, taumelte sie jedoch nur einen Moment später rücklings gegen die Wand und sank dann langsam zu Boden. Mit der Hand hielt sie den Dolch umklammert, dessen Klinge tief in ihrem Fleisch steckte. Wo sie herabrutschte, hinterließ sie eine blutige Spur des missglückten Racheakts.

Sich anscheinend erst jetzt darüber bewusst, was geschehen war, entfuhr Brendans Kehle ein markerschütternder Schrei. Wehklagend fiel er vor seiner Schwester auf die Knie, fasste nach dem Dolch und zog ihn mit einem Ruck heraus. Dunkles Blut sickerte durch den kleinen Riss in Sionnachs Kleid und färbte den Stoff rot.

»Sionnach – mein Herz, mein Leben ... was habe ich getan? Was habe ich bloß getan?!«, murmelte er reuig. Der Dolch entglitt seinen zitternden Händen und fiel klirrend zu Boden. Von tiefer Verzweiflung ergriffen, wiegte er sie in seinen Armen, als sei sie ein Baby.

Benommen fühlte Sionnach ihr Gesicht von warmen Küssen bedeckt, derweil seine schwieligen Finger liebevoll über ihre Wange strichen. Sie wollte etwas sagen, aber ihre Kehle war wie zugeschnürt. Von Neugier getrieben drängten mehr und mehr Menschen vor und umkreisten sie. Beißender Schmerz flutete durch Sionnachs Körper. Während das aufgeregte Gemurmel der sich um sie scharenden Masse anschwoll, kämpfte sie verbissen gegen das zunehmende Gefühl einer drohenden Ohnmacht. Wie durch einen Schleier sah sie, dass Brendan seinen Blick zu Englands König emporhob. Wenn auch von Schmerz überdeckt, loderte ungebrochener Hass in seinen Augen.

»Ihr seid verachtenswert, William«, hörte sie ihn sagen. »Allein zu Eurem eigenen Vorteil übt Ihr Verrat an unserem König und nehmt einen Platz ein, der Euch nicht zusteht. Aber auch wenn es Euch meisterhaft gelingt, hinter einer leutseligen Maske die Ausgeburt der Hölle zu verbergen, gibt es Menschen, die Euer wahres Gesicht sehen und sich Eurer Herde williger Schafe nicht angeschlossen haben. Um ihrer Sicherheit willen sollten Untertanen sich wohl in Toleranz üben. Doch unser Volk fürchtet den Tod nicht, Mylord. Also seid versichert - was es auch kosten mag, wir werden nicht eher ruhen, bis König James wieder auf dem Thron sitzt. Und unter seiner Herrschaft werden Schottlands stolze Söhne und Töchter endlich wieder frei sein.« Erneut zog er Sionnach an sich, und seine zornigen Tränen vermischten sich mit ihrem Blut.

Im Saal war es unterdessen totenstill geworden. Niemand wagte sich zu regen. Es hatte fast den Anschein, als würde die Welt um sie herum für einen Moment innehalten. Auch König

William wirkte wie versteinert und starrte auf die beiden zu seinen Füßen kauernden Gestalten herab. Sionnach spürte, wie ihre Sinne schwanden. Verzweifelt dagegen aufbegehrend, suchte sie unter der Vielzahl der Gäste Ravens Blick und fand ihn schließlich. Stumm flehte sie ihn um Hilfe an. Für einen Sekundenbruchteil schien er um die Richtigkeit der Entscheidung zu ringen, William gerade jetzt seine Identität preiszugeben. Als er sich dann schließlich zu ihr herabbeugen wollte, trat Georg ihm unvermittelt in den Weg und hinderte ihn an seinem Vorhaben. In seinen Händen hielt er den blutbesudelten, im hellen Schein der Kerzen aufblitzenden Dolch. Voller Abscheu spuckte er vor Raven aus.

»Du elender Verräter! Brichst deinen eigenen Leuten die Treue, um deinen gottverdammten Schwanz zwischen den Schenkeln dieser rothaarigen Hexe zu versenken! Hat es sich wenigstens gelohnt, dein Land dafür zu opfern?«

Ravens Nasenflügel blähten sich unheilverkündend. Doch trotz des sich deutlich in seinen Augen spiegelnden Zorns schwieg er.

Höhnisch schnaubend wandte Georg sich zu Brendan um. »Und du, Schotte, solltest nach allem, was dir widerfahren ist, langsam begriffen haben, dass dein ach so unbeugsames Volk für nichts als die Knechtschaft taugt. Die Ursache deines Problems liegt demnach offenbar einzig darin, dass du den natürlichen Lauf der Dinge nicht akzeptieren willst. Doch das lässt sich schnell ändern. Des Gehorsams unfähig bist du deiner gerechten Strafe schon einmal entwischt, aber das wird sicher kein zweites Mal passieren.«

Seine Drohung schien Brendan nicht zu berühren. Sich dem, was folgen würde, offenbar durchaus bewusst, breitete er schützend seine Arme um Sionnach und schloss die Augen.

Zu müde, um noch länger gegen ihr Schicksal anzukämpfen, tat sie es ihm gleich und lauschte seinem tröstlichen Zuspruch aus einer Flut sanft geflüsterter, gälischer Worte. Ein Luftzug streifte sie. Sie zuckte unwillkürlich zusammen und hoffte, dass der Duke gut genug gezielt hatte, um es schnell zu Ende zu bringen. Doch der erwartete Schmerz blieb aus. Vorsichtig blinzelnd nahm sie wahr, wie stattdessen Georg mit einem gurgelnden Aufschrei in die Knie ging und bewusstlos nach vorn kippte.

Drohend über seinem Halbbruder aufgerichtet, bemächtigte Raven sich rasch des Dolches und bezog mit grimmiger Miene Position neben Sionnach und Brendan. Die Waffe fest in der Hand und bereit zum Kampf, stellte er sich entschlossen der aufgebrachten Menge und dem sichtlich erschütterten König entgegen.

»Dann entspricht es also der Wahrheit?«, fragte William bitter und wies auf Georg, der nach wie vor reglos auf dem kalten Boden lag. »Ihr verratet Euer Land für eine Frau?«

»Für meine Frau«, antwortete Raven nachdrücklich. »Und mit Verlaub, Majestät, dies ist nicht mein Land. Das war es nie. Tief in mir habe ich es schon immer geahnt. Wirklich verstanden habe ich es erst, als ich durch das schäbige Verbrechen meines Bruders Sionnach kennenlernte und ihre quälende Sehnsucht nach Heimat mein Herz berührte.« Der Blick seiner braunen Augen strich sanft über ihr Antlitz. »Ihr mögt mich einen Verräter nennen, Majestät, aber fortan gehört meine Seele ihrem Volk. Ich habe Sionnach einen heiligen Eid geschworen, und was auch immer das für mich bedeuten mag, ich werde ihn nicht zurücknehmen.«

William maß Raven mit einer Mischung aus ehrlicher Bewunderung und Enttäuschung. »Somit steht Eure Entscheidung fest, künftig auf James Seite zu kämpfen?« Raven nickte, und William fuhr beinahe bedauernd fort: »Dann werden wir uns wohl schon bald auf dem Schlachtfeld gegenüberstehen, Fitzroy. Sowie Ihr zu Eurem Clan heimgekehrt seid, lasst meinem Schwiegervater ausrichten, dass er gut daran täte, mich demnächst in Irland zu erwarten. Und nun nehmt Eure Frau und ihren Begleiter und geht mir aus den Augen, bevor ich es mir anders überlege und den Duke sein begonnenes Werk vollenden lasse.«

Raven zollte der Geste unverdienter Milde stumme Dankbarkeit, indem er den Kopf respektvoll zu einer angedeuteten Verbeugung neigte. Ohne eine weitere Sekunde zu zögern, zerrte er Brendan auf die Beine, nahm Sionnach auf den Arm und verließ den königlichen Bankettsaal so schnell ihn seine Füße trugen.

48

Behutsam verknotete Raven den Verband auf Sionnachs Schulter und schlug gedanklich drei Kreuze. Das Mädel hatte mehr Glück als Verstand gehabt. Außer einer tiefen Fleischwunde unterhalb des Gelenks hatte die Klinge keine ernsthafte Verletzung hinterlassen.

»Und du glaubst wirklich, dass du so reiten kannst?«, fragte er besorgt.

»Es ist halb so schlimm wie es aussieht. Zumal du inzwischen erkannt haben solltest, dass wir Schotten äußerst schwer kleinzukriegen sind«, gab sie ihm lächelnd zu verstehen und stieg umständlich in den Sattel.

Es juckte ihm in den Fingern ihr zu helfen. Doch seine Erfahrung hatte ihn gelehrt, den eigensinnigen Stolz eines Hochländers besser nicht herauszufordern. So schwang auch er sich auf sein Pferd und lenkte es mit leichtem Schenkeldruck auf den Weg. Die letzten Monate hatten keinerlei Dinge hervorgebracht, an denen Ravens Herz hing und die es sich mitzunehmen lohnten. Demzufolge waren sowohl er als auch seine drei Begleiter nur mit dem Nötigsten ausgerüstet, und ihr Gepäck blieb recht überschaubar.

Das Wetter meinte es gut mit ihnen. Obwohl der Winter anhielt, war es trocken und die Luft trotz der Frühe des Jahres angenehm mild. Unter einem wahrhaft fulminanten Sonnenaufgang begann der kleine Trupp seinen genehmigten Rückzug und ließ Londons verstopfte Straßen und rauchende Schlote rasch hinter sich.

»Denkst du, dass es zum Krieg kommt?«, fragte Sebastian nach einer Weile. Es war ihm deutlich anzumerken, wie unangenehm ihm die formlose Anrede seines Herrn war. Doch Raven hatte ihm strikt verboten, ihn weiterhin mit »Mylord« anzusprechen.

Raven zuckte die Achseln, während sein wachsamer Blick ohne Unterlass auf Sionnach ruhte. »Wenn ich den Inhalt von Williams Botschaft korrekt interpretiere, handelt es sich ohne Zweifel um eine offene Kampfansage. Mit der Loyalität Irlands im Rücken wird James sehr bald seinen Thron zurückfordern. William weiß das. Und da er kein Dummkopf ist, wird er nicht einfach dasitzen und Däumchen drehen. Er muss handeln - ob es ihm gefällt oder nicht.«

»Das heißt, ich werde vielleicht gegen Freunde kämpfen müssen.«

»Die Entscheidung, es zu tun oder nicht, liegt allein bei dir, Sebastian. Du bist mein Freund, und ich würde mich freuen, dich an meiner Seite zu wissen. Dennoch zwingt dich niemand, es mir gleichzutun und meinem Entschluss zu folgen.«

»Seit ich ein kleiner Junge bin, begleite ich dich auf Schritt und Tritt. Wenn du gedacht hast, mich auf diese Weise loswerden zu können, hast du dich gewaltig geschnitten. Ich bleibe bis zum bitteren Ende«, erwiderte Sebastian scheinbar entrüstet.

»Das hatte ich gehofft«, grinste Raven, »denn da ich nicht damit rechne, in meiner neuen Heimat direkt einen Haufen Freunde vorzufinden, werde ich einen verlässlichen Trauzeugen brauchen.«

»Und darauf würde ich für nichts auf der Welt verzichten wollen.«

Ein vernehmliches Räuspern bewog die beiden Männer sich umzuschauen. Während sie sich unterhalten hatten, war Brendan ihnen in gebührendem Abstand gefolgt.

»Tut mir leid, ich wollte nicht stören«, entschuldigte er sich taktvoll. Seinem angespannten Gesichtsausdruck war jedoch fraglos zu entnehmen, dass ihm etwas unter den Nägeln brannte, was nicht länger warten konnte.

»Ich werde mal sehen, wie es der Braut geht«, sagte Sebastian, dem Brendans seelischer Druck ebenfalls nicht entgangen zu sein schien.

Raven nickte und richtete seine Aufmerksamkeit auf den blauäugigen Schotten, der dem ehemaligen Leibdiener dankbar nachsah. »Alles in Ordnung bei dir?«

»Ja«, antwortete Brendan knapp und verfiel wieder in Schweigen. Offensichtlich wusste er nicht, wie er es anfangen sollte. Raven beobachtete ihn aus dem Augenwinkel und wartete geduldig ab. Rein äußerlich schien Brendan wieder ganz der Alte. Sein zuvor durch Mangel an Gelegenheit bärtiges Gesicht zeigte sich nun sauber und glatt rasiert. Die pechschwarzen, bis auf die Schultern reichenden Haare waren gewaschen, entlaust und ordentlich gekämmt. Sichtlich zufrieden trug er wieder Hemd und Kilt. Wie auch Sionnach hatte er für die Reise ein wärmendes Plaid aus Wolle um seinen muskulösen Oberkörper geschlungen und seinen Waffengürtel angelegt. Aufrecht im Sattel sitzend gab er ohne Frage einen stolzen Krieger ab. Doch im Gegensatz zu seinem Aussehen hatten das Verhalten und das hitzige Gemüt des sonst so mannhaften Schotten sich seit dem gestrigen Abend komplett verändert und waren einer für ihn geradezu bemerkenswerten Form von Zurückhaltung und Respekt gewichen.

»Du bist also fest entschlossen, meine Schwester zur Frau zu nehmen?« Es war mehr eine Feststellung denn eine Frage.

»Euren Traditionen zufolge habe ich ihr bereits den Schwur geleistet. Und wenn ich mich richtig erinnere, bedeutet es, dass wir von nun an für ein Jahr und einen Tag aneinander gebunden sind«, erwiderte Raven, blieb aber trotz der scheinbaren Friedfertigkeit des jungen Schotten auf der Hut.

»Aye, das seid ihr«, brummte Brendan und rutschte unbehaglich in seinem Sattel hin und her. »Und hast ... hast du schon bei ihr gelegen und die Ehe ... ähm ...«

»Vollzogen?«, beendete Raven unerschrocken dessen Satz. Entgegen seiner gewohnten Souveränität und Härte errötete Brendan und nickte wortlos. »Auch auf die Gefahr hin, dass du in Erwägung ziehst, mich dafür umzubringen - ja, das habe ich.«

»Ah. Tja, dann sind wir ja jetzt offenbar miteinander verwandt, wie?« Brendan lächelte verunsichert.

»Sieht ganz danach aus. Und welchen Schluss habe ich nun daraus zu ziehen? Muss ich fortan um mein Leben fürchten, sobald ich dir den Rücken kehre?«

»Wenn ich wagen würde, dir auch nur ein Haar zu krümmen, würde es vermutlich keinen Tag dauern, bis ich mir das Gras von unten anschauen kann.«

Raven war irritiert. »Ich verstehe nicht ...«

»Sag bloß, es ist dir noch kein einziges Mal aufgefallen.« Brendan schien aufrichtig verblüfft. »In meiner so sanftmütig wirkenden Schwester schlummert ein Vulkan unbekannten Ausmaßes. Wer ihn zum Ausbruch bringt, dem helfen auch keine Gebete mehr. Ich selbst habe das erst kürzlich auf äußerst schmerzhafte Weise zu spüren bekommen. Und sollte ich unserem Vater aufgrund dessen keine Enkel schenken können, weiß ich, wem ich es zu verdanken habe«, schnaubte er anklagend. »Weswegen ich aber eigentlich mit dir sprechen wollte ...«

»Ja?«

»Also ich ... ich wollte dich um Verzeihung bitten«, presste er mühsam hervor. Es war unübersehbar, dass seine Worte ihn große Überwindung kosteten. »Zu meiner Schande muss ich gestehen, dass ich dir mehr als einmal den Tod an den Hals gewünscht habe. Und statt es mir mit gleicher Münze heimzuzahlen, tust du was? Du rettest mir ständig das Leben!« Seine Stimme klang beinahe vorwurfsvoll.

Raven runzelte die Stirn. »Wäre es dir lieber gewesen, ich hätte es nicht getan?«

»Ich bin mir nicht ganz sicher.«

»Das ist nicht dein Ernst, oder?«

»Ach, verdammt, Sasanach! Was glaubst du, was es für einen Kerl wie mich bedeutet, jemandem wie dir Dankbarkeit erweisen zu müssen!«, brauste Brendan auf. Sein verzweifelter Versuch, Raven eine zornige Miene zu präsentieren, scheiterte kläglich und endete in einem verhaltenen Grinsen.

»Wenn es dir derart schwer im Magen liegt, verspreche ich hoch und heilig, es künftig zu unterlassen. Wäre dir damit geholfen?«

»Du bist ein Volltrottel, Fitzroy.«

»Mein Name ist Cunnings.«

Brendan hob zweifelnd die Braue. »Du legst tatsächlich die

Zeichen deiner Herkunft ab, ohne auch nur ansatzweise mit der Wimper zu zucken? Ganz ehrlich, Engländer, die Ernsthaftigkeit deiner Absichten fängt an, mich zu beängstigen.«

»Dann solltest du dich daran gewöhnen, den Rest deines Lebens in Furcht zu verbringen, Schwager, denn ich gedenke nicht, sie noch einmal zu ändern.«

49

Während ihrer Reise war der Februar in den März übergegangen. Die Tage wurden länger, und man konnte deutlich spüren, dass der Frühling ins Land zog. Bis auf einen hartnäckigen Rest auf den schroffen Gipfel des Ben Nevis war nun auch der Schnee geschmolzen und gab die sanft ansteigenden, sumpfigen Weiden des Hochlands wieder frei. An den Spitzen der Bäume und Sträucher zeigte sich das erste, zaghafte Grün. Auf den umgebenen Wiesen wuchsen Teppiche aus wilden Krokussen und betörend süß duftenden Hyazinthen, deren zarte Blüten sich dem tiefblauen Himmel entgegenstreckten. Eichhörnchen mit buschigen Schwänzen tollten durch die dichten Baumkronen der massigen Eichen und jagten übermütig den ersten Schmetterlingen nach, während vereinzelte Herden gefleckten Damwilds die vier vorüberziehenden Reiter mit großen, dunklen Augen anstarrten. Bereits seit Tagen vermittelte die Umgebung den Eindruck, als hätten sie die Grenzen der Zivilisation überschritten und gegen die Urwüchsigkeit eines unentdeckten Landstrichs getauscht.

Sionnach reckte sich wohlig und sog gierig die frische Luft in ihre Lungen. Wie sehr sie das Hochland doch vermisst hatte ...

»Ist es noch weit?«, hörte sie Raven an Brendan gewandt fragen.

»Nicht sehr«, antwortete der. »Obwohl du es eigentlich wissen müsstest. Die Gegend hier hast du erst unlängst Fuß um Fuß durchschritten. An so etwas sollte man sich doch wohl erinnern.«

»Ich bin gefesselt hinter einem verfluchten Gaul her gestolpert, und meine Aufmerksamkeit galt vorrangig dem Umstand, nicht aufs Maul zu fallen«, konterte Raven indigniert, was Brendan sogleich mit schadenfrohem Schmunzeln quittierte.

»Ob unsere Eltern wirklich schon nach Glenfinnan zurückgekehrt sind?«, überlegte Sionnach derweil und betrachtete sowohl Raven als auch Brendan. Zu ihrer großen Freude hatte sich der Umgang zwischen den beiden Männern überraschend gewandelt.

»Der Lord hat versprochen, Vater mit Beginn des Frühjahrs von seinen Pflichten auf Invergarry zu entbinden. Er wäre schön dumm, wenn er es nicht täte. Es sei denn, er legt unbedingten Wert darauf, unsere Anwesenheit auch im nächsten Winter zu genießen«, erwiderte Brendan lakonisch.

»Demnach besitzt eure Familie also eigenes Land?«, fragte Raven.

»Es reicht so grade, um nicht hungern zu müssen«, antwortete Sionnach anstelle ihres Bruders. »Aber für eine ertragreiche Ernte muss eben alles zu seiner Zeit bewirtschaftet werden.«

Raven wirkte dennoch optimistisch. »Zusammen werden wir das schon schaffen, wo doch jetzt zwei Männer mehr helfen können.«

»Einer meinst du wohl. Du hast doch überhaupt keine Ahnung von Feldarbeit und Viehzucht«, foppte Sebastian, der das Gespräch verfolgt hatte.

»Zumal es auch nicht groß genug ist, um zwei weitere Mäuler zu stopfen, dem sicher bald ein drittes und viertes folgen wird«, konstatierte Brendan mit säuerlicher Miene hinsichtlich der verlangenden Blicke, die Sionnach und Raven sich in den letzten Tagen immer öfter zuwarfen.

Sionnach war sich sehr wohl darüber bewusst, wie heftig ihr Bruder mit dem Wissen zu kämpfen hatte, sie endgültig an Raven verloren zu haben. Nicht selten ertappte sie Brendan dabei, wie er sie gedankenversunken anstarrte. Vermutlich würde er noch eine ganze Weile brauchen, um Toleranz üben zu können. Akzeptanz wagte Sionnach kaum zu erhoffen. Daher war sie auch nicht undankbar, als ihre Wege sich an den

Ufern des Loch Shiel vorerst trennten. Wie sie bereits zuvor besprochen hatten, würden Brendan und Sebastian zu dem kleinen Hof der Familie inmitten der Täler Glenfinnans reiten, während Raven in Sionnachs Begleitung nach Invergarry zurückkehren und König James Bericht erstatten sollte. Darüber hinaus wusste Sionnach, dass er sich vorgenommen hatte, Lord MacDonell um Aufnahme in den Clan zu bitten und ihm den Treueeid anzubieten. Sie dachte an die gnadenlose Willkür, mit der ihr Herr sie vor einigen Monaten voneinander getrennt hatte. Würde er nun Entgegenkommen zeigen und ihr heimliches Handfasting anerkennen? Was würde geschehen, wenn er es nicht tat? Unwillkürlich tauchte Gordons Gesicht vor ihrem inneren Auge auf, und sie erinnerte sich mit Grauen an den brennenden Wunsch des Leibwächters, sie zur Frau zu nehmen. Je näher sie dem Sitz des Clanchiefs kamen, desto mulmiger wurde es ihr.

»Hast du denn gar keine Angst?«, fragte sie, als der Wald sich langsam lichtete und Invergarrys riesiger Turm sich vor ihnen in den Himmel erhob.

»Oh, doch!«, gestand Raven unumwunden. »Sobald wir absitzen, werde ich mich arg zusammenreißen müssen, damit niemand meine schlotternden Knie bemerkt.«

»Und wenn der Lord uns nun die Erlaubnis zur Ehe verweigert?«

»Dann werden wir eben ohne seinen Segen heiraten und uns fern von deinem Clan irgendwo in den Berge niederlassen.«

»Aber Raven ... wovon sollen wir denn leben?«

»Wir werden eine Lösung finden, Füchschen. Ich lasse nicht noch einmal zu, dass sie dich mir wegnehmen.« Für einen kurzen Moment berührten sich ihre Hände. Dann lösten sie sich wieder voneinander und ritten auf das weit geöffnete Burgtor zu.

»Na, sieh mal einer an. Wenn das nicht Gordons entflogenes Vögelchen ist«, sagte einer der beiden Wächter und ließ sie mit einem anzüglichen Grinsen passieren.

»Hey, Engländer!«, rief der andere ihnen hinterher. »Du hast ganz schön Eier, dich hierher zu trauen. Wohin auch immer ihr verschwunden ward, an eurer Stelle hätte ich mich dort nicht weggerührt.«

»Irgendwann zieht es einen halt doch wieder nach Hause«, entgegnete Raven mit unbewegter Miene und erntete verwunderte Blicke.

Sionnachs Herz hingegen begann angesichts seiner Äußerung vor Freude zu hüpfen. Er hatte Schottland als sein Zuhause bezeichnet. Was gab es Schöneres, als dass der Mann, den man von ganzem Herzen liebte, sich an dem Ort heimisch fühlte, mit dem man selbst bis in die Tiefen seiner Seele verbunden war? Voll wachsender Zuversicht, dass alles sich fügen und gut werden würde, folgte sie ihm über den geräumigen Burghof.

Invergarry war nach wie vor bestens organisiert. Sofort eilte ein Stallbursche den Neuankömmlingen entgegen, der die Pferde in Empfang nahm und sie gegen ein kleines Entgelt zur weiteren Versorgung in die Stallungen führte.

»Bist du dir wirklich sicher, dass wir das Richtige tun?«, fragte Sionnach und suchte Schutz an Ravens Hand.

»Ganz und gar nicht. Aber es würde mich vermutlich ein Leben lang verfolgen, wenn ich nicht wenigstens versuchen würde es herauszufinden.«

Hand in Hand betraten sie das Innere der Burg und ließen sich von einem Diener den Weg zum Sekretär des Lords weisen. Mittels dessen Hilfe hofften sie, eine spontane Audienz erwirken zu können. Der hagere Mann, in dem Sionnach sogleich den bei der letzten öffentlichen Anhörung anwesenden Schreiber erkannte, beäugte sie mit deutlichem Missfallen.

»Für die Anliegen von Clanmitgliedern gibt es einen monatlich festgesetzten Termin. Der nächste findet am ersten Montag im April statt«, setzte er die beiden Bittsteller kühl in Kenntnis.

»Es tut mir leid, aber so lange können wir nicht warten. Wir müssen unbedingt noch heute mit Seiner Lordschaft sprechen«, drängte Raven unnachgiebig.

»Natürlich. Eine Angelegenheit von unaufschiebbarer Priorität. Und wahrscheinlich geht es um Leben und Tod, wie? Da könnte ja jeder kommen. Als ob unser Herr nichts Besseres zu tun hätte, als sich tagtäglich mit den Zwistigkeiten seiner Pächter zu beschäftigen«, brummte der Sekretär mürrisch.

Beunruhig sah Sionnach, dass Raven seine Geduld verlor. Stirnrunzelnd stützte er sich mit den Handflächen auf der Platte des kleinen Tisches ab und fixierte den daran sitzenden Mann mit düsterem Blick. Seine Kiefermuskeln zuckten angespannt.

»Wenn Ihr uns nicht augenblicklich zu Seiner Lordschaft vorlasst, wird Euer Herr seine Zeit bald nur noch damit verbringen, die verkohlten Gerippe sämtlicher Angehörigen seines Clans aus den Resten einer heruntergebrannten Burg einzusammeln und ihren Tod zu beweinen. Und das alles, weil Ihr Euch lieber der Trägheit hingebt. Aber was rede ich. Letztendlich liegt die Last der Konsequenzen ja nicht auf meinen Schultern, und ich danke Gott dafür, nicht in Eurer Haut stecken zu müssen, wenn es so weit ist.«

Der Sekretär erbleichte und wich spontan vor ihm zurück.

»Nun, in Anbetracht einer solchen Dringlichkeit werde ich sehen, was sich machen lässt. Wenn Ihr Euch dann bitte für einen Moment gedulden würdet, Sir ...« Er erhob sich und stakste steif an Raven vorbei aus dem Raum.

Sionnach blickte anerkennend zu ihm auf. »Du warst großartig. Ich hätte das nie geschafft«, stieß sie bewundernd hervor.

Raven grinste verstohlen ob ihres Lobs. »Dann waren die vielen mühseligen Jahre in Georgs quälender Gegenwart ja doch nicht umsonst.«

Nur zaghaft erwiderte sie sein Lächeln und murmelte: »Ich weiß, ich sollte nicht so empfinden, aber ich habe furchtbare Angst.«

Mit einer beruhigenden Geste legte er seine Hand um ihren Nacken und beugte sich zu einem sanften Kuss zu ihr herab. Als wäre es ihr nur noch dieses eine Mal gegönnt, genoss Sionnach die Berührung seiner warmen Lippen mit allen Sinnen. Erst das vernehmliche Hüsteln des Sekretärs bewog sie, sich von ihm zu lösen. Das Herz schlug ihr bis zum Hals, als sie dem hageren Mann durch das Gewirr der Treppenaufgänge und Korridore folgten und schließlich vor einer der vielen Türen stehenblieben.

»Seine Lordschaft lässt bitten.«

In banger Erwartung, einen erzürnten Herrn vorzufinden, betrat

Sionnach das Privatgemach des Clanchiefs. Bebend vor Aufregung spähte sie über Ravens Schulter und sah Lord MacDonell in einem gepolsterten Lehnstuhl nah eines rundlichen, Wärme spendenden Ofens sitzen. Auf seinem Oberschenkel lag ein aufgeschlagenes Buch, dessen Einband goldene Lettern zierten. Offenbar hatte er bis gerade darin gelesen.

»Du bist also tatsächlich zurückgekommen«, richtete er das Wort an Raven, nachdem er seine ehemalige Geisel ausgiebig gemustert hatte. »Ehrlich gesagt hatte ich nicht damit gerechnet, dich nochmals zu Gesicht zu bekommen. Ein Punkt, der für dich spricht. Und wie ich mit großem Erstaunen feststelle, hast du Ewans Tochter gleich mitgebracht, was dich abermals in meiner Achtung steigen lässt.«

Sionnach trat ein wenig aus Ravens Schatten und knickste unterwürfig vor ihrem Herrn, was der Chief mit einem angedeuteten Nicken erwiderte. Obgleich er entgegen ihrer zuvor gehegten Befürchtung erstaunlich ruhig und gelassen wirkte, blieb ihre Angst dennoch bestehen.

»Du und dein Bruder, ihr habt euren Vater fürwahr an den Rand der Verzweiflung getrieben, mein liebes Kind. Es würde mich nicht wundern, wenn er euch nach abgeflauter Wiedersehensfreude meiner Gerichtsbarkeit übergibt und eine deftige Bestrafung fordert. Grund genug hätte er vermutlich.« Sionnach senkte schuldbewusst den Kopf, und MacDonell wandte sich wieder an Raven. »Und du? Ich nehme an, du bist nicht ganz unschuldig wenn nicht sogar die Ursache des ganzen Durcheinanders.«

»Es lag nie in meiner Absicht, irgendjemandem Schwierigkeiten zu bereiten, Mylord. Ganz im Gegenteil«, verteidigte Raven sich. »Ich bin nach London gegangen und habe meinen Auftrag ausgeführt, so wie Ihr es befohlen habt.«

Der Clanchief horchte interessiert auf. »Soll das heißen, es ist dir gelungen, Williams Hofstaat zu infiltrieren? Konntest du etwas in Erfahrung bringen, das Relevanz besitzt?«

»Ich denke, ja, Mylord. Ich habe dem König eine Botschaft von William zu überbringen.«

»Mein niederträchtiger Schwiegersohn lässt mir etwas ausrichten? Da bin ich aber mal sehr gespannt«, ertönte James' Stimme aus dem Hintergrund. Offensichtlich war er bereits vor ihrem Eintreffen von MacDonell über ihre Anwesenheit informiert worden. Die Schultern gramgebeugt und weit nachlässiger gekleidet, als es von einem Mann in seiner Position zu erwarten gewesen wäre, gesellte er sich zu ihnen. Ein weiteres Mal zeigten Sionnach und Raven bereitwillig Ehrerbietung, als der König sie umrundete und mit konzentriert zusammengekniffenen Augen auf sie zutrat. »Bist du nicht der angebliche Bastard meines Bruders Charles, den wir erst unlängst auf eine Mission nach London schickten?«

»Ja, Eure Königliche Majestät.«

»Dort hast du nicht zufällig auch meine Tochter zu Gesicht bekommen oder mit ihr gesprochen?«, fragte James. In seinen Augen glomm Hoffnung auf, die jedoch sofort wieder erlosch, als Raven den Kopf schüttelte. Sein zuvor gezeigtes Interesse schien zusehends abzuflauen. »Das ist bedauerlich«, murmelte er. »Und was will William von mir?«

»Euch den Krieg erklären, Königliche Majestät.«

Mit verhaltenem Atem lauschte Sionnach Ravens Worten, der seinem Onkel so knapp wie möglich die Sachlage zu schildern begann. Während er sprach, ging James schweigend auf und ab und rieb sich grübelnd das Kinn. Erst als Raven geendet hatte, hielt auch er inne und betrachtete seinen Neffen geistesabwesend.

MacDonell war dagegen hellwach. »Was du erzählst, klingt für meinen Geschmack eine Spur zu abenteuerlich Fitzroy. Meines Erachtens wäre es ausgesprochen dumm, jemanden nach einem missglückten Attentat ungeschoren davonkommen zu lassen.«

Doch James, der seine Lethargie ebenso plötzlich ablegte wie er ihr verfallen war, schien grundlegend anderer Meinung zu sein und winkte ab. »So unwahrscheinlich, wie Ihr vermutet, ist es gar nicht. Wenn auch widerstrebend, muss ich zu bedenken geben, dass William ein außerordentlich schlauer Kopf ist und sehr wohl weiß, dass es zu seinen Ungunsten ausfallen könnte, seine Gegner zu Märtyrern zu machen. Indem er sie alle hat gehenlassen, wird er weit mehr Leute beeindruckt haben, als wenn er den Erwartungen entsprochen und sie zum Tode verurteilt hätte.« Er richtete seine Aufmerksamkeit wieder auf Raven. »Hast du herausfinden können, wann genau er plant, in Irland einzufallen?«

»Leider nicht, Königliche Majestät. Das wäre wohl des Glücks zu viel gewesen.«

»Ja, vermutlich«, erwiderte James seufzend. »Aber immerhin sind wir gewarnt und können entsprechende Vorkehrungen treffen. Gleich morgen werde ich Befehl geben, eine Armee aufstellen zu lassen. Soll William ruhig glauben, er wäre uns haushoch überlegen. Umso mehr wird es ihn überraschen, dass wir uns keineswegs kampflos geschlagen geben!« Seine finstere Miene hellte sich ein wenig auf, als er sich erneut Raven zuwandte. »Wenn auch meines Wissens nicht ganz freiwillig, so hast du mir doch einen guten Dienst erwiesen, junger Fitzroy. Allem Anschein nach fließt in deinen Adern tatsächlich das Blut eines königlichen Vaters. Als Belohnung für deine mutige Tat werde ich dich zum Earl ernennen und mit Brief und Siegel Sorge dafür tragen, dass dein Titel künftig erblich ist.«

Sionnach sah, wie Raven den Kopf senkte und unbehaglich mit den Füßen scharrte. Die Ankündigung seines Onkels schien ihn nicht besonders froh zu stimmen.

»Ich bitte um Vergebung, Königliche Majestät ...«
»Ja?«

Raven kratzte sich verlegen den Hinterkopf und erweckte den Anschein, als sei ihm das, was er zu sagen hatte, extrem peinlich.

»Ich möchte wirklich nicht undankbar sein. Es ... es ehrt mich ungemein, dass Ihr mich mit einer solchen Würde auszeichnen wollt ...«

James musterte seinen Neffen eindringlich. »Aber?«

»Ich will weder diesen Titel noch irgendeinen anderen.«

»Ich nehme doch stark an, mich soeben verhört zu haben«, mutmaßte James konsterniert, und seine Fassungslosigkeit wuchs, als Raven den Kopf schüttelte. »Du lehnst es also tatsächlich ab, offiziell in den Hochadel erhoben zu werden? Herrgott, Junge, bist du von allen guten Geistern verlassen?«

»Nein, Majestät, ich würde eher meinen, dass ich von einem ganz besonderen seiner Art besessen bin«, erwiderte Raven leise.

Tief empfundene Liebe strömte durch Sionnachs Herz, als sie gleich darauf seinen Blick auffing. Tha mo ghion ort – formten seine Lippen lautlos. Ich liebe dich von ganzem Herzen ... Das Lächeln, das er ihr zuwarf, ließ sie all ihren Mut zusammennehmen, und sie trat neben ihn vor den König. Ihre Fingerspitzen berührten sich unmerklich und lösten ein inzwischen wohlbekanntes Gefühl von Verlangen aus.

Beinahe trotzig sah Raven nun Lord MacDonell entgegen. »Ihr werdet Euch vermutlich kaum daran erinnern, aber als Ihr mich vor einigen Monaten zwangt, nach London zu gehen, habe ich geschworen, dass ich zurückkehren und holen werde, was mein ist.«

»Du magst es glauben oder nicht, aber ich erinnere mich sehr wohl daran«, entgegnete MacDonell geradeheraus.

»Hätte vielleicht jemand die Freundlichkeit, mich über den derzeitigen Sachverhalt aufzuklären?«, beschwerte James sich.

»Wenn mich nicht alles täuscht«, antwortete MacDonell schmunzelnd, »würde Euer Neffe sich an einer Erlaubnis zur Eheschließung weit mehr erfreuen als an einem Sitz im House of Lords.«

»Ach ... dann gehe ich wohl recht in der Annahme, dass es sich bei der jungen Dame an deiner Seite um die Glückliche handelt?«

Deutlich aufgewühlt ergriff Raven Sionnachs Hand und antwortete: »Ja, Königliche Majestät.«

James betrachtete sie einen Moment lang eingehend. »Sollten ihre übrigen Vorzüge auch nur ansatzweise denen ihrer Schönheit entsprechen, fällt es mir nicht schwer, deine Entscheidung nachzuvollziehen«, urteilte er schließlich. Über sein ernstes Gesicht huschte ein kurzes, verhaltenes Lächeln. »Wie ist dein Name, Mädchen?«

»Sionnach Elisha MacDonell of Glenfinnan, Eure Königliche Majestät«, antwortete sie scheu, den Blick demutsvoll gesenkt.

Noch nie in ihrem Leben hatte sie einem leibhaftigen König gegenübergestanden und fühlte sich in Anbetracht seiner Bedeutsamkeit klein und nichtig.
»Welchen Stand bekleidet deine Familie? Entstammst du dem Adel?«
»Nein. Wir sind einfache Bauern, Königliche Majestät.«
»Demnach würde ich mit meiner Erlaubnis den Sohn meines Bruders, Gott hab ihn selig, dem niederen Volk zuführen?« James schüttelte ablehnend den Kopf. »Es tut mir leid, Junge, aber du scheinst mir zu wertvoll, als dich dahingehend zu opfern.«

Seine Worte hallten wie ein Donnerschlag in Sionnachs Ohren wider. Heiße Tränen schossen ihr in die Augen. Wie betäubt hob sie den Kopf und sah den König voller Bitternis an. Obwohl ihre Stimme leicht zitterte, klang sie klar und deutlich durch den Raum. Alle zuvor empfundene Furcht fiel plötzlich von ihr ab und wich dem Mut ihrer Verzweiflung. Nicht willens, James Entscheidung hinzunehmen, sagte sie: »Ihr mögt ein guter König sein und zugunsten des Wohl Eures Landes entscheiden, aber von der Liebe scheint Ihr nicht das Geringste zu verstehen.«

Die Luft in dem kleinen Zimmer lud sich merklich auf. Um Lord MacDonells Mundwinkel zuckte es bedrohlich, aber Sionnachs Haltung blieb aufrecht.

Was kann mir schon passieren?, durchfuhr es sie, während sie tapfer ihre aufsteigenden Tränen herunterschluckte. Wenn er mir gerade diesen einen Mann nimmt, gibt es in meinem Leben eh nichts mehr zu verlieren ...

Der König wirkte jedoch eher mitfühlend als verärgert und erwiderte beinahe sanft: »Ich wünschte wirklich, ich könnte dir das Gegenteil beweisen, Sionnach of Glenfinnan, aber meine Position bringt es nun mal unweigerlich mit sich, in manchen Situationen gegen das Herz entscheiden zu müssen. In diesem Falle gegen dich, denn wenngleich mein Neffe auch jeden Anspruch auf einen Titel ablehnt, fließt in seinen Adern weiterhin adeliges Blut. In deinen hingegen nicht.«

MacDonell räusperte sich vernehmlich. »Verzeiht, dass ich mich einmische, Majestät, aber das ist so nicht ganz korrekt.

Das Mädel ist vielleicht mit dem Wissen geboren, einem niederen Stand anzugehören. Tatsächlich genügt sie jedoch sehr wohl dem Anspruch, die Ehe mit dem jungen Fitzroy einzugehen.« Drei Augenpaare richteten sich fragend auf den Clanchief, und er fuhr an Sionnach gewandt fort: »Deinem Vater Ewan ist es ähnlich ergangen wie viele Jahre später Fitzroy. Auch er wurde als Bastardsohn eines Fürsten geboren.«

»Mein Vater soll das Kind eines Adeligen sein? Wessen?«, fragte Sionnach wie vom Donner gerührt. Sie fühlte sich der Berg- und Talfahrt des reißenden Sturzbachs ihrer Gefühle kaum noch gewachsen.

»Lord Alexander Aneas MacDonalds«, antwortete MacDonell wahrheitsgemäß, obschon ihm deutlich anzumerken war, dass es ihm widerstrebte, ihr davon zu erzählen. »Du bist die Enkelin unseres letzten Clanchiefs.«

50

Während sie langsam über den Teppich aus duftenden Blütenblättern schritt, schaute Sionnach sich fasziniert in der festlich geschmückten Burgkapelle um. Am Rand einer jeden Bank waren kleine Blumengebinde befestigt worden. Bis zum Altar hin standen mehrere silberne Lüster, bestückt mit Kerzen aus weißem Wachs, die das sich über ihnen erhebende Gewölbe in einen sanften Schimmer aus fließendem Licht tauchten. Zusätzlich zu dem den mächtigen Altarblock zierenden Zeichen des Gekreuzigten und einer aufgeschlagenen Bibel konnte man schon von weitem einen goldenen Messkelch sowie eine Hostienschale erkennen. Verborgen vor den Augen Unwissender hatte der Ort christlicher Anbetung seinen Platz tief unter den Mauern Invergarrys gefunden. Im Schoss der Erde gelegen, herrschte trotz des beginnenden Frühlings keine besonders angenehme Temperatur, und Sionnach zitterte ein bisschen. Doch der Grund darin lag nicht allein an der Kälte. Ihr Schaudern war eher dem Anlass zuzuschreiben, der sie heute hierher geführt hatte. Während sie nervös Fuß vor Fuß setzte, glitt ihr Blick über die in den sich beidseitig aufgereihten Holzbänken versammelten Menschen. Die meisten von ihnen kannte sie gut, einige nur flüchtig, manche gar nicht. In der vordersten Reihe drehten zwei krause Rotschöpfe mit unruhig zappelnden Beinen ihre runden Kindergesichter zu ihr um und winkten ihr eifrig zu, was ihnen jedoch sogleich einen - wenn auch sanften - Klaps von Moira in den Nacken einbrachte. Sionnach musste unweigerlich schmunzeln und richtete den Blick rasch in eine andere Richtung, um ihren aufgekratzten Brüdern weitere Sanktionen zu ersparen.

Rechts und links neben dem in die Andacht eines tiefen Gebets versunkenen Priesters standen König James und Lord MacDonell. Zu ihren feinen Rüschenhemden trugen beide Männer kunstvoll gewickelte Plaids im Tartan des Clans. Als schmückendes Beiwerk ihrer Kleidung hatten jeder von ihnen sich mit einem ganzen Arsenal blinkender Waffen ausstaffiert. Im Gegensatz zum Chief des MacDonell-Clans hielt der König noch zusätzlich ein kleines Holzkästchen in den Händen, aus dem zwei zierliche, goldene Ringe hervorblitzten.

»Geht es dir gut, meine wunderschöne Tochter?«, erkundigteEwan sich zärtlich. Seine freie Hand drückte sacht Sionnachs Arm, der vertrauensvoll auf seinem ruhte.

Sie wollte etwas erwidern, aber außer einem stummen Nicken brachte sie nichts zustande. Die Vorkommnisse der letzten Tage waren nicht ohne Wirkung geblieben und hatten sie wie ein Sturm überrollt. Nachdem Lord MacDonell sie darüber in Kenntnis gesetzt hatte, dass ein kleiner Teil seines Blutes auch in ihren Adern floss, hatten die Ereignisse sich förmlich überschlagen. Aufgrund seiner eigenen Vergangenheit hatte es nicht viel Überredungskunst gebraucht, Ewan von einer Eheschließung mit Raven zu überzeugen. Ein kurzer Blickwechsel zwischen ihm und Brendan war ausreichend gewesen, um Sionnach verstehen zu geben, dass ihr Bruder zudem noch zusätzlich Partei für Raven ergriffen haben musste.

Schon am folgenden Tag hatte Lord MacDonell höchstpersönlich die kleine Hütte der Familie in Glenfinnan aufgesucht, um endlich Frieden mit dem unehelichen Sohn des ansonsten kinderlos gebliebenen, verstorbenen Clanchiefs zu schließen. Beinahe in einem Atemzug hatte er Ewan einen verantwortungsvollen Posten als Verwalter angeboten und sich als Geste seiner Entschuldigung dazu verpflichtet gefühlt, Sionnachs Hochzeit auf Invergarry auszurichten. König James wiederum hatte es sich seinerseits nicht nehmen lassen, seiner künftigen Nichte als Trauzeuge zur Verfügung zu stehen, was Sionnach verblüfft, aber zutiefst geehrt angenommen hatte.

Und nun, nach all den Monaten voller Qualen, Angst und unerfüllter Sehnsüchte, stand sie hier in der kleinen Burgkapelle und würde ihren unlängst geleisteten Schwur vor allen Anwesenden und vor Gott wiederholen. Das überwältigende Glücksgefühl, das sie durchströmte, drohte ihr Herz platzen zu lassen. Sie atmete tief durch und versuchte sie sich zu sammeln.

Unmittelbar vor dem Altar blieben sie stehen. Fast ein wenig wehmütig übergab Ewan seine Tochter Ravens Obhut, dessen kräftige Hand sich sogleich fest um Sionnachs zarte schloss, als wolle er beweisen, dass er sie zu keiner Zeit und unter keinen Umständen wieder loslassen würde. Bevor sie sich dem Priester zuwandten, neigte er sich ihr unmerklich entgegen und flüsterte: »Bist du glücklich, Füchschen?«

Um Sionnachs Lippen spielte ein Lächeln. »Und wenn ich nur Sekunden nach meinem Gelöbnis sterben müsste, könnte ich glücklicher nicht sein.«

Ein sachter Windzug, der von den weiten Ärmeln des priesterlichen Talars herrührte, streifte ihre Gesichter, und gemeinsam richteten sie ihre Blicke nach vorn. Unter dem geschlagenen Kreuzzeichen des Geistlichen senkten sie zeitgleich die Köpfe und ließen zu, dass dessen warme Hände sich zum Segen auf ihre geneigten Häupter legten.

Kaum aus der kleinen Kapelle getreten, bestanden sowohl Ewan als auch Lord MacDonell darauf, die zuvor christlich geschlossene Ehe auch nach schottischem Brauch zu besiegeln. Sionnach kannte dieses für Außenstehende zweifelsohne etwas heidnisch anmutende Ritual und streckte ihrem Vater vertrauensvoll den Arm entgegen. Bevor auch Raven begriff, wie ihm geschah, hatten die Männer bereits ihre Dolche gezogen und über die Haut der frisch Vermählten jeweils einen sauberen Schnitt gezogen. Sowie sie ihre Klinge fortnahmen, wurden die blutenden Gelenke fest aufeinandergepresst und durch einen dünnen Lederriemen miteinander verbunden. Dann mussten sie abermals den Schwur leisten, den sie sich schon bei ihrem Wiedersehen in London gegeben hatten. Anschließend wanderte die Hochzeitsgesellschaft in den Burgsaal und machte sich fröhlich über das vom Burgherrn gönnerhaft gespendete Mahl her.

Raven fuhr vorsichtig mit dem Zeigefinger über die frische Wunde oberhalb von Sionnachs Handgelenk. »Jetzt sind wir zweifellos von einem Blute«, stellte er pathetisch fest.

Lächelnd entzog Sionnach ihm den Arm und schlüpfte erleichtert seufzend aus ihrem Brautkleid. Das harmonische Zusammenspiel aus Dudelsackklängen und dem rhythmischen Trommeln der Bodhráns sowie das dröhnende Gelächter, das aus den rauen Kehlen der im Burgsaal versammelten Männer erscholl, drang bis hinauf in die kleine Kammer, die Lord MacDonell dem frisch gebackenen Hochzeitspaar für die nächsten drei Tage zur Verfügung gestellt hatte.

Während man im Saal fröhlich weiterfeierte und zum Vergnügen aller Anwesenden ein rauschendes Gelage abhielt, hatte man die Brautleute nach einer Weile unter lautem Gegröle in ihr Gemach geleitet, sorgsam die Tür verschlossen und sie mit einer Menge guter Ratschläge und schlüpfriger Bemerkungen sich selbst überlassen.

Raven drückte ein paar Mal vergebens die Klinke herunter und kehrte der Tür dann den Rücken.

»Als hätten sie nur darauf gewartet, uns hier einzuschließen, damit sie ihren Spaß haben können.« Er lauschte abermals. »Klingt mächtig angetrunken.«

»Angetrunken? Ich würde es eher als sturzbesoffen bezeichnen«, urteilte Sionnach trocken. »Was das angeht, sind schottische Männer als äußerst ehrgeizig zu bezeichnen.«

»Ach …? Dann werde ich in nächster Zeit wohl etwas an meinem Image arbeiten müssen, wie?«

»Die Mühe kannst du dir sparen.«

Raven war sichtlich irritiert. »Wieso das?«

»Weil du Engländer bist.« Sionnach kreuzte die Beine bequem in den Schneidersitz.

»Und das bedeutet – was?«

»Es gibt böse Zungen, die behaupten, ihr Sasanachs seid nicht besonders standfest, was das anbetrifft, und dass es keine Herausforderung für einen Schotten darstellt, sich mit euch zu messen.« Obgleich ihre blauen Augen ihm mit der Treuherzigkeit eines jungen Hundes begegneten, blitzte eine Spur feinen Spotts darin auf.

»Ist das so, ja?« Raven näherte sich dem mit weißem Leinen bezogenen Bett und verschränkte gebieterisch die Arme vor der Brust. »Und welche Meinung vertritt mein Weib in diesem Fall?« Seine Betonung lag auf mein, was ihn trotz seiner drohend wirkenden Haltung offenbar mit großem Stolz erfüllte.

Sie zuckte die Achseln und hatte alle Mühe, sich ein Grinsen zu verkneifen. »Ich denke, sie haben recht, denn –« Weiter kam sie nicht, da Raven sich in diesem Moment grollend auf sie warf, ihre Arme mit stählernem Griff oberhalb des Kopfes fixierte und seine Zähne in die empfindsame Senke zwischen Schulter und Schlüsselbein grub.

»Hör auf! Ich flehe dich an, hör auf!«, prustete Sionnach und wand sich lachend unter seinem kraftvollen Leib. Doch Raven dachte nicht daran und ließ erst von ihr ab, als sie erschöpft um Atem rang.

»Pass auf, was du sagst«, warnte er sie mit gespieltem Ernst. »In spätestens drei Tagen werde ich den Kilt, den ich von deinem Vater bekommen habe, wieder anziehen und MacDonell den Treueeid leisten. Dann bin ich ein ebenso vollwertiges Mitglied des Clans wie jeder andere von euch. Und wie ich hörte, sind schottische Männer ziemlich raue Burschen – auch was den Umgang mit ihren Frauen angeht.«

»Diesem fragwürdigen Genuss konnte ich achtzehn Jahre lang frönen. Da ziehe ich dann doch die zurückhaltende Art der Engländer vor. Zumindest auf manchen Gebieten.«

»Und in welcherlei Hinsicht bevorzugst du dann den Schotten?« Er rieb seinen harten Unterleib provokant an ihrem nur von einem dünnen Unterkleid bedeckten Schoss.

»In genau dieser«, erwiderte sie und reckte ihm sacht ihr Becken entgegen. »Und jetzt zieh dein Hemd aus. Im Burgsaal wartet ein Haufen Zeugen begierig auf den Beweis deiner Männlichkeit.«

»Sie wollen, dass ich mich ihnen nackt zeige?« Raven war sichtlich verblüfft über diese seltsame Vorstellung, und die Verwunderung in seiner Frage spiegelte sich in seinen hochgezogenen Brauen wider.

Sionnach lachte. »Um Gotteswillen, nein! Aber wir stehen sozusagen unter dem Zwang, ihnen Gewissheit zu geben, dass die Ehe vollzogen wurde und du mir als mein Ehemann gute Dienste leistest.«

»Und wie sollten wir ihnen das beweisen können?«

»Indem du mich innerhalb der nächsten drei Tage so weit bringst, dass ich nicht mehr in der Lage bin, aufrecht zu laufen«, erwiderte Sionnach augenzwinkernd und zog ihn in ihre Arme.

Raven verstummte auf der Stelle und gab ihrem Drängen widerstandslos nach. Wie von selbst glitt seine Hand unter den Stoff des dünnen Hemdchens, das sie trug. Er fuhr zärtlich über die Innenseite ihrer bloßen Schenkel hinauf zu der Wölbung ihrer rotgelockten Scham, bis seine Finger schließlich die winzige Knospe fand, nach der sie gesucht hatten. Sanft fing er an, sie zu massieren.

Sionnach spürte, wie ein Gefühl wogender Erregung in ihr aufglühte und schon kurz darauf ihr gesamtes Inneres in Brand setzte. Sie atmete unwillkürlich schneller und war beinahe enttäuscht, als er seine Hand wieder fortnahm.

»Bitte, Raven, nicht aufhören!« Sie brachte nicht mehr als ein Flüstern hervor, wollte sich von dem Rausch dieser Welle überrollen lassen, in den Fluten ihrer Empfindungen versinken und dann wie schäumende Gischt an die Spitze emporschießen.

»Warum so ungeduldig, Füchschen? Wenn man uns erst in drei Tagen zu sehen erwartet, haben wir viel Zeit, einander zu erforschen«, entgegneteer. Während er ihr das Hemd abstreifte, strichen seine Handflächen begehrlich über die Konturen ihres Körpers und zeichneten sie bis in den letzten Winkel nach.

Noch bevor er es ihr ganz über den Kopf gezogen hatte, spürte Sionnach Ravens angenehme Härte in die glitschige Feuchte ihres Schosses eintauchen. Sie seufzte leise, und es wurde ihr klar, dass er Zeuge ihrer Erregung geworden sein musste. Doch sie konnte es beim besten Willen nicht zurückhalten, und es war ihr egal, dass er es hörte. Langsam begann er, sich in ihr zu bewegen und schürte ihr Verlangen nach Erlösung erneut. Ihre Fingernägel krallten sich beinahe verzweifelt in seine angespannten Rückenmuskeln, als seine Stöße härter wurden, abebbten, und wieder an Schnelligkeit zunahmen. Kleine, verzückte Schreie klangen aus ihrer Kehle, als das Feuer in ihrem Bauch sich plötzlich bündelte, sie wie ein rasender Flammenkegel durchfuhr und schließlich in einem gewaltigen Funkenregen gemeinsam mit ihm explodierte.

Für eine Weile blieben sie so liegen, erhitzt und schweißnass miteinander verbunden, bis ihr Atem sich beruhigt hatte.

»Tu das immer wieder mit mir, mo Tighearna«, murmelte sie und hob ihre vor Erschöpfung zitternde Hand, um ihm eine feuchte Haarsträhne aus der Stirn zu streichen.

Raven legte sich neben sie und küsste ihre Fingerspitzen. »Demnach fühlst du dich also zufriedenstellend von mir bedient?«

Sionnach rollte sich auf die Seite und betrachtete ihn mit einem verschmitzten Lächeln. »Warum so ungeduldig, Engländer? Schließlich habe ich drei Tage, um es herausfinden zu können …«

ENDE

Danksagung

Habe es stets bei anderen Autoren gelesen und nie damit gerechnet, dass ich selbst einmal in der glücklichen Lage sein würde, jemandem auf diese Weise zu danken. Mit umso mehr Freude werde ich es nun tun.
Der größte Dank gebührt zweifellos meinem Mann Guido, der mich von Anfang an darin unterstützt hat, meinen Traum zu verwirklichen, sowie auch meinen Kindern Rebecca, Frederic und Anna. Sie haben meine Launen und unberechenbaren Stimmungswechsel während des Schreibens zumeist mit viel Gelassenheit und einem Augenzwinkern ertragen und sich stillschweigend eine Schüssel Cornflakes aus dem Schrank genommen, wenn Mutter wieder mal die Welt gewechselt und nicht gekocht hatte …
Danke auch an den Rest meiner Familie – meiner Mama, die diesen Moment leider nicht mehr erleben durfte (aber ich bin ganz sicher, sie sieht es trotzdem!), meinen Geschwistern Heike und Andreas, meinen Nichten, Neffen, Schwager, Schwägerinnen, Cousinen und Cousins und hierbei ganz besonders meiner lieben Schwägerin Simone, die ihre wertvolle Freizeit geopfert hat, um mich auf Unklarheiten und verschachtelte Sätze hinzuweisen. Simone, das nächste Mal kommst Du mit auf die Buchmesse!!
Apropos Messe – vielen Dank für Deine charmante Begleitung, Nils!
Außerdem umarme ich hiermit meine Freundin Sandra, die immer ein offenes Ohr und einen heißen Kaffee für mich bereithielt, wenn es „Katzenjammer" gab.
Vielen Dank auch an das Team von schottlandfieber.de für ihre große Hilfsbereitschaft bezüglich Website und Recherche sowie an die bereits ruhmreichen Kollegen Martina André und Sebastian Fitzek, die mich in schweren Zeiten auf wunderbare Weise ermuntert und aufgebaut haben.
Des weiteren möchte ich mich bei Rainer Wekwerth bedanken. Lieber Rainer, Du hast mir den Blick dafür geöffnet, einen Moment innezuhal-

ten und Atmosphäre zu schaffen. Das „wilde Pferd" hat sein Tempo gedrosselt und grast nun auch ab und an mal entspannt auf einer duftenden Blumenwiese.

Schlussendlich einen ganz herzlichen Dank an alle, die an diesem Projekt gearbeitet und es möglich gemacht haben – insbesondere an meine fabelhafte Agentin Anna Mechler, die meine Interessen hervorragend vertritt, meine endlosen Fragenmails mit Engelsgeduld beantwortet und immer zur Stelle ist, wenn ich sie brauche. Außerdem einen ganz lieben Dank meiner Verlegerin Andrea el Gato für die wundervolle Möglichkeit, mich zu verwirklichen.
All diejenigen, die ich nicht namentlich genannt habe, mögen mir verzeihen und sich hiermit erwähnt fühlen.